东北孩子

〔泰国〕康朋·本塔维（คำพูน บุญทวี） ◎著
熊　燃 ◎译

ลูกอีสาน

北京大学出版社
PEKING UNIVERSITY PRESS

著作权合同登记号　图字：01-2022-0446
图书在版编目(CIP)数据

东北孩子/（泰）康朋·本塔维著，熊燃译.—北京：北京大学出版社，2023.10
ISBN 978-7-301-32153-9

Ⅰ.①东…　Ⅱ.①康…②熊…　Ⅲ.①长篇小说—泰国—现代　Ⅳ.①I336.45

中国国家版本馆CIP数据核字(2023)第199531号

书　　　名	东北孩子
	DONGBEI HAIZI
著作责任者	〔泰国〕康朋·本塔维　著　熊　燃　译
责任编辑	严　悦
标准书号	ISBN 978-7-301-32153-9
出版发行	北京大学出版社
地　　址	北京市海淀区成府路205号　100871
网　　址	http://www.pup.cn　新浪微博：@北京大学出版社
电子邮箱	编辑部 pupwaiwen@pup.cn　总编室 zpup@pup.cn
电　　话	邮购部 010-62752015　发行部 010-62750672　编辑部 010-62754382
印 刷 者	大厂回族自治县彩虹印刷有限公司
经 销 者	新华书店
	650毫米×980毫米　16开本　21印张　300千字
	2023年10月第1版　2023年10月第1次印刷
定　　价	88.00元

未经许可，不得以任何方式复制或抄袭本书之部分或全部内容。
版权所有，侵权必究
举报电话：010-62752024　电子邮箱：fd@pup.cn
图书如有印装质量问题，请与出版部联系，电话：010-62756370

1999年版作者序

《东北孩子》是我写于1975至1976年底，刊登在阿金·班加潘先生担任编辑的《泰国天空》周刊上的连载小说，内容是在我家人及邻居面对旱灾和饥荒的真实经历基础上改编而来的。连载完结后，有出版社购买了版权，集合成册印制发行，并参加了国家图书发展委员会举办的1976年度图书评奖，获得"优秀长篇小说奖"，也被教育部指定为中小学课外阅读书目，接下来在1979年又获得"东盟文学奖"。在那之后，我受邀前往菲律宾考察学习，回国后将此次菲律宾之行写在《东北孩子乘飞机》一书中。

五星出品公司购买了《东北孩子》版权并由导演"库纳伍迪"拍摄成电影于1982年上映。那一年刚好是曼谷建都200周年，在电影圈也成为热点。后来我受到德国作协和非洲作协的邀请前往德国参加了"第三世界——我们的世界"世界作家大会，那是一次发展中国家的作家大会。回到泰国后，我又写了一本《老弟到德国》（博贤出版社现在将它和《东北孩子乘飞机》一起出版发行）。另外还有一些海外的出版社来购买《东北孩子》的版权并翻译成日语、法语和英语出版。至于在泰国的出版，由于此前的出版社合约已于1999年12月到期，在出版成本和纸价飞速上涨的情况下，我便自己出资和博贤出版社共同印刷发行。

我感到非常庆幸和骄傲的是，这部作品就如同东北的女儿一样，从他人的怀抱里又重新回到了我身边，读者们将看到一个更加明丽动人、更富泰式风情的东北女儿。为了使对东北感兴趣的读者能够进一步认识真正的东北，这一版中添加了部分内容，全书也比过去更厚实、更丰满。我想向购买此书的读者致以真心的感谢:"感谢你们仍保持着对出生于那个特殊年代和那片干涸大地的作家——康朋及其作品的兴趣。"

我还要向《泰国天空》杂志的前编辑、"泰国国家艺术家"称号的获得者阿金·班加潘先生致以崇高的谢意,是他带领我走上作家这条道路,又凭借《东北孩子》获得了"东盟文学奖",成就了我今日的声名。我将怀揣这份感恩之心,直到永远。

以纯净的心奉上
康朋·本塔维
1999年10月

目 录

导读 / 熊燃

一、从『伊奢那』到『东北』：一个地域名称的历史 / 3

二、地域书写与身份建构 / 10

三、《东北孩子》：一部地方知识的读本 / 18

四、小说史视野下的《东北孩子》/ 27

五、《东北孩子》与东盟文学奖 / 34

● 东北孩子

一、村子要荒了 / 43

二、旱季找食物 / 49

三、凉拌腌鱼 / 55

四、越人进来抢中国佬地盘了 / 60

五、郎情妾意 / 65

六、私通 / 75

七、宋干节 / 83

八、上学堂 / 91

九、肯方丈发怒 / 98

十、捡紫胶虫 / 106

十一、逮鹌鹑 / 115

十二、去捕獴 / 123

十三、捉蟋蟀 / 130

十四、换屋顶，做点心 / 138

十五、刺文身 / 146

十六、准备去打鱼 / 155

十七、打铁 / 160

十八、出发打鱼去 / 167

十九、雨天捉姬蛙 / 175

二十、到栖河了 / 182

二十一、激动人心的夜晚 / 190

二十二、抓鲶鱼 / 198

二十三、撒网，醯鱼子 / 205

二十四、做腌鱼 / 212

二十五、放鱼饵，看拳赛 / 218

二十六、对抗大河 / 229

二十七、捉蛙 / 235

二十八、打鱼的最后一天 / 242

二十九、准备回家 / 250

三十、启程回家 / 257

三十一、牛车断了 / 264

三十二、打鸟换汤罐 / 271

三十三、拿鱼换稻米 / 279

三十四、到家了 / 283

三十五、逛庙会 / 290

三十六、幸福的一天 / 299

《东北孩子》研究资料选译 / 熊燃 译

一、《东北孩子》里有什么？/ 307

二、《书文世界》评《东北孩子》/ 312

参考文献

1. 中文文献 / 318
2. 泰文文献 / 319
3. 英文文献 / 322

译后记

导读

一、从"伊奢那"到"东北":一个地域名称的历史

泰语中的isan①是一个来源于梵巴文的借词,意思是"东北方"。它与"泰北""泰南"这些习惯直接用泰语phak+方位名词合成的称谓截然不同,在泰语里是一个带有明显地域特征和当地历史文化痕迹的语词。在地理方位上,它大致涵盖了柯叻高原所在的一片广大区域,西部被碧查汶山脉和湄南河平原阻断,东部和北部延伸至湄公河西岸,同老挝相隔,南部有扁担山脉与柬埔寨相隔。泰国东北部地区共有19个府,分别是安纳乍能府、武里南府、猜也奔府、加拉信府、孔敬府、黎府、玛哈沙拉堪府、莫达汗府、那空帕侬府、柯叻府、廊开府、廊莫那浦府、黎逸府、沙功那空府、西萨吉府(旧译四

---

① 本书里的泰文转写规则统一采用《泰国皇家学术委员会泰文拉丁字母转写规则》,不区分长短元音和音调。对于泰语里有对应借词的梵文和巴利文词汇,则保留被引文献里的转写方式,不做更改。

色菊府）、素林府、乌汶府、乌隆府、耶索通府，面积约170,000平方千米，2007年人口分布约2138万，面积和人口都占了全国的三分之一。① 由于柯叻高原大片地区为沙土覆盖，土层薄，水分蒸发和渗透快，保水性差，并且气候恶劣，经常遭受洪水和旱灾，因此在经济和社会发展速度上明显落后于其他地区。

根据现有的考古资料，泰国的东北部是东南亚地区早期人类活动的几个中心地区之一。横贯这片区域的蒙河（Mun）和栖河（Chi），在与老挝、柬埔寨交界的乌汶府内交汇，汇入湄公河，在此流域发现了大量早期人类活动的遗迹，如位于柯叻府境内的班诺洼（Ban Non Wat）遗址和乌隆府境内著名的班清（Ban Chiang）遗址，显示出该地区在3—4千年前已进入新石器时代，出现了水稻种植技术，于大约公元前1000年进入青铜器时代，公元前300—公元400年出现铁器的使用。② 在接下来的世纪里，随着海运贸易体系的建立，印度的影响开始逐渐深入内陆地区。在公元最初的几个世纪内，湄公河三角洲地区的人类社会由酋邦向国家快速转变，扶南就是这一时期的重要代表，不过随着中国的贸易船只开始绕开湄公河口，在东南亚的岛屿之间穿梭，作为政权中心的三角洲地区于6—7世纪衰败下来，内陆的农业国家开始发展。③ 这一时期，活动在泰国东北部的主要是南亚语系（旧称澳亚语系）的孟族和高棉族人，在文化上受到中心在湄南河流域佛统的堕罗钵底文明，和湄公河流域的真腊—吴哥文明的影响。海厄姆认为，蒙河中下游流域和真腊是一个整体，两者在早期砖构寺庙、神庙的布局方面具有相似性。但是蒙河和栖河上游地区有一些遗迹与泰国堕罗钵底遗址有密切联系。例如建于7世纪，位于素林府的普奔庙（Pasat Phum Pon），也是泰国境内现存

---

① 周方冶、田禾：《列国志：泰国》，北京：社会科学文献出版社，2012年第4版，第13页。
② [英]查尔斯·海厄姆：《东南亚大陆早期文化——从最初的人类到吴哥王朝》，云南省文物考古研究所译，北京：文物出版社，2017年，第13—15、113—115、139—141、254—267页。
③ 同上书，第284—285页。

最古老的真腊时期砖构神庙之一。另外，建筑年代在6—9世纪之间的一系列带有防御功能的古城遗迹如赛玛古城（Mueang Sema）、法代古城（Mueang Fa Daet）中，也出现了界石、戒堂、佛像等佛教圣物，显示出上层贵族对佛教的接受，同孟人的堕罗钵底文化存在明显关联。①

大量的考古和文献证据表明，在湄公河中游河谷至柯呦高原的这一片内陆区域里，有许多独立或附属于上述两大文明中心的"孟—高棉"小政权，罗伯特·布朗认为这是一片"分界性地域"②。它们位于几个强势政权的交界地带，随着中心政权力量的此起彼伏而成为附属国或获得独立。这之中最重要的几个有：位于碧差汶府境内的西贴（Si Thep）、柯呦府境内的迦纳萨补罗（Sri Canasapura）和文单。③8世纪，中国史籍中的"文单"国，出现在真腊分裂为上、下两部之后，多用来指称上真腊（或陆真腊）。关于它的具体位置，过去有学者认为在今天的万象④，此说缺乏事实根据，"万象"（Vientiane）这个城名要迟至13世纪才出现在泰国碑铭文献里，缅甸史专家乔治·斯科特认为它是13世纪才建立的城市。⑤黎道纲认为，文单国应该在泰国东北部的耶索通府境内⑥。

事实上，Isan这个词本身所带有的古代印度语言源头，正暗合了东北这个地区在文明发展早期受到印度影响的痕迹。在中国的古籍中曾经记载了一个名为"伊奢那补罗"的国家，《大唐西域记》卷十提

---

① [英]查尔斯·海厄姆：《东南亚大陆早期文化——从最初的人类到吴哥王朝》，云南省文物考古研究所译，北京：文物出版社，2017年，第287—289、313—318页。
② Robert L. Brown, *The Dvāravatī Wheels of the Law and the Indianization of South East Asia*, Leiden: Brill, 1996, pp.19–41.
③ Ibid., p.397.
④ 持该说法的有我国学者黄胜璋，见《历史研究》1962年第5期《文单国——老挝历史地理新探》，泰国学者湃·普塔，见其所著：《东北人的由来》，曼谷：康心出版社，2011年，第98页。
⑤ Sir George Scott, "Gatetteer of Burma", Part Ⅱ, Vol.1, 1880, Reprinted in India, 1983, p.403, 转引自何平：《傣泰民族的起源与演变新探》，北京：社会科学文献出版社，2015年，第19页。
⑥ [泰]黎道纲：《参半国不在文单西北辨》，载《东南亚研究》2008年第6期。

到：“从此东北大海滨山谷中，有室利差呾罗国，次东南大海隅，有迦摩浪迦国，次东有堕罗钵底国，次东有伊赏那补罗国，次东阿瞻波国，即此云林邑是也。”"伊赏那补罗"是梵语īśānapura的对音。据藤田奉八等人考证，该国位于现今柬埔寨境内。① 伊奢那补罗的建立者，是真腊历史上一位强大的君主伊奢那跋摩（Isanavarman）。611年，伊奢那跋摩一世即位后，向西扩张势力范围，兼并了森河流域扶南王系后裔建立的阿宁迭多补罗，后在森河岸上建立了新都，名为伊奢那补罗。② "伊奢那"，梵语是īśāna，是湿婆神作为护世者时的名号，作为独立之神，往往被视为东北方的守护者，在大多数神庙中，伊奢那和白牛的塑像或浮雕也通常作为东北方的护世者出现。③ "伊奢那跋摩"，意为"受伊奢那保护的"。2012年，在柬埔寨茶胶省的吴哥博雷县（Angkor Borei）新出土的一枚金币的正反两面分别刻有梵文"īśānavarmma[ṇaḥ]"和"īśānapu(ra)"，在钱币正面还刻有一头横卧的公牛，正好吻合了湿婆神坐骑的形象。④ 这从物证上印证了伊奢那跋摩和伊奢那补罗的由来，和当时湿婆崇拜的影响。伊奢那跋摩在位期间，领土一度达到了今天泰国的尖竹汶府，同孟族王国堕罗钵底接壤。⑤ 在乌通古城发现的一段7世纪中叶的铜器铭文显示，当时乌通的统治者Harshavarman是伊奢那跋摩的孙子（或子孙），这说明堕罗钵底同真腊之间，可能形成了由血缘关系产生的贵族统治体系。⑥ 9世纪初，以洞里萨湖北岸为中心的吴哥王

---

① [日]藤田奉八：《中国南海古代交通丛考》，何建民译，上海：商务印书馆，1936年，第8—9页。旧译"伊赏那补罗"，今译"伊奢那补罗"。——译注
② [英]D.G.E.霍尔：《东南亚史》，中山大学东南亚历史研究所译，北京：商务印书馆，1982年，第132—135页。
③ [德]施勒伯格：《印度诸神的世界——印度教图像手册》，范晶晶译，上海：中西书局，2016年，第119—120、127页。
④ Joe Cribb, "First coin of ancient Khmer kingdom discovered", *Numismatique Asiatique 6*, 2013, pp.9-16。
⑤ [英]D.G.E.霍尔：《东南亚史》，中山大学东南亚历史研究所译，北京：商务印书馆，1982年，第132—135页。
⑥ [英]查尔斯·海厄姆：《东南亚大陆早期文化——从最初的人类到吴哥王朝》，云南省文物考古研究所译，北京：文物出版社，2017年，第306页。

朝逐渐强盛，成为东南亚大陆历史上最强大的中心。它的名字来源于耶输跋摩（Yashovarman）（889—约910在位），他建立了第一个吴哥城并将其命名为"耶输陀补罗"。泰国东北部的耶索通府的府名，就是来源于这个名字，而泰国古代也习惯称吴哥为"耶输通"（Yasothon）。苏利耶跋摩一世（1002—1050）时期，吴哥王朝的版图进一步向西朝湄南河流域、向北朝柯叻高原地区扩张，最北一直到达廊开府（Nong Khai）和老挝的万象附近。① 13世纪初，吴哥王朝开始由盛转衰，下真腊的势力范围逐渐退回到湄公河下游盆地，"他们放弃了在泰国东北部境内的大量前哨和村镇，在接下来的几个世纪里，这片内陆几乎无人居住，只有在蒙河南部留居着属于上高棉族群的桂人（Kui）。"②

操台语支泰、佬语的民族于11—12世纪已经渗透到湄南河腹地，并从13世纪起开始陆续建立起独立王国。14世纪初，佬族（寮人）很可能已进入了廊开、乌隆和那空帕侬府，法昂王（1353—1373）时期建立了百门城（Roi-et Pratu，黎逸府境内）、兵布城（Mueang Phon Phueng Daen，加拉信府）等前哨城镇。不过，大量的人口迁入却要晚至18世纪。沃尔克·格拉博夫斯基（Volker Grabowsky）认为，南掌王国（也译澜沧王国）的分裂和长期战乱，是引发大量佬族迁入泰国东北各府的主要原因。③ 苏里雅翁国王驾崩之后，南掌分裂为以琅勃拉邦、万象和占巴塞为中心的三个政权。1713年，昭绥西萨穆（Chao Sai Sisamut）成为占巴塞国王，迅速向四方扩张，向西和西北分别到达了乌汶和黎逸府，也促使老挝文化流向这些地区。1778年，吞武里王朝（1767—1782）的建立者郑信武力征服万象，迫使万象和占巴塞臣服于暹罗。到了曼谷王朝，柯叻城已成为暹罗向东北政治扩张的要塞，被称为"通往东北之门"（pratu khao su Isan），一

---

① [泰]西萨功·瓦利颇东：《东北文明的高地：揭开古代遗址的面纱》，曼谷：民意出版社，1995年第3版，第147页。
② Volker Grabowsky, "The Isan Up to Its Integration into the Siamese State", in *Regions and National Integration in Thailand: 1892—1992,* ed. Grabowsky, p.111.
③ Ibid.

系列佬族的小城镇必须经由柯叻向曼谷进贡税品，而不再向万象或占巴塞进贡。佬族移民进入东北部建立了一系列新的城邦，曼谷宫廷授予这些城邦主以爵衔，由此带来人口和耕地面积的增加。① 1826年，臣服于暹罗的万象国王昭阿努（Chao Anu）发动了一场意图复国的军事行动，但仅一年多之后便告失败。暹罗大军对万象进行了"彻底的大破坏"，将大量老挝人口劫掠至东北部和中部平原。据保守估算，万象城陷落之后的头三十年里，有至少十万老挝人被迫迁往湄公河西岸或柯叻高原居住，泰国东北部的城镇数量也从1826年的33个增至1860年的70个。② 暹法战争之后，湄公河东岸的控制权被法国占有，这意味着生活在暹罗东北省份的老挝人在政治上完全与他们历史文化的中心——琅勃拉邦、万象或占巴塞割裂开来。

从拉玛五世（1868—1910）开始，"东北"被一步步地整合进以曼谷为中心的泰人王国之中。1891年，曼谷官方开始建立省级地方管理体系（Monthon Thesaphiban），在东北部原本有三个省：以柯叻为中心的佬中省（Monthon Lao Klang），以乌汶为中心的佬皋省（Monthon Lao Kao），和以川圹为中心的佬普安省（Monthon Lao Phuan）。迫于法国殖民者对佬族人王国的瓜分野心，拉玛五世王禁止在官方的人口普查报告中使用"佬族"的字眼。③ 原本以族群作为命名省份的方式，也统一以地理方位来代替。1900年，"柯叻省"（Monthon Nakhonrajasima，音译那空拉差是玛省）、"东北省"（Monthon Isan）和"北方省"（Monthon Udon，音译乌隆省）、分别替代了原来的"佬中省""佬皋省"和"佬普安省"。这是Isan

---

① Volker Grabowsky, "The Isan Up to Its Integration into the Siamese State", in *Regions and National Integration in Thailand: 1892—1992,* ed. Grabowsky, pp.111-115.
② [泰]查隆·顺塔拉瓦尼：《20世纪以前的泰—老关系史》，《艺术与文化》1986年第1期，第149页。
③ Kanala Ekasaengsri, "Political Change and Modernization: Northeast Thailand's Quest for Identity and Its Potential Threat to National Security", PhD diss., State University of New York at Binghamton, 1977, p.209.

这个词首次被泰国官方创造出来，用以作为行政区划的名称。①这个命名法，也伴随着对这片区域内佬族人的"泰化"，"Isan，同时被用来代指原佬皋省内的居民，代替旧有的'佬'（Lao）这个称谓"②。由此，与族群紧密联系的区域名称被一个地理学名称所取代，它的血缘、历史与文化纽带，在接下来的一个世纪里亦被重塑，成为泰国文化地理中一个独特的存在：它被官方宣传为泰国本土文化的一部分，然而在"泰国文化"这个整体中，它却因自身鲜明的身份标记，始终难以消除它同前者的区隔。

于是，就像在它所指涉的区域上旧王国不断被新王国所取代的漫长历史一样，Isan（伊奢那），这个古老语词也实现了它在新历史语境下的意义再生。它原初的含义，随同一度辉煌的古老异族文明一同被以曼谷为中心参照的方位所指——"东北"所覆盖，也由此连同它背后的历史和文化一道，被整合进了"泰人的王国"这个现代地理版图中。

---

① [泰]达拉乐·梅达日迦暖：《湄公河两岸的政治》，曼谷：民意出版社，2003年，在线浏览：https://www.silpa-mag.com/history/article_36069，2021年4月7日。
② 同上。

二、地域书写与身份建构

就像它的历史所展现的那样，今天居住在"东北"高地上的人口，以佬族和高棉族为主体，其中，佬族占了80%，高棉族约10%，剩下的10%中主要为泰族，另外还有少数的亚坤人（Nyakur，也被称为"高地人"，Chao bon，是古代孟人的后裔）、越南人和华人。泰国东北的高棉族，又被称为"上高棉"（khamen sung），以和柬埔寨的"下高棉"（khamen tam）区分开来，主要分布在素林、武里南和西萨吉三府。泰族主要聚居在柯叻府境内，又被称为"柯叻泰人"。在柯叻高原的南部边缘还生活着一些桂（Kui）人，他们又被称为"税人"（suay），暗示出他们在历史上曾是进贡缴税的人口，不过在很大程度上已被佬族或高棉族的文化所同化。[①]自19世纪前叶

---

① Volker Grabowsky, "The Isan Up to Its Integration into the Siamese State", in *Regions and National Integration in Thailand:1892—1992*, ed. Grabowsky, 1995, p.108.

至20世纪中叶，在曼谷官方的管控和一步步同化政策下，东北的新一代已完全将自己视为"泰族"，他们从小在寺院学校里学习泰文书写，学唱泰国国歌，服从政府的号召入伍从军，也将曼谷视作精神上的圣土。只不过，在相互交往中，他们依旧使用着和老挝的同族一样的语言①，在歌谣中依旧歌唱着湄公河对岸、他们曾经的故土，在饮食、习俗、信仰等各个方面，还遗留着先辈所创造的文化印迹。正如马丁·B.普拉特（Martin B. Platt）所指出的，"一个广为接受的事实是：'东北'是一个截然不同于京畿地区，以及泰国其他地区的地域范畴。它同泰国其他地方的鲜明差异，可以从被考察的任何领域中被发现，不论是地理、气候、历史、经济、族群、语言、宗教，还是口头和书写传统。"②

"地域"（region）与"身份"（identity），是解读《东北孩子》的两个关键词。文学和文化范畴内的"地域主义"，在全球化背景下已被广泛论及。"东北"作为泰国现代地理版图中一个重要的地域概念，第二次世界大战以后越来越频繁地出现在泰国政治、经济和社会话语体系中。它的频繁出现，一方面说明它已在上述各个领域中被人们强烈地感知到；另一方面，则意味着它的意涵已超越了作为方位的指代，已成为一种身份的再现符号，指代一个"复杂的集合体"③。查尔斯·凯斯（Charles Keyes）、沃尔克·格拉博夫斯基、衮纳拉·厄桑西（Kanala Eksaengsri）等学者都已从现代民

---

① 据语言学家的调查，佬语不仅是泰国东北部的方言，也是在泰国使用人群（接近全国总人口数的三分之一）最多的一种方言。详见Anthony Diller, "What Makes Central Thai a National Language?" in *National Identity and Its Defenders: Thailand 1939—1989*, ed, C. Reynolds, Clayton: Monash University, 1991, pp.97-98.
② Platt, Martin B. *Isan Writers, Thai literature: Writing and Regionalism in Modern Thailand*, Singapore: NIAS Press, 2013, p.34.
③ [美]于连·沃尔夫莱：《批评关键词：文学与文化理论》，陈永国译，北京：北京大学出版社，2015年，第122—123页。

族国家建构和政治文化整合的角度展开过相关研究。① 马丁·B.普拉特的《东北作家，泰国文学：现代泰国的书写与地域主义》（*Isan Writers, Thai Literature: Writing and Regionalism in Modern Thailand*）专门聚焦泰国现代作家中出生于"东北"的创作群体，结合社会政治领域中地域主义的兴起，从文学发展史的角度探讨了"书写东北"这种地域主义文学现象从1950年代末的发轫直到20世纪末的发展历程。

正如"我"只能作为他者性的另一面而存在一样，"东北"这个身份表达本身也包含了一种对立和区分。因为"界定"这个行为本身，"就是在造就着一种范围，而范围之内与范围之外之间便着实构成了一种差异。当我们界定新的事物时，不属于这新事物的就被分离出去构成这新事物的差异"②。"东北"的被界定和逐渐建构，是曼谷官方和东北，双方之间的相互态度和相互反应中长期动态形成的。它包含着内、外两个向度的社会性过程。就内部而言，它伴随着东北居民对"自我"的认知和在外部压力下的逐渐觉醒；而在外部，则是官方对"东北"和"东北人"长期居高临下的压迫、剥削和轻蔑。正如马丁·普拉特所言："东北人对自我身份和角色的认知，是在同中部泰人的接触中——特别是在曼谷打工的过程中逐渐加强的。"③ 自拉玛四世以来，曼谷官方和贵族知识精英对待东北一直是以家长自居的态度，这种态度在一个多世纪里也逐渐影响到普通的城市居民，后者通过报刊、电视等传媒渠道建立起了关于东北的初步印象。在电视节目中，东北人被刻画成"穷困潦倒、丑陋、愚昧、未

---

① 详见 Charles Keyes, *Isan:Regionalism in Northeast Thaildand*. Southeast Asia Program Data Paper.Ithaca, NY:Cornell University. Volker Grabowsky, "The Isan Up to Its Integration into the Siamese State", in *Regions and National Integration in Thailand:1892—1992*, ed.Grabowsky. Kanala Ekasaengsri, *Political Change and Modernization: Northeast Thailand's Quest for Identity and Its Potential Threat to National Security*, PhD diss., State University of New York at Binghamton.

② 赵旭东：《文化认同的危机与身份界定的政治学》，载《社会科学》2007年第1期，第54—60页。

③ Platt, Martin B. *Isan Writers, Thai literature: Writing and Regionalism in Modern Thailand*, Singapore: NIAS Press, 2013, p.34.

受教育的好劳工"形象①。于是,"东北"被差异化为一个同泰人王国的中心——曼谷截然不同的范围,东北人被区隔为次等文化所属的群体。矛盾的是,在官方的民族整合和文化宣传中,东北往往被描述为一片"到处是文化遗产的土地",和泰国其他部分的文化一样,成为泰民族宝贵文化遗产的重要组成,"东北的文化成为暹罗大传统(Siamese Great Tradition)中一个古老而黯淡的缩影"。②在这里,"东北"成为泰国这个大写的"**我们**"中的一员,而在更多时候,它则更像是以曼谷为中心的"我们"眼里的一群"他们"。

20世纪50年代,一首以《东北》为题的诗歌震撼了诗坛。在诗中,作者"乃丕"(Nai Phi笔名,原名阿萨尼·蓬简,Asani Ponchan)这样写道:

> 天上没有水/地上只有沙砾/滴落的串串眼泪/眨眼渗干,无踪无迹/烈日像要烤炸脑壳/干涸的田野裂纹遍地/一颗颗颤栗的心啊/哪年哪月不再哭泣!……亲爱的同胞/你的心在想什么?/你期望得到什么?/为何默立不语?/人们说,你们愚昧/可朋友们啊/你们回报人们的依然是真诚的爱/那么,为什么还会遭人鄙夷!?/诚实,被讥笑为傻瓜/那么谁,才堪称真正的君子?/是那些"聪明"的议员吗?/他们分明心黑手辣,精于营私舞弊/欺诈我们的/是谁?揭露他吧!③

在这里,"东北"又有了另一层意象:一个被用来批判特权阶级、呼唤民主改革的旗号。作者阿萨尼·蓬简,并不是土生土长的东北人,而是出生在中部叻武里府的一个开明贵族家庭。他对"东北"的想象,代表了20世纪50年代城市知识分子对"东北"的集体印

---

① Annette Hamilton, "Rumours, Foul Calumnies, and the Safety of the State: Mass Media and National Identity in Thailand," in *National Identity and Its Defenders*, *Thailand 1939—1989*, ed. C. Reynolds, p.367.
② Platt, Martin B. *Isan Writers, Thai literature: Writing and Regionalism in Modern Thailand*, Singapore: NIAS Press, 2013, pp.26-27.
③ 裴晓睿译:《东北》,载熊燃、裴晓睿编译:《泰国诗选》,北京:作家出版社,2019年,第157—159页。

象：被压迫的、无力反抗的、沉默的弱者。这种形象正好与他们控诉社会不公、政府独裁、政治黑暗的愿望不谋而合，也契合了当时以"文学为人生"为名的社会主义现实主义文学思潮的美学诉求。文学与政治的结盟，对泰国现代文学而言，是一个从一开始就绕不开的"宿命"。自1932年"6·24"政变，到第二次世界大战后持续的社会政治动荡，以西巫拉帕为早期代表、身负"觉醒者"使命的泰国作家，一直把反映社会、记录社会和影响社会，作为文学行动的首要目的。在这样的背景下，贫瘠的东北和那里贫苦的人民被包裹在知识分子对于无产者同情的目光注视下，有了鲜明的形象和意义指涉。

到了20世纪50年代末，泰国文坛中已有"佬·堪宏"（Lao Khamhom，笔名，本名康邢·西诺，Kamsing Srinok,1930—　）、荣·拉迪万（Romya Ratiwan）等少数出生在东北、到曼谷求学工作的作家，开始讲述自己家乡的故事。这些作品虽同样抱着控诉社会不公、争取东北人平等权利的目的，但却由于这些作家的"东北人"身份，使得与东北这个地域相连的、作为同一群体的"我们"的声音，在城市的话语空间中正式出现。

对"东北"身份表述施加影响的一个社会动力，是在泰国的现代化进程中日益凸显的城乡差距。曼谷与东北的区隔，在城市与乡村的两极对立中进一步凸显。乡村所代表的空间隐喻，内化为"东北"共同体象征的一部分，从而赋予后者更具体且具有现实指涉的意涵。泰国在20世纪60—70年代间从农村涌向城市的人口迁移浪潮，不仅改变着城市中的人口结构，也影响着文学场内作家队伍的构成。来到曼谷求学和谋生的外府作家们带着对城乡生活差异更为切身的体会，抒发着他们对社会变迁的认知和感悟。艾伦·博库兹（Ellen Elizabeth Boccuzzi）指出，"这群'移民'作家身处于两个世界之间——不仅是空间层面的象征，也寓意阶层、教育程度和社会地位上的分别。他们既是边缘群体中的精英，又是中心区域内被边缘化了的个体。正因为如此，他们可以以一种纯粹主流或是边缘者都无法进行的方式，同时和两个世界进行交流,并自由穿梭其间。"①70年代初期,这批到城市接受高等教育的外府人中的一部分加入到正蓬勃发展的"文学为人民"文学思潮中,延续前辈们的精神,向城市精英描述起家乡同胞的贫苦生活,他们中不乏来自东北的作家。本尼迪克特·安德森(Benedict R.O'G.Anderson)认为,这些作家抱有"幸存者的负罪感"。尽管他们幸运地享有了学生、知识分子以及都市文人的机遇,但并没有忘记那些被"留在家乡"的同胞。通过将苦难同胞的境况呈现给城市中的利益享有者,使后者意识到落后地区的现状,这些从乡下进入曼谷的"幸运儿"便可得到些许良心上的宽慰。②著名的东北作家佬·堪宏就在一次采访中说道:

> 人们开始描写乡村。那也是我最原初的愿望。我从来不是为了写给农民们看。我希望城市里的显贵人物可以理解并同情像"乃纳"(短篇小说《金脚蛙》中的男主人公)那样生活在农村中的人们。③

另一位来自东北的作家素腊采·占提玛通(Surachai Chanthimatong)则更真切地描述了自己远离家乡、独自在曼谷谋生的那一段孤独经历:

> 我没有什么钱,也没有多少人可以真正理解我(的处境)。那是一种孤独。我依靠着孤独感写作。有时,我不和任何人交流,只和自己对话……我从这里到那里,坐着公交车……就这样穷困地生活在曼谷……我必须自力更生。我不得不以孤独感为支柱,它使我写出了很多关于东北的文字。……它(写作)是

---

① Ellen Elizabeth Boccuzzi, *Becoming Urban: Thai Literature about Rural-Urban Migration and a Society in Transition*, Ph.D.Dissertation, UCLA, Berkeley, 2007, pp.40–42.
② Benedict R.O'G.Anderson, Ruchira Mendiones, *In the Mirror: Literature and Politics in Siam in the American Era*, Bangkok: Editions Duang kamol, 1985, p.43.
③ [泰]阿农:《康邢·西诺采访》,转引自 Platt, Martin B. *Isan Writers, Thai literature: Writing and Regionalism in Modern Thailand*, Singapore: NIAS Press, 2013, p.57.

一种出口……①

《东北孩子》的作者康朋·本塔维也是这群漂泊在城市的东北外府人中的一员。在这部小说中，作者借主人公"昆"的爷爷年轻时的经历，隐晦地记录下了东北人曾经遭受的排挤和鄙夷：

> 阿爷曾出过家，一心想学佛，于是和三个俗家朋友搭上伙，赤脚前往曼谷。每人都得扛上一袋大米，好在饿了时煮着充饥。娃儿们的和尚阿爷也背了一袋米上路。十三天后他们走到了柯叻，在那里跨上了一辆火车，然后就挤在猪群里"哐当哐当"地到了曼谷。没想到，曼谷的和尚却不肯收阿爷进门学法，说他爱吃脏兮兮的生东西，他们还看到了阿爷那从膝盖直到大腿根部全都文满了图案的两条腿。②

饶芃子在论述海外华人的文学创作时曾说过："移民对于本民族文化的认同，实际上只不过是一种生存意志的体现，是在异质环境里消泯陌生感、不安全感，从而构建心灵家园的努力。在较低层面上，族群的标帜唤起温暖的归宿感，并且具有互助的凝聚力；在较高的层面上，可能是文化理想的诉求。"③

这些说着东北方言（佬语）到曼谷生活的作家对自我文化的感知和认同，同流寓海外的移民有着相似的书写冲动。在同异质文化的接触或碰撞中，他们更加渴求和寻找作为"自我"的存在感。在向城市中的"他们"讲述自己所熟悉的东北时，自我文化的种种印记再次从业已逝去的岁月中浮现出来，通过书写这个行为，和千千万万个在"东北"这个空间中生长的个体连接起来，凝聚为一个共同的"我们"。作家个体的经验、记忆或情感这些身体内部的现象，经由写作和被阅读得以外部化，成为一个想象的意义共同体的一部分，并获得

---

① Platt, Martin B. *Isan Writers, Thai literature: Writing and Regionalism in Modern Thailand,* Singapore: NIAS Press, 2013, p.71.
② 见本书第45页。
③ 饶芃子：《比较文学与海外华文文学》，上海：复旦大学出版社，2011年，第199页。

社会和文化层面的意义。正如《东北孩子》结尾处那段饱含感情的文字所表达的:

> 一时间,他仿佛听到上学的钟声正"锵——锵——"地在空中回荡……又仿佛听到肯老方丈的声音在耳畔回响:"老天从来不降罪给谁…从今往后,你也不要怪罪老天……"那一天的气氛,就和现在、和今天的一样……昆一定还会再碰上它们!因为,昆是**东北的孩子**,是双腿布满文身的阿爷的孙子,是直到今天依旧铭记着肯老方丈和阿爸教导、从来不会怪罪上天的**东北孩子**……①

书写联通了作家的过去、现在与未来。逝去的历史、死亡的个人、消失的过往,经由文字得以重现,在书写中成为一种能够被识别的、具有空间关联性和时间连续性的"文化记忆"②而保存下来,获得了"现时化"。在康朋·本塔维"伪装"成一个小男孩讲述发生在东北村庄里的故事时,他的童年经历便从已消匿在时光长河中的"过去",穿越到了由文字所连通的、可由作者和读者共同阅读和触碰到的"现在"。而在这样一个重现的过程中,"东北"的身份标志再次得到确认。

---

① 见本书第303—304页。
② "文化记忆"的概念借用自[德]扬·阿斯曼:《文化记忆:早期高级文化中的文字、回忆和政治身份》,金寿福、黄晓晨译,北京:北京大学出版社,2015年。

东北孩子

三、《东北孩子》：一部地方知识的读本

《东北孩子》是一部以作者童年经历为素材的自传性作品，用一个小男孩的视角记录了泰国东北部一个乡村中的日常生活。小说中的故事发生在大约20世纪30年代，主人公是一个叫昆（Khun）的小男孩，故事以昆的家庭为核心展开，通过描写家庭成员以及村民们之间的日常交往，记录了他们每日的饮食、劳作、娱乐、信仰等生活细节，将一幅真实的东北风土人情展现在读者面前。

小说的开头介绍道：

这间高脚棚屋坐落在泰国东北部一个小村寨里，那里家家户户都一个样：棚屋近旁搭有谷仓，屋下方圈养着黄牛和水牛。村子周围是田和水塘，经常干涸。水塘再过去是一片疏林，当地人管它叫"鹞子坯"。太阳毒辣的日子里，路上是没有小娃奔跑的，因为遍地都是沙。那里的人不论去哪里，都光着脚走路，也

不管沙土有多烫。村里有马可以骑的只有三个人。如果想要到远些的地方撒网打鱼，就得用上好几架车让黄牛拉着走。等到回来时，就已经是二十多天以后了。①

天旱少雨，是小说中的人们所面对的严酷的生存难题。然而，在这样艰难的现实境况下，人与人之间反而形成一种亲密和睦的纽带关系，不论是昆和他的父母、妹妹、祖母、叔伯和堂姐之间，还是同村的邻里、远方的亲戚，或是陌生村寨的外乡人，都在互帮互助中乐观而顽强地生活着。

食物，是小说中被描写得最多的内容。昆每天的生活重心几乎都是跟随着父亲外出寻找食材，带回家交给母亲，由她烹煮成美味的菜肴，然后一家人津津有味地共享美食。吃饭，是昆的家人和村民们每天要解决的头等大事，也是人们在辛苦劳作一天之后所收获的最美妙的犒赏。食物，不仅连通着人类与大自然，也是人与人之间最牢靠的精神与物质纽带。在物质生活资料相对匮乏的环境里，人们依靠祖祖辈辈传承下来的生存技巧和智慧，从大自然中寻找各种可以食用的动物或植物，最大化地利用有限的资源来维持基本生活。昆与父母之间日常交流的主要内容就是食物，而邻里之间的交往与互动也几乎都围绕着食物在进行。人们不停地寻找食物、制作食物、交换食物和储存食物，如此不断循环。连泰国文艺批评家冉专·因他甘函（Ranjuan Inthakamhaeng）也不由得感慨道：

> 在三十六篇故事中，几乎没有一篇不是在讲述食物的。我们既感到同情，又真想一把将食物送进自己的口中大快朵颐。因为，它们看上去实在是太美味了。②

对于作者康朋·本塔维而言，食物也是连接他与广大东北同胞最坚固的纽带。他曾说过：

---

① 见本书第43—44页。
② [泰]冉专·因他甘函：《文学评论：第3辑》，曼谷：莲花出版社，1978年，第117页。

东北孩子

在如今,吃的问题难道不算是大问题吗?对于那些正在曼谷火车站周围挤成一团、或坐或卧的东北人来说,吃饭、填饱肚子难道不是头等大事吗?①

在真实的生活经验中,食物是作者和东北人长期稀缺的生活必需品,因而尤其显得宝贵。从更深层的文化意义上说,食物是一辆满载着乡愁的列车,把作者和千千万万在曼谷打拼的东北人,带回生命的起点、带往精神的故园。

泰国东北部的饮食文化独具特色。其中,一个鲜明特征是以糯米(kao niao)为主食,这与中部以稻米(kao cao)为主食的饮食习惯截然不同。东北土地近百分之七十面积是糯米耕地,而在蒙河南部的高棉族和桂人居住区域,则耕种稻米。②蛋白质食物主要来源为鱼、虾、蟹、蛙、蜥蜴及昆虫等,这些食物大多数是靠渔猎采集而来,而非驯养。腌鱼酱(pla ra),是当地家家户户必备的一道饮食,即将鱼腌制后放入容器储藏,作为日常饭食的蘸料或做菜时的调料使用。将肉类与当地野菜和各种调料生拌,也是一种常见的佐饭菜肴,不论是牛肉、鸡肉,还是蜥蜴等野物,都可以切碎后以这种方式食用,称为"lap"。食用昆虫,也是东北饮食文化的重要特色之一,不论是蝉、蟋蟀还是各种蚁类,都能成为一道美味佳肴。小说中就有一段烹饪蟋蟀的生动描写:

> 阿妈说完,就抬起之前熬鱼酱用过的那口锅,架到灶台上,再往里加了约半瓢水,从碗里拿起一条腌鱼放进去,然后把火扇大,好让水快点烧开。接着,就吩咐昆把蟋蟀的腿和翅膀剔掉,挤出里面的屎,阿妈则拿来研钵"咚咚咚"捣起了烤辣椒和蒜头。捣碎后,又把蟋蟀放进去,放在一起继续捣,直到捣成糊状,再拿起贝壳做的勺子,熟练地刮着边舀出来,装

---

① [泰]康朋·本塔维:《关于〈东北孩子〉的一些事》,曼谷:博贤出版社,1981年,第25页。
② 同上书,第108页。

进一个大碗里，最后端起熬腌鱼汤汁的锅，把鱼汁淋了进去，用勺子翻搅。①

所谓"民以食为天"，食物是人类社会最基本的关注点。饮食与文化的关系也早已成为文化人类学发展的新热点。②有评论家把《东北孩子》比作一部"东北地方菜的食谱"。小说中大量细致而生动的捕猎动物、寻找食材和制作食物的描写，在今天已是难得一见的关于泰国东北人饮食的第一手素材。从阅读食物开始，读者便开启了一条通往当地人生活和精神世界的旅程。

语言，是《东北孩子》之"地方味道"的重要承载媒介和组成部分。小说使用了大量地道的东北方言和当地谚语，它们对于中部的泰语使用者来说，是完全陌生的。而为了便于读者理解，小说中在出现难理解的方言时又会加以解释。方言的使用主要集中在人物的对话中，"khoy"（我）、"bo"（不）、"si"（要）等这些日常用语，使得小说人物变得栩栩如生，仿佛正在真实的生活情境中进行交流。从小说诗学的角度看，方言不仅增加了作品的写实性，也使得叙事语言不再单调，如同在一种贯穿始终的讲述声音中插入了不同的音调，从而增添了生动性和节奏感。而从更深层的社会文化内涵上看，方言的使用体现了作者有意识地将自我（作者个人）和群体（想象中的"东北人"共同体）历史的一部分，融入以泰语构筑的民族国家共同体想象当中，通过同一个叙述主体的叙事行为，将具有特殊身份标识的一群"我们"，嵌入一场更宏大的、正在进行中的民族国家叙事之中。正如在小说结尾部分主人公相继唱出的两首歌曲所寓意的：

"光荣伟大的六月二十四，宪法在泰国诞生……"人群中响起了掌声。詹笛唱完后，贾伯又再次把昆拉了起来。这一次，昆

---

① 见本书第134页。
② 叶舒宪：《饮食人类学：求解人与文化之谜的新途径》，载《广西民族学院学报（哲学社会科学版）》2001年3月。

没有再退缩,他深深地吸了一口气,然后唱起了通老师和阿爸教过的歌:

"知识如同商品,宝贵而又遥远;

需历经万险,才能载它凯旋;

就用你的身躯,铸成远航帆船……"①

前一首是《"六·二四"国庆日之歌》(Phleng Wan Chat Yisibsi Mithunayon),激昂奋进,歌颂着民主和进步的现代民族国家共同体——泰国,后一首是儿童的劝学歌谣《神奇之舟》(Yan Nava Wiset),质朴怀旧,寓意漫漫的个人索求之路。两首歌曲将小说推向高潮,紧接其后的是一段东北方言的对话:

"ม่วนหลาย"เอื้อยคำกองพูดมาดังๆ

"ไผเก่งกว่ากัน เด็กสองคนนี้" ทิดฮาดถามดังๆ

"กูตัดสินใจให้เสมอกัน"

ลุงกำพูดดังกว่าเก่า แล้วเสียงตบมือก็ดังขึ้นนานและนาน

译文:"真好听!"康恭阿姐激动地说。

"这两个小子谁厉害?"梯哈大声问。

"我判他们平手!"

贾伯提高了声音。接着,掌声再次响了起来。响了许久,许久……②

在此,乐曲和人声最终汇聚交织在一起,将叙事推向了尾声。

方言连接着地方上的人际交往与群体记忆,而歌曲则连通着从官方到民间的时代精神。读者透过熟悉的歌词获得了情感上的共鸣,而对方言的阅读也为他们打开了理解当地文化的大门。

"语言本身是社会构成的组成部分,我们出生在语言世界中,我们的社会养成首先是语言上的养成,语言深嵌入人类的能动作用之中。"③古迪纳夫(Goodenough)等认知人类学家认为,要成为合格

---

① 见本书第303页。
② 同上。
③ 纳日碧力戈:《语言人类学》,西安:陕西师范大学出版社,2019年,第3页。

的社群成员就要学习社会知识，让社会知识入脑入心；以格尔茨为代表的解释人类学者说，社会知识不在人的头脑里，不在他们的皮相内，而是在公共领域里，在社会互动中。①对于1928年出生于东北耶索通府（当时还隶属于乌汶府）一个使用佬语的村落的康朋·本塔维而言，泰语是一门需要学习的"外部语言"。在谈到儿时经历时，这位作家曾说过，自己最不喜欢的功课便是泰语、绘画和语法。②由于童年时期的社群交流都是用方言进行的，方言便建立起了一张最初的关于世界意义的网络。方言代表着作家的过去，也是在长期离家的人生旅途中最熟悉和亲切的牵绊，连接他与原乡世界里的父母、亲族和朋友。同时，也连通着那个世界的知识网络。

地方性知识，是《东北孩子》最成功也最具超越"文学性"的价值所在。在文化人类学家眼里，"地方性知识"（local knowledge）是具有文化特质的地域性知识，它与那种"放之四海而皆准"的知识不同，"对于传统的一元化知识观和科学观具有潜在的解构和颠覆作用"，它代表着一种"文化相对主义"立场，是用"文化持有者的内部视界"进行观察。③"地方性知识"术语的提出者克利福德·格尔茨在《地方知识——阐释人类学论文集》一书的"导言"中说：

> 以他人看待我们的眼光那样看我们自己，可能会令我们大开眼界。视他人与我们拥有同样的天性，只是最基本的礼貌。然而，置身于他人之中来看我们自己，把自己视作人类因地制宜而创造的生活形式之中的一则地方性案例，只不过是众多案例中的一个案例、诸多世界中的一个世界，却是困难得多的一种境界。此种境界，正是心灵宽宏博大之所本，苟无此，则所谓客观性不过是自矜自满，而所谓包容性不过是伪装。倘若阐释人类学

---

① [美]克利福德·格尔茨：《文化的解释》，纳日碧力戈、郭于华、李彬等译，上海人民出版社1999年版，第11—13页，转引自纳日碧力戈：《语言人类学》，西安：陕西师范大学出版社，2019年，第11页。
② [泰]巴社·萨韦宛：《康朋·本塔维的反映东北人民生活的小说研究》，泰国诗纳卡琳威洛大学硕士论文，1989年。
③ 叶舒宪：《"地方性知识"》，载《读书》2001年5月，第121—125页。

能在世间长保一席之地，将是很得自于坚定不辍地阐扬这个稍纵即逝的真理。①

尽管从严格意义上来说，《东北孩子》不能算作一份地方知识的报告，因为他不是出自"文化他者"对一个当地社会的田野调查。但是，它却具有一份类民族志读本的价值。按照"民族志"的基本含义——"对异民族的社会、文化现象的记述"，和"民族志"文体的两大要素——一是它们在风格上的异域情调（exotic）或新异感，二是它们表征着一个有着内在一致的精神（或民族精神）的群体（族群），②《东北孩子》无疑具备民族志读本的特质。首先，从它问世之时的读者角度看，它就是一部充满"异域"特征的社会文化记述，它所记录的语言、人物、环境、生活方式等都迥然有异于以曼谷为中心的文化模式；其次，它以"东北"为名凝结起一个在语言、习俗、信仰、生活方式，以及历史记忆上具有高度一致性的群体；第三，它独特的不带任何作家个人声音的书写方式，以及接近平铺直叙的记录语言，可以说是最大限度地还原了一段真实的当地生活。而这一点也正是小说《东北孩子》最受评论家称道的地方。"它将记叙性散文与虚构故事两种文体结合在一起"，以一种"几近零度的写作方式"，把作者个人的情感、思想和意图尽可能地过滤掉，用一个孩童充满好奇和天真的视角带领读者进入故事。小说中对地道的东北食物、风土人情、信仰习俗的细致描绘，也极大地"满足了城市中产阶级读者的文化求知欲"和"'读有所得'的阅读心理"，"解答了许许多多关于东北人的行为，关于东北的经济、社会和文化方面的疑问"③。当代著名学者采阿南·萨姆瓦尼（Chai'anan Samutavanit）称

---

① [美]克利福德·格尔茨：《地方知识——阐释人类学论文集》，杨德睿译，北京：商务印书馆，2019年，第19页。
② 同上书，第1页。
③ [泰]诺尼迪·谢布：《东盟文学奖十年》，曼谷：朵雅出版社，1988年，第22—26页。

它为"一部社会历史的记录"①。

《东北孩子》以东北一个小村落中的一家人为中心，以这个家庭中的小男孩昆为观察者，记录了家庭成员每日的劳作生活，以及同亲属、邻里和村民之间的交往。一个个看似毫无戏剧性冲突的小事，将那些正随时间消逝的当地经验和当地记忆封存起来。由于大量的当地知识是以在实际经验中模仿学习或口头传授而由一代向另一代传承，当身处这种文化以外的读者们读到织网捕鱼、吹枪射鸟、钻木取火、念咒文身等这些包含着人类古老知识的具体细节时，正在现代文明席卷下日渐消失的地方知识便得以继续在文字的形式存活下来。从这个意义上说，《东北孩子》使得发生在当时当地的种种地方经验，获得了超越当时当地的意义范畴，使得在泰国东北代代传习的地方知识扩展到了当地文化之外，从而在更广泛的时间和空间上获得延续。

《东北孩子》在城市读者群体中大受欢迎，意味着对地方文化的探索热潮正在泰国悄然兴起。正如希素冉·蒲温莎（Srisurang Poolthupya）所言，"像康朋·本塔维的《东北孩子》这样的地域主义小说大受欢迎，表明'曼谷即泰国'观念的旁落，地方问题成为被关注的焦点，城市中的泰国居民更加深刻地意识到生活在全国各地的同胞。"②都市知识话语场中出现对地方的关注，从一个侧面反映出对"泰国"这个疆域中存在的各种文化的深度探知和寻根，即对于"'泰'（Thai）这个大写的'我们'是什么？"这一问题的探求、解构与重构。

从文化研究的意义上看，《东北孩子》为今天的读者打开了一道阅读泰国的新大门，让人们看到：所谓"泰国文化"——一个从19

---

① [泰]采阿南·萨姆瓦尼：《〈东北孩子〉里有什么？》，载《国家杂志》2000年4月12日，无页码信息。转引自Platt, Martin B. *Isan Writers, Thai Literature: Writing and Regionalism in Modern Thailand*, Singapore: NIAS Press, 2013, p.117.

② Srisurang Poolthupya, "Social change as Seen in Modern Thai Literature", *Essays on Literature and Society In Southeast Asia : Political and Sociological Perspectives*, Tham Seong Chee(Ed), Singapore University Press, 1981, p.213.

世纪中叶开始不断被官方所力图建构的想象体,其内部并不是从一开始就统合为一的。虽然,在经历了一个多世纪的形塑后,"泰国性""泰族性"已成为人们习以为常的名称,但是文学文本却能以更为隐晦的方式冲击人们的思维惯性。文本中所深埋的一些更为接近历史真相的"事实",它们或许并非作者刻意所为,却因来源于真实的经验世界,反而更能从细微处刻下历史的细节。"不刻意的叙事",一直是《东北孩子》最打动读者和评论家的地方,也正因这份"不刻意",使得这部作品最大程度地真实保留了一段20世纪前叶的泰国偏远东北农村的历史"影像"。

四、小说史视野下的《东北孩子》

泰国的现代小说文类（navaniyai）出现于19—20世纪之交，它的诞生意味着一种区别于传统的新型叙事文体的出现——新小说①。navaniyai一词，由源自梵巴语的nava和源自高棉语的niyai两个词构成，前者含义为"新的、年轻的"，后者意为"说，说话"。尽管从泰国散文体叙事文学自古至今的演化历程来看，本生、佛传等佛经文学和后来移植进入的中国古小说②，都先后对小说文类的演化产生过重要影响。不过，由这种文类自身所携带的现代内核来看，跟随着西

---

① 泰语navaniyai直译应该是"新小说"，从文类来源上看，navaniyai可对应英文novel一词，目前的中文文献里通常把navaniyai一词译作"长篇小说"。然而事实上，中文语境里的长篇、中篇和短篇小说的三分法，不能完全在泰语语境里找到相对应的词。泰语里通常只有navaniyai（相当于英文的novel）和rueang san（相当于英文的short story）两种划分。因此，本文如无特殊说明，一概用"小说"代指navaniyai，用"短篇小说"代指rueang san。

② 关于中国古小说对泰国小说文类生成的影响，详见裴晓睿：《汉文学的介入与泰国古小说的生成》，载《解放军外国语学院学报》2007年第4期，第114—118页。

方现代文明浪潮一起涌入的新式文体novel才是它最直接的源头。小说的到来，不仅为以诗歌为正统的传统文学带来一种全新的样式和创作方法，更重要的是将文学带离了神话、传奇与历史故事的王国，将其引向现实的世界与真实的人生。

综合看来，不论同西方小说还是中国小说相比，泰国小说不仅起步较晚，存在一些先天性的不足，并且在短短不足百年的发展历程中，受政治、经济、社会及文化环境的影响，始终缺乏有利的生长空间。回顾20世纪80年代以前泰国小说的发展道路，不难看出以下几个问题。首先，从西方小说最初进入之刻起，消遣类小说就一直在读者市场上占据着数量优势。进步小说虽然乘着1932年民主革命的历史风向得以萌生和发展，但在军政府的文化控制政策下长期遭受打压和制裁，始终难以进行思想和艺术上的自由探索，取得长足的发展。其次，上述历史原因导致纯文学范畴内的泰国现代小说从总体上缺乏丰富的题材、深厚的思想和多样的风格与形式，加之在社会意识形态上的进步作家始终处于同独裁政府对抗的紧张关系中，使得作品往往流露出过于浓重的政治性，相对缺少了文艺作品应该具备的审美内蕴。再次，文艺批评和本土文艺理论的相对缺失，使得小说创作一直缺乏艺术方法与原则的指导和依托，缺少探索与实践的动力。80年代以前历次关于小说创作的讨论，大多都是围绕"写什么""为什么而写"的问题在反复争论，没有经历过一番充分而系统的关于小说艺术的形式、方法与技巧等问题的探索。最后，第二次世界大战以及动荡的国内外局势也在很大程度上限制了国外文艺作品的译介，泰国本土作家相对缺乏对世界小说经典的全面认知，也没有能够自由汲取国外文学营养的客观条件，又不像中国现代小说家那样拥有丰富的古典小说资源供其不断探索与借鉴，而是只能在相对有限的条件下独自摸索。

《东北孩子》问世于泰国知识界最为之振奋的1973—1976年间。那是全国性学潮风起云涌的三年，城市知识分子与工农无产者结为同盟，呼唤自由与民主，在文艺界掀起了一阵以"为人生，为人民"为旗号的社会主义现实主义文学运动高潮，涌现出一批出自校园、具有政治热情的青年作家。与此同时，老一辈的作家或畅销小说家们也积极响应，一致强调文学应该从内容上反映农民、工人生活的艰苦。就在1975年，著名文艺理论家泽·萨达威廷在一次关于文学现状的讨论会上，针对当时市面上大量千篇一律、缺乏创意和原地踏步的文学进行反思时，指出"当时的文学状况如同静止不流动的水，如果再这样下去就会成为一潭'腐水'（nam nao）"。此语一时间在文艺界引起极大反响和讨论，也由此诞生了一个新的术语——"腐水文学"（wannakam nam nao），用来批判性地指代那些不关注工人、农民及劳苦大众的真实生活状况，耽于表现个人情感或生活、缺乏深度的作品。"腐水文学"进而成为与"为人生文学"对立的消极文学的代名词。

在这种背景下诞生的《东北孩子》，可以说既顺应了时代召唤，又超越了时代。小说展现了贫穷、干旱的东北部农村里人们真实的日常生活图景。这些内容在当时的时代背景下，既受文学评论家和主流作家青睐，又受进步学生读者欢迎，且能引起工农读者群体共鸣。然而，康朋本人显然又不同于以往时代或者同一时期成长起来的那些职业作家们。后者大多从小就读书识字，接受正规的现代教育，很多人从青年时代起就开始在杂志上发表作品。他们或许在文学的专业素养方面比康朋更优越，但是却难以在社会经历和人生阅历上企及他。也正是因为如此，康朋笔下的东北农村和那里的人们，比青年学生笔下标签化的"弱势阶层"工农形象，要鲜活和生动得多。同样是书写贫穷困苦，在同时代其他作家笔下是对社会不公的忿忿不平，可是在康朋笔下，却是积极生活、与苦难抗争的坚忍和对幸福的期盼。也只有从生活的艰辛中真正走过来的人，才能从容地写出面对人生磨难时的真实姿态。更何况，贫困只是《东北孩子》所展现的一个"前景"，世世代代生活的那片叫"东北"的土地，才是它力图呈现的全景。

"东北"——Isan，在以往现代作家的作品里一直是贫困的代名词,那里"天上没有雨/地上尽黄沙/泪水流下来/立刻被吸干"[1]。那里的居民靠天吃饭,常常徘徊在饥饿的边缘。康朋并没有打破这种固有印象,但是却为它赋予了更丰厚的内涵。整部作品里没有紧张的矛盾冲突,也没有扣人心弦的复杂情节。在他的笔下,"东北"不光只有干旱和黄沙,更有古老的文明、悠久的传统、多样的动植物、凝聚着人类智慧的各种手工制品,以及承载着历史和传说的寺庙、佛塔和民间歌谣。那里更有善于利用大自然馈赠的一切而努力生存的智慧的泰佬族人民。即便是在干旱无雨、食物短缺的恶劣条件下,那里的人们依然能够借助一切工具,找来食物养活自己和子孙,永远保持着友爱互助、乐善好施的品性。即使一无所有,也不埋怨上天,永远乐观顽强地活着。这才是不为以往读者所熟知的真正的"东北"。正如小说主人公"昆"的名字所寓意的那样:"昆树……比其它树更耐旱,更能扛得住日晒雨打"。这是一幅和谐而充满生趣、有历史感且蕴含深厚文化底蕴的真实泰国东北画卷。

《东北孩子》并不是泰国第一部关于"东北"的文学作品,但是它却开辟了一片以书写本土风光、展现地域文化特色为写作模式的小说新天地。它与之前展现"东北"的文学作品之所以不同,是因为它不仅展现了一幅原汁原味的地域文化风景,而且在作家的叙述立场和视角上发生了转变,即用"本地的"的立场和叙述视角取代了过去的知识分子视角。尽管这种转变并不一定是作者带着审美目的而刻意为之的结果,但是它却还原了一种更真实和更具普遍意义的情感冲动和文化心理。

如果回顾自西巫拉帕时期开始的泰国"为人生"文学之路,乘着1973—1976年间"为人生、为人民"文学浪潮问世的《东北孩子》,恰恰不是一部那么"为人生"的作品。它里面没有阶级对立,没有贫富差距,更不像70年代那些往往流于情绪化或口号性的批判现实主义作品那样,把文学用作宣扬政治诉求的工具。它仅仅只是讲述了一段经历、一些人和一些事,不把作者凌驾在这些人物

---

[1] 栾文华:《泰国文学史》,北京:社会科学文献出版社,1998年,第371页。

之上，也不刻意用这些人和事去感化或打动读者。这样一种写作姿态，正是当时大多数"为人生文学"潮流中的作家还没意识到的，也是在浪潮褪去后的主流文艺批评家眼里难能可贵的写作态度——一种对创作本身和文学本体的回归。

1976年10月6日学生运动的失败，预示着理想神话的彻底终结。在那之后，泰国文坛也经历了几年短暂的沉寂。在这个转折点上问世的《东北孩子》，一方面由于内容上没有政治倾向性而得以继续发行，另一方面也填补了文学市场上新作品的短暂空缺期。1976—1979年间，由于一大批青年学生和知识分子逃往山林，市场上只有寥寥几部新创作出来的长篇小说作品，《东北孩子》恰好又为这个时期渴望文学汲养的读者们送去了精神食粮。直到1979年以后，在"66/23"号政府法令的施行下，大批逃往林间的知识精英才开始陆续回归主体社会。他们的归来，加快了文学界复苏的步伐，而他们自身也经历了反思和在社会政治新环境下的调适。一直以来知识阶层与政府之间的紧张对峙关系终于趋向缓和，政治话语逐渐从文艺创作与批评中隐退。在新的历史条件下，文学为什么而写？文学的价值坐标应该置于何处？这些再次成为文艺界重新思考的问题。[①]而《东北孩子》也不只是为70年代后期低迷不振的文学市场带来了一丝清风，更为当时正努力思索泰国文学未来道路的文艺批评家们带来了一丝曙光。

70年代著名文学期刊《书文世界》（*Lok Nangsue*）的编委会对《东北孩子》有以下一番评价：

> 康朋·本塔维这本书，给我们带来了一幅在当代小说中不易遇见的景观。当代小说大致可分为为数不多的几种类型，一种是"爱情"，一种被部分人努力称为"人生"，剩下的便是"冒险"和"色情"。但是我们却无法把康朋的《东北孩子》归入上述任何一类。

---

① 熊燃：《东盟文学奖与泰国当代文学的创新》，裴晓睿主编：《泰学研究在中国：论文辑录》，世界图书出版社，2015年11月，第145—157页。

事实上，读泰国小说以来，如果要专门关注与农村有关的（作品），大多都是像麦·蒙登①笔下的那种乡村民谣风格（Baeb Luk Thung），使读者跟随着男女主人公的爱恨悲欢而心潮起伏；或者就是像玛纳·詹荣（Manat Chanyong）的短篇小说；又或者是那种讲述城里人到农村的故事，往往没有多少提及村民们的内容，即使有，也是从城里人的角度来讲述。很少有像康朋·本塔维的《东北孩子》这样读过之后能够体味到真实村民们的思想感情的作品。②

站在今天的文学史坐标上再度审视这部作品会发现：《东北孩子》至少从三个意义上昭示了泰国小说（navaniyai）创作范型的转变。第一，它代表着作为一种文学类型的"地方书写"从边缘走向了中心。在《东北孩子》之前，没有任何一位出身于东北或其他外府地方上的作家，能够凭借一部描写地方风土的作品跻身文坛且获得主流文艺批评家们的广泛关注和认可。1979年，东盟文学奖的创设者和评奖方将第一届小说桂冠授予《东北孩子》，更进一步确认了这种地域书写方式在文艺创作上的可借鉴性和创新性，并以奖项的社会效应赋予这部作品以更大的声誉和地位。第二，如上文所述，《东北孩子》在很大程度上标志着"为人生，为人民"创作范式在泰国严肃小说审美道路上的退场。第三，从小说文类的创作范型看，它预告着泰国当代小说正在尝试新的写作方式、叙事模式和美学追求。《东北孩子》打破了对戏剧冲突、情节结构、人物形象等小说美学元素中的"虚构性"特质进行刻意展现的技巧模式，而是以强烈的写实性贯穿于将"虚构"（fiction）作为其天然美学诉求的小说体裁中，并且结合得浑然天成、毫不突兀。它的成功，为泰国当代小说的美学探索和形式革命开拓了有利的空间。

---

① 麦·蒙登（Mai Mueangdoem）是作家甘·彭汶·纳阿瑜陀耶（Kan Phuengbun Na Ayutthaya，1905—1943）的笔名。
② 《书文世界》编委会：《东北孩子》，转引自任乐苔·萨佳潘编：《东盟文学奖25年：论文辑录》，曼谷：泰国语言与书籍协会出版，2004年，第144—145页。

以70年代末作为分界点,在那之后的泰国文学获得了以往不曾有过的自由空间,呈现出多元而繁荣的局面。《东北孩子》正像是这一场新局面的前奏,以它为先导,以不久之后创设的东盟文学奖为发端和引擎,泰国当代小说在创意与创新精神的引导下,走过了比以往任何时期都开放和富有生机的四十多年。①

---

① 详见熊燃:《东盟文学奖与泰国当代文学的创新》,裴晓睿主编:《泰学研究在中国:论文辑录》,世界图书出版社,2015年11月,第145—157页。

五、《东北孩子》与东盟文学奖

1988年，美籍翻译家苏珊·凯普纳（Susan Kepner）将《东北孩子》翻译成英文出版①。在英文版封面上，有两行醒目的红字介绍道："1979年东盟文学奖得主和1976年最佳小说得主。"1991年，由法亚尔（Fayard）翻译的法文版 *Fils de l'Isan* 问世。可以说，《东北孩子》和它的作者康朋·本塔维能够走出国门、走向世界，在很大程度上正是得益于东盟文学奖。

东盟文学奖②，又称东南亚文学奖（Southeast Asian Write Award，简称 S.E.A Write Award），泰文全称"东盟最佳创意文学奖"（Rangwan Wannakam Sangsan Yotyiam haeng ASEAN），是目前

---

① Kampoon Boonthawi, *A Child of the Northeast,* trans.S. F. Kepner, Bangkok:Duangkamol, 1991.
② 奖项的泰文名称与英文名称不完全对应，泰文的全称中出现了"ASEAN"，所以现有的大部分译名都采用"东盟文学奖"。本文主要是以泰国为对象国的考察，所以译名主要参照泰文的全称。

东南亚地区最大的区域性文学奖。它于1979年由泰国发起和组织创立,最初的参与国还有新加坡、马来西亚、印度尼西亚和菲律宾。它的前身是东南亚条约组织文学奖(SEATO Literary Award,创立于1968年,1976年2月终结)。东盟文学奖在各国的影响力不尽相同,它在泰国文坛的影响力远远超过其他设置该奖的成员国。在泰国,它不仅是文坛最高奖,还被誉为"泰国文学的风向标"(khemthit thang wannakam Thai)。

纵观20世纪80年代以来译介到中国的泰国长篇小说,几乎一半以上是东盟文学奖的获奖作品,包括1982年获奖的查·高吉迪(Chat Kobjiti)的小说《判决》(*Kham Phiphaksa*)①、1985年获奖的格莎娜·阿索信(Krisana Asokasin)的《贴金的佛像》(*Pun Pid Thong*)②、2000年获奖的维蒙·塞宁暖(Wimon Sainimnuan)的《永生》(*Amata*)③、2006年获奖的昂潘·维乍集瓦(Ngamphan Wechachiwa)的《佳蒂的幸福》(*Khwam Suk Khong Kathi*)④。由此,足以见出东盟文学奖对泰国当代文学海外传播所发挥的推动作用。

东盟文学奖为何将第一顶桂冠授予《东北孩子》?一个文学奖项又如何对一部作品的生命产生如此巨大的影响?要回答这两个问题,就必须从奖项的创设之初说起。

1979年,时任泰国语言与书籍协会(泰国中心笔会,P.E.N. International Thailand-Centre Under the Royal Patronage of H.M. The King)主席的诺尼迪·谢布(Prof. Noranit Setabutr)收到一封来自曼谷东方饭店的来信,信中写道:

> 东方饭店董事会及经理方认为:东方饭店与世界著名作家

---

① 该部小说有两个中译本,分别是《人言可畏》,谦光译,太原:北岳文艺出版社,1988年;《判决》,栾文华译,武汉:长江文艺出版社,1988年。
② 中译本名为《曼谷死生缘》,高树榕、房英译,北京:中国工人出版社,1991年。
③ 中译本名为《克隆人》,高树榕、房英译,上海:上海译文出版社,2002年。
④ 中译本名为《凯蒂的幸福时光》,殷健灵译,贵阳:贵州人民出版社,2009年。

素有渊源，特设有"作家座"（Author's Wing），配备特色套房，并以曾经留宿于此的重要作家名字命名，他们中有萨默赛特·毛姆（William Somerset Maugham）、诺埃尔·考沃德（Noel Coward）、约瑟夫·康拉德（Joseph Conrad）、詹姆斯·米彻纳（James A.Michener）。基于此，董事会及经理人方面认为，需要对东南亚联盟地区有杰出作品问世的新兴作家予以鼓励与支持，今拟设立"东方饭店东盟小说奖（Oriental Hotel ASEAN Literary Award For Fiction）"。……①

东方饭店是泰国近代第一座、也是最富传奇色彩的饭店。她的历史可以追溯到四世王帕宗诰②（1851—1868在位）时代，曾经是王室宴请外宾、贵族聚会的首选地。第二次世界大战以后，六个合伙人一同购下股权，这其中包括泰国最早的电影导演、剧作家之一帕努潘·尤坤亲王（Phra Vorawongse Ther Phra Ong Chao Bhanubandhu Yugala 1910—1995）和第9任总理波特·沙拉信（Pote Sarasin），后者曾经在1957—1964年期间担任东南亚条约组织（SEATO）秘书长。1967年，经理人、合伙人之一的杰曼·库鲁尔（Germaine Krull）将她的股份卖给了意丹泰集团（Italthai），后者随即任命科特·瓦希特维特尔（Kurt Wachitveitl）为东方饭店的执行经理，并立志打造出全球最好的酒店之一。

1979年2月9日，炳文查亲王（Phra Vorawongse Ther Phra Ong Chao Prem Purchatra 1915—1981，通常称谓Professor Prem Purachatra）、诺尼迪、泰国作家协会（The Writers Association of Thailand）主席素帕·忒瓦昆③（Supha Dewakul）、翻译家詹简·文纳④（Chanchaem Bunnag）等人共同出席了东盟文学奖的筹建会议。

---

① [泰]诺尼迪·谢布：《东盟文学奖十年》，曼谷：朵雅出版公司，1988年，第14页。
② 旧译为蒙固（源自英文Mongkut）或拉玛四世（源自英文Rama Ⅳ），本书采用2018年出版的《泰-汉语音译规范研究》附录三《泰国国王名号音译表》里的译名方式。
③ 素帕·忒瓦昆（1928—1993），泰国女作家，泰国作家协会的创始人之一，著有长篇小说《水中之火》《人》等，以及300多篇短篇小说。
④ 英文版《四朝代》的译者。

从六个备选名称①中，最终议定将"S.E.A Write Award"（东盟文学奖）作为奖项的英文名称（泰文的正式名称后经第一届评委会商议确定），设立了奖项组织委员会，负责组织和协调各方的工作，也作为最高决策部门，由炳文查担任主席。另设评选委员会，由泰国笔会和作家协会代表负责组建，并确定评奖原则，执行国内的作品甄选与评定，以及联系其他成员国的评奖工作。

最初参与评选的五个成员国是：泰国、新加坡、印尼、马来西亚和菲律宾。之后，随着东盟组织的壮大，其他各成员国也陆续加入评奖：1986年文莱和越南加入、1998年老挝和缅甸加入、1999年柬埔寨加入。各成员国由各国相关的作家机构和文学团体自行组织评奖。每年，获奖者将获得由泰国航空公司提供的往返机票，前往东方大酒店参加年度颁奖典礼，并与泰国王室成员共进晚餐。奖励方式包括：1. 四国的获奖者将获得在泰国境内为期一周的免费旅游；泰国的获奖者可以选择前往其他任何一个成员国旅游，同样为期一周。在这期间的食宿和交通费都由奖项主办方全额资助。2. 纪念奖牌。3. 奖金15,000泰铢，作为作品将来的翻译费用。

泰国东盟文学奖的评选由两个文学组织共同负责，分别是泰国语言与书籍协会和泰国作家协会。前者成立于1958年，由泰国著名学者沙田·哥信（帕雅阿努曼拉查东）发起设立并担任第一任主席。1959年4月21日，在国际笔会②执行委员会（P.E.N International Executive Council）伦敦大会上，泰国语言与书籍协会被正式接纳成为该会成员，并作为国际笔会在泰国的中心，1973年开始由国王基金亲自资

---

① 六个备选名称是：1. The South East Asia's Literary Award for Fiction, 2. The S.E.A. Award for Creative Fiction, 3. The S.E.A.Write Award for Fiction, 4. The Menam Award for Fiction, 5. The Golden Barge Award for Fiction, 6. The Authors Lounge Award for Fiction.
② 国际笔会（P.E.N International），又称世界作家协会，成立于1921年，总部设在伦敦。英文名称P.E.N.源自单词Poet（诗人），Essayists（散文家）和 Novelists（小说家）的开首第一个字母，巧合为"PEN"（笔），中文意译为"笔会"。创始人是英国女作家C.A.道森·司各特。第一次世界大战后，许多作家深感战争的残酷与恐怖，为了使悲剧不再重演，他们联合起来发起建立一个超越种族、宗教和政治的国际性作家组织，笔会就是在这样的宗旨下成立的。

助。语言与书籍协会主要致力于向国际推广泰国文学、翻译文学作品、促进泰国与国际间的文学交流，同时也担负着改善作家福利、促进作家间团结等多项职能。曾经参与过"东南亚条约组织文学奖"的评选工作。历任主席都活跃于文学、教育、出版等多个领域。1977年，协会设立了专门针对短篇小说与诗歌的"笔会文学奖（P.E.N. Literary Prize）"。

泰国作家协会是泰国首个由职业作家组成的全国性团体，主要目的在于鼓励文学创作、为作家争取福利、促进作家间的团结。前身是"五·五作家联盟"，由作家、泰国"国家艺术家"[1]苏瓦·沃拉迪洛（Suwat Woradilok）[2]于1968年5月5日，为了给病重的老作家柳·西萨威（Liaw Srisavek）[3]筹集善款而发起成立——5月5日也因之被定为泰国的作家日。1971年9月14日，联盟成员素帕·忒瓦昆、社尼·布沙巴革（Seni Buspaket）和塔翁·素宛（Thawon Suwan）将该组织正式改组为"泰国作家协会"，并推举乌彤·蓬昆（Uthon Phonkun）担任第一届主席。

最初的奖项章程规定，泰国东盟文学奖的评选委员会由泰国作家协会和泰国中心笔会负责委任文学界的权威人物组建，评选细则包括：1.作品必须是原创的；2.必须紧系作者生长的国家或地区；3.可以是以下任何形式的创作：长篇小说、短篇小说、科幻小说、民间故事或诗歌；4.必须是最近五年里（以参与评奖之年为止）的优秀作品；5.曾获得过本国国内其他奖项的作品有资格参选；6.作品的语言是可以在本地区内使用的任何语言；7.作者须以其作品促进或有益于本地区的文化与文学发展；8.作者没有种族、宗教和性别上的限制。评选流程为，先有评委会向各书刊编辑和出版机构征集推荐书

---

[1] 1984年，泰国文化部下属机构文化发展委员会（后改名为"文化促进司"）发起了国家艺术家项目，为了评选、促进、支持和鼓励在创作上具有突出贡献和成就的国家艺术家，并由该委员会组织评选。获得奖励的艺术家将被冠以"国家艺术家"的荣誉。

[2] 苏瓦·沃拉迪洛（1923—2007），泰国小说家、报业人、"国家艺术家"得主。

[3] 柳·西萨威（1912—1978），泰国多产作家，创作类型多样，以"格斗历险"类小说独树一帜，深受读者欢迎。一生阅历丰富、交友广泛。

目,再在评委会内部组织讨论、审核、并最终作出裁定。

第一届评委会由7人组成,包括上述两个协会的主席,以及作家、翻译家、学院专家代表,分别是诺尼迪·谢布(语言与书籍协会主席、评委会主席)、素帕·忒瓦昆(泰国作家协会主席、评委会主席)、林腊婉·彬通(Nilawan Pinthong,《女性杂志》*Satri San*编辑)、萨猜·邦荣蓬(Sakchai Bamrongphong,老作家)、诺·班卡翁·纳阿瑜陀耶(Noph Palakawong Na Ayutthaya,教育家)、拉达·塔娜哈塔甘(Ladda Thanadhatthakam,作家、翻译家)、达奈·撒西瓦塔纳(Danai Saksithwathana,专栏作家)。在评奖流程上,第一届评奖还没有实行初选和决选分开的方式。送选的作品共有18部长篇小说和2部诗集,其中包括康朋·本塔维的《东北孩子》和《狠毒的牛贩头子》(*Nai Hoi Thamin*),玉·巫拉帕(Yot Burapha)的《忠诚的爱》(*Katanyu Phisawat*)和《与阿公同住》(*Yu Kab Kong*),格莎娜·阿索信的《换叶之木》(*Mai Phlat Bai*)和《转向的风》(*Lom Thi Plian Thang*)、西法(Si Fa)的《这片大地依旧祥和》(*Phaen Din Ni Yang Ruen Rom*)、《蓝天之下》(*Tai Fa Si Khram*)和《何故》(*Thammai*)、康满·坤开(Khamman Khonkhai)的《乡村教师日记》(*Banthuek Khong Khru Prachaban*),等。

当年的评委会主席诺尼迪对《东北孩子》的评价是:

> 《东北孩子》是一部很特别的作品……它有一种浑然一体的特质。用英文说来就是有"creative writing(创意的写作)",它(虽似散文,但又——引者)不是散文,而是有趣味的故事,带有戏剧性……令读者读来手不释卷。它刻画了东北人特有的禀性,又将作家们很少触及的基本(生活)问题展现得如此引人入胜……①

---

① [泰]诺尼迪·谢布:《东盟文学奖10年》,曼谷:朵雅出版公司,1988年,第40页。

《东北孩子》的成功,一方面源自作品本身的魅力,另一方面也正好满足了评委会对新题材、新创作形式的期待。在同时参选的另外17部小说中,不少都是出自像格莎娜·阿索信、素婉妮·素坤塔、西法、尼米·普密塔翁这样的老作家之手,它们在技巧的娴熟度和语言的凝练度上或许更胜一筹,但是却没有《东北孩子》这样令当时读者耳目一新的内容与表现形式。《东北孩子》的成功带给文坛一个信号,那便是:好的作品不仅要能够真切地反映生活原貌,也要能"吸引读者不断地阅读下去"①,从内容到形式都要给人以新意,有鲜明的个人特色,体现创造性。

20世纪70年代末至今,泰国小说以前所未有的创意、多变和多元走过了四十多年。东盟文学奖不仅见证了这段时期里泰国小说所经历的变化与问题,同时也是这种革新精神的推动者和践行者,促生并集合了它们中最优秀的代表。②自创设以来,通过一年一度的评选,东盟文学奖遴选出一批广受认可的优秀作品,发掘并奖励一系列具有潜在价值的文坛领军人才。时至今日,"东盟作家"(Nak khian S.E.A. Write)已成为一个特殊的身份标志,而被打上"东盟文学奖"徽标的文学作品,在图书市场上也成为一个有着质量保障的"品牌"。当我们追溯这股文学创新精神的源头时,《东北孩子》无疑是首先需要考察的文本。

---

① [泰]顺提·尼玛潘、秉彭·暖宁:《透视东盟文学奖》,朱拉隆功大学教育学院,1992年,第15页。
② 详见熊燃:《东盟文学奖与泰国当代文学的创新》,裴晓睿主编:《泰学研究在中国:论文辑录》,世界图书出版社,2015年11月,第145—157页。

东北孩子

一、村子要荒了

那还是四十七年前……

在一棵高大的椰子树下，有一间用木头搭成的高脚棚屋，站在炎炎烈日下。每当大风刮过，阿爸就会立刻驱赶三个孩子跑出棚屋，逃到地面上去，因为害怕那棵椰子树倒下来，砸断他们的手脚。

要是风不大，三个小娃就会挨着身子躺下，眼珠子直勾勾地盯住头顶上的天花板，听风把顶棚吹得"沙沙"作响。那上面的白茅遮顶已经被烈日烤得干巴巴了，一遇风就会发出脆响。只要听到阿爸"快下去！"的喊声传来，他们就会以最快的速度逃到棚屋外的地面上。

这间高脚棚屋坐落在泰国东北一个小村寨里，那里家家户户都一个样：棚屋近旁搭有谷仓，屋下方圈养着黄牛和水牛。村子周围是田和水塘，经常干涸。水塘再过去是一片疏林，当地人管它叫"鹞子坂"。太阳毒辣的日子里，路上是没有小娃奔跑的，因为遍地都是

沙。那里的人不论去哪里，都光着脚走路，也不管沙土有多烫。村里有马可以骑的只有三个人。如果想要到远些的地方撒网打鱼，就得用上好几架车让黄牛拉着走。等到回来时，就已经是二十多天以后了。

和阿爸阿妈一起住在这棚屋的三个孩子当中，稍微懂事点的是哥哥阿昆，两个小阿妹还处在不爱穿筒裙的年纪，每逢功德日①总被阿爸拽着手脚硬生生给套上，才能挽着小手如愿地出去寻觅小伙伴。风雨大的夜里，昆总会问阿爸，为啥不用鲜芭蕉叶扎个新遮顶给换上呢？要是阿爸回他"没时间"，他便只得点点头；要是接着问："那把椰树砍了行不？"就会被阿妈抢先一步答道："要是你们吃竹筒饭用不着蘸椰浆了，立马可以把它砍倒。"昆便马上岔到别的话题去。因为，唯一可以让他跟阿妹们吃到躺倒摸肚皮的点心，就只有竹筒饭了。他对吴叔店里那些个糖丸压根儿提不起兴趣。偶尔碰到交人②挑东西来卖，昆也会伸手向阿爸要几个钱去买两三根日本烟花棒。要是阿爸说没零钱，他就会站着目送那些交人走远，直到消失不见。他也不知道这些人是从哪里来，又要往哪里去。

阿昆心里头对这些交人是又爱又恨，阿爸曾警告他说："这帮人啊，可别去招惹。"

"为啥呢？"

"和那些交人一次交道也打不得，他们脑子贼精。"

昆点头应了，脑子里想着这些交人以前把小孩子抓到对岸，挖出他们的肝像吃狗肝一样吃掉，再把尸体扔进湄公河里。不过阿妈并不这样认为，反倒说："要是俺们东北人也学学交人的样儿，也不会再

---

① 指有佛事活动到寺庙里做功德的日子。
② 泰国东北方言对越南北方人的称呼。

忍饥挨饿了。"

一天晚上，阿爸给孩子们讲起了自己的阿爸，也就是他们阿爷的故事。阿爷曾出过家，一心想学佛，于是和三个俗家朋友搭上伙，赤脚前往曼谷。每人都得扛上一袋大米，好在饿了时煮着充饥。娃儿们的和尚阿爷也背了一袋米上路。十三天后他们走到了柯叻，在那里跨上了一辆火车，然后就挤在猪群里"哐当哐当"地到了曼谷。没想到，曼谷的和尚却不肯收阿爷进门学法，说他爱吃脏兮兮的生东西，他们还看到阿爷那从膝盖直到大腿根部全都文满了图案的两条腿。

"曼谷和尚小气，不让阿爷进去学习是吗，阿爸？"小男娃昆说。

"他们怕是琵琶鬼①进到寺里吃光和尚们的肝！"阿爸接着往下讲，"阿爷气得直发抖，让那寺里的和尚以为是琵琶鬼发威了，立刻齐力把阿爷赶出了寺门。阿爷气得还了俗，跑去给人家割稻子，攒够一些钱后就一个人回乡了。过了柯叻城又走了十天，却被一伙交人把钱全抢跑了。打那以后，孩子们的阿爷就像憎恨琵琶鬼一样地憎恨交人。"

有一天，天气热极了。三个孩子正在棚屋下玩耍，昆看到阿妈走到屋前沙堆上，用手在沙里扒了扒，拿起三个鸡蛋转身上了屋，不一会儿又拎着糯米箪和腌鱼碟走了下来。孩子们每人从阿妈那里分到一个鸡蛋，撮着糯米、蘸上鱼酱送进嘴里，再咬上一小口鸡蛋，津津有味地吃起来。阿爸下来看到了说："沙里焖熟的鸡蛋比水里煮熟的香，吃了学习好。"昆就问："要送'老子'去上学了吗？"阿爸答："对！以后不准用'老子'这词跟阿爸阿妈还有两个阿妹讲话

---

① 泰国东北部民间信仰中的一种鬼，喜食半生不熟的食物，可以附在活人身上，一点点吃掉被附身者的内脏直至其死亡。传说死后化生为琵琶鬼的通常是喜欢玩弄巫术咒语的人，由于走火入魔或触犯禁忌而成为鬼。

了。"昆点点头,然后高兴地跳了好几下。阿爸问昆长大以后要当什么?昆答说想当交人,可以挑着老多东西去卖!阿妈插了一句说:"孩子他爸随外出的车一块儿去弄些腌鱼回来吧,家里的吃不到插秧了。昆娃就快要上学,要买腌鱼,还要给他买课本和穿去学校的衣服。"

阿爸告诉阿妈,他们已经有不少人要去了。一车只坐得下四个人,不然回来时装不下腌鱼和酸鱼坛子。昆又问阿爸,"为啥俺们没有哈大伯家那样拴着黄牛的大车呀?"阿爸回他道,"要是雨水足,稻子卖得好,就可以买一架,但昆一定要把书念好。"阿妈又说,"给昆换个名字吧。"但阿爸却说:"'昆'字的意思就是指长在田野山丘上的那些昆树①,比其它树更耐旱,更能扛得住日晒雨打。"昆得意地跳起来,挥舞着胳膊一个劲地拍手。

打那以后,昆对阿妹们成天抱在手里的两只猫的喜爱就超过了狗。昆叮嘱阿妹翌笋:"以后一定要多给花猫喂些鱼,让它活得久一点,好拿去求雨,让雨点落到田里美美的稻子上②。那样,阿爸就有钱买车买黄牛,买他上学穿的新裤子了。"

一天,琵琶鬼闯进村子南落阿爷的屋里去吃他的肝了。昆上了阿爷的屋,远远地看着,又想看又害怕。只见一个人手里拿着短鞭"啪啪"地抽着躺着呻吟的阿爷,又用水"簌簌"地往阿爷周身上洒。只听那挥鞭人的声音说道:"不喝咒水就浇透你!是哪只琵琶鬼速速报上名来!"昆看到阿爷忽地一下坐起身,吓得他一骨碌跑下了屋,站在楼梯边上竖着耳朵继续听。阿爷洪亮的声音传了出来:"不是琵琶鬼来吃俺的肝!俺是跑去柯叨染的疟疾!够了!不要浇俺

---

① 学名阿勒勃树,拉丁文名称Cassia fistula, 又称波斯皂荚、婆罗门皂荚、腊肠树,等。泰国不同地区对此树的叫法不一,北部叫"陇榔树"(音译),南部叫"拉查菩树"(音译)。

② "抱猫游行祈雨",是泰国东北部的民间习俗,在稻禾成长过程中,若遇干旱要举行此种游行活动。方法是将一只猫装进鱼笼,抬着绕村走,边走边唱"求阗神降雨歌"。路过人家屋前时,主人要向求雨队伍泼水,尤其是要向在鱼笼里挣扎的猫泼水,以此引起"阗神"的同情而赶快降雨。

了！"没过一会儿，昆就"哇啊"地哭了出来，因为听到了上面大人们的哭声。他飞快地跑上屋，站着看着没有睁眼的阿爷。阿爸阿妈却只是一言不发。再后来，昆的阿爷就消失不见了，昆再也没骑过他的脖子，也再没抱过他的腰了。

一天清晨，屋子前传来一阵嘈杂声。昆醒过来看到阿爸阿妈开门下了棚屋，他也站起身满腹狐疑地跟了下去。路当中有三架拴着黄牛的车停着。昆以为是和先前一样出发去找腌鱼的车队，直到看到盖伯和席伯带着老婆上前同阿爸阿妈握手，才意识到：这是要搬到别地儿去了。那些人的小娃们一个个抱着狗崽或公鸡，排队跟在大人身后。还有两三头水牛用绳子拴在后面的车上。阿爸同盖伯说道：

"大伯先走，要是熬不住了，我再带昆他娘跟孩子们过去。"

至于阿妈则对一个上了年纪的老妇人说道：

"要是有酸鱼或个头大点的鱼，也送点过来尝尝。"

当牛车队动起来时嘈杂声再次响起。昆站在阿妈身旁目送车队走远，直到渐渐消失。昆问道：

"那些阿伯们要到哪里去住？"

"去住那'土黑水盈，鲦鱼①出水像鳄鱼摆尾'②的地方。"阿妈说。

昆经常听到这样的话，只是从没在意过，直到这次才注意了起来。于是他又问阿妈：

"土黑水盈的地方是啥模样呢？"

阿妈解释道："就是年年能种田，水里鱼儿个头大，从水里跳起来好像鳄鱼在甩尾巴。"

昆跟着阿爸上了屋，问道：

"啥时候阿爸也带俺们到鱼耍水像鳄甩尾的地方住呀？"

阿爸告诉他："你阿爷嘱咐过的，哪里也不要去。"

阿妈上屋来接话道："搬走也好，今年怕是又要旱了。"

---

① 音译，泰国东北方言名"pla kum"，学名Thynnichthys thynnoides。
② 出自泰国东北部流传的歌谣。

昆高兴地凑到阿爸身旁坐下说:"走吧阿爸,阿爷不在了,不会怪的。"

阿爸呵呵笑着问:"为啥要走?"

昆想了想说:"要是不逃去别的村子,琵琶鬼不会像吃阿爷的肝那样吃掉俺们的吗?"

"不会了。那些变成琵琶鬼的人早被赶跑了。"阿爸道。

阿妈接着说:

"俺们村怕是要变成荒村喽。"

"村子怎么会荒呢?"昆问。

"屋主人全跑别地儿去住了呀。"阿妈答。

"有些人没卖屋子,会回来的。"阿爸解释道。

"洗脸刷牙去吧,孩子。"阿妈对昆说。

昆进厨房拿了些盐巴放进嘴里含着——那就是牙膏,接着走到屋外晒台上坐下,望向盖伯车队离去的方向……

二、旱季找食物

昆一次也没到林子里玩过，因为阿妈很疼他，不想让他吃苦头。但是有一天，昆终于跟着阿爸去了一回。阿妈帮阿爸准备好腌鱼酱和饭包、用格马布①包裹好，然后带着翌笋和福莱两个阿妹下了屋。

阿爸嘀咕了一阵子，把包着饭包的格马布系在腰间，取下弩和箭筒斜挎上右肩，又把准备装知了用的竹篓挎在左肩。然后就吩咐昆去拿钱筒，里面是他用鹊肾树胶混合油树脂专门为粘知了而做的胶。昆兴奋极了，他还从没进过林子。到了屋底下，两条狗红毛和灰麻早就

---

① Pha khao ma，泰族人生活中的一种应用十分广泛的格纹布料，在古代被叫做"Pha kien ieo"，意即"缠腰布"。有泰国学者称，此词源自波斯语，波斯语中的发音是"Kamarband"，kamar意为腰部，或下半身，band意为缠绕。这种布料至晚在11世纪左右出现在清盛（chiang saen）地区，当时的妇女流行下半身穿筒裙，男人则在腰间系这种格纹布。

哼唧个不停了——它们知道，又可以进林子里去抓獴和椰子猫①了。

昆阿爸很爱这两条狗，因为它们不仅逮獴利索，还经常在月明的夜里追椰子猫，每次至少能抓回来一只。阿妈会把肉切好、分一些给同行的村民，剩下的还能再煮一大锅苦瓜辣汤。不过，昆从没吃到过椰子猫的尾巴，因为阿爸每回都把它烤熟了扔给狗子吃。昆曾经讨来一对黑色和黑白相间的狗崽给阿爸，可是他不要，说黑狗和花狗不够凶猛，比不上棕的和灰的，夜里还会教椰子猫打老远就发现，要是有贼想靠近家周围，也会让贼远远地就看到。

走到大泽坵时，太阳已经快到头顶了。昆走得慢，赶不上阿爸平日的速度，尤其是看到迎面走来的小伙们背上的竹篓里，满满的全是知了叫声，昆的心情就愈加失落了，生怕已没有知了可让他们抓了。果然，那天他和阿爸才抓了不到十只。又加上有两条狗在前面跑，知了全都噤了声。阿爸见昆老是扯下竹条上的小枝去蘸胶就告诉他：

"别老蘸，胶要用没的。还是绕到塘那边打鸟去吧。"

昆在一段原木上坐下，对阿爸说："还是吃饭吧。"阿爸于是扯下一大把卡里椰树②的嫩叶，解开饭袋，从篓里一只一只地掏出知了，掐住头捏死。

"先像这样剔掉翅膀和脚，把屎挤掉再吃。"

阿爸边示范边用卡里椰嫩叶包好知了，蘸上辣酱送进嘴里，"呕吧"嚼了起来。昆学着阿爸的样，吃得津津有味。知了的头部肥腻，而卡里椰叶味道涩，跟又辣又咸的腌鱼酱配在一起刚好合适。

"下回趁夜里过来。"阿爸说。

"夜里来捉，看得见吗？"昆怀疑地问。

"不用看，哪棵树上多，阿爸知道。哪棵树下要是出奇地阴凉，知了的尿像丝一样飘到身上，凉飕飕的，阿爸就把那棵树砍倒。"

---

① 英文名Palm civet，椰子猫属，学名Paradoxurus。
② 学名Careya arborea。

"它们不飞走吗？"昆问。

"不会，它们夜里看不见。等树一倒，阿爸就擦亮火把，直接往篓子里捡。"

昆拿起阿爸背来的竹筒喝水，还没来得及喝个痛快，就听到红毛和灰麻的吠声。阿爸抄上弩闻声奔去，昆紧跟在后。不一会儿，只听阿爸冲昆喊道：

"别靠太近孩子！红毛灰麻在斗眼镜蛇呢！"

昆蹑着脚稍稍靠近了点儿，顿时僵住了。只见一条巨大的眼镜蛇正盘曲在白蚁堆旁，竖起头鼓着颈子，冲两条狗子发出"嘶嘶"的声响。

"好好引着，红毛！别让它把毒液喷进眼里！"阿爸大声提醒正低吼着绕蛇打圈的红毛。

不一会儿，昆就高声欢呼着跳起来。只见灰麻趁红毛在前头诱蛇时一跃而起，以快得难以察觉的速度一口叼起蛇尾朝左右一阵猛甩，打在狗屁股上"啪啪"直响。等灰麻松口，红毛也直蹿上去叼住蛇尾，学着样子照做起来。

"够了，已经死了，你俩好样的！"阿爸对狗子说完，就喊昆跟上去。昆站着盯着蛇看了一会儿，只听阿爸说道：

"还是打鸟去吧，这蛇吃不得，要是食鼠蛇的话还能炖锅酸汤吃。"

到了大泽坳附近，昆跟着阿爸继续往前走。不过阿爸没有射鸟，而是射向了一只拳头大小的猫猴。它飞起来时有鸽子般大，长着猫头鹰似的脸，只是头嘴略小，鼻子更短，嘴巴像蝙蝠，长有棕色混带着白色的软毛。阿爸指向一棵高高的油树，让昆朝树顶上看，然后迅速拉紧了弩。猫猴奋力在树头窜来窜去，好像知道有人要杀它。阿爸扬弩射出一发，那猫猴便紧紧抱住树枝一动也不动了。昆仰头坐着，出神地看向那只猫猴，两只狗也冲着上方时不时地低吼着。但是阿爸射出的箭每回都只是擦着猫猴飞过去，直到只剩下最后一支，他才对昆说："回去算了。"

二、旱季找食物

"不射了吗？"昆问。

"箭只剩一发了。要是两三个人一起来，包准能吃上这只猫猴。"

"用啥法子呢？"昆又问。

"用斧头把油树砍倒啰，拿木头敲打树的根部，它立马就会溜进树洞。"

那天虽然在大泽坵上没有什么收获，阿爸却没有放弃努力。昆心想，到家之后阿妈怕是又要埋怨上几句了。

走到田野时，阿爸说，食鼠蛇喜欢趁大清早和傍晚阳光弱的时候从水边草丛里爬上来晒太阳。有些躲在洞穴里的，但也会从洞底爬上来。没多久，阿爸就在白蚁堆旁的鹊肾树树枝上发现了一条食鼠蛇。昆跟上前去，在两棵鹊肾树之间抬眼看着蛇肚子上泛出的红白相间的光，他将信将疑地问：

"真的是食鼠蛇吗？阿爸。"

"错不了。"阿爸边说边从烟盒里取出蚕丝，圈成套环套在粘知了的竹鞭末端。红毛和灰麻吠了起来，惹得阿爸恼火地踹了一脚，生怕它们把蛇给惊到，退回草丛里。他轻轻把套环捅上去，昆用目光搜寻着蛇头。不一会儿，那蛇就被阿爸套到了地上。怎料，套住蛇颈的套索却在这时突然断开，只见它迅速扭转身子窜上白蚁堆。蓄势待发的红毛立马乘势跃起，飞速叼起蛇尾朝身后一阵猛甩，"啪啪"击打着屁股。阿爸冲上前掐住蛇颈，使劲从红毛嘴里扯出来，又往白蚁堆上奋力一摔，它便没了动静。

阿爸说："要是眼镜蛇，狗子是不会立刻扑过去叼住尾巴的。"

他生起火，用藤条把蛇颈绑到树枝上，掏出刀，在蛇颈周围划开，再沿着蛇腹划向蛇尾，一口气的工夫就把蛇皮剥了下来，露出白色的肉。阿爸接着又把蛇切成段，用三根竹篾串好，说道，"等烤焦了再包着带回家，免得蛇血弄脏腰布。"

蛇肉快好的时候，有两个壮汉走了过来。

"打哪儿回？"阿爸问。

"逮鹌鹑。"一个说。

"逮了七个。"另一个道。

阿爸把蛇肉从三根竹篾上取下，放在树叶上递给捕鸟人每人两块。

"拿两只鹌鹑来换就够了。"阿爸说完笑笑。

"好说。凉拌时要剁些嫩蕉梗子进去。"其中一人对阿爸说道。

昆不解地问："为啥要加蕉梗？"

一人答："味道好，还可以拌得多些。"

"鹌鹑不是田里才有的吗？"昆问阿爸。

"只是谷子结穗时在田里，一到旱季就跑进高地的灌木丛了。"阿爸说。

捕鹌鹑的网阿爸都有五张了，阿妈还正织着新网，但那天阿爸却没一起带上。昆心想，要是带了的话，就用不着让那两人换走四块蛇肉了。

傍晚刚一到家，住在路对面棚屋里的康帕阿婶就赶紧过来找阿爸搭话，过了好一会儿，她终于带着两块烤蛇肉离开了。

"俺一块也不愿给。"阿妈抱怨道。

"为啥？"昆问。

"康帕这婆娘小气得很，别人都管她叫'臭腌鱼婆'！"

"她腌的鱼很臭吗？"昆又问。

阿妈说，这康帕婆娘要是得了很多鱼做腌鱼，会轻手轻脚地撒上盐、放在臼里捣，生怕村子里的人听到，结果鱼上的盐没沾匀，一开缸盖，腌鱼的臭味就飘得老远老远。

"做凉拌鲇鱼也是轻轻地剁，生怕别人找她要。"阿妈继续说。

"莫讲人闲话。"阿爸道，阿妈便不再作声。

那一晚，昆家的配饭食物有炖食鼠蛇肉和凉拌鹌鹑。阿妈把没放辣椒的碗指给孩子们，昆和两个阿妹就津津有味地吃了起来。昆边吃边给阿妹讲两只狗的厉害。从那天后，昆对狗的爱就胜过了猫。

兴奋劲儿让昆还想着以后跟阿爸去打獴。但阿爸说，昆还没长大，打獴还需要借别家的狗，把猎狗们集合在一起行动才行，偶尔还会碰上眼镜蛇或眼镜王蛇乱窜着咬人。阿爸还说，红毛和灰麻牙锋利得很，只消咬上一口，獴"吱"的一声就倒地死了。有时，红毛会在满是杂草的白蚁堆旁守着獴洞口，只消它一出洞，就上去衔住头，死死咬着不放，直到獴子没了声响。有时还会在獴钻进洞之前咬住尾巴把它拖出来，再让灰麻衔住头。碰上夜里捕椰子猫的时候，它会跑在前头带路。一听到狗吠声，阿爸和村民们就会赶紧跑过去。阿爸说，椰子猫一嗅到狗子的气味就会赶紧爬上树，待火光一照到它的脸，它就定住不动了，这时树下的人就拿火药枪或弩射它。它一掉下来，猎狗们就一拥而上，冲着头和尾一阵乱咬。

"等俺长大了就让俺一道去吧？"昆问。

"肯定能去！不过一定要把书念好。"阿爸说。

三、凉拌腌鱼

一个天没亮的清早，昆被棚屋外的说话声惊醒。屋门敞开着，他起身跑到门口一看，原来又有村民要搬走了。四架带篷的牛车停在屋前的路上，三头干瘦的成年黄牛和水牛拴在车尾，几个小娃抱着小猫小狗闷闷不乐地站在车边。昆看到阿爸正和一个穿着旧纱笼的男人握手，就快步下屋找了过去。

"跟阿伯一起走不，昆娃子？"一位脸颊深陷、系着大格纹裹腰布的长胡子阿伯拍着昆的肩膀问。

"去不去？去住新村子。"那阿伯又问。

"俺不去，俺要跟阿爸一起去。"

"为啥要跟你阿爸一起去？"

"等阿爸有了拖车的牛，俺想坐阿爸自己的牛车去。"

翘胡子阿伯松开阿爸的手，又去跟其他人一一握手。在一片道别声中，村长肩头挂着两长串生香蕉也加入到送别的队伍中。

"阿爸,香蕉生着呢,村长为啥还送?"昆问。

"路上会慢慢熟的。"

"阿爸送给他们路上吃的东西没?"

"送了,我给了刚才那阿伯一张捕鹌鹑的网,你阿妈还送了个抄鱼网。"

"咋送那么多东西?"昆不满意地说。

"就是这位阿伯哟,小时候给你把红眼病吹好的。"

昆想同那位阿伯握手道谢,但又不知该怎么说,于是就站着听大人们聊天。当喧哗声再次响起时,车队便移动着出发了。拴在车尾瘦削的黄牛和水牛迈着沉沉的步子缓缓跟着前进,小娃们坐在搬家队伍中间的篷车里,探出头朝村民们侧脸微笑。昆笑着对他们挥手告别,站着和阿爸一起目送他们渐渐消失在远方。昆扶着阿爸的胳膊问:

"他们要去哪个城住啊?"

"去土黑水盈的地方住。"阿妈抢着答道。

"怎么个土黑水盈的地方?"昆疑惑地问。

"就是土好,种出的稻和菜美,溪里湖里的水不会像俺村的这样干掉,鱼也多得很。"

"总是有雨下,对吧,阿妈?"

"没错,雨下下来也不会全都流进地下。"

"要是俺得了红眼病,谁来给俺吹呢?"昆问阿爸。

"阿伯他有好几个徒弟,寺里的肯老方丈也会给吹。"

昆还想接着问,阿爸却牵着他往回走去。他们回到高脚棚屋底下,在竹床上坐下,阿妈也过来坐到了一起,她问昆:

"也想和他们一样走吗?"

"走吧！阿妈。"昆马上答道，"到土黑水盈的地方去。"

"这话倒记得挺快呀。"阿妈边说边扭头看向阿爸。

"想去住新地方了？"阿爸绷紧了脸。

"去吧，俺可不想拖着孩子们在这里等死。"阿妈抬高了声音，长叹一口气。

"俺是坚决不走的，昆他阿奶还在，虽说这三四年年年旱，但也没见谁活不下去的。就算死，俺也要跟娃子们死在这里。"

这时，屋里传来小妹福莱唤阿妈的声音，她便上屋去了。

"想坐阿爸的牛车是吗？"阿爸问昆。

"是。"

"好！总有一天阿爸会让你坐上的。"说完，阿爸就像每天早晨一样，照例往屋外的林子走去，昆也曾偶尔跟阿爸一起去那里解过手。

村民们搬走后的第二天早晨，阿爸说要去割些白茅草捆扎好，准备趁下雨前换好屋顶。昆还想跟着阿爸去粘知了、捉食鼠蛇，但阿爸不让，他就只好进厨房找阿妈了。

"你阿爸今天只是去割白茅，要是进林子，会带上你的。"阿妈说。

"当真吗？"昆高兴起来。

"当真！阿爸说，你跟他去的那天路上一句累也没喊。"

昆开心地坐下来给阿妈帮忙，要准备给阿爸做腌鱼辣酱包饭。不过，阿妈今天打算给阿爸做凉拌腌鱼，又说没工夫上林子里找知了或套蜥蜴了。等到要吃的时候，阿爸自己会再摘些卡里椰叶尖或苦楝叶尖蘸着吃。

昆以前见过阿妈做凉拌腌鱼，于是主动拿来砧板要帮忙剁鱼。阿妈没说什么，伸手揭开用裹着炉底灰的布头做成的腌鱼坛盖子，进去抓了四五条小拇指大小的腌鱼，放到砧板上。

"用其他东西代替鱼坛盖子行吗？"昆很好奇，怕灰会漏到坛子里。

三、凉拌腌鱼

"不行，苍蝇最怕炉底灰，要是用别的做，它就会在坛口下卵。"

"哦……"昆一边回答，一边"咚咚咚"大声剁着鱼。

"别使劲剁，鱼肉会溅没的，腌鱼本来就难弄。"

昆照阿妈说的，轻轻剁着砧板上的鱼。等到碎成细末后，阿妈就把切好片的香茅和嫩良姜撒在上面，让昆再接着剁。过了一会儿，她又拿来干洋葱和鲜辣椒撒上。等昆剁了有十分钟，阿妈就让停下，再舀起一把炒米倒了进去。

"接着剁，不时用刀口刮刮，翻动一下。"

"不再放些酸料了吗？就像做拌鲇鱼那样？"

"今天没酸料了，再说你阿爸也不爱吃酸，他爱用红蚂蚁蘸着凉拌腌鱼吃。"

剁得差不多时，阿妈就让昆停下，她接过刀，用刀口刮起腌鱼碎放到蕉叶上，用小火熏了一会儿。然后把另一半盛放在黏土烧成的陶碗里，留存自己吃。

"那'筒酱'怎么做呢，阿妈？"昆接着问。

"一样的做法，但要放入烤干辣椒和熏洋葱。"

"为啥叫作'筒酱'呢？"

"这种酱吃上一年半载也不会坏，有时把它再炒一次，熟了后塞进竹筒里，走远路时带着路上吃。"

"那为啥叫'筒酱'呢？"

"因为人们把它装在竹筒里，就把它叫作'筒酱'了。"

"唔，以后我也学着做。"

"没错，孩子！筒酱和凉拌腌鱼人人都得会做。"阿妈说完，就忙着洗剁刀和砧板。只听水从厨房渗到高脚屋底下，发出"哗哗"的声响。

阿爸把装了饭包的格马布缠到腰间，拿起一把砍白茅用的长镰刀，就下屋出去了。阿妈就叫昆和阿妹围成圈来吃饭。她拿出两个煮鸡蛋剥好壳，各用刀对半一剖，递给昆和翌笋一人一瓣，把第四瓣放在头顶的架子上。

"这是给谁留的，阿妈？"翌笋问。

"留着下午，谁饿了谁吃。"阿妈回她。

昆从竹笸里舀出糯米，然后捏成团、蘸上凉拌腌鱼，津津有味地吃上了，里面混着嫩良姜和鲜香茅的味道，昆辣得嘴直跐溜。阿妈说："没多少辣，才放了四五个辣子，男子汉要学着多吃辣。"

"是的，阿妈，俺要练着吃辣，阿爸说长大了有本事，对吧？"

"没错！孩子。"阿妈点点头。

至于翌笋，阿妈就教她把糯米捏成小团，蘸另一碟没放料的腌鱼。昆看到阿妹张大嘴准备咬鸡蛋，赶忙大声制止道：

"别大口咬呀，翌笋，要多吃饭少吃蛋。"

"没错，孩子，少吃菜多吃饭，长大才能成为有本事的好人。"

翌笋不满地边吃边狠狠瞪着昆。昆没说什么，一心只惦记着跟阿爸一起出门的红毛和灰麻。他把蘸了腌鱼末的糯米团递给猫，翌笋却一把把猫拽进怀里，她觉得那只花猫是她一个人的。

三、凉拌腌鱼

四、越人进来抢中国佬地盘了

　　晨间一过，日头渐渐灼热起来。昆正在高脚屋下同翌笋玩耍，两个头戴笠帽的越人①女人走了过来。翌笋立马跑上屋去找阿妈，她老怕越人会把她抓去剜肝吃。昆眼也不眨地盯着两个越人女人，因为她们穿着绸布做的大脚裤和长袖衫，油亮油亮的。

　　"这小娃瞅阿婶作啥，不怕么？"和昆阿妈年纪差不多的越人女人指着他的脸，露出满嘴黑牙，笑着说道。

　　"不怕，为啥怕？"昆说。

　　"那你阿妹咋怕了？"

　　"谁叫阿婶的牙黑得跟炭似的。"昆指着越人女人的脸。

　　"越南和这儿的东北女人都要吃槟榔，让牙黑黑的才会漂亮哩！"

---

① 泰语里对跨境越南人的通称。

"真的吗？"昆问阿妈。

阿妈笑了笑，同越人女人聊起天来。不一会儿，她走进鸡舍，一边出来一边把鸡蛋递给她们。越人女人给了些一铢面值的票子。

"俺没找的。"阿妈缩手道。

"那到店里去拿吧，就是原先那个越人的店。"

"俺们去拿吧，阿妈。"昆忍不住插嘴道，他想看越人店里那些各种各样的玩意。

"来吧，小娃子。阿婶这波新来的有很多人，身上穿着的这种黑绸布店里也有。"

"想要的话，就常抓些蛙蟆子带过来唷。"那个年纪小一点的越南姑娘对昆说。

"嗯。蜥蜴要吗？拿来碎拌或生拌好吃极了！"昆问。

"不要，有食鼠蛇、獴子或椰子猫就要。"

两个越南女人同阿妈又聊了一阵，就走远了。阿妈告诉昆，这些越人是新迁过来代替去年回乡那批的，先前住的店铺也不卖给别人，为了留着给越人继续做生意。

"等会儿去拿钱吧，阿妈。"昆说。

"但是哎……阿爸不是也跟阿爷一样不喜欢越人的吗？阿妈。"

"卖东西收钱，你阿爸不会说啥的，只要别跟他们掺和其它事就行。"阿妈的解释让昆很开心，他可以去新来的越人店里瞅各种玩儿意咯！

太阳升上头顶时，阳光已是火辣辣的。阿妈让昆准备好，要到越人铺子去了。昆兴奋地跑上屋，抄起阿妈用木蓝兑水染成的旧上衣套上，然后到屋下等着。阿妈下来后，把搭在晒台上的梯子反靠向一边，右手抱起福莱挟在腰间，左手牵起翌笋，就出发了。尽管阿妈尽量带着昆和翌笋挨着公路边缘走，但仍有几段要走在满是滚烫的黄沙的公路上。每当走过沙地，阿妈就把翌笋夹挎在左腰间，昆就踮着脚在前方一路小跑，也不抱怨地上烫。好一会儿工夫，他们才来到村中央的十字路口——那是吴叔①开铺子的地方。

"顺道进来先喝口水吧，昆娃阿妈！"吴叔老婆朝阿妈挥手打招呼，昆满不情愿。

自打第一次见到吴叔和他老婆，昆就不喜欢。吴叔说话磕磕巴巴，听也听不清。他那个老婆不光嗓门大，还老对买东西的人绷着脸。

"卖给他们作啥，那帮交人越人！"吴叔说。

"俺也是可怜他们没个下饭菜。"阿妈答。

"往后可别卖给他们了！把钱全圈回他们在越南的村子了。不像我，一门子扎在这里。哪家没咸鱼缺染布料了，尽管来拿回去先用着！"吴叔道。

"就是！治雅司病②的药片越人卖得老贵，还不能像我这样赊账！"吴叔老婆说。

阿妈点头应了应，就带着昆走开了。没多久，就到了越人的店。那是一间用黏土堆高作房基的铺子，位于村尾的牛车道旁。几个村民正在打听已回老家的那群越人的消息。黑牙齿的越人阿婶抓着一把糖丸，发给娃子们一人一颗，昆和阿妹们也挨个拿到了。越人男人坐在小竹床上，正"嘶唔"地啜着汤。他大声问昆的阿妈：

"这有炖鸡，一起吃吗？"

"不了，吃过了。"阿妈边说边从越人阿婶手里接过鸡蛋钱。

"阿妈，那是什么勺子？"昆戳了戳阿妈，指着正用一把绿匙舀鸡汤的越人大伯问。

"锌勺子呀。"

"阿妈为啥不买个来用？俺家只有贝壳做的勺子用。"

"嗯，等有钱了就买个来用。"阿妈轻声说道。

越人阿伯吃得正津津有味时，一个老汉趔趔趄趄地走到跟前坐

---

① 原文是Jek Wu。jek是泰国人对当地华人的习惯性称呼。当用在人名之前时，部分保留了潮汕话中jek一词的含义，即"叔叔"；当单独使用时，往往带有一些贬义色彩，是对华人的蔑称，部分文献里音译为"杰佬"或"阶佬"。

② Yaws，一种热带痘状慢性皮肤传染病。

下来。

"怕琵琶鬼不？"那老汉问越人阿伯。

"怕呀，老巫师！麻烦让那些琵琶鬼不要来闹我们这些新来的。"越人阿伯说。

"俺只是个驱鬼的，它要上哪儿，俺可是管不了的喽。"老巫师说。

昆心里一哆嗦，拉起阿妈的手想走开，好去看店里摆得满满的那些货品。

"酒鬼老巫不过是来巴结新到的越人，好讨点酒喝罢了。"阿妈安抚完昆，就带他绕到铺子后面，那里已经有一些村民先到了。

以前和阿爸说过话的梯哈——村里著名的酒鬼，正在越人小伙边上大汗淋漓地挥动锄头挖土。昆刚想上前去问话，却被梯哈当头喝止：

"后退！昆娃子！当心锄头劈到头！听说你的狗子逮獴可厉害咯？"

"厉害着呢！咬起食鼠蛇眼镜蛇来也厉害得很！"昆马上回他，然后接着说：

"阿爸把每条狗都训练得忒棒！不过梯哈来这挖土作啥？"

"种些茄子辣椒，弄个菜园子呀，小鬼。"越人小伙道。

"上哪儿弄水来浇呢？"昆疑惑地问。

"总得找来的啰。"

"你来帮俺挖好不？"梯哈问昆。

"挖它作啥？"

"挖来做粪池喽！回家让你阿爸也给挖个去。"

昆看向阿妈的眼睛，阿妈替他答道：

"梯哈自己咋不挖一个去？每天见你一大清早就往屋外跑。"

一阵嘻笑声随之响起。梯哈继续挖下去。昆趁势接着问：

"他们用酒付挖粪池的钱吗？"

又一阵嘻笑响起。阿妈就拉着昆的胳膊走开了。绕回来看到老驱鬼师已经坐到越人阿伯身旁一起"嘶唔"地啜鸡汤了。昆咽了咽口水，偷偷想：长大以后一定要像巫师那样把胸前文满文身，好经常能有免费鸡汤喝。阿妈同越人阿婶告别时，她的男人大声喊：

"谁家娃子孙子生病了就来这里拿药，吃的打的药样样有。吃的用的也多的是，没钱就先拿去用也行！"

"嗯。"阿妈回了一声。

"当心县长用乱行医的罪名抓了去。"一个人说。

"要抓我，也得把吴叔一起抓了！"越人阿伯道。

那天傍晚，阿爸背着一大捆白茅回到家，昆就立刻给他讲起了白天的事。

"想看吴叔跟越人打架吗？"阿爸边笑边问昆。

"想看！不过村里人肯定向着新来的越人！"

"为啥？"

"因为他老婆给每个小娃都发了糖。"

"好喽，看阿爸去挑他俩干上一架。"

"好呀阿爸！"昆高兴得直拍手。

"梯哈还要俺们拿狗子去比赛追獴子呢。"

阿爸又笑了，说："那家伙哪来的狗子，只有酒盏子跟酒盏子。他就是编个由头想讨俺们的獴子肉。"

昆马上信了阿爸，因为平日里见到梯哈，他常常就是歪斜着身子挨家挨户串门子。头天夜里，他还一个人抱着一只母猫边唱巡猫歌边跳祈雨舞，走到昆家的梯子口找阿爸讨酒喝。

"这帮越人可有本事了，他们要在屋后种菜呢。"昆继续讲。

"有本事是有本事，但俺们要比他们更有本事！"

"知道了，阿爸！越人阿伯的老婆说想吃蛇和獴子肉。"

"那明天一道去吗？"

昆扬起胳膊"啪啪"地击手作为回答。

"那店里有些什么玩意？"阿爸问。

"多得很！那种油亮亮的黑绸布裤子也很多。"

五、郎情妾意

这天的晚饭还是早晨昆帮着阿妈一起准备的凉拌碎腌鱼,阿爸又带回来一些卡里椰叶尖,昆之前用它们包知了蘸腌鱼辣酱吃过,不过今天没有多少嫩叶。阿妈把龙纹大缸上盖着的竹匾搬到屋中央,竹匾里是盛着生拌腌鱼的碟子和蔬菜。昆提着两个饭箅从厨房里走了出来。

等一起坐好后,昆就卷起卡里椰叶尖,蘸上凉拌碎腌鱼,"嘎巴嘎巴"地嚼了起来。

"叶子老一点也好,可以让身体皮实,扛得住风吹日晒。"阿爸对昆说。

"不怕晒也不怕冻,对吗,阿爸?"

"没错!"阿爸说完,轻轻蘸了蘸腌鱼末。

翌笋不情愿地坐过来,因为另一个盘子里装的还是早上那点拇指大小的腌鱼。

"煮蛋呢？阿妈。"翌笋说完看了看厨房的炉子。

"蛋只剩三个了，再下五六个就不再下了。"阿妈把饭箪推向翌笋。

"两只母鸡正孵着蛋呢，孩子。黑色那只自打被老鹰叼走了崽，一直没再下过。"阿爸柔声说。

这时，家住在两线①开外的波喜婶提着一个大人拳头大小的淡黄色木橘走上来说，她家也是就着辣酱吃的饭，肯老方丈送了两个熟木橘，她想到了福莱，就给送了一个过来。

波喜婶走后，阿爸用左手托着木橘，右手握住剁刀，扬起刀刃轻快地对准木橘中央一劈，正正好好将它横切成两瓣。

"要是腌鱼吃腻了就吃点木橘拌饭吧。"阿爸冲着正喜笑颜开的翌笋说道。

阿爸劈木橘比阿妈劈得好，不像阿妈会留下细小的裂纹。他用约莫食指长的贝壳勺子把带着粘汁的木橘籽全部挖干净，然后"咯吱""咯吱"地把果肉刮好，从箪里舀出米饭放在两瓣木橘里拌好，递给翌笋和福莱，两人立刻"吧唧吧唧"吃得直响。昆也想吃木橘拌饭，但看到阿妹吃腻了剩腌鱼，只好叹了叹气。

"吃完把皮给阿妈。"阿爸喃喃地说。

"对唷，在火上烤烤，加上水炖给你们阿爸吃。"阿妈说。

"阿爸，肯老方丈有很多木橘吗？"昆问。

"寺里只有一棵，要不是因为旱了，方丈不会任由它长熟的，会把生嫩的果子切成片晒干。"

"做成药吗？"昆继续问。

"嗯，让身体有力气的药。昆见过肯方丈了吧？"

"有一回见过一眼，俺不想看肯老方丈。"昆直白地说，因为村里娃子们和波喜婶家孩子常说，那寺里的肯老方丈是恶鬼来投胎，不光嗓门儿粗，还挨个打小娃屁股！

"用不了多久你就要坐到肯方丈身边去了。"阿爸含着笑说。

---

① 泰国长度单位，1线等于20哇，约相当于40米。

"为啥,阿爸?"

"昆不是想上学吗?"

"嗯。"

"咱这学校里只有两位老师,方丈会抽空来帮忙上课。"

昆缩了缩脖子,一想到肯老方丈就心头发紧。

"偶尔校长还会坐下来编渔网编鹌鹑网呢。"阿妈说。

"校长一个月工资就六铢钱呀,县教法委来检查时,老师们都走得差不多了。"

昆不想再听肯老方丈的事,就拿了两个阿妈捏好的糯米团,下屋去找正嗷嗷哼着乞食的红毛和灰麻了。

那天晚上,昆像往常一样独自躺在自己隔间的旧褥子上。一阵巨大的响雷把他震得兴奋地坐了起来,"噼啪"的闪电在屋外的田野上方盘旋着。

"呵哟,又划了,划了好久!"阿爸说完,"吱呀"一声打开门,就消失在了屋外。阿妈擦亮了火把,一抹黑烟顺着光亮爬升到屋梁。昆问阿爸去哪儿了,阿妈回他说,家里就剩下现在点着的这根火把了,所以阿爸出去买了,备着万一下雨了好去捉青蛙和蛤蟆。不一会儿,头顶上再次响起轰隆的雷声,昆一骨碌起身到门口坐下,哼起了小曲:

"哟——

欤——,落下灌满俺的农田,打湿俺这裤儿管……"

这句话的意思是,求雨水降下来让田里的水可以蓄得久久的,让裤子也被雨浇浇湿。昆不经意间唱出的这句词,就是巡猫祈雨歌谣里的一部分,醉汉梯哈经常挂在嘴边唱,以至于昆都记熟了。

"先别急着念。"阿妈小声跟他说。

"为啥呀?"

"话说的太早,得意太早,天上的瞋神可就不施雨了,孩子。"

一阵窸窣声从波喜婶家的方向传来,阿爸抱着五根火把上屋来了。

"慌里慌张的钱也忘了带。"阿爸一边放下火把,一边说。

"谁家的啊?"阿妈好奇地问。

"新来的越人的,吴叔那个人不肯开门。"

"那些越人给的吗?"阿妈一脸疑惑。

"嗯!跟他们说是卖鸡蛋那户人家的,立马就给抱了出来。明天再把钱给送去。"

"阿爸喜欢上越人喽!"昆立马说道。

"不得已呀,孩子。怕雨下下来时,赶不赢他们去大泽坵抓青蛙和蛤蟆。"阿爸轻声说完,就坐着安静下来。

昆知道,阿爸阿妈安静坐着是为了专心听雷雨的声音。他也到阿爸身旁坐下,让目光穿透浓重的黑暗投向远方。就这样一直等到火把都快烧尽了,阿爸才鼓起一口气将它吹灭,让昆回屋睡觉去。昆只好一边叹气一边躺下,自顾自跟老天爷怄气去了。

第二天清早,当昆在阿爸身边洗脸,阿爸用食指帮他把牙齿搓得"吱吱"响时,波喜婶的屋里传来一阵小娃的欢呼声,昆马上迫不及待地冲下屋子。只见波喜婶屋前的空地上尘土飞扬,几个小娃正兴高采烈地又蹦又踩,昆憋足了气飞快地跑了过去。

到了那儿,只见尘土还在飞旋着来回打圈儿。波喜婶家的小娃詹笛也在一块儿跳,昆也随即加入。不过,那些尘土不久就散开了,直到消失在前方。

"这'断头风'跑来戏弄俺,俺还以为是雨前风呢。"跟昆同龄的詹笛说完,转过脏兮兮的脸看向他。

"就是，俺跟你想的一样。"昆说完就不大自然地笑了笑，因为还不确定前两天闹的别扭，詹笛还记不记在心上。不过，这疑虑顿时就消失了，因为詹笛也朝他笑了，问道：

"你不进林子玩了？"

"说不准。"昆笑着说。

那时，蓝色与浅黄色相交映的晨间天空忽然变得暗淡无光，好像有什么显灵。伴随一阵轰鸣，一道道闪光迅速在天顶划动。

轰！

"咿呀！肯定要下了！"昆和詹笛不约而同地喊起来，紧紧拉起手。

"准没错啦！下了雨好让阿爸去耕田。"另一个小娃也大声喊。

一阵轻风从高脚屋底下徐徐上升，然后就消失了踪迹。不知从哪里飘来一片黑漆漆的乌云，在他们头顶严严实实地遮住了阳光。过了片刻，竟往其它地方飘走了。紧接着，就是昆和詹笛相继发出的叹息。

真没料到……那片大云就这样飘走了，走得那么地缓慢，就连那阵微风也没有了动静。昆仰头望向那片云，迈开步子追啊，追啊……

"哎呀！"昆突然吓了一跳，转过身来，原来是詹笛的脚绊到了他。

"你作啥撞俺？"昆诧异道。

"也跟你一样在追那云尾巴啊。"詹笛小声解释，用手背揩了揩满是尘土的脸，露出一双圆溜溜的大眸子。

昆长叹了口气，听到阿爸正大声唤他，就跑回家去，跟阿爸讲了和詹笛握手言和的事。

"俺和詹笛已经握手了！"昆说。

"啥时候和好的？"

"天暗的时候，看到有云飘过来那时。"

五、郎情妾意

"哦唷,云朵子让昆和詹笛和好喽!"

阿爸柔声说完,就笑了起来。

"俺们不去逮獴了吗?"昆不忘问道。

"不去了,先看天有没有雨再说。"

阿爸的话音刚落,大阿伯的女儿康恭阿姐就挑着装水用的箩筥径直朝他们走来。尽管康恭阿姐皮肤有些黑,但身材各处都很匀挺,头发挽起,露出浅浅的鬓角,配上两边各一个小小的黄色耳环,看上去比以往更漂亮了。绷织布①做的筒裙虽然已经旧得看不出纹样,同胸上系着的旧缠布却十分相称。昆以前见康恭姐时,从没看她穿过衣服。

"康恭姐比以前好看了,但好久都不跟俺玩了。"昆抗议道。

"诶诶,昆哟,俺们可是一家人依旧亲着呢,只是没空过来。"康恭阿姐温柔地说。

"康恭可是姑娘家咯,哪还能过来跟你一起胡闹?"阿妈边下楼梯边说。

"成姑娘了,然后就……有郎来追,到了夜里情郎就吹着笙来找你说话吧?"昆提高了声问。

"是呀!孩子。是姑娘就会有情郎了。"

"有郎来追……然后就……为啥康恭姐把指甲留长了?"昆看到阿姐的拇指跟食指的指甲比其他指头的都长。

"阿姐用来划腌鱼跟咸鱼啰。"康恭阿姐答。

阿姐告诉他们,寺里的井水快干了,井底的泉眼越流越慢,剩的就只够方丈和沙弥们饮用,她于是就来找昆一起到铁屑坨脚下的井口去打水。

"别人都是一个人去呢。"阿爸说。

"人家和梯准正好着呢,可她阿爸不喜欢,嫌那一带的人生性邋遢。"

"哦噢,你阿爸怕梯准半路把你给拐跑了吧?那你俩准是十分相

---

① 泰语称Pha mat mi,英文通行的织布术语称ikat,绷织。

好了吧？"阿爸笑着问。

康恭阿姐没说话，放下空水筼，走过去抱起福莱在脸蛋上呷了几口。昆不禁在心里好奇：相好的男女也是这样亲嘴的吧？

"那昆去给阿姐作个伴吧。"阿爸吩咐说。

不一会儿，昆就跟在康恭阿姐身后欢欣雀跃地走了，他难得能进一趟田间。

太阳渐渐爬高了。一到了田间，昆就逮起了蚱蜢。眼见田埂上的草株子只剩短短的根，田地里灰色混合着红沙的土块裂成了碎碎的粉末，稀稀拉拉的几棵鹊肾树上，叶子秃得都快没了。许久，才会响起一阵水牛脖子上的铃铛声。整个田间开始被太阳亮闪闪的光线浸透。康恭阿姐叫昆不要浪费工夫抓蚱蜢，等到了山脚的水井该满身大汗了。于是，昆就带着小跑地走在了前面。

井口在一棵光秃秃的南海蒲桃树下，离疏林有十几度的距离。昆和康恭阿姐到了井边，探头往下望去。

"水就剩一丁点儿了。水眼流得慢，得等上一会儿了。"阿姐说。

"好呀，阿姐！我想要久一点。"

"那去套蜥蜴好吗？阿姐帮你做套环。"

"好嘞，去找蜥蜴套喽！"

康恭阿姐解开裹胸布的一头，从布头边缘抽出四五根线，把裙子卷到大腿根部，麻利地把线搓成一股，然后绕成和刀把口径差不多宽的线套，又折了一根两度长的干树枝，把线套系在一头。

"别进到太深啊，小心迷路。"

昆一头跑上了山林子，阿姐的声音从背后追来："撞见了轻吹一下口哨，引它头先伸出来后再往上套。"然而，树林里一片寂静，只是偶尔传来石龙子蹿过发出的"窸窣"声。昆在树林里转悠累了，就回去找阿姐。可等他再回到原地时却傻了眼：井边的空地上只放着一个水筼，康恭阿姐却没了踪影。

不是梯准来找康恭阿姐亲嘴了吧？就像阿姐亲福莱那样……刚才

五、郎情妾意

在田间时，阿姐还说梯准兴许会找到井边来。会在哪里呢？昆在心里琢磨着。

"你这混……不要！"

昆认出那是阿姐的声音，立即闻声跑去。一阵细碎的摩擦声响起，昆立刻低下头，像要捉老鼠的猫一样踮着脚尖轻轻绕了过去，在离着差不多二十度远的灌木丛边趴下，身体紧贴住地面，一动也不动。他悄悄把头伸到灌木中间，紧张地左右环顾着。

这时，昆的心脏像打鼓一样地狂跳起来。只见康恭阿姐左手挡着赤裸的胸口，右手拿着一条细树枝"呼呼"地来回甩着。一个个头较高、全身黝黑的男人倚着树站在跟前，穿着一条像是用土灰染成的纱笼裤，前胸和康恭阿姐一样一丝不挂。

"把布还来，俺要裹胸了，一会儿该叫小鬼看见了。"阿姐厉声说。

"那就过来拿呀。"那男人边说边举起缠胸布。

"过去了是不是又要抓俺手？"阿姐移动了一下步子。

"欸嘿，康恭啊，俺俩都这么好了，牵下手还不行吗？"

"不行！要是真心的就该来提亲。"

"康恭呀……"那男人柔声说着，一边朝前移动着步子。昆的心几乎要提到嗓子眼，他在心里大喊道：

"那家伙要是抱过来就抽他呀！阿姐！啊呀呀，只用一只手怎么挡得住两个奶子。"

"别过来！"康恭阿姐迅速往后缩。

"给你缠布呀，不要了？"

话音刚落，那男人就一把扑向康恭阿姐，像灰麻叼起眼镜蛇尾巴一样的迅猛。阿姐被那家伙搂住了脖子缠死了腰，紧紧贴在了一起。昆被一阵摩挲和哼哼声吓得全身僵直。

"推倒那家伙逃走啊，阿姐！"昆在心里大喊。

但阿姐却在那男人怀里站着，一动也不动。

也不知过了多久，昆只记得，阿姐被松开的那一瞬间立马抽身站得远远的，然后嘤嘤哭起来：

"抱俺亲俺还不够，还要摸俺的胸。"

"康恭唷，'爱啊堆在胸口，像鱼篓压着竹篮；情啊堆得满满，像被竹篮罩住双眼。阿哥要是娶了阿妹，就带你漂过湄公水，到那万象城，拿油亮亮的丝绸换作黄牛，用来驮米粮。'"

昆大概能明白这段新郎小调的意思：爱堆积在心里，就像鱼篓子压在装烟叶的竹篮上；爱越攒越多，就像竹篮罩住了脸，黑压压一片。要是阿哥娶到了阿妹，就带着她渡过湄公河，到万象城里用丝绸去换健壮的黄牛，回来套上牛车运稻谷。

"要是真心的，就来提亲。"康恭阿姐又重复道。

"还能有假吗？康恭。"那男人说完又靠了上去。阿姐一步步直往后退，就快到昆趴着的地方了。他慌得赶紧起身，拔腿就朝水井跑，等到"呼哧""呼哧"喘着气跑到南海蒲桃树下时，他才扭过头朝刚才的方向大喊了一声：

"欸，康恭姐在哪儿？"

阿姐笑咪咪地走了过来，一把抓住昆的胳膊，使劲按住。

"阿姐去哪儿了？"昆打着磕巴问道。

阿姐看着昆，长叹了一口气，捏了一下他的胳膊说：

"阿姐没事，就是让他抱了亲了几下。你全看到了吧？"

"看到阿姐踮着脚站了好久。"昆老实地说。

"就是先前提到的梯准呀，他说好要来提亲了，唉……"

"提亲……然后就成了一家，然后……"

"就怎样？"

"康恭阿姐就要过湄公河去那边的万象城了。"

阿姐满眼忧伤，久久地凝视着昆的眼睛。

"可怜阿姐吗？"

"可怜。"昆无心地重复道。

"要是可怜阿姐，就不要告诉别人，好吗？"

"好。"昆应声答道，然后朝林子里看去。

"梯准哪儿去了？"

"逃走了。"

"逃走了？"

"唉……"阿姐叹气道，然后拿起井辘轳上的汲水斗，放下绳子。水斗落到井底，身子一歪就让水灌了进去。等到水斗满了，阿姐就麻利地摇起绳索。当两个竹篼子都装满水后，阿姐就把汲水斗递给了昆。

"回吧，昆，日头变毒了。"康恭阿姐边说边挑起担子往前走。昆想要两三篼的水好泡泡身子，但看到阿姐着急回去，也只好依依不舍地跟了上去。

康恭阿姐挑着水有节奏地划动着双臂，缓缓前进。即使走在坑坑洼洼的田埂上，水也没有洒出来。昆出神地盯着阿姐看了半晌，说道：

"阿姐挑水真棒，都不洒出来。"

"昆也棒。"

"哪里棒了？"

"知道可怜阿姐，不把阿姐跟梯准的事讲给别人听。"

不过，昆却不敢保证，往后这秘密还守不守得住？他一路跟在阿姐身后，心还在扑扑直跳，连什么时候到家的也不知道。康恭阿姐放下扁担小憩了一会儿，就又挑上肩头、划着手臂离开了。

阿爸正坐在屋下捆白茅草扎成排，抬头看见了昆，就示意让他过去坐。

"一会儿等太阳过了头顶，阿爸带你去越人铺子，去吗？"

"去！"昆擦了擦手，"带狗去逮獴吧，阿爸？"他把手放上阿爸的膝盖。

"不过，阿爸问什么，你都要老实交代。"

"好！是梯准跟康恭阿姐亲嘴的事么？"

"嗬！"阿爸说完，哈哈笑了起来。

六、私通

昆给阿爸讲完梯准和康恭阿姐抱着亲嘴的事后，就上屋里去了，在床上躺着玩了一会儿，竟睡着了。醒来后，就被阿妈叫下了屋，只见康恭阿姐又提着水筲，笑盈盈地站在那里了。

阿姐说，挑一趟水不够吃，她的阿妈让去再打一趟，于是过来喊上昆一道过去。昆支支吾吾，怕又撞上上次的情景。

"阿爸哪儿去了？"他岔开话题。

"砍捆白茅的藤条去了。太阳没那么毒了，光脚走在地上也不会太烫，你就跟康恭打水去吧。"阿妈说。

"近一点的鹞子坵那口井没水了吗？"昆边问边用手指了指。

"早干了。"康恭说完就拉起昆的手出发了。

走到铁屑坵林子边的水井附近时，昆的心再次悬了上来。梯准正坐在井边一口口抽着芭蕉叶烟，他站起来对昆说：

"昆小子真有本事哟！"

"哪里有本事了？"昆问。

"爱护兄弟姐妹的本事呀。"

昆没再说话，用探头看井水的动作来掩饰不想说话的心思。当用余光瞥见之前套蜥蜴用的树枝，就立即过去抓了起来，然后吹着口哨，进林子去寻蜥蜴的踪迹了。可是没过多久，昆就改变了主意，转而爬上一棵有大腿根那么粗的紫檀树，却不料被枝条划到了胸口，火辣辣地疼。快要爬到树顶时，一眼就望到林子边那口水井旁站着的康恭和梯准，两人就快要黏成一个人了。过了一会儿，只见梯准抱起康恭平放到地上……突然，林子里传来一个男人拖着长调唱曲子的声音。昆赶忙从紫檀树上窜下来，跑开了。等他再走到康恭那边时，她刚好从井里打完水。昆松了口气，因为阿姐没注意到他胸口渗出血的擦痕。

"没逮到蜥蜴吗？昆。"康恭阿姐问。

"就没有呀。"昆说完又问："刚才谁在唱小曲呢？"

"兴许是傍晚打獐的那伙人吧。"康恭边答边灵活地摆着双臂，快步向前走去。

这回昆没等阿妈问，阿姐人一走，他就主动讲了。阿妈从鸡窝边上捋了一把干草尖儿，放在竹床上，用手掌根处反复捶打，直到渗出汁液，涂到昆胸前的伤口上。

"先别上那么高的树。"阿妈嘱咐道。

"会被阿爸骂吗？"昆很怕阿爸。

"不会。"阿妈笑着答他。

没过多久，灰麻、红毛就跟阿爸一前一后地回来了。昆故意上到屋里坐了一会儿，直到阿爸叫他，才又忐忑不安地下来了。

"先别爬那么高的树，等当了童子军再说。"阿爸说。

昆点头答应，然后就领着红毛上鸡窝边上玩去了。

第二天，昆又是天没亮就被叫醒了，因为听到大阿伯的老婆白婶娘来喊阿爸开门。阿爸打开门后，白婶娘慌忙道：

"昆娃爸！有牛闯进咱家园子了！"

"哪头'牛'？谁家的？"阿妈抢着问。

"还不就是云伯家那头！"白婶娘答。

"那小子现在人呢？"阿爸问。

"还在康恭屋里头呢。康恭她阿爸拿刀把着门，叫我过来给大伙儿们报信。"

接着，大人们就商量了起来，昆听出了个大概：云伯的儿子梯准昨晚在康恭阿姐屋里睡了一夜。等到鸡叫完晨从柱头跳下的时候，阿姐就把梯准来睡觉的事告诉了她阿妈。大阿伯听说后，就抄起大刀挡住门，不让梯准像以前对付别家姑娘那样跳下屋子逃走。

阿爸让白婶先去通知梯准的阿爸跟阿妈，他过一会儿再去叫波喜婶的男人庆伯。白婶娘就从屋子下去，离开了。等到阿爸把格马布搭在肩上也出去了之后，昆就问阿妈：

"这下梯准跟康恭姐就成家了吧？"

"是啊，孩子。"

"他们不办喜事，也有人会去吃酒吗？"

"他们不那样办。像这样的，人们叫作'私通'。"

"梯准私通康恭阿姐？"

"没错。"

阿妈说完，就把翌笋和福莱叫醒，带她们一起上大伯家找阿爸去了。

大阿伯家和阿奶家离得很近。两家的棚屋也和昆家的差不多，在屋下都有高高的一个空间，不同的只是多了一个圈水牛的牛圈。现在每天照顾阿奶的，是小女儿喜宁阿姑。喜宁阿姑的男人叫桑，有两个孩子，和翌笋、福莱同辈。

阿爸有兄弟姐妹四个。大阿伯是老大，阿爸是老二，阿爸的弟弟老三年轻时和邻居牵牛到城里卖，结果被贼给杀死了，那时候昆还没出生。喜宁阿姑是老幺，就负责照顾阿爷和阿奶了。

大阿伯与白婶娘有三个孩子，老大老二都是儿子，但都有了老婆到不远处各自安家了，如今只有康恭阿姐一人帮他们干活儿。

那时，晨间的天色还是灰蒙蒙的。四五个老人挨在阿奶身边坐着说话。大阿伯和云伯在炉火边抽着烟。阿姐低着头，和她阿妈白婶娘坐在一块儿。等到昆的阿爸说："两边的亲戚都到齐了，就让梯准从新娘屋子里出来吧，好把事情了结了，放新人到林子里去①。"梯准就弓腰出来了，低头到他阿爸云伯身旁坐好。

"怎么个说法，让俺阿娘先说吧。"昆的阿爸又说。

昆的阿奶拿出红黑相间的手帕擦了擦嘴，然后说道："男人女人做夫妻有三种做法：求亲之后依照礼法成家的，一起私奔的，还有就是私通，像梯准这样来私通康恭的！"

昆在心里边重复着阿奶的话边用手指算着：一是求亲，二是私奔，三是私通。

阿奶接着道：

"要是女人到男人家去私通男人，变成鬼的过世长辈要比看到男人到女人家私通女人更生气！要是不献出一头白牛跟一头黑牛，女方就要倒大霉！"

昆问阿妈："怎样倒大霉啊？"

阿妈解释，就是过世长辈的"家鬼"会让她挨饿生病。

"单说这两人的事吧。"大阿伯大声说。

"那就让梯准②向我们这边赔罪吧。老实说，我们也都清楚两人没干什么伤天害理的事。"阿奶说完后，转头看向大阿伯。

"俺啥都愿意，错在俺家儿子。但要拿金子银子用高脚盘托着来赔罪的话，俺可没有啊。"云伯说。

"当真没有吗？康恭她爹娘可是拼了命才养成这么大个闺女的！"一位老阿奶高声说道。

云伯赶忙又答：

---

① 这里的"到林子里去"，类似于今天的度蜜月，其实是人类古老婚俗的遗留。
② 泰语里的Thit（音译"梯"），是对出过家之后还俗的青年男子的称呼，习惯放在名字前面，例如梯哈、梯准。

"俺就说实话了，俺家里从上到下总共就三铢钱，跟一只正孵蛋的母鸡。"

人们一直说到日头升起、泛出红光。昆看到梯准的阿妈捧着一个盛饭的竹匾大小的圆盘，走到一位老阿奶跟前。圆盘上放着一块格马布、鲜花和三张一铢的纸币。梯准站起身，把身上破旧的纱笼布裹紧，拿起格马布搭在肩上，躬身膝行到他阿妈和那位老阿奶身边。梯准跟那天昆看到时一样没穿上衣，露出健壮的胸膛和胳膊。不一会儿，梯准把托盘放到了大阿伯面前，跪下听大阿伯训话。然后又在白婶娘面前跪下，再跪到昆的阿爸阿妈面前。等到大阿伯父厉声叫他去跪拜阿奶，他才来到了正坐着抹眼泪的阿奶跟前。

阿奶说："梯准啊，既然是出家学习了的，相信一定能当好一家的阿爸，一直到老。就算再穷再苦，心里也要念着功德。拿不出东西来布施，拿出力气也一样。"

梯准听完了阿奶的教诲，就抬起了头。正巧醉汉梯哈抱着一只母鸡过来了，他摇晃着身子走到了屋外的晒台上。

"康恭哟，这大热天的怎么让牛闯到自家园子里了？"梯哈边问边坐下。

"是我的福业呢！死梯哈！"康恭说完低下了头。

梯哈说，一听到消息就张罗着去买鸡帮忙消鬼了。又说，想让老祖宗们的鬼吃点啥尽管说，他马上带着梯准去做。

"就做辣拌鸡肉碎吧。等家鬼、祖宗鬼们吃完了，俺们每人也能分上个两三口。"庆伯说道。昆听了，一个劲地直咽口水，因为他有好久没吃凉拌鸡肉了。

没过多久，梯哈和喜宁阿姑的男人桑姑父就把辣拌鸡肉碎做好了。昆看到阿奶拿着竹匾进了厨房，就跟了进去。只见阿奶把大陶碗里的辣拌鸡肉碎盛了一些，装在竹匾里的一个小碗碟里，放在水罐旁，然后又舀了三四口水，倒在槟榔和蒌叶里，然后端起那个竹匾，吩咐梯准和康恭跟在她身后，一起进了康恭睡觉的屋子。阿奶把竹匾放到地上，然后说：

"快一道给家鬼和祖宗鬼们赔礼道歉！以后好过上安宁日子！"

梯准带康恭一起跪在离菜饭碗碟最近的地方，匍匐在地上边叩拜，边轻声说着话。接着，阿奶就叫两人出来坐到门口，吩咐梯哈把菜端出来，分给大伙们吃。

"饭够不够吃？"一位老阿奶问。

"够。俺上自家寨子那边又要了四箪饭过来。"梯准的阿妈说。

昆坐在阿爸和翌笋阿妹身边等候着。等到盛着辣拌鸡肉碎的碗碟端上来、排成整整齐齐的六碗后，他立即捏起糯米蘸着吃了起来。

享用完鸡肉之后，人群里爆发出一阵哄笑，因为梯哈说，被拿来下饭的鸡正是梯准家那只正在孵蛋的母鸡。

"那它下的蛋呢？"庆伯问。

"一共六个。让梯准和康恭煮了，斋僧时带去给庙里的师父们吧。"梯哈说完又哈哈大笑起来。

昆问阿爸，梯准只花了三铢钱和一只鸡就把康恭"买"回家做老婆了吗？阿爸说，这不叫买，那些东西都是献给家鬼和过世亲戚的鬼的。至于做夫妻，靠的是他俩的心意。

聊着聊着，越人夫妇过来了，两人都穿着宽裤腿的长裤和黑色长袖衫。越人男人说一定要再请乡亲们吃一顿，他已经派人去买一头牛崽子准备宰着吃了，去县里开会的村长也回来了，正好请过来一块儿吃。

"要是这样的话，就让梯准上吴叔铺子去买四五瓶酒吧。"梯哈笑着说。

"俺都说了，俺们全家就眼前这三铢钱！"云伯提着嗓门喊道。

"要是吴叔白给，你就收下，要是卖你，就不要了。"越人阿伯说。

"要么就拿钱来，还可以赶得上去寺里斋僧。"庆伯道。

越人阿伯把钱递给梯准，人们就纷纷从屋子里下去，各自散开了。昆和两个阿妹跟着阿爸一起来到阿奶住的屋子里，挨张看着墙上挂着的阿爷和祖宗们的照片。

不一会儿,桑姑父过来报信说,黄牛崽买好了,梯哈已经牵到村尾的田头上去了,叫阿爸去帮忙宰牛。阿爸下了屋,昆也跟了出去。他在心里想,越人阿伯真是个好人,他都好久没吃过牛肉了。

村尾的田头上,或站或坐的有七八个男人。长胡子村长坐在田埂上,正和一个样貌威武的男人聊天。昆有一次见过这男人骑着马从屋前走过,他还暗想:说不定哪一天,这男人会从马上掉下来摔断脖子的。阿爸告诉昆,他是在各个村寨教唱歌谣的唱师,必须骑着马往来。他的打扮在当时很时髦,纱笼布裤子跟圆领白上衣都是崭新的丝绸做的,被阳光照得直泛亮。他大笑时,还会露出镶了金的牙齿,一闪一闪发着光。

另一人是村里宰牛的屠夫弩伯。他半身裸露着,只用一片小小的格马布裹住下体,黝黑的屁股在布缝间还依稀可见。等到村长命令动手,弩伯就拿起舂米棒,朝梯哈牵着的那头瘦小的黄牛崽走过去。小牛崽立刻"哞哞"地哀号起来,拼命地踏着蹄子,挣扎着想要逃脱。但它的脖子却拼了命地往回扭,几乎快要断掉,只因醉鬼梯哈在那边死死地紧拽着绳子。当它再次转过头来的瞬间,弩叔的舂米棒猛地"啪"一声砸在它两角间的额骨上。只见它两只前腿先瘫软在地,接着后腿也软了下来。弩叔扬起棒子,再次往刚才那个部位狠狠一砸,牛崽就整个翻倒在地,四只蹄子在空中抽动着。

趁着黄牛还在挣扎的时候,弩叔从背后抽出一把尖刀,跪在地上膝行到牛头所在的地方,然后一把刺进牛胸,"嘶嘶"地割起来。不久,就见他手捧一块拳头大小的白肉,隔着一些距离站着,

六、私通

"呸呸"往肉上吐了几口唾沫子，最后塞进了裹在腰上的布角里。

"阿爸，那是什么肉呀？"昆问。

"牛哭泣的肉啊。"阿爸答。

"阿伯为啥要吐上口水？"

"怕别人找他要咯。"

"当个宰牛人好啊！昆娃，有牛皮送，还有牛肉吃。"庆伯说。

于是小牛崽就被剥皮剐肉了。昆阿爸也去帮云伯他们剐牛。正当梯哈用椰壳舀着牛肚皮里的积血时，云伯就喊道："够了够了！先给村长做凉拌吧！"梯哈、阿爸和桑姑父就把牛肉和牛肝切成柠檬大小的块，扔进血里。梯哈用手搅动着血和肉，拿起从梯准阿妈那里要来的小碗杯，里面放着做辣拌牛血要用的佐料。

他用手拌好后，夹起一块放进嘴里尝了尝，就叫村长和唱师来一起吃。他张嘴笑着，满嘴都被染成了红色。

"吃吗？交叔。"梯哈转头问刚到的越人阿伯。

"让村长先吃，我上新人屋子吃去。"越人阿伯说。

过了一会儿，昆的脸上便笑开了花，因为阿爸拿了一块牛肉递给他。

"先拿回家去，过会儿我再拿着牛血和胆水回来，让阿妈准备好辣拌的料。"

昆拿着牛肉，头也不回地跑回了家，把肉交给阿妈做辣拌。

那天午前，昆也像村长那样吃到了红通通的辣拌牛肉。至于两个阿妹，阿妈没有直接给她们吃，而是切了薄薄的两片肉，在火上烤熟了，再给她们吃。

"过会儿还要去大阿伯家看他们吃酒吗？"昆问阿妈。

"不用去了。日头正上来呢，等你阿爸回来估计就过午了。"

"阿爸在做啥？"

"在寺里。等菜做好了，他们要去寺里斋僧。"

阿妈一说到寺里的和尚，昆就不说话了。因为过不了多久，他就要去寺里上学。那里，有个专门喜欢打小孩子的肯老和尚。

七、宋干节

　　热燥的空气仍笼罩着昆住的村寨。有时，昆真想把太阳拉下天顶，让它消失不见，那样的话，等新的一天到来，兴许就有风吹过，或是有雨云飘过了。可是，一切还是和往常一样。

　　夜里小伙们吹芦笙的声音也渐渐消失了。尽管阿妈告诉昆，头些天的干雷是村子继续旱下去的征兆，可昆还是很想听到雷声。因为，说不定雷电过后，就会有雨下下来呢。

　　一天夜里，阿爸从村长家开完会回来说，再过两天，村里的小伙们就要被送去县里应征当兵了。那些要去应征的人，要在夜里两点到村长家集合，然后一起出发，等到达县里时，就要接近中午了。阿爸说，这次有好些应征人的亲属也要一起背着准备在路上煮着吃的米同行，因为县城里要连放三晚日本电影。

　　村里要去应征的有八个人，阿爸告诉阿妈，今年村长没有往年那么担心，因为那八个准备去应征的人个头都不高，估摸着是选不上的。

"要是俺们村的人当上兵,村长不高兴吗?"昆问阿爸。

"高兴呀,孩子。只是之前有村里被选去当兵的小伙半途逃回来了,坏了村长的名声,所以他担心。"

"今年应征的都是瘦小伙子,不会被选上的吧?"

"村长是这么说的。"阿爸说。

阿爸又说,逃跑的人也不是因为讨厌当兵,只是更惦记家里忍饥挨饿的阿爸阿妈,但是要是被捉住的话就会被关进牢里。阿爸还说,要是昆去当兵的话,一定不许逃跑,因为士兵可比警察要神气又强壮多了。

一天傍晚,村寨边传来阵阵欢呼声。过了不久,梯哈就跑来告诉阿爸,那些去县里应征的人一个都没选中,越人请他们和村长喝了三瓶子酒。等到村长被灌得迷迷糊糊,他们又抬出了被禁卖的沙陀酒①,一缸接一缸地喝了起来。于是过来叫阿爸也去一起喝。阿爸说,今天割了两趟白茅草,没什么力气了。梯哈就不见了踪影。

阿妈对阿爸说,过不了几天就是宋干节了,村里只怕又会像去年一样冷清。阿爸就说,虽然冷清,可是心里可冷清不了,要上林子里去找吃的。至于昆和阿妹们,就在家好好玩,去寺庙里洒水浴佛。昆也想一块进林子,可阿爸说,今年要跟庆伯一起走到比大泽垞还远的林子去,怕昆吃不消。昆只好不再说什么。

宋干节还有三天就到了,阿妈从谷仓里提了好几篮稻谷下来,准备舂够三天的量。因为在那三天,除了尽情玩耍和进林子之外,谁也不会有工夫舂米。人们必须在日出前起床,否则的话就会被狗皮罩住头。

那天,昆帮着阿妈一起踩碓臼舂米。阿爸就编白茅草打成排,编得腰累了也会来帮一下阿妈。阿妈簸米很厉害,昆注意到,她簸米时

---

① Sato,一种用米酿造的、未经过滤的当地土酒。泰国法律禁止将私自酿造的酒,拿到屋外供其他人饮用。

可以一粒米也不掉出来。阿妈筛米把未脱糠的米挑出来时，会有节奏地甩动，不时会听到左右乳房来回撞击发出的"啪啪"声。当汗水沿着脸边流下时，她就抓起裙角揩去，再继续筛。

终于，宋干节到了。阿爸趁着太阳还没出来就叫昆和阿妹们起床。昆洗完了脸，看到阿妈拿出一瓶香水往一个金灿灿的水盏里滴了滴。

"这是什么水？真香。"昆问。

"是三年前拿两块布料从越人那换来的香水。"

"越人的香水吗？"

"嗯，等下跟阿爸一起去给阿奶洒水，之后他就要去林子里了。"

这天阿妈打扮得比往常都漂亮，尽管阿妈的丝织筒裙上有些斑斑点点的污渍，但看着还是很新。上身穿的浅棕色开胸罩衫也是刚从老旧的皮箱子里扯出来的。至于昆，则穿上了没有裤带眼的旧裤子，还有那件好久才会拿出来穿一次的旧上衣。他拿起镜子照照，也觉得很神气。

阿爸抱起福莱先下了棚屋，阿妈拿着水盏，随后也跟到了屋下，把梯子反向斜靠在棚屋边上，就跟着阿爸一起朝阿奶家走去。

到了阿奶屋中，只见她正坐着抽噎，说想念先一步离世的阿爷了。

阿爸接过阿妈手中的水盏，举起来慢慢把水倒在阿奶肩膀上。阿奶同阿爸说了好些话。接着，阿妈也照这样做了，然后把水盏递给昆和翌笋，给阿奶洒水。昆依稀记得阿奶说：要让阿爸、阿妈、昆和阿妹们长命百岁，下辈子投胎在土黑水盈的地方，再次见到阿爷。

阿爸说，他要赶紧回家准备和庆伯进林子要用的东西了，阿妈带着孩子们想去哪儿耍都随便，最要紧的只有一条：不准赌博。等到了傍晚，阿妈就带孩子们上寺里浴佛，然后再回家做饭。

那天，阿妈带着昆和阿妹们在村子里四处逛着，每家的屋子里真

七、宋干节

的空无一人。除了几个小娃在玩投槚藤果①、撞膝盖的游戏外，还有两三对姑娘小伙在追逐着相互泼水。昆再次兴奋起来，还是阿妈在黄昏带他去寺里时。

　　在寺庙的空地上，一群小娃正在佛像店下面追逐嬉闹，那摆满佛像的店铺在一棵叶片稀疏的大菩提树下。姑娘和妇人们正在给佛像浇水，几个小娃钻到屋底下、蹭着流下的水洗澡。昆一整天没洗澡了，也跟着小伙伴们爬了过去，让水淋透了衣服。水顺着脸流下，散发出淡淡的姜黄的清香。水流到嘴边时，昆一连咽了好几口。直到阿妈告诉他，康恭阿姐来了，昆才钻了回来。那天，康恭阿姐比以往都漂亮，胸前裹着的一块格马布也是全新的，从脖子到前胸都抹满了姜黄粉，两个脸颊也比以前更红润了。昆真想问她，是不是像上次打水时那样被梯准亲的，可没敢问出口。

　　一转眼看到坐在僧舍里的老和尚们，昆立刻在心里哆嗦了起来。康恭阿姐说过，老方丈打人可疼了。要是哪个小娃不穿裤子或筒裙在寺院里乱跑，就会被罚去捡寺里空地上的干芭蕉叶，每人要捡足五把。要是谁没捡足，就要被关到戒堂里、合掌呆上几个钟头。康恭阿姐给佛像沐浴时，昆又钻到佛像店下面借着水冲澡。又过了一会儿，阿妈就带着他们回家了。

　　那天，阿爸天黑时才到家，带回来了卡里椰叶和知了卵两种食物。不过，知了卵已经被阿爸焐熟了。阿妈解开包，倒在小陶碗里，那香味比煮熟的鸡蛋要淡一些。她从箪里掏了一团糯米摁平，然后捏取一些知了卵撒到上面，再反复揉捏糯米团，直到呈现出均匀的淡黄色，递给翌笋。昆也学着阿妈的样做起来，拌好后，美滋滋地一口、一口咬着吃起来。

　　阿爸坐下来说，去林子里的人每人都逮到了两三只鹌鹑，有人还弄到些小蜥蜴，阿爸抓到了两只，不过让给庆伯了，因为即使拿回来

---

① 拉丁文名称为Entada scandens。一种常绿植物，又名眼镜豆、牛肠麻、牛眼睛。文中指用这种植物的果实来进行的一种游戏。

也不够拌着吃的。阿爸还说，哪天要是去大泽坯，就带昆去抓蜥蜴回来拌红蚂蚁，美美地吃上一回。

宋干节就这样平静地过去了，六月已经来临，但天空依旧还是从早到晚空空荡荡的。

一天晚上，昆比往常任何时候都紧张，因为阿爸说，第二天一早要带他到寺里去拜见肯方丈，等学校一开学，他就要开始上学了。不过，当听说还有波喜婵和庆伯的孩子詹笛也要同去时，昆的心情又好了起来。至于上学穿的衣服，要先买上衣，裤子得以后再说。也就是说，第二天一早，昆就要穿着那条旧裤子和新买的衬衫去见老方丈了。

昆在床上翻来覆去的时候，突然听到屋顶传来猫头鹰的叫声。阿爸小声叫大家都安静下来，不要点火把，然后就踮着脚、悄悄地出了门。只听他拉弓弩的清脆声一响起，随之就从地上传来一声闷响。昆开心极了，他知道，阿爸在黑夜里抓到了一只猫头鹰。他兴奋地跑向楼梯，正好撞上提着猫头鹰上来的阿爸。昆一手捧过猫头鹰，跑向火把附近照了照，看到了猫头鹰翅膀根儿附近的鲜血，那就是被弓箭射中的痕迹。

"正好明天可以拿去献给老方丈。"阿妈一边从昆手里接过猫头鹰，一边说。

"全都给方丈吗？"昆吃了一惊。

"不是那样。今晚把它熬成稠稠的辣浓汤，然后分些出来，给你和阿爸用饭盒带到寺里。"阿妈边说边提着猫头鹰进了厨房。

阿爸让昆先去睡觉。他于是回到房里，心里反复想着：要是时常有猫头鹰停在屋顶让阿爸射中，那该有多好呀！因为，要是常常有汤送到寺里，老方丈一定就不会打昆了。

七、宋干节

一觉醒来后，昆就去找詹笛了。庆伯喊昆上屋里去，还说，"以后可别跟詹笛怄气了，要一起上学，一起好好念书。"昆点点头，然后就邀詹笛一起到屋子后面的路旁去坐着玩了。沙地上的热气透过屁股往身上传来，早晨的沙土有一股烧过的陶土的香味。昆对詹笛说，阿爸今天一早就要去给他买新衣服了！詹笛立刻低下了头。昆这才想到，詹笛得先穿旧衣服裤子去上学，就赶紧岔到别的话题去了。

等昆回到家时，一眼就看到阿爸胳肢窝下夹着新买的短袖白衬衫。阿爸说，这是在越人铺子用10士丹①买的。进屋后，阿妈解开衣服扣子帮他穿上。散发着香味的新衣贴在昆的皮肤上，他拿起镜子照照。翌笋直说道："真好看！"昆笑得合不拢嘴。

"再买裤子的话，要结实点的好布料。"阿妈对阿爸说。

"啥样的结实布料？"

"不清楚。听人说，有个飞船标志的那种。"阿妈答。

那天早晨，昆笑着跟在阿爸身后。碰到有人说，肯老方丈早上没出去化缘，昆的心又"砰砰"狂跳起来。进了寺庙，阿爸直接带他朝一间长条形的僧房走去。

走到老方丈坐禅的地方之前，先要经过僧舍的晒台。阿爸把脚在晒台的地板上擦了两三下，昆也照做了。昆数了数僧房，共有七间。搭屋梁和隔墙用的木板虽然破旧，却同样让人害怕。地板却是油亮亮的，好像新涂了一层椰油。阿爸吩咐他先坐着在远处等，昆就坐了下来。

老方丈的身后坐满了带着娃娃的年轻妇人，小娃们"咿咿呀呀"地哭着。方丈正低头冲一个小娃头上"呼呼"吹气，然后叫下一个妇人上前去。老方丈的声音十分洪亮。昆暗暗地想，要是阿爸只是这样远远地坐着看，该多好。

"把那娃娃带来，耳朵和腮帮子肿成这样，越人、华人那里也都有药呀。"老方丈说。

---

① 泰国钱币单位，100士丹相当于1铢。

"是的，越人说是痄腮。"小娃的阿妈说。

等到老方丈依次给五六个小娃头上吹过气，并用蘸了黑乎乎的药的食指——伸进他们嘴里之后，就大声说道：

"谁想要剃度、造新屋、讨老婆、给娃起名、甚至红眼病了，就都跑来找老僧，要是哪天老僧死了，谁来代替呢？今年就八十五喽！"老方丈说完，就呵呵笑了起来。

"方丈不会先死的。"一个女人说。

"看着你们忍饥挨饿，不死也跟死了一样。往后要有什么好吃的，别全都搬过来给僧人们。"老方丈说。

"为啥旱了这么久呢？"一个人问。

"不清楚哟，有人说是这村里的女人犯了错。"老方丈说完一笑。

"犯啥错了？"那人提高了声问。

"说了就会改吗？老僧拜托喽。"

众人异口同声道："一定改！"

"还不是这里的女人一有了男人、生了娃就全都站着撒尿了唷。"

"真的？阿爸。"昆将信将疑，因为从没见阿妈这样过。

"真的。你阿妈以前也这样，可被我制止了。"

接着，就轮到昆了。阿爸拎着饭盒上去呈到老方丈面前，俯下身叩拜。昆也忐忑不安地跟着俯下了身。阿爸向老方丈说了昆要上学的事，还报上了出生的年月日。接着，方丈就大声说道：

"好，下个星期四就带过来上学，看这娃的模样将来能成器，买卖也做得好，要是书念得高高的，将来能成人上人。"

说完，肯老方丈转头看向昆。

"看这模样跟唱师的马一样老实得很。叫什么名字？小鬼。"

"叫昆。"昆大声说。

"以后是小学生了，莫再把槟榔花叶鞘塞在裤子里包屁股了。"

七、宋干节

"是。"

"知不知道学校有几个老师？"

"两个。"

"加上老僧一共三个，但老僧没有工资，记住了。"

"是。"

"在这村子里最爱谁？"

"阿爸，阿妈，福莱和翠笋。"

"讨厌谁？最讨厌啥？"

昆一时想不出来，转头看向外面，却也只看到湛蓝色的天空，和红中泛着黄的太阳。他于是转过头说：

"讨厌天。"

"为啥？"

"因为它不下雨，总旱。"

"站起来！屁股转过来，手抱在胸前。"

昆颤抖着站了起来，双手紧抱在胸前。接着，老方丈的木鞭就狠狠地抽在昆的屁股上，一阵刺痛袭来，眼泪顿时冲出了眼角，但昆没有哭出声来。

"坐下！本事挺大。不要哭，吞下眼泪。"

昆吞下流到嘴边的眼泪，把双腿弯向一侧跪坐好。

"记好，以后不准讨厌天，老天从来不降罪给谁，记住了吧？"

"是。"

"好了，跟着老僧说。"

于是老方丈先说，昆跟着大声重复道：

"从今往后，我再也不怪罪老天，老天从来不降罪给谁。"

八、上学堂

昆跟着老方丈教的重复道:"从今往后,我再也不怪罪老天,老天从来不降罪给谁。"说完后,他害怕地盯着老方丈的脸,只想快点回家。老僧人肩上斜挂着的僧袍上打了五六个补丁,也和寺中央缠绕在菩提树上的布条一样布满暗斑。方丈点点头,皱巴巴的眉头一扬,露出一双浑浊的黑眼珠子,哈哈笑了起来,露出一排黑漆漆的牙根,跟新来的越南女人一样。

"记好了,会害人的,只有人自己。"老方丈说。

昆边点头边答:"是。"

"先记到这里,以后再讲给你听。"

"是。"

"要是读书好,长大了当唱师也行,当老师、当牛贩头子都行。看书时不要躺着,癣要爬上胸口的。"

"像昆这样的娃,出家更好。"一个小娃的阿妈说道。

"好是好，不过要先念完四年级。想要出家后还俗，还是做阁梨、上师，都可以，这事以后再说。"老方丈道。阁梨，就是在任何一次功德法会上沐过了圣水的出家弟子，而沐过了两次以上圣水的就能称为上师。

等方丈吩咐完"中午前再过来拿饭盒"后，阿爸就起身，跪坐着用头触地拜了一下告辞了。昆也认真地跟着做了。阿爸领着昆沿一排长长的僧舍走着，一边用手指着告诉他，这七间僧房是僧人们的住处，但现在只有两个僧人住在里面，肯方丈就叫来了两个小沙弥，住到最顶头的屋里。至于僧童，就更是没有了。只有醉汉梯哈时不时过来，帮忙干点杂活儿。僧人禅房对面的那间，就是老方丈自己的僧房。

阿爸带昆下到另一侧的晒台，有一个木梯搭在上面。晒台旁边有四口大盛水缸，放在和昆的头齐平的一个架子上。缸口上方盖着五六捆糙糙的白茅草垫，缸口内靠边浮着两个椰壳做的打水瓢，水瓢把儿是一条弯曲带冠的蛇形，不像昆家里的水瓢，没有任何形状和装饰。

昆曾见过阿爸做水瓢。阿爸拿来干椰子壳，从里到外打磨光滑，再用刀尖在椰壳边缘凿两个正对着的小孔，把一根事先做好的三拃长的木柄插进两个孔里。要是太松，阿爸就会塞个楔子进去加固，然后就可以用它来舀水了。

从晒台下来后，阿爸带昆沿着寺庙后面的围篱边缘继续往前走。做围篱的桩子和横栏都垮得差不多了。寺庙空地上的土，也快要成细碎的红沙了。昆看到一座粗糙的木桥向林子里头伸去，就问阿爸这桥要搭向哪里？阿爸说，是通往茅房或茅坑的。在林子里有两间茅房，一个给僧人沙弥们用，一个给老师学生们用。

左手边，有一座跟僧舍的屋顶齐平的钟楼，不过里面什么也没有。阿爸说，我们寺里还没有大钟可以挂，只有一口小钟放在方丈的屋里，还有一口大锣，以前在功德法会曾听过它发出"锵锵"的响声。钟楼底下，悬挂着一个木鼓。昆凑过去一看，只见底部的鼓口处有不少的磨痕。木鼓足足有两人张臂合抱那么粗，高约一庹①。阿爸指着地面上一根小腿一般粗、两庹左右长的圆木，说："这是敲鼓报时用的犍槌，早上敲时，僧人就外出化缘；傍晚敲时，僧人就进戒堂。"

再过去，是一间不大的戒堂，高出地面一腕尺的距离，全部用木头搭成，屋顶覆盖着约一拃宽、两拃长的黑红相间的木板。阿爸说，这个戒堂就是之前宋干节时，存放人们搬到菩提树下去沐浴的佛像的，僧人沙弥们每天早晚都要到这里诵经。他接着指向一棵挂着些零星黄叶的木橘树，说道：

"就是这棵，前几天波喜婶摘了果子送来的。"

"就是翌笋和福莱不吃咸鱼的那天？"昆问。

"是的。"

快走到围篱尽头时，看到有四棵高出戒堂屋顶的芒果树，可是朝上望去却看不到一颗果子。紧挨芒果树的，是一棵大沙果树②，也和木橘树一样挂着不多的几片叶子。这种沙果树或常查树，阿爸说又叫作雨树，树干比其它树轻，酒鬼梯哈经常穿着走到俺家的木屐，就是用这种树做的。昆曾见阿爷拿这树的果子给黄牛吃，果子黑黑的，约一拃长。昆曾掰开、尝过里面的肉，甜腻腻的。阿爷说，吃是可以的，不过吃多了容易醉，牛们喜欢把它代替草来吃。

阿爸沿着围篱稍微向左拐去，就带昆来到了以前见过三四次的讲法堂。讲法堂比僧舍和戒堂都要高大，高出地面的距离足足超过昆的

---

① 泰文为wa，通常习惯音译成"哇"，泰国长度单位，测算方法为成人张开双臂，从左手中指指尖到右手中指指尖的距离。这种测算方法和中文里的"庹"相似，但是换算成公制的"米"会有少许偏差。

② "沙果"是音译自泰语的sako，和下文中的"常查树"是一种树，只是各个地区叫法不同。常查是chamcha的音译。

头顶两三拃。屋顶也和僧舍、戒堂一样用木板覆盖。阿爸说：

"这里就是'学堂'了，知道吗？人们有功德活动时也上到这里来。"

"知道了。"昆说。

走上讲法堂后，可以看到一间铺着木板的空旷屋子，里面写字桌和黑板被堆放在一个角落里。阿爸说，等到开学那天，老师就会领着学生把写字桌按不同年级来摆放好，不同年级间的学生背对着坐在地板上，一张写字桌可以坐下三人。

等到都看过了一遍，阿爸就带昆下了楼梯。阿爸说，他要再去割点白茅草，等到看僧人用斋，时候就太晚了，这会儿僧人沙弥们还在外化缘呢。午前昆再过来取饭盒，或让阿妈来取也行。他又指着立在"学校"前的两根杆子说，今天还看不到国旗杆，旧的那根坏了，校长会叫村民们赶在开学前找个新的过来，等到那天，昆就能亲眼看到了。

昆想起老方丈刚才说过的一段话，就问阿爸，方丈说昆长得像唱师的马，是什么意思？阿爸就告诉他："肯方丈见昆一脸老实，身子又瘦小，怕长大了吃亏。不过不用害怕，做人最要紧的在于心。老方丈是不想昆只指望着阗神雨神，而是要你做事不偷懒，好好把书念好。"

"那牛贩头子又是做啥的呢？"昆又问。

阿爸就说，每个县都有一个男人作为头领，负责在柯叻和曼谷之间赶牛群贩卖，家里有牛的人可以一起赶着出去卖，也可以交给头子代卖，但要事先商量好价钱，多卖的部分由牛贩头子得，回来时再把钱付给主人。

"那牛贩头子比校长、比方丈还厉害吗？"

"各有各的厉害。牛贩头子厉害在会认路，知道哪里有水泽跟鲜草，还厉害在能管好同路的手下，不生嫌隙。"

一回到家，昆就跑去找要一起上学的詹笛。这会儿，詹笛已不再苦脸了，他说，明天他阿爸就会去给他买新裤子，还是飞船牌的。正在谷仓踩碓臼磨米的波喜阿婶冲着他们喊：

"昆娃阿妈做的猫头鹰辣汤真够味欸！"波喜婶是在说，昆家做的辣汤很美味。她说完后，继续麻利地踩着舂米碓，只听两个乳房发出"啪啪"的撞击声。

这天早上，小男娃昆感到忽冷忽热，莫名地难受。一醒来，就看到席子不远处摆放着石板、石笔。他拿起笔，兴奋地画了好一阵，直到阿妈要他先去洗脸刷牙。阿妈说，这是阿爸头天晚上到吴叔店里买的，本来老早就想买来让昆练习写字，但一直没有卖的。昆还一次都没练习过写字母或写数字呢。

昆洗完脸，一个人先吃了饭，也记不得的什么时候吃饱的了。他进屋取下新衬衫穿上，套上没有裤耳的裤子，把衣边扎进去，放下镜子照了照，神气极了！当他正打算出门去找詹笛时，詹笛却已经站在梯子口等着他了。詹笛的上衣是旧的、颜色有些发暗的白衬衫，但裤子却是马屎一样油亮亮的绿色。

"这是阿爸给俺买的新裤子，飞船牌的。"詹笛笑着炫耀。

阿爸叫詹笛回家去吃饭，然后喊他阿爸过来，一块到学校去。詹笛就扭头跑回家去了。

当橙黄中泛着蓝晕的太阳升上了屋旁的椰子树梢时，昆和詹笛就跟着阿爸们出发了。也不记得走了多久，不知不觉之中已进了寺门。这时候已经有很多小娃们正在讲堂旁边的空地上玩耍了。阿爸和庆伯就到菩提树下，去找坐在那里的男人们说话。詹笛拉着昆的手，朝站着的小娃们走去。昆起初很难为情，还有些害怕，直到詹笛说，"不用怕，大家都一样，莫怕他们。"昆才慢慢跟了过去，直见那矮小敦实、眉毛浓黑的詹笛，大大咧咧、毫不畏惧地大声说着话，他才慢慢放松了下来。

小学生们大都穿着旧上衣和旧裤子，裤子也都和昆的一样，是那种没裤耳可以穿腰带或系裤绳的样式。有一伙站在国旗杆附近的小娃，引起了昆的注意：他们虽然也没穿鞋，但每人的上衣和裤子都是

八、上学堂

崭新的。詹笛说，那个把头发分个中缝、向两边梳开的，是校长的儿子；那个眼睛大大、说话洪亮的，是唱师的儿子；另一个嘴里"咂吧"、含着东西的，是吴叔的儿子，他们都是老生。詹笛又小声对昆说："老子可不怕跟吴叔那儿子干架！"

不久，"锵锵"的铁钟声就响了起来，随后传来要学生们到旗杆前集合的口令声。人头迅速攒动起来。昆紧张地边走边回头，有些手足无措地想找到阿爸。在一片小娃们的喧闹声中，两位老师从讲堂里走了下来。阿爸也来到昆的身后，告诉昆："高个子的那个就是校长，叫塞先生，住东崴村①，有时步行、有时会骑马来学校。"塞先生皮肤黑中泛红，个头比昆阿爸高，不过模样一样地严肃，叫人生畏。

另一位是住在南库村②的通老师。两人都穿着一样的土黄色长裤和半旧半新的白色短袖衬衫。只不过，校长赤脚穿着黑皮鞋，通老师则穿着黑布鞋。

"老生们过来，照老样子按年级排好队。新生们，先在后排跟阿爸阿妈站一起。"校长大声道。

当老生在前面排成四排站好后，校长继续说：

"先唱国歌再讲话。全体向国旗敬礼。立——正！"

老生们带头唱了起来：

"暹罗大地——名字赫赫——叫'黄金王国……'"③

然后老生们就继续唱下去，直到唱完。

校长就继续说："先给新入学的学生点名，再进学堂。谁被点到就站起来，或者让阿爸陪着站起来也行。"

当校长一一给新学生点过名之后，就吩咐他们再坐下。

"新生有十四个的，少了四个，去哪里了？"校长一边说，一边

---

① Ban Don Wai。
② Ban khum Tai。
③ 文中这首歌曲是由昆威吉玛达拉（Khun Wichitmatra）创作的第一首非官方版本的泰国国歌。今天泰国官方所用的国歌是由銮萨拉努巴潘（Luang Saranupraphan）作词、帕柬杜里扬（Phra Chenduriyang）作曲，自1939年开始被正式使用至今。

朝老生们的后排望过去。

"宋伯和乔伯家娃子跟到栖河那边去打鱼了。"一个男人大声回道。

"那还有两个呢？"校长又问。

"不清楚。在搬走的那些娃子里不？"那个男人又说。

"算了，以后说不定就来了。搬走的那些都是跟我说过的。"

接着，校长就继续往下讲。昆大概能记住的是：

"我们学堂有两个老师。以前过来帮忙教课的实习老师又走了，肯老方丈只得再过来帮着上课，但老方丈是不拿工资的。学生总共五个年级：初级的学前级、一年级、二年级、三年级和四年级。"

"俺跟昆在哪个年级，阿爸？"詹笛问。

"当然是学前级的。"庆伯答。

"要是学得好，读书写字学得快，能数到五百，老师就会给升到一年级。"昆阿爸说。

"衣服想穿什么颜色都可以，有鞋的也可以穿来；把指甲留得长长的，要把里面的泥清干净。不要咬着石笔或黑笔玩。谁要是肚子疼就到那边的茅坑去，但不许到僧人坑上去拉，要造恶业的，每人都要拉进窟窿里。还有，老生们总爱一边吃咸鱼饭、一边走路来学堂，有人还偷摘人家种的水茄子吃，以后不许偷人家东西。一个个进了课堂，连手都不洗一下！"

八、上学堂

九、肯方丈发怒

等校长长长的讲话结束之后,就轮到年轻老师讲了。通老师说道:"每个年级有写字桌,每张桌子能坐下三人,女同学坐在男同学前面。上课时间有三段,上午一段,下午两段。上午的一段从九点到正午,下午从一点到三点是一段,三点半到四点是一段。下午三点到三点半是课间休息,叫作'小歇',这期间不能回家或跑出寺庙区域以外。"

"每个同学都要听从老师和肯方丈的话,严格遵守钟声。因为这块被用来当作钟的铁块是神圣的物品,肯老方丈是从县城里找人要来的。"

"谁要离开学堂必须先向老师请假。现在,三、四年级的学生上去整理学堂,新入学和一、二年级的学生先在下头玩。等听到钟声后,立刻上学堂里坐好。"

通老师话音刚落,三、四年级的学生就跑上了学堂。正在那时，肯老方丈快步走到国旗杆前，然后抬起手说道：

"新生跟一年级的学生先坐着，给你们先讲讲故事。"

方丈话音刚落，叽叽喳喳声就立刻安静了下来。

"好了，混着坐也行，拿好板子和笔，别碰到地上的灰。"老方丈接着说。

昆的同伴詹笛坐下来，长舒了一口气，悄悄说道："还好没见老和尚拿鞭子过来。"

肯方丈用手指向一个腰上系着格马布、脸上脏兮兮的男娃，说：

"那是梯林的娃子吧？站起来，今年要上一年级喽。"

"恩。"那小娃边说边站起来。

"说'khrap'，女生要说'kha'①，重说。"

"Khra-p！"梯林家孩子大声答道。

"腰上的格马布里裹着什么？"

"饭包和凉拌碎腌鱼。"那小娃边说边扭头往左右两边看，像在炫耀有好东西吃。

"好。你阿爸想把家搬到鹞子坵那头去，可得早一点起床，按时来上学噢！"

"是。"

"先出来站到前面来，看你这脸跟三年没洗澡一样。学的字母全爬到脸上去了。"

等梯林儿子出来站到了前面，老方丈又点了五个男娃和两个女娃出来，一个个挨着站在一旁。只见方丈从腰间掏出一块湿的红布，先走到梯林儿子跟前，左手按住男娃的头，右手拿着红布在男娃脸上揩了个遍，再吩咐他坐下。然后，又一个接一个把其他娃子的脸也擦抹干净，再一一叫他们坐下。

"从今天起，到学堂前必须先照镜子，谁要是有鼻屎粘在脸或手

---

① 泰语里的礼貌用语，男人说话时要在句尾叫上"khrap"，女人要加上"kha"。当回答"是的"的时候，男人可直接说"khrap"，女人则说"kha"。

上，就要挨十下鞭子。"

男娃女娃齐声答着"khrap""kha"。

"有鼻涕流下来时，不要拿手揩了就往屁股上抹，要全擤出来，记住啦！"

老方丈又接着说，现在学堂里还没有饮水缸，要等其它村来的卖锅卖罐的车队到了，才会有缸盛水喝。要喝就先喝僧舍上的水，但别舀太多，喝够就行了。喝的水很难找，沙弥们要到很远的地方去打过来。水瓢要放好，小心不要掉到地上摔断了，椰子壳很难找。

等老方丈下令解散后，昆和詹笛的阿爸就从学堂下来，准备先回家去了，叫昆他们想吃饭就跑回家。詹笛问他的阿爸："不给点钱买零食用吗？"庆伯就说，村里头没有卖东西的人了，先前那个挑东西卖的新来的越人姑娘上县城去了还没回来。然后，阿爸就跟庆伯一起离开了。

日头已经很高了，"锵锵"的钟声响起之后，昆就和詹笛一起激动地上了学堂。詹笛说，学堂四周都没有木板挡着，刮风下雨的话不就全浇湿了吗？昆说，打哪儿有风和雨来啊？詹笛就不再说什么。

踩着圆木的楼梯上去后，通老师就走过来挡在两人跟前说，学前级的在右手方向。昆和詹笛就在伙伴们前头走了过去。学前级的写字桌有四排，每排三张。通老师跟了过来，让四个女娃分成两对，坐到第一排的两张桌上，另一张桌子先空着。昆和詹笛结成一对，坐到女娃后面的一排，右手边是另一对男娃的座位，还有一对坐到了昆和詹笛身后。至于空着的桌子，通老师说留给还没来的人，这会儿可以舒服地坐着，因为胳膊肘不会撞到了。

等都坐好了，通老师就说："前面是一、二年级，左侧中间有走道隔着的是三、四年级。今后要找个瓶子装水，或者装在竹筒里带过来，用来喝和擦写字板，不要用手擦。至于木尺，有人拿铁树干做的就很好了，油亮亮的很漂亮，没必要去买。不过，千万不要拿着敲头玩，它硬得很。"昆的木尺也是阿爸用木头做的。昆很想要一把像越人铺子里卖的那种黄色尺子，可是阿爸说他自打进入学堂直到四年级念完，也没买过一把尺子。昆就不敢再要了。

通老师又说，从明天开始就要点名了，被点到的人站起来答"到"，以后才能坐下。接下来要选班长，好给老师和肯方丈当好左膀右臂，有谁想当班长的可以站起来。

"俺要当！"詹笛大声说，然后"嗖"的一下站起身。

"要说'我'，重说，'我'——"通老师道。

"我要当。"詹笛又说了一遍。

通老师问，还有谁想当的？没有人再站起来了。他于是说道："今后我们的班长就是詹笛同学了。"当向詹笛交待了班长的任务后，通老师又说："谁当班长不是绝对不变的，老师说不定也会让其他同学来代替。詹笛要想当得久一点，就得好好表现。"詹笛答了声"是"，就坐了下来。

接着，通老师转过身，从淡黄色的纸盒里拿出粉笔，说道："今天只教大家练习画田，以后再学其他功课。谁画完了就交到老师桌上，然后就可以去午休了。下午一点上课后，老师再来批改打分。"通老师说完，就在黑板上画了一个由六个小方格连在一起的四边形田地形状，然后就朝一、二年级走去。

前排的女娃相互看了看，又转头向身后看了看，然后就低头在石板上画了起来。至于昆，这还是他第一次真正拿起铅笔和石板。詹笛也是一副不知所措的样子，还大声说了句："俺才不想画那鬼田地，一回雨也没下过！"坐在他正对面的女娃转过头来，冲他闪了闪眸子，像是在微笑，然后又转了回去。

昆拿起木尺压在板子上，慢慢地划着线，眼睛不住地盯着黑板，用笔划了划又擦了擦，反复了好几回。直到通老师走过，并宣布午休时间快到了，昆和詹笛才又赶紧认真地画了一阵。当昆画好了老师那样的有六个格子的四方形后，就把写字板翻过面放好。看看詹笛画的，也完成了，只是在他的画中央，还有一个用线条划得密密的圆团。昆奇怪地问："这画的是啥？"詹笛就说：

"这是俺家田里的大白蚁堆。"

"老师没让画,老师的黑板上也没有呀。"昆说道。

"可老子的田里有,就得画出来。"

詹笛说完就站起身,把画放到老师桌上,然后在班级前大声道:"男女同学的画分开放,不要混了噢。"

午休的钟声响起后,昆和詹笛就赶在其他小娃之前、往学堂下面走去。昆不住地在心里暗想:詹笛画了白蚁堆,得分肯定比俺的高了。他真想也画上一个,但昆家的田里并没有白蚁堆。

激动兴奋的劲儿,让昆和詹笛都没回家吃午饭,而是留了下来,看大孩子在寺里空地上兴高采烈地玩接力跑①和相互追打。等到走过去看到校长的儿子正和吴叔儿子讨论着新裤子和腰带,昆越发感兴趣地站在一旁听起来,詹笛却直接上前去,朝正"嘎嘣"嚼着干点心的吴叔儿子问道:

"童子军腰带跟上学穿的衣服,你家有吗?"

"多得很,拿牛车拖也拖不完。"吴叔儿子回他。

"俺很快就能买到的。"詹笛说。

"有人捡紫胶虫拿去卖钱,就能买到新衣服了呢。"唱师儿子说。

"拿去哪里卖?"詹笛的眼里闪出了光。

"吴叔店里"。

"怎么个卖法?"詹笛赶紧又问。

"活虫一奶罐三士丁,干虫一士丁。"吴叔儿子说。

詹笛点了点头,就拉着昆的手走开了。他对昆说,"明天一定要去找紫胶虫,捡了好去卖钱,要是等阿爸给买上新衣服,怕要好多天呢。"他叫昆一定要跟他一起去田野。昆就答应道,一定去!因为,每回看到唱师儿子那一伙身上穿的童子军裤和腰带,昆都会直咽口水。

---

① 泰语为wing piao,是一种泰国传统游戏,参与的人分为两队,每一队每次派一位队员跑向对方的终点,跑的人手上拿一根木棍或手巾,换人时作为接力物。哪一队跑得速度快,则用手中的木棍或手巾击打对方,宣告胜利。

下午的上课铃声刚一响起，学生们就一群结一群地或走或跑，上了学堂。通往学堂的楼梯有两处，正前方一处，右侧一处。正当每个年级的学生刚刚坐好时，肯方丈就急匆匆地带着一个小沙弥进来了。过了一会儿，那个小沙弥就从一、二年级里抓着四个男娃的胳膊，拖到了老方丈跟前。老方丈命他们站到两个年级中间的过道上，校长和通老师就坐在附近的椅子上吸烟。接着，学堂里就响起了老方丈向四个男娃一一发问的洪亮声音。

　　"你这小鬼老实交代，为甚跑到戒堂边上站着撒尿？"他问其中一个男娃。男娃用怨恨的目光看了一眼沙弥，小声答道：

　　"俺……我憋得难受，来不及跑林子里了。"

　　"这小鬼呢？是你把水瓢给掉到地上摔断了？"老方丈接着向下一个男娃发问。

　　"西塔要抢在我前头喝水，水瓢就掉了。"方丈点了下头，又问下一个。

　　"这小子呢？把屎拉到坑外是怎么回事？"

　　"我肚子疼得厉害，来不及蹲下了……"

　　"吃什么了？"老方丈一边问，一边冲校长笑着。

　　"吃的饭跟凉拌木瓜。"

　　"还有这个小崽，偷爬信大爹的甜罗望树是吧？"方丈问最后一个男娃。

　　"是，我想吃。"那男娃说完低下了头。

　　老方丈把手背在身后、来回踱着步子，然后大声说道："主人没允许却偷拿人家的东西是罪孽，这样的子孙会坏了爹妈的名声。在戒堂边撒尿也要遭报应，学习就会赶不上小伙伴。屎尿撒得一塌糊涂的，也犯了错，毕竟老师在早上刚教过。把水瓢摔断的，是粗心不仔细，这样的人长大是要吃苦受累的。"

　　老方丈说完，就吩咐小沙弥道：

　　"带这四个人去捡干菩提叶和芒果叶，每人捡够两把，然后拿上

九、肯方丈发怒

来检查。"

方丈话音刚落,小沙弥就领着四个男娃下去了。那之后,昆的学前级又再次安静了下来,因为老方丈踱着步子缓缓走了过来,到前方桌子旁的椅子上坐下,拿起堆在桌上的石板一块、一块看起来。

"每个都画得不赖。"他边说边缓缓检查着。

昆和詹笛相视一笑,而后老方丈却惊呼道:

"啊呀!佛祖保佑!谁的田里画了个甚么玩意儿?"他举起石板,问道。昆很清楚那个石板是谁的,坐在身旁的詹笛却扭头看向左右,没有说话。老方丈的声音再次响起:

"是谁的?赶紧说!"

这回詹笛站了起来,响亮地答道,

"是我的。"

"你画的这是什么?"方丈紧绷着脸。

"画的……白——蚁——堆啊。"詹笛字字清晰地说。

"通老师黑板上有吗?嗯?"方丈提高了声。

"没有,但我家田里有啊。"

"庆[①]家这小鬼行啊,脑门比老师的还光溜了,谁叫你画的?"

"我自己画的。"詹笛说完,低下了头。老方丈拿着石板到通老师那里去了一会儿,然后回来让詹笛再次起立站好。

"每人都画得好,詹笛画的也不赖,但画上白蚁堆就有错了,错在做了老师没有布置的事,承认吗?"

"承认。"詹笛用清脆的声音答道。

"很好!做错了就得认错,要罚你重画四幅。"

---

① 詹笛的爸爸名叫庆,即上文中的庆伯。

老方丈说完，就叫詹笛拿回自己的石板，吩咐道："没画完不准出学堂小歇，也不准回家。"等到方丈朝一年级走去之后，詹笛马上动手画了起来。

詹笛认真地在石板上画着田，每面画了两个。一面画完了，就翻过去在另一面上"吱吱"画起来。就这样画着，画着，直到小歇的铃声响起时正好画完。他拿起石板，交给正在四年级学生那边的老方丈，过了一会儿，便笑盈盈地回来了。昆问他，老方丈说了什么？詹笛道："老和尚说，我画的比班里其他人的都好看。"

东北孩子

十、捡紫胶虫

那天傍晚,昆放学一回到家,就拿出他画在石板上的田地向阿爸炫耀。阿爸说画得好,他就笑呀、笑呀,简直合不拢嘴,还给阿爸讲了小伙伴詹笛被肯老方丈惩罚的事,阿爸也呵呵地笑着。昆又把画拿上屋去向阿妈炫耀,阿妈也夸他画得好。

阿妈说,好心的康恭阿姐送来了格马布给昆玩耍时穿,还带来了烤鱼末酱,就放在厨房里。昆于是脱掉衬衫和裤子,拿起那一小块布满大格子的裹腰布套在腰上,然后进厨房去找饭吃。他取下饭箪揭开盖,就看到一个装有烤鱼末酱的小碗,于是连忙抓起糯米饭,津津有味地蘸着吃起来。

康恭阿姐这次带来的烤鱼末酱,跟阿妈以前做过的几次一样。阿妈会在炖锅里放一瓢水,加入一些腌鱼,但不要太咸,然后放进烤鱼或鲜鱼,再将锅放到灶台上。等待锅里水沸、把鱼肉煮烂的空档儿,阿妈会拿来小段的竹篾把顶端削尖,插上干辣椒和一瓣蒜头，烤焦后倒入研钵中捣一捣。然后舀出鱼，只把鱼肉挑出来放到研钵里，一起拌碎，盛到小碗里。再从锅里舀出一些汤料，倒进小碗里，稍微拌一拌就可以吃了。要是哪天有鲜香菜或薄荷叶撒到上面，就会让鱼肉末更好吃入味。要是有亲朋好友一起来吃，阿妈就会多放一些水，让鱼末几乎成了清汤。不过，等到人们用糯米团蘸汤吃了一阵过后，小碗里的汤就会慢慢变干，只剩下碗底的鱼肉末了。每次阿妈做辣鱼肉末给亲戚们吃时，昆就会先到外面玩一会儿，估摸着鱼汤变干了，才上屋里去吃。

昆吃饱饭后，就到屋下面去找正在编白茅草垫的阿爸。他问阿爸，为什么老方丈说他长得像唱师的马。阿爸回他："唱师的那匹马无精打采，因为唱师每天骑着它去教学生，又很难找到草喂它。当有狗子或小娃子靠近时，它也再不像以前那样踢蹄子了。肯老方丈见你一脸老实相，怕你以后没有小伙伴们能干，所以提醒提醒。"

"就算你长得老实，阿爸还是觉得你一定会在某方面很能干的。"阿爸微笑着说。

"嗯！俺肯定能干，比詹笛还能干。"昆说完，就往詹笛家走去。

詹笛看到昆走过去，就马上迎上前，叫昆不要把他被老方丈责罚的事告诉他阿爸，不然就不理他了。还叫昆第二天包上饭带着，要是老师不是一整天都上课的话，就一起去捡紫胶虫卖给吴叔，好早点买上新衣服裤子穿。但一定要捡足足够价钱的紫胶虫卖给吴叔才行。还有，不能把这事告诉阿爸。昆一想到校长儿子那伙人穿的新裤子和童子军腰带，就立马点头答应了詹笛。

这是昆头一次不想让阿爸阿妈知道自己的心事。太阳下山后，詹笛又来约昆出去玩，阿爸阿妈没说什么，昆就放心地跟着詹笛一起到处去逛了。

"先去找吴叔问清楚，紫胶虫卖多少士丁？"詹笛说完，就大步朝吴叔铺子走去。

那时，詹笛和昆沿途经过的村民屋里已亮起了火把，有的屋里正

十、捡紫胶虫

东北孩子

吃着饭,有的传出砧板上切东西的"哒哒"声。走到娶了泰国老婆的吴叔铺子前,只见里面已点起了明亮的汽灯。昆站在远处,听到里面清晰地传来吴叔儿子背乘法口诀"12"[①]数组的声音。詹笛说,里面人多,以后再来问,然后就抓起昆的手,溜到铺子围墙外一个黑暗的角落里。屋里的灯光透过墙上木板间的缝隙、若隐若现地射过来。詹笛先把脸贴了上去,昆也照着做了。只见里面是一个卧室,横七竖八地挂着些旧布。昆小声建议詹笛去铺子后院看看。

挂在篱笆上的灯,使得铺子后院的景象一览无余:一张圆桌靠着墙边放着,桌上放着一个饭箪和四五只碗碟,三四只苍蝇正沿着碗碟边缘爬来爬去。

"疯鬼附身的吴叔!吃饭不洗碗。"詹笛在昆耳边嘀咕道,接着又小声说:

"看他家里堆得满是东西,走路的地方都没有,你家狗子睡的都比他干净。"詹笛的意思是,连昆家的狗睡觉的地方都不会乱堆垃圾。

再往右边看,只见一对男女交叠着腿坐在床上,床的上方罩着蚊帐。詹笛伸手轻轻掐了掐昆的胳膊。昆眼看那个身上只裹着一块格马布的男人,搂住女人的脖子、慢慢朝她的脸贴过去,吓得立马拽起詹笛的胳膊,跑开了。

詹笛生气地锤了一下昆的后背,说道:

"老子要看吴叔女婿抱他老婆,为啥拉着老子跑开?"

"俺怕眼里长东西。"昆小声说。

"他铺子后面跟寺里的茅坑一样臭。走,去偷看越人。"詹笛边说边拉着昆的手,走进一条漆黑的小路。昆跟在他身后。

越人铺子门口一片漆黑,但从店里透出来的灯光比吴叔铺子的要多,因为有一面墙是用竹子做的。昆正奇怪为什么越人铺子这么早关门?詹笛已经拉着他来到了墙边。他们朝铺子里看去,只见之前到过昆家的那个越人的女儿正站着用越语数着桌上的东西。不一会儿,

---

① 泰国小学生的乘法口诀表,从数字1到12共有12组。

她走到墙边不远处，弯腰去捡鱼罐头。越人姑娘穿着宽松的挂脖内衣，昆清楚地看到她那两只乳房和黑黑的乳头，乳房周围的肌肤白白的，比梯准的老婆康恭阿姐的乳房还好看。昆看了一会儿，就绕过詹笛，悄悄走到了铺子后面。

越人男人跟他老婆正蹲坐在椅子上，"呼哧呼哧"地喝着汤。左手托着碗，右手拿着筷子熟练地往嘴里扒着粥。四角木桌上的盘子里，好像放着一些干鳅鱼①。越人女人边吃、边说着越语，惹得昆不停地咽口水。只见她擦去灯上的灰，屋里立即变得更明亮了。这时，昆看到一个十四五岁的越人少年，正坐在地上削竹条。他不时抓起裹腰布的边缘，揩去脸和脖子上的汗水。接着，他又拿起一个竹篓反扣在地上，将削好的竹条堆在竹篓的底面上。昆这才看出来，他是在给竹篓换新底座。突然，詹笛大叫了一声"妈呀！"冲过来抓起昆的手就飞奔了出去。身后传来越人姑娘的咒骂声，昆赶紧加快了步伐。快到家时，詹笛才停住了脚，然后哈哈大笑起来。他说，他看到越人女儿的乳房就跟小椰子一样大，还说那姑娘踮起脚去拿高处的东西时，绸子裤滑落到了脚跟，害得他惊叫了一声"妈呀！"

"你看清楚了吗？"

"从大腿一直看到肚脐。一清二楚！"

回到家上了屋，昆告诉阿爸，跟詹笛在村子里逛可有意思了。阿爸在门边面朝下趴着，呵呵直笑，叫昆用脚在他腰上踩，然后教昆大声背起了乘法口诀的"2"数组。昆一边跟阿爸背着，一边偷偷在心里想：要跟詹笛到很远的地方去捡紫胶虫的事，该不该告诉阿爸阿妈呢？

第二天早上，昆和詹笛就有饭包着带去学校吃了。等学生们唱完国歌，校长就宣布："今天是一周学习的最后一天，同学们要帮忙打扫学堂和寺庙周围直到中午，然后就开会，开完了会就可以回家

---

① 泰语里称pla siu，用来指称多种小型的淡水鱼类，英文里称为Minnow，也叫米诺鱼。

了。一年级和刚入学的新生去捡干芭蕉叶，丢进篱笆边的火堆，那里有小沙弥看着。"

校长布置完任务后，詹笛就立刻来叫昆一起去茅坑。

等沿着小桥一直走到茅坑后，詹笛就带着昆跳到了地面上，敏捷地穿过竹林和布轮枣林①。穿过田野后，就看到了前方的鹞子圬。詹笛叫昆把挂在石板孔上的饭囊系紧了，养紫胶虫的沙果树林，还要再走过鹞子圬，走很久才会到。要是饭囊掉了，就只能吃土了。昆照着做了，脱下衣服像他一样裹起饭囊抱在手里，然后快步跟了上去。

日头已经升到很高了，一只柠檬大小、翅膀和身子都是嫩黄色的咿祝鸟②在田里灌木丛上高声叫着"咿——祝——"，从他们眼前飞掠而过。一头老水牛伏在鹊肾树下，闭眼嚼着石斛。詹笛冲过去，朝牛屁股用力踢了一下，说："你丫的没草吃，早点断了气死掉算了，老子就可以拿你的肉做成美味凉拌吃了。"但那水牛却依旧只是闭眼躺着。

等过了鹞子圬，快到那七八棵长在田中央的沙果树时，太阳正好升到了头顶上方。詹笛说，他家的田在这片田的那一头。这片种着沙果树的田，是住在寺庙附近的贾伯的。这让昆心里"咯噔"了一下，因为阿爸曾经告诉过他，贾伯是一个不爱同人打交道的人，他身怀武艺、刀枪不入，十年没剪过头发。贾伯学艺的地方在琅勃拉邦。他和同门好友一起回来的路上，因为绊了对方的脚而拔刀相向，从中午一直打到傍晚，但是刀刃一点儿也没砍伤他俩的皮肤。

---

① 拉丁语学名Zizyphus brunoniana。
② 咿祝鸟，是根据泰国东北方言ichu的音译，学名是黑翅雀鹎（拉丁语学名：Aegithina tiphia）。

詹笛把昆领到一棵沙果树下，问：

"你认得出紫胶虫吗？"

昆说："认得，有一回见过阿爸碾紫胶虫涂刀把。"

"就是这个，这是从树上掉下来的。"詹笛说完，就猫腰伸着脖子从昆身边走开了。

昆低头在第二棵沙果树下找了起来，可是连一只虫影也没见着。他抬头望向树梢，也没见紫胶虫藏在那里。正站着一筹莫展的时候，詹笛突然大叫着让昆到一棵沙果树下去找他。昆跑了过去，只见地上有几根沙果树枝，上面停满了拇指大小的紫胶虫团。

"贾伯砍下这些树枝准备捡紫胶虫的，但不知他人去哪了？"詹笛说。

昆从没见过树枝上粘着这么多紫胶虫的，他用手拿起一根树枝来看。肥硕的紫胶虫虫团圆鼓鼓地围绕在树枝上，就像在树枝上涂满了蜡，足足有昆的手掌一拃①那么长，全身上下都是深红色。

"这就是它的活虫。"詹笛说完，抬起手四处张望着，像是在找紫胶虫的主人。

昆想看看那里面有什么，就把虫块掰成了两段，一团团紫胶虫就从沙果树枝上落到地面。昆捡起一块，看到一只只鸡虱大小的深红色虫体挤满了断面。昆又掰了一小段，放在手心里揉了揉，手心立刻就被染成了深红色。原来，这些紫胶虫全都是深红色的啊，可这红色又是怎么来的呢？就在这时，耳边传来了紫胶虫主人的怒喝声：

"快住手！谁家的小鬼？敢来偷老子的紫胶虫。"

"是俺和昆，来捡落到地上的紫胶虫，贾伯伯。"詹笛说完，咧嘴笑了笑。

贾伯虽然身材不高，但深邃的眼眸和粗犷的声音却叫人害怕。加上他围着的格纹裹腰布下，从大腿根一直到膝盖都布满了文身，看起来更加吓人。

---

① 泰语里叫khuep，一种度量单位。指张开手掌后，从大拇指指尖到中指或小指指尖之间的距离。与汉语里的"拃"近似。

不过，当昆说明了来由之后，贾伯却哈哈笑了起来，说昆和詹笛比别的小娃厉害，因为这么小就懂得自己赚钱买东西。还说，要是想拿紫胶虫换钱的话，他就给他们俩人一人五椰壳的活紫胶虫，每椰壳可以卖到三铢钱，正好够一件上衣或裤子的价钱。不过，昆和詹笛必须先脱下裤子，帮他把紫胶虫全部捡完才行。

"先把饭吃完，再帮我捡紫胶虫。"贾伯说。

詹笛高兴地挥舞着胳膊，然后脱了裤子，拿出饭囊熟练地解开。昆也跟着打开了饭囊，看见里面有半个浇着腌鱼酱的剥好壳的鸡蛋，于是和糯米团捏在一起，大口吃起来。詹笛的下饭菜是烤咸鱼，他边吃边高兴地和贾伯聊着天。

昆问贾伯，人们拿紫胶虫去做什么用？他只见过阿爸拿它抹到刀柄上。贾伯就说：

"碾磨后涂到刀柄、竹篾或大刀上都行。在邮局寄信时也要用到它。我在琅勃拉邦学习时要给母亲寄绸布，那里的人就会用它在邮包上盖戳。在我们家乡那边也会用它来给棉布或丝布染色，不会掉色，也不褪色。柯叨那边的泰人商贩每年都会过来买。"

"紫胶虫吃什么能够这么红？"詹笛问。

"吸树汁，沙果树可以养紫胶虫，风车子①也可以，在这里只用沙果树养。"

"就是这样一块块的吗？"昆拿起掰断的一块给贾伯看。

"这是紫胶虫的粪便和死去的虫体混在一起的。"

昆闻了闻虫块，觉得有一股鲜鸡蛋似的腥味，但不太重。就又问道：

"贾伯为啥不剪头？为啥要一直留到背后？"

"唉！琅勃拉邦的师父不让俺剪。"

"贾伯有些啥本领？"詹笛插嘴道。

"样样有！小刀大刀都不在话下，枪也不怕。"贾伯说完哈哈大笑起来，只见他深绿的牙床和肯老方丈的一模一样。

---

① 全称是四棱风车子，学名Combretum quadrangulare。

吃饱饭后，贾伯提来一个竹筒递给昆，说，"喝的水难找，要慢慢倒到嘴里，不要把筒底抬得太高，水溢出来就白白浪费了。"昆照着他说的做了，然后把竹筒递给后吃饱的詹笛。之后，贾伯就拿起砍刀站起来，熟练地劈向结满紫胶虫的树枝。

"昆把捡到的堆成一堆，詹笛把树枝都拖到我这边来。"贾伯说完，昆和詹笛就赤裸着身子，认真照着他的吩咐干了起来。

贾伯一边劈着树枝，一边告诉昆：捡完紫胶虫后，先把个头肥的挑出来，包进一把干草里，首尾捆牢之后，就可以接到另一棵沙果树上了。结块中的紫胶虫会从巢里爬出来，爬上新的树枝做巢，就像现在看到的这样。等干草和结块里的紫胶虫都爬完了，就会有一些落到地上，但这些落下来的紫胶虫比活虫份量要轻，价钱也要便宜一些。捡紫胶虫或砍沙果枝的时间要间隔十个月以上，被砍过的沙果树不能再继续养紫胶虫，因为没了枝桠。必须要过个三四年，等长出新枝后，才能再养。

昆和詹笛认真地帮着贾伯，汗水顺着脸和脖子往下流着，两人不时地用手揩去，再抹到屁股上。直到太阳快要落山了，捡紫胶虫的活儿才刚好干完。这时，一阵喊声突然从他们身后传来：

"哦哟哟！快看有人赤裸着哟！快看这翘课捡紫胶虫的娃子哟！"

昆猛一回头，循声望去，见说话的正是康恭阿姐，跟在她身后的是阿爸和梯准。昆一看到阿爸，马上哭了起来。

"不准哭，穿裤子去！"阿爸粗声命令道。昆照做了，然后抱着石板和衣服在阿爸身旁坐下。

"他们说今天老师不上课，就过来找紫胶虫了。"贾伯说了一句。

阿爸跟贾伯聊了好一阵，就对昆说：

"马上回家！本事真大，要自己赚钱买裤子了。不用你赚了，回头就帮你买。"

詹笛挥着胳膊大声道：

十、捡紫胶虫

东北孩子

"太好了！昆！这样的话，俺也叫阿爸给买一件新衣服。"
昆拉着康恭阿姐的手先离开了，身后传来了贾伯的声音：
"今后要是想要童子军腰带了，就过来找我唷，小鬼头！"

十一、逮鹌鹑

一天夜里,昆听到康恭阿姐来叫阿爸赶紧开门。他坐起身,听了一会儿才知道,阿奶已经接连病了三四天了。这天夜里她比前几天都要虚弱,于是大阿伯就派康恭阿姐来叫阿爸赶快过去。

昆也想一起去,阿爸轻声说了句"去就去吧",昆就立刻起身,冲下屋跟了过去。康恭阿姐告诉他,阿奶三天前到屋下的鸡窝旁去取挂在架子上的蒌叶,脚踩到箩叶滑了一跤。打那天起,阿奶吃饭就没什么胃口。昆问,梯准到哪里去了?康恭阿姐回他道,去叫亲戚们来看阿奶了。

一进屋,就看见阿奶躺在房间角落的垫子上,喜宁阿姑坐在近旁拨着灰,把火把挑亮,身边还坐着大阿伯——康恭阿姐的阿爸。昆和阿爸挨着阿奶坐了一会儿,梯准他爹云伯和詹笛的阿爸庆伯就进来了。

"梯准哪里去了?"阿奶轻声问。

"去找药师了,可能还要过去通知珀伊姨她娘。"康恭阿姐说。

珀伊姨是昆的一个亲戚,住在大泽坂再过去一点的洞邦村①。珀伊姨的阿爸是昆阿妈的阿妈的哥哥,但过世很久了,她男人也已经不在世了。现在每天陪伴她的只有两个女儿和大女婿。珀伊姨偶尔会到昆的村子里来看看。昆还记得上次她还和小女儿一起在宋干节之前过来,还带了好几份竹筒饭给昆和阿妹们。

"叫肯方丈过来好吗?"大阿伯轻声问阿爸。

阿奶听到连忙说:

"别叫来!也别找驱鬼的巫医,俺就是有点累,俺心里明白。"

"可阿妈也累得太厉害了,饭也吃不下。"大阿伯说。

"等等看药师怎么说吧。"庆伯道。

"就随阿妈的意吧。"昆的阿爸说。

不一会儿,一个穿着旧纱笼裤、没穿上衣、肩上披着一块格马布的老汉,提着一个沉甸甸的布袋就走上来了,他把布袋放下之后,说道:

"梯准说,只是在菱叶架子那里轻轻摔了一下,是吧?"

"没错,可是吃饭没什么胃口,身子还有些发烫。"大阿伯答道。

老药师伸手去握阿奶的手腕,又伸上去轻轻碰了下她的额头,收回手说道:"老人家的血气就是这样的,身子没发烧,也没受寒,也不要担心是不是康恭跟梯准偷情害得家鬼野鬼找上了阿婆。阿婆会没力气,只是因为吃不下饭、没胃口。"

"那要吃些啥药呀?"云伯问。

"吃副补气力的药,第二天早上吃饭就香了。"

药师边说边拉开布袋,"噼噼啪啪"一通把药倒到一块褪了色的布上。昆留意到,里面有一块一块的圆团,也有食指一般大小的长

---

① 音译自Ban Dong bang,意为"被丛林挡住的村落"。

条，也不知道是些什么药，他便小声问阿爸。阿爸说，有的是草根树根，有的是海里江里的贝类，有兽角，也有大象、老虎的骨头。药师听到后，就转头对昆说：

"治偷懒的药也有哩，小鬼。"

药师说到这，就拣出一些药条和树根堆在一旁，然后拿出一个约四寸宽、一拃长的石条，浸在一个黄铜水盘里，再拿起一根药条，在石条上"吱吱"地磨，等磨出来的药粉都粘在石条上之后，又拿出另一根来磨，直到一根、一根地把一堆药全都磨完，最后把石条用来磨药的那一面泡在水里搅了搅，就把水盘递给了大阿伯。大阿伯接过之后，对阿奶说：

"妈，起来吃药吧！下顿饭就有胃口了。"

"光给阿婆吃咸鱼，胃口会好吗？"庆伯大声道。

大阿伯把阿奶扶起来坐着，让她喝下水盘里的药，再慢慢扶她躺下。

"这顿吃的什么？"云伯问。

"弄到条咸罗非鱼，烤了给阿妈吃了。"喜宁阿姑说。

"那下顿饭我跟昆阿爸去逮点鹌鹑吧。"云伯说。

他们又说了好久，阿奶就小声跟大阿伯说了几句。大阿伯转身同阿爸说时，昆听出了是怎么回事。原来，阿爷十年前在屋下的谷仓里埋了一口装满石头的缸，阿奶想让他们去挖出来，看看那些石头变成银钱了没有。昆的阿爸大声道："那正好！可以知道缸里的石头变成银子了没有，要还是石头的话，就拿去倒到寺庙里。"阿爸还说，以前阿爷也嘱咐过，等到阿爷阿奶都过世了，就挖出来看看，只不过阿爸早就忘得一干二净了。

"这些石头是俺跟康恭她阿爷一起骑牛车，到色军城那里找回来的。"阿奶说。

不一会儿，阿爸和庆伯就抬着一个缸上来了。缸口很小，就跟昆家里装咸鱼的缸一样，不过缸身很鼓，可能要倒下四锌桶水才能装满。康恭阿姐和白婵妈麻利地拿了块大紫布，铺在阿奶身边，阿爸

和庆伯就顺势把缸倾倒了过来,一粒粒拇指大小的圆石子就"咕噜咕噜"地倾泻到了紫布上。昆注意到,有些石子表面泛着白中带暗红的光。等全都倒完以后,人们就各自拿起石头看了起来。

"还跟原来一样是石头唷,阿妈!"大阿伯转向阿奶。

"那就拿去寺里给肯老方丈吧。"阿奶说。

"这叫作啥石头啊?阿爸。"昆问。

"山里的红土石。"昆爸说。

"这些红土石有啥来历吗?"喜宁阿姑的男人问。

药师大声笑了笑说:

"那就讲给大伙儿听听吧。三十年前,有人看到贝叶上的经文写道:六年后会有'红土石大难'发生,石头会变成金银,南瓜会变成象、马,水牛、黄牛会变成吃人的妖怪,谁家要是有牛,就赶紧杀死;谁要还没嫁人,就在六个月内赶快嫁人。"

昆认真地听老药师讲着,只听他继续讲道:"谁要是做了坏事,妖怪就会来把他吃掉;谁要是没做过坏事,就收集好红土石,会有有德行的人来把石头变成金银。这个消息使得东北人都争相宰牛,几乎把牛都杀光了。六个月后,果真有一个有德行的高人来了。但当人们看到,收集来的石头并没有变作金银,就联合起来,要杀死那有德的高人。但那高人有不少门徒,于是人们就互相厮杀起来。最后,官府的人不得不用武力镇压了他们。关于这个有德行的人的故事就一直被传了下来。"

老药师讲完后,大阿伯父又道:

"这就是人们常说的'伥鬼作乱'①。"

昆转过头,只见阿奶已经安静地睡着了。阿伯们又接着聊了会天,直到喜宁阿姑过来换火把。昆挨在阿奶身旁快要睡着时,突然听到梯准带人上屋来的声音,身后还跟着两个人,就是曾经给昆送来竹筒饭的珀伊姨妈,和她女儿温欧阿姐。

"像驾着飞机一样地赶来,也没给昆娃带竹筒饭来。"珀伊姨妈问过阿奶的病情后,小声说。

她还说,打从十月份,她女婿就被人雇去廊开②看管公牛和母牛群了,雇主说,会用新生的小牛犊抵工钱给他。要是雨水足够可以种地了,就会叫他回来种地。

"那得先让牛下得出崽吧?"云伯问。

"唔。"珀伊姨妈答。

庆伯就问温欧,什么时候嫁人,看她都长成个大姑娘了。珀伊姨妈抢着答道:"带个女婿进来,也不知要叫他干啥,怕是只知道去巡猫跳舞祈雨,或是找乡亲们要萨陀酒③喝吧。"

温欧说:"也有小伙儿来讨过一次俺的。"

老药师听了就呵呵笑道:"先等等吧,你阿妈说了,'机杼用不熟,布也织不平,喂桑不识卧蚕,莫要着急找人家。'"

昆问康恭阿姐,药师的话是啥意思?阿姐就解释道,织布机还用得不熟练,织出来的布匹还不平整,喂桑叶时也认不准哪只蚕睡着了、哪只蚕仰头要吃桑叶,就先别急着找人嫁。

蚕和桑叶昆有一次见阿奶养过,可是已记不太清了,只依稀记得阿奶给他吃过缫完丝的蚕蛹,香香的很好吃。昆阿妈也说过,等昆再长个四五岁,就养蚕织布,给他做漂亮的裤子。

那天夜里,昆就挨着阿奶睡着了。不久后醒来,已是第二天

---

① 指1900年至1902年间,在泰国东北部爆发的暴乱,也被称作"功德鬼暴乱"(Kabot phi bun)。
② 现为廊开府,泰国东北的一个府。
③ 音译自Sato,一种当地产的米酒。

了。当看到阿奶精神好多了,而且还让康恭阿姐磨槟榔给她吃,昆不禁高兴得抱住了阿奶的手臂。阿奶说,在她过世之前,就想让儿孙们不再受苦遭罪。她还告诉昆,不要怕先生们和老方丈,他们是会教很多知识的人,等昆长大了,才不会吃苦遭难。

"阿奶好了!"昆抓着阿奶的手。

"有力气了!"阿奶边说、边抚摸着昆的头。

"老药师这服药真管用!"康恭阿姐说。

"但还是等等看,要是没好透,就还是请巫医来治治。"大阿伯的老婆说。

"肯定好。药师吩咐过了,要再炖一锅鹌鹑做的药。"阿爸说。这让昆有些失望,因为他看不成巫医跳舞祈神、给阿奶治病的样子了。

大阿伯和阿爸继续商量了一下,就决定在天黑前,阿爸和梯准分头去找鹌鹑。阿爸就带昆去洗了把脸,然后同阿奶告别,下了屋。

阿爸带着一道去捕鹌鹑,让昆兴奋极了。幸亏这天是星期六,学校不上课,不然他可去不成。昆迅速就着臭腌鱼吃了饭,填饱了肚子。等阿爸把捕鹌鹑的网取下来之后,就带着昆出了家门,快步走向田野。阿爸说,鹌鹑会在太阳不大的时候从林子里下来,到田野边缘觅食,要抓紧时间赶快出发。

捕鹌鹑的网是阿妈织的,有好几张。昆曾见过阿妈织网,阿妈会先一根一根地拉开干苎麻丝,看它们有没有足够的弹性,再拿出两根捻成长长的一股,等到纺线轮上已经结成了一大卷苎麻绳,阿妈就拿起绳子的一头,穿进一个刺棍里,然后继续编,就像编渔网一样。等编到差不多两拃长了,就让阿爸再用一根苎麻绳把网穿起来,套在一根用铅笔大小的竹篾做成的网架上,网架插在地上时会呈一个半月形,而且正好让网张开,网口大约有一拃多宽。

鹞子坵山林脚下,是阿爸逮鹌鹑的地方。一来到山脚,阿爸就把地上的干树叶清理平整,然后插上网架,把网整个张开。接着,又连续插了几张网。这些网不仔细看的话是看不到的,因为用来织网眼的白色苎麻细线很难被肉眼察觉。

"等会儿我们去那边躺着,学鹌鹑叫,它们就会往这边跑过来。"阿爸边插网架,边说道。

等网都插好后,阿爸就带昆到离网有大约二十庹左右的地方趴下,然后"咕咕"地叫了起来。

"鹌鹑这样叫吗?"昆问。

"嗯,要是有鹌鹑的话,它会当成它的同类,跑过来找我们。"

"要是它看到网了,不会逃掉吗?"昆问。

"看不到网的,它跑得很快,一旦撞到网,网架上的套绳就会收作一团。"阿爸说完又"咕咕"叫起来。

阿爸叫了将近一个小时,渐渐累了,声音也小了,就让昆帮着他叫。昆就学着阿爸的样子"咕咕咕"叫了起来。不一会儿,阿爸说听到鹌鹑"噗噗"挣扎的声音了,就朝网那边跑去。昆也跟着跑到那里一看,一只鹌鹑正在一张网里扑翅挣扎着呢。细小的网绳把它的翅膀、尾巴整个都包住了,叫它动弹不得。阿爸把网架收好,让昆拿着,然后就去收另外四张网。阿爸说,要在上午把整只鹌鹑给药师送过去。

"这么拿着它不会跑吗?"昆不放心,担心它会挣脱。

"逃不走,网绳把它紧紧罩牢了。"阿爸说。

昆跟在阿爸后面走的时候,仔细地瞧着那只鹌鹑,只见它周身褐色带着花纹,它的尾巴却跟鸡或咿祝鸟的不一样,眼珠子是黑黝黝的,跟缝叶莺的眼睛一样小。

"这是只母的哟,孩子。"阿爸说。

"阿爸怎么知道?"

"这只的下巴不黑,要是只公的,下巴会是黑的。再加上这只跑过来撞到网,也是以为听到了公鹌鹑的叫声。"阿爸

十一、逮鹌鹑

解释说。

  昆点点头，自己一个人笑着。他这才知道，原来公鹌鹑下巴底下是黑的，母的就不是。还有，会被"咕咕"声诱引过来的，只有母鹌鹑。

十二、去捕獴

阿爸这天回去得比上次粘知了那天快，昆不得不跟在他后面一路小跑，但也并不觉得累。因为他非常得意，这只用网提着的鹌鹑，是因为他的叫声才跑过来撞进网里的。

一走进村尾，阿爸就抄近道往药师的棚屋走去，药师正等着给生病的昆阿奶做"鹌鹑药"吃呢。药师的棚屋在村里靠近芒果树的那一头，屋后还有供奉祖先鬼的小祠堂，昆不愿靠得太近。每当正月一过，阿妈也会去祭拜祖宗鬼，但昆不去。阿妈说，村民们每年都要祭鬼来葆平安幸福。

药师的屋子孤零零地立在三四棵芒果树下。阿爸和昆上去时，他正在拣药根往一口炖锅里扔。当昆告诉他，这只鹌鹑全是因为昆的叫声才撞进网里的，药师就呵呵笑着说：

"比梯准厉害呢！梯准也去找鹌鹑了，这会儿还没赶回来。"

药师接着说，昆阿奶的病就是胸口疼，但她性子倔，对谁都不愿讲。不过别害怕,把这锅里磨的药,配上鹌鹑吃个三天,就不疼了。这药方可是他大老远从乌汶①得来的。药师让昆的阿爸先回去,等药熬好了,就给他们送过去。

穿过村子时,一个在屋底下筛米的女人同阿爸讲,今年怕是又种不上田了,仓里的谷子也快没了,准得吃芋头和野葛②当口粮了。阿爸就说:"野葛也一样好吃,吃它死不了。"说完,就径直朝阿奶家走去。

阿奶正倚着一个大三角靠枕坐着,神清气爽地和唱师聊着天。这唱师就是前些日子跟村长一起吃生拌牛肉的那个。阿爸刚一坐下,他就说道:"别担心,阿婆好多了。"阿爸朝着阿奶道:"胸口疼也不告诉人一声。"阿奶便说:"没有怎么疼。当姑娘那会儿,有一回从水牛背上摔下来昏过去,从中午直到日落才醒,都没告诉人。"

阿爸就和唱师聊了起来。昆眼也不眨地直盯着唱师打量,直到他转过头来问昆,上学了没?昆就答说上了,还说认识他儿子。

"是喽,他上四年级,长大让他也当唱师。你想学吗?"

"想学。"昆说。

阿奶插了一句道,不管学哪一行、做什么,都要好好用心。

阿奶想在死之前看到儿孙个个都有本事,还想在死前再去拜一拜饭箄塔③。

"俺想去拜勃拉邦佛④。"阿爸说。

"俺还想去拜一次玉佛⑤。"阿奶又说。

"阿婆要活得久久的,俺好亲自带你去。"唱师说。

---

① 原文是khemarat,意译是"高棉之邦",在古代曾是高棉帝国的辐射地。在现在泰国的乌汶府。
② 即白薯莨,拉丁语学名:Dioscorea hispida。
③ That Kong Khao Noi,又名饭箄纪念碑,是泰国东北部耶索通(旧译:也梭吞)府的一处佛塔。耶索通原来隶属于乌汶府,直到1972年3月1日才被改立为耶索通府。
④ Phra Bang,即老挝国宝勃拉邦佛像,相传是法昂王建国时从吴哥带到老挝的,老挝旧都琅勃拉邦因此佛像而得名。
⑤ Phra Kaew,即曼谷大王宫玉佛寺内供奉的玉佛像。勃拉邦佛像和玉佛像都由吞武里王朝建立者郑信从万象带到泰国,后来曼谷王朝一世王将勃拉邦佛像归还给老挝,玉佛像则一直留在曼谷玉佛寺内作为镇国之宝。

"去拜玉佛，要先走十三天的路到柯叻城，再坐火车到曼谷。"大阿伯说。

昆问阿奶，她说的那个饭箪塔在哪里。唱师就缓缓讲道，"塔"这个词的原意是骨头或骨灰。饭箪塔就是在塔底埋有人骨而建起的一座塔，有一个古老的传说。不过，要是在"塔"字前面还有一个"佛"字，比如帕侬佛塔①，就说明那塔底埋有佛骨舍利。饭箪塔现在在乌汶府耶索通县达通村的田野中间，它不像一些重要的地方那样在石头上刻有建造历史，而只有一个流传很广的传说：有一家不知道姓名的农民，家里只有母子两个人。有一天，儿子一大早就一个人去耕地了，而阿娘在家里做饭，好给儿子送去吃。但那天，儿子耕了好几莱②的地，直到太阳升很高了也没见阿娘送饭过来，于是就解开了牛，靠着树根坐下，饥肠辘辘地等着。当看到阿娘拎着一个小饭箪过来时，儿子感到吃不饱，就责备起阿娘来。

阿娘说，饭箪虽小，但她把饭都塞得实实的，她自己只吃了"样粑"。"样"③就是用来放蒸熟的饭的厚木板，把陶锅里的饭倒在样上，然后用手把饭上的水汽搅干，再把米饭捏成团，装进饭箪里。儿子把"粑"理解成了同音的"八"，但是"粑"还可以是"粘上或黏上"的意思④。

儿子听到"样粑"后勃然大怒，抓起牛轭敲上了阿娘的头，把她敲倒在地上。

"阿娘死了吗？"昆问。

"死啦。儿子打完了阿娘就拿起饭箪吃起来，但吃到一半就饱了，这才想起了阿娘。等再看时，阿娘已经断了气。他倒在地上，声嘶力竭地哭喊着，一直哭到悲痛过去了，就出了家，在阿娘死去的地

---

① Phra That Phanom，位于泰国东北部那空帕侬府，相传该塔内供有佛胸骨舍利。
② Rai，泰国面积单位，一莱相当于1600平方米。
③ 泰语是bom，是一种用木头做成的浅平底盘。
④ 儿子的母亲把饭压得很实，自己只吃了压完米后样上粘着的一层米粑，但儿子理解为阿妈吃了八个样那么多的饭，却只给自己带来很少的饭。泰语里修饰词在中心词之后，因此故事里的"样粑"，就被儿子听成了同音的"样八"，误解了母亲，从而造成了悲剧。

方为她建了一座塔。"

"他把阿娘的尸骨埋在塔下了？"

"是的。后来，这个出了家的儿子又建了一座寺庙，人们每年都去做功德，一直到今天。"

阿妈带着阿妹翌笋和福莱上来了，她放下饭箪说，有一颗水煮蛋给阿奶吃，喜宁阿姑则说，她这里也有水煮蛋。阿奶说，就着盐吃就行，就让昆和阿爸也一起吃。

吃饱了饭，梯准就抱着煎药锅，跟在药师身后上来了。药师把药倒进黄铜碗里，递给阿奶说："吃上三顿，保准胸口不疼了，等病好了，再给驱驱邪。"

"昨晚吃的药真好。"唱师说罢，转身问昆，是不是真想学唱曲，然后又像往常一样，露出满口的金牙笑了笑。

"想让他先出家。"昆的阿妈说。

"当唱师好，可以有好几个老婆哩。"药师说完，冲唱师扭过头去，唱师又呵呵笑了起来，说：

"老实讲，俺也不想要好几个，可教的女徒弟付不起钱，只好来和俺睡了。"

唱师说完，转头问正挑水上屋来的珀伊姨妈的女儿温欧阿姐：

"还没回去啊，温欧丫头，难不成想在这里找个男人？"

温欧阿姐一言不发地低头坐着，唱师又继续说："找男人的话，要找住在河边的，鲶鱼的头倍儿大呢。"

一天晚上，梯准过来告诉阿爸，阿奶好多了，饭也吃得多了，但没什么食物了，所以来邀阿爸去打獴。阿爸说，那就去吧，不过要一大早动身。昆说想要一起去，阿爸同意了，而且还教昆在那天晚上把乘法口诀的"2"数条给背熟了。

昆高兴地等到了第二天。梯准一大早就来了，说他阿爸云伯也一起去，云伯也一连好几天没什么下肚的东西了。

"阿爸带着两条狗子，在田间等着了。"梯准说。

"它们不会咬灰麻和红毛吧?"阿爸问。

"不会的,俺从小养它们,它们听俺的话。"梯准说。

阿爸穿上一条深蓝色的旧棉布短裤,把格马布拴在腰上,提起长刀就下屋去了。灰麻和红毛大概知道要去捉獴了,一边"嗯嗯"地叫着,一边兴奋地举起爪子拍阿爸。

阿爸走到云伯那里时,他正牵着两只狗在田间坐着。灰麻跳起来,低吼着扑了过去,云伯的狗也"呜呜"地发出警告。梯准上前去,摸着狗子的头说:"乖,不要咬,要去抓獴了。"云伯牵着的那两只狗就不再叫了。

云伯说,挨着贾伯的田的那片灌木林,就是有獴出没的地方,他到林子里的土丘上看过獴洞了,要趁着早上赶紧去,因为獴喜欢一大早出洞觅食,要是晚了就全钻回洞里了。阿爸一边赶路,一边吩咐昆和云伯带着狗,去守在獴洞口旁,他和梯准则带着灰麻和红毛,绕到林子的另一头去围堵。要是獴跑向洞穴,就交给云伯和昆了。

"要是它往别的方向窜呢?"昆问阿爸。

"洞在哪儿,它就往哪儿跑。"阿爸说。

等到了长着一丛丛矮树和白茅草的灌木林,阿爸就带着梯准往右边绕过去,云伯就带着昆,连走带跑地往他之前看过的獴洞方向去了。当走到一个大土丘时,云伯指着一个洞让昆看,告诉他,那就是獴洞。昆蹲下来,握紧双拳比了比,刚刚能够伸进洞里。

"土丘上面还有一个洞,被两三片藤蔓叶子挡着,你上到那个洞去。"

十二、去捕獴

云伯说完，砍了一截约手臂长的木头递给昆。

"要是它跑过来，你就打它的头把它打死。"

云伯说完，就拿着长刀站到了下面的洞口前，又对他的两只狗唤道："阿空和阿堵过来，在这儿守着，你们可以咬獴了。"那狗就真的跑到了他跟前。

昆握着木棍，心"扑通扑通"地跳着。不一会儿，阿爸的声音就从远处传了来："留神啊！狗追过去了！"紧接着，一阵扑腾声便越来越近。"昆娃，当心！"云伯颤抖着一边喊，一边扬起长刀挥舞着。

就在那时，一只深红色的獴就窜到了云伯腿边，云伯用刀背使劲一击，不料却击中了土堆。那只獴窜到他身后，立刻被狗子阿堵死死咬住了尾巴。昆跑下去一看，只见阿堵的嘴正咬住獴尾巴的一半，它的两条前腿使劲地撑在土丘的地面上。

"阿堵，快点拉上来，俺好打它的头，它的头进洞里去了。"云伯抄起刀颤抖地说道，昆也扬起木棍准备着。

就在那时，那只獴拼尽了全力"吱吱"叫了几声，然后就一溜烟钻进另一个云伯没发现的洞口里，消失了。阿堵气急了，用两个爪子在洞口一顿乱刨，嘴冲着云伯的方向"哐哐"地叫着。当它再转过去，往洞里探着闻的时候，云伯一把抄起刀背，猛地朝狗头劈了两下。昆惊愕地站着，眼看着阿堵翻身倒在地上，爪子朝空中踢着。过了一会儿，它侧向云伯，翻动着眼珠子，只见血从鼻孔里汩汩往外淌，昆立马把脸转向一边。

"妈的！被瘟神吃了脑子了！怎的让獴给跑了！？死了喂秃鹫吧！"云伯骂完，就去远处坐下了。

正当昆不知所措的时候，阿爸和梯准迅速赶了过来。阿爸看到躺着的死狗，喊道：

"喂！狗咋死了，獴跑了？"

"阿堵放了它的尾巴，钻洞里去了，俺就把它打死了。这鬼作的疯狗！"

阿爸就和云伯理论了起来，阿爸说："是狗疯还是人疯啊？老汉子自己活不下去，硬要怪到狗身上。"

梯准蹲在地上，用手轻抚着阿堵的头，抬手擦了擦眼泪。

"俺把你从小养到大，没想到竟死在俺爸的刀背下。"

他说完，就转身拖着步子走了，那只叫阿空的狗踏着爪子跟在后面。

"你一个人埋，昆别去帮他。"阿爸说完，从腰间解下烟盒点上，吞吐起了烟雾。

云伯不说话，把阿堵拖到平坦的地上，用刀"蹭蹭"地挖起坑来，等挖的差不多了，就拎起阿堵扔了进去，再用两手拢起土盖好。快要盖严实时，就去折了一把小果枣枝条来，用刀把刺砍掉，再盖上一层土，这才用脚踩实。他朝这边看过来，这时，阿爸大声说道：

"回家去吧，用腌鱼配饭吃。"

十三、捉蟋蟀

在跟着阿爸走出林子的路上，昆问："要是顺着刚才那只獴钻进去的洞往里挖，能行吗？"阿爸答道："能。但估计把那个獴洞挖完就得要晚上了，而且还不一定能找到它，因为獴不止一个洞。时候不早了，去越人铺子或吴叔店里买点吃的吧。"

昆正要问阿爸生不生云伯的气，阿爸就先说道："云伯也怪可怜的，要能买到吃的，也送一些给他配早饭吃。"快要走到贾伯的田边茅屋时，看到他牵着一头弯角的水牛走了过来，他大声问昆："有上学穿的新裤子了没？"昆就答道："有了，还是飞船牌的。"阿爸同贾伯抱怨了几句一只獴也没逮到的话，就走开了。

昆回到家后不久，梯准就笑着走了上来，把一袋用蕉叶包着的腌酸鱼递给了阿妈。梯准说，这是从越人铺子里买来的，他分了一条给阿奶，一条给他自己的阿妈，再给昆家里拿来一条。阿妈打开蕉叶，只见里面有一条昆半只手掌大的白鱼，散发着香中带酸的味道，令昆直冒口水。阿妈就走进了厨房。

昆也跟着阿妈进去看，只见她先"噗噗"地向炉子吹气，让火苗窜起来。再用小竹条穿入包着酸鱼的芭蕉叶包，并打结固定，放到火上烤。等到火把芭蕉叶烤焦后，就取出来打开蕉叶，盛出酸鱼，放在一个稍大的碗里。昆只见那鱼上的油脂满溢着香味，引得他不住地吞口水。阿妈又拿出一个旧竹匾，让昆把装腌鱼酱的碗和酸鱼碗一起放在上面。最后，让昆把竹匾拿到屋子中央。

阿妈提着两个饭箪出来了，阿爸带着翌笋和福莱也挪了过来。昆实在饿得厉害，马上挪过来，抓起箪里的饭、蘸上酸鱼，就大口吃了起来。

"你别太使劲蘸，鱼肉全粘到饭上去了，留给你阿妹多吃点儿。"梯准对昆说。

"为啥？"昆不解地问。

"还不是因为你没打中獴头喽。"梯准说完就呵呵笑了起来。

昆问梯准，还为云伯打死狗子而生气么。梯准就说已经消气了，他还告诉昆的阿爸，明天上午，药师要给阿奶做祛邪仪式。尽管阿奶不想做，但药师还是坚持要做，而且要亲自准备驱邪用的所有用具。阿爸说，那就听药师的吧，药师以前就很敬重昆的阿爷。

"要怎样祛邪呢？"昆问梯准。

"药师要把天上的神仙请下来，把阿奶身上的病痛全带走。"梯准说。

梯准下屋离开后，阿爸就和阿妈商量说，明天药师要来给阿奶祛邪，应该买些东西给他跟阿奶吃，但去年卖牛的钱现在只剩下不到两丹令①了，还要留着万一雨下下来了，好买头牛犁地。昆阿奶和大阿伯那三头养在其它村子的牛，都已瘦得不成形了，要是把它们运过来犁地，怕是用不了多久就死了。

"分一些白茅垫卖给越人行吗？"阿爸问。

"别急着卖，黄昏里雨随时会下的。"阿妈阻止道。

---

① Tamlueng，泰的货币和重量单位，4铢等于1丹令。

东北孩子

"落山的太阳黄着呢,不会下的。"阿爸估量道。

他又抱怨说,覆在屋顶上的芭蕉叶都干得发脆了,每回刚编好足够的白茅草垫遮屋顶,就又得去收集芭蕉叶结顶棚,都没有时间上其他村子去买竹子来编水箅换钱。昆阿奶家的三四簇竹子也没了,去年发新笋时全被挖出来做了酸笋吃。今年连田都还没种,可阿爸也还是没得空。阿妈又说,换了屋顶后,还要上山砍木头做牛轭和犁呢。

"等修好屋顶后,就要去找的。"阿爸回复阿妈。

阿爸是想叫阿妈放心。他常跟庆伯说,今年的天看样子又要旱了,前些时的闪电也是要旱的兆头。昆真想让自己快点长大,好帮阿爸去其他村子拖竹子回来,编竹箅和竹篮卖。因为要运这些竹子,一去一回得要三天的光景。

第二天,阿妈一大清早就叫醒了昆,因为和梯准说好了,要一起去抓蟋蟀拿到阿奶家去吃。昆兴奋地爬了起来,快速洗了把脸,就跟着阿妈到屋底下去了。

阿妈拿出竹篓让昆背着,又从鸡舍里拿出两把锄头,递了一把给昆,说道:"这个季节必须到洞里去挖,才能找得到蟋蟀吃。"说完,就带着昆往詹笛家走去,只听见阿爸的喊声从身后追来:"就穿条筒裙进林子,当心黄蜂蛰奶头啊!"

阿妈带昆去了铁屑垱。她说,这时候的蟋蟀很难找,要是稻子刚收割完的时候,顺着稻草垛很容易就找到。可一旦稻田里的阴湿没了,蟋蟀就会进入林子,钻到灌木丛底下。等到灌木丛底下的阴湿没了,它们就挖洞钻进地下了。公蟋蟀负责挖好洞,母蟋蟀就跟着住进洞里。母蟋蟀要产卵时,就会钻出来在灌木丛下产卵。孵出来的蟋蟀长成成虫后,就又会交配、挖洞居住。

上到铁屑垱后,阿妈折了一截食指粗、手臂般长的树枝,熟练地沿着灌木底下扒找着。"这样能把蟋蟀赶出来。"阿妈边说,边示范给昆看。昆也照着阿妈的样分头去找了。突然,一只黑翅膀的蟋蟀跳了出来,昆一把把它捂住,掐住头捏死了。阿妈看到后说,别再捏死了，炒着没有活着的好吃。昆点头应了应，就把蟋蟀扔进了自己的篓里。阿妈说，她抓到四只了，还有一只是大蟋蟀[①]。昆打开阿妈的篓，拣出了一只比普通蟋蟀个头要大的蟋蟀，它的两根黄色触角正愤怒地颤抖着，翅膀也是黄中带金，十分好看。阿妈说，这里的人管它叫作"叽乃摩"，还没长大的叫作"叽罗"或"己罗"。

阿妈又抓起一只个头比"叽乃摩"小一些的蟋蟀，昆以前见过詹笛捉来斗着玩。阿妈说，柯叻的小娃们喜欢用这种蟋蟀斗着玩。昆把它放回阿妈的篓里说，他不喜欢看斗蟋蟀，而是更喜欢看斗牛。

昆拿着树枝一直扒，却还是只逮到了三只。阿妈走过来说，只抓到四只，还是去林子边上挖吧，因为蟋蟀喜欢住在离田野近的地方，每到深夜，它们会从洞里爬上来，在草丛间喝露水，然后比赛着叫。

走到林子边缘后，在一棵红芽木下又找到一个蟋蟀洞，洞的旁边有三四撮松土。

"这就是蟋蟀洞。"阿妈告诉昆。

昆把食指往洞里戳了戳，等里面变松了，阿妈就拿着小铲子挖了三四下，一只眼珠圆溜溜的大"叽乃摩""哧溜"一下就窜了出来。阿妈立马用手捂住，捏着举起来说道："要是能抓到十五只这么大的大蟋蟀，就可以炒了磨粉吃了。"只见这只大蟋蟀用两只后腿使劲顶着阿妈的手心，直到一只腿断掉、脱落下来。阿妈把它扔进了竹篓。

[①] 学名Brchytrupes portentosus（Lichtenstein）。

昆跟阿妈分开后，一个人聚精会神地找起来。等到他又找到三只时，阿妈走了过来，擦着汗水、笑着说："抓到七只了。"昆说他抓到三只，阿妈就说可以回去了，要是再晚可就赶不上药师给阿奶做祛邪仪式了。

回到家后，阿爸看着昆的竹篓呵呵笑道："蟋蟀很难抓，能抓到三只算很厉害的了。"说完，就把竹篓递给阿妈。阿妈拿着竹篓上屋，进了厨房，昆也跟了上去。只见阿妈一口把火吹了起来，然后架起小陶锅，抓来干辣椒插上木签，在火上烤起来。

"怎么做着吃啊？"昆问。

"磨成一大碗糊。"阿妈说。

等锅烧烫后，阿妈就从竹篓里挨个掏出蟋蟀，捏掉头扔进锅里，一边用木勺来回拌炒，然后抓了些盐撒上去，炒蟋蟀的香味直飘进鼻子里，阿妈抓起一只递给昆。

"把腿和翅膀弄断，剔掉里面的屎再吃。"

昆就照着阿妈说的做了起来，把炒蟋蟀放进口里，"嘎吧嘎吧"嚼了起来。"油油的真好吃，比炒的知了肥。"昆说。

"多的话就可以直接下饭吃了，捉到的少，就只好磨碎了，拿到阿奶家搭伙吃。"

阿妈说完，就抬起之前熬鱼酱用过的那口锅，架到灶台上，再往里加了约半瓢水，就从碗里拿起一条腌鱼放进去，然后把火扇大，好让水快点烧开。接着，就吩咐昆把蟋蟀的腿和翅膀剔掉，挤出里面的屎，阿妈则拿来研钵"咚咚咚"捣起了烤辣椒和蒜头。捣碎后，又把蟋蟀放进去，继续一起捣，直到碎成糊状，再拿起贝壳做的勺子，熟练地刮着边舀出来，装进一个大碗里，最后抬起熬腌鱼汤汁的锅，把鱼汁淋了进去，用勺子翻搅。

"这就是蟋蟀糊了。"阿妈告诉昆。

阿爸抱着福莱上来说，做好了就可以去阿奶家了，灰麻和红毛就留在这里看家。阿妈把蟋蟀糊分装到另一个碗里，放进竹匾，取下三个饭箪斜挎在肩上，让阿爸带着翌笋和福莱后过去，自己就先托着竹匾下屋去了。

到了阿奶屋中，只见醉鬼梯哈和云伯正高声地聊着天，村长也在，正和通老师聊着。阿奶在屋柱①附近坐着，"呸吧呸吧"地嚼着槟榔。通老师问昆，今天学校不上课，不去和詹笛捡紫胶虫了么？昆响亮地答道，不去了，因为阿爸已经帮他买好裤子了。

"詹笛和昆娃，谁的学习好？"阿奶问通老师。

"现在还说不准，可詹笛皮的很，谁都不怕。"通老师说。

"要是庆伯没带他上山，就会一起带过来了。"阿爸说。

阿爸问大阿伯，药师怎么还没来？梯哈就说，快来了，刚刚还看到药师的老婆去找香蕉叶鞘做祭盘呢。

"这位药师对村民们很好，和过世的阿爷很要好。"村长说。

阿爸问白婶和喜宁阿姑，给药师准备什么吃的了？白婶说，准备了鱼罐头和腌大蒜两样。梯哈就说，搭着腌鱼吃也行，过几天下了雨，就可以吃青蛙蛤蟆吃到撑破肚皮了。云伯顺势说道，"梯哈可不在乎谁要吃腌鱼，梯哈本事大，总能跟越人一起吃上鱼罐头。"梯哈往地板缝②里"呸"地吐了一口沫子，说道："俺有力气又没田可种，用这点力气上越人那里换点酒喝。"村长就说："俺懂乡亲们的苦。上次县长叫去开会，俺也没能过去"

"为啥没去？"梯哈问。

"还不是去大泽坯了，回来时天都黑了。"村长说完就呵呵笑了起来。

药师身穿一条旧纱笼和灰白色上衣、脖子上挂着一条格纹长布走上屋来。梯准跟在后面进来了，把手里抬着的祭盘放到阿奶身旁。昆凑近一看，只见上面整齐地摆着两个煮鸡蛋、染成红色和黄色的蒸糯米饭、鲜花还有香烛。祭盘周围插着手臂般长的竹旗杆，旗杆顶端贴着各种颜色的三角旗，有些是红色，有些是白色。阿奶打开槟榔

---

① 泰国的高脚屋都有一根主柱，造屋之前都会举行立柱祈福的仪式，以求柱上的神灵护佑屋中家人的平安。
② 指高脚屋里地板之间的缝隙。

盘,从里面拿出两张一铢的纸币,放到祭盘上。

"只放一张不行么?"梯哈问阿奶。

"不行,'开师钱'①要两铢,完事后可以退的。"药师说。

昆家乡的人管请神的钱,叫"开",谁要看病或驱鬼,每次都要先付"开师钱"。

"看仔细了,等长大当一个祛邪师也很好啊。"药师说。

"为啥要把饭和鸡蛋放进去?"昆问。

"请神仙下来吃、下来看呀,然后神仙就会把阿奶身上的病痛带走。"

"然后阿奶就不痛了是么?"

"没错,这就是人们说的七色饭和朱砂旗。"药师解释道。

"然后把这些祭品拿到寺里去么?"

"不是。祭祀结束后,由你和梯准把它们放到祖先坟头。"

药师说完,就让阿奶合掌坐好,然后点燃祭盘里的香烛。接着,屋里的每个人都安静地坐好,听药师开始念咒语。只见他闭着眼坐着,合掌念了好一阵之后,就将一根粗粗的纱线绕到阿奶的头上,然后合掌继续念下去。昆只记得咒语里说,请住在高高的天上的天神天女,下来带走阿奶身上的病痛,赐福给阿奶,让她长命百岁,长长久久地和儿孙们在一起。念完后,药师就把阿奶头上的纱线解下来,放在祭盘里,然后把祭盘抬起,让阿奶举到头的高度。

"好了,跟着我念。"药师说。

等阿奶跟着念完,药师接过祭盘放下,仪式就结束了。

"好了,等会儿昆娃和梯准就扔到祖坟那边去吧。"药师吩咐道。

"先吃饭吧?"阿爸问。

"也好,正好饿了。"药师说。

于是,两个装着碗碟的竹匾就抬了过来,康恭阿姐和喜宁阿姑又提来饭箪,然后所有人就和阿奶一起围成了一个圈。阿妈喂翌笋吃鱼

---

① Kha Khai,指祭祀仪式开始前,献给巫师或仪式主持者的拜师钱。

罐头，昆也吃了一点，还有腌蒜头，不过吃得最多的，还是阿妈做的蟋蟀糊，因为要数它最肥美可口。

昆又听通老师和村长聊了一会儿天。等吃饱后，梯准就抬起祭盘下屋去了，昆也跟了下去。当快要走到先祖们的茅草堂时，梯准就放下祭盘，回头去找正远远站着的昆。过了一会儿，他又返回去拿了两个鸡蛋过来，把其中一个递给昆。

"快剥开来吃了，然后去洗洗嘴，别叫人看到牙根上沾着鸡蛋。"梯准说。

"俺们把鸡蛋吃了，不会遭报应长癣子吗？"昆害怕地问。

"不会的，因陀罗神已经吃饱了，俺们是因陀罗和神仙们的弟子，多享些福是应该的。"

梯准说完就把鸡蛋放进嘴里，嚼了起来。昆也吃下了另一个鸡蛋。

十四、换屋顶，做点心

一天傍晚，昆看到阿妈正坐在阿爸身旁扎茅草垫，就走过去问，"阿妈把晚上吃的都做好了吗，怎么来帮起阿爸了？"阿妈就回他，都做好了，来帮忙是因为后天就要换新屋顶了。

阿爸道，"是呀，孩子！"然后冲阿妈笑了笑，接着说："你阿妈说雨就快要下了，我就上寺里问了问肯老方丈。"昆就问，是去问哪天会下雨吗？阿爸回答，不是，是去问换屋顶的日子。方丈说后天日子好，适合搭屋顶。

昆又问，要通知村里人来帮忙吗？阿爸就说，这么丁点儿的活三四个人一天就干完了。只要他跟梯准爬上屋顶，昆跟着阿妈一起给递茅草垫就行了。昆开心极了：这样，要是雨下起来，也不用大半夜爬到其它地方去躲雨了。

阿妈就说："那天得做几样点心，拿去给寺里的僧人跟沙弥们。"阿爸点点头，就问打算做什么点心来吃？

"想叫俺做些啥？米粑糕①还是朵麻糕？"阿妈反过来问阿爸。

"就做米粑糕吧。再做朵麻糕的话，树上只剩下三四只椰子了。"

"做竹筒饭呢？阿爸？"昆想吃烤竹筒饭。

"竹子不好找呀，孩子！"阿爸说。

昆最后一次吃米粑糕和朵麻糕，还是阿爷刚过世那会儿，他更喜欢吃米粑糕。之所以叫朵麻糕，是因为要把一种带有臭味的"朵麻草"②捣汁、混入做糕点的粉里。等点心蒸熟，臭味就会变成诱人的香味。

朵麻草是一种藤蔓植物，和红瓜一样喜欢攀着篱笆和低矮的植物生长，叶子也像红瓜一样偏圆，藤和根都一样有臭味。昆有一次曾见阿爷拿生的朵麻草叶来嚼着吃，说是可以治腹胀、好排气。比曼谷更往南一些地方的人们也喜欢生吃朵麻草，不过他们管它叫作"带香草"③。

阿爸又问，家里谷子还够吃多久？阿妈说，剩下不到二百扪④了，要是米吃完了，就不知该上哪里找了。坛子里的腌鱼和咸鱼也只剩十椰壳碗的样子，而且臭得厉害，因为是坛底剩下的，味都很重。

阿爸眉头紧锁着低下头，过了一会儿才开口道，米要是真没了，一定想法子弄到，绝不让娃子们和阿妈饿着等死。腌鱼和咸鱼的话，花上个九、十天带你们一道上其他村寨去找找。至于是去蒙河还是栖河，要先跟昆的大阿伯商量一下。昆高兴地想，这下可以去看其他的村寨，可以去看宽宽的大河和那'土黑水盈，鲶鱼出水像鳄鱼摆尾一样'的地方了。

---

① Khanom khao pat，一种泰国东北当地的糕点，用米粉加上甘蔗水搅浆，再在表面撒上椰末和盐。
② Khanom Tot ma，"朵麻"意思是"狗的屁"，这种植物的拉丁文名称是：Paederia foetida，中文名鸡屎藤。
③ Ton Pha Hom。
④ Muen，与泰语里的数字"万"，是同音异义词。

"阿妈,一扪米是多少?"昆奇怪地问。

"一扪的重量是十二公斤。"阿妈告诉他。

"阿妈从谷仓装米用的那种篮子,就叫扪篮。"阿爸解释说。

"因为那种篮子刚好装得下一扪米。"阿妈补充道。

阿爸接着说,阿妈装米用的那个篮子是他自己编的,村里每个男人都会编,而且大小都一样。因为编扪篮的竹篾数是有规定的,所以编好后尺寸就刚好。不过,要是想用来装其他东西的话,用多少条竹篾都可以。

阿爸这样计划换屋顶的事:第二天一早,趁鸡还没叫时阿爸就动身,上珀伊姨妈的村子,去找用来扎茅草垫遮屋顶的嫩竹条,要天黑才到家了。阿妈在家多舂一扪篮用来做糕点的米,好够吃口。等到傍晚,就把要做米粑糕的大米浸上水,至于糕上要撒的椰子,就找醉汉梯哈过来上树摘一下。

"听说梯哈跟村长到县里去了两天了。"阿妈说。

"后天他保准会回来。"阿爸道。

"梯哈样样都能干呢,阿妈。"

"嗯,喝酒也能干,活也样样能干。"阿妈笑着说道。

阿妈的茅草垫扎得几乎跟阿爸一样麻利。捆扎茅草用的枝条是阿爸用老竹子做的:先找来枯老的竹头,剖成比大脚趾略粗、一庹左右长的竹条,然后尽量削圆,其中一个头留出钩口,用来固定编茅草用的藤绳。这种藤绳叫做"束藤子"①,比其它同样粗细的藤绳更有韧性,细枝也少,比鲜葱段略粗。昆帮阿爸捋过一次束藤叶,当把藤上的枝叶全捋掉之后,就会有白白的胶渗出,但过不了多久就干了,白胶也不再往外渗。这种胶很黏,要是沾到手上,得有个六七天才会掉干净。

阿爸扎白茅垫的样子显得很轻松,昆却觉得做起来非常难:阿爸要先在两端各立一个一拃高的支棍,再抱来一堆茅草,把茅根捅齐

---

① 泰语是Khruea Sut。

了，放在支棍中间，再将一头系着藤绳的竹条放在支棍上。阿爸坐在旁边，用左手取了两撮白茅，紧贴着竹条放好，再用右手拿着藤绳把茅草牢牢固定在竹条上，接着从中间把茅草对折，一头紧贴着竹条，一头与茅根重合，穿绕藤绳再一次固定。扎好的白茅边缘齐整，看过去就像是一条直线，和扎成排的水椰子叶一样①。

随着茅草垫越扎越长，阿爸一点一点地把竹条往后推，推到头以后就牢牢地打上一个结，再将藤绳打一个反扣回来，留出两拃长。打好排以后，阿爸就顺手扔到左手边那一堆之前已扎好的茅草垫堆里。看到已经扎好三张茅草垫了，昆就到屋底下去找翌笋和福莱玩耍了。

有趣的一天终于到了，这天正好是星期六。当屋外一传来梯准和康恭阿姐喊阿妈开门的声音，昆就一骨碌爬了起来。

"昆娃起床帮忙把东西全搬到一边，用席子盖上，别沾了灰。"梯准大声道。

不一会儿，各种各样的物品就和睡席、枕头一道，被搬到了一旁堆起来。接着，昆就帮阿妈和康恭阿姐快速地把要做点心用的东西搬下屋，在谷仓旁边放好。灰麻和红毛也跑过来，兴奋地用爪子在昆腿上不停地挠，像是知道今天一定能吃上好吃的一样。

阿爸和梯准爬上屋顶，拆掉旧茅草垫，"啪嗒""啪嗒"地往下扔着。康恭阿姐和阿妈则"咚咚"地捣着米，做点心粉。阿姐负责踩杵把的一端，阿妈躬着腰站在石臼口。昆走到近前，只见阿妈来回搅动着浆团子，让杵头"啪啪"地打在捣下来的米粒上。

"捣碎后先把水沥个半干，再加糖块和椰浆进去搅一搅，就可以装锅上火了。"阿妈一边来回翻着浆团子，一边说。

不一会儿，醉鬼梯哈就领着庆伯和云伯，径直走了过来问昆，今天有什么吃的？昆就回他，阿妈要做凉拌腌鱼和罐头鱼汤给大伙儿吃。

---

① 水椰子，学名亚塔椰子，拉丁名Nipa fruticans，当地人也用这种椰树的叶片扎成椰叶排搭屋顶。

"老子不吃这些玩意，要坏肚子的，把你的鸡拿来炖汤还差不多！"梯哈高声说着，一面仰头去看梯准。

"谁家有鸡有鸭都瞒不过你喂，兄弟！"梯准冲下面喊。

"嗬！就是谁新'进了洞'，老子也晓得他们深更半夜在聊些啥子。"梯哈的意思是，谁要是刚成了婚，他连新郎新娘夜里在聊些什么也一清二楚。

"你小子这次去县里，不一样也失身给哪个'买娘'了！"梯准也不饶嘴。"买娘"，就是跟到旅店或窑子里的女人。

"老子才没失过身！要是哄你，就叫琵琶鬼来吃掉老子的肝和肾！"梯哈说完哈哈笑起来。

阿爸在屋顶上冲着下面喊道："梯哈赶紧爬椰子树去，好帮昆娃妈和康恭做米粑糕。昆和他阿妈也用不着上来递茅草垫了，有庆伯和云伯在帮忙了。"阿爸话音刚落，梯哈就利索地脱掉纱笼、递给昆，教昆一眼瞧见挂在他腰间的一块丁点儿小的裹腰布。

"老子在家就准备好了，要是裹腰掉下来了，你们谁都别看啊！"梯哈边说边把挂在肩上、已挽成圈的槟榔树皮绳放到地上，站到圈中心，弯腰把绳子捋到两个膝盖处，然后就迅速地爬上了树。

昆问梯哈，为啥把绳子套在腿上。他便大声冲下面喊道："别问老子了！这样可以给腿借力，好把椰子树夹紧。"他矫捷地爬了上去，等快到树脖子时，就麻利地伸手向上一够。转眼间，一个快熟了的椰子就"咚"的一声掉下来。昆冲过去，抱起来就往阿妈和康恭阿姐那边跑，两人正大汗淋漓地捏着木锅里的糕粉。

"喂，梯准兄弟，老子找到吃的了！"梯哈使出浑身气力大喊道，"抓到两只蛤蚧！昆娃看着点，别让你的狗子叼走了啊！"话音刚落，两只周身布满红白斑点的蛤蚧就掉了下来。昆抢在红毛和灰麻前，先跑了过去，蹲着瞧那两只蛤蚧。

"你赶紧捡起来，已经死了，把它们脖子掐断了。"梯哈说。

昆一把抓起两只蛤蚧的尾巴，拎到康恭阿姐身旁放下。

"好得很，正好做碗辣辣的炖汤。"阿姐笑着说。

"别插手！老子下去自己做。"梯哈又朝下面喊道。

"炖得够味点啊，兄弟！"梯准冲他大声喊道。只见他"嚓嚓"几声，便从椰子树上滑了下来。

"炖好了也不给你吃！刚娶了老婆的人不给吃！"梯哈说完，就一脚跳落到地上。

太阳开始放出耀眼的光线时，阿爸和梯准正专心地捆扎着茅草垫顶盖，许久才小声聊上几句。顺着阿爸肩背淌下来的汗水，像极了漂在水面的锅灰。偶尔会有星星点点的阳光洒在他的手臂和腿上。虽然只系着一块缠腰布，但是阿爸看上去却像是坐在望月的夜晚一样，从他对梯准的微笑里，可以看到发自内心的喜悦。庆伯和云伯不停地往上递着茅草垫。昆隐约听到他们在说獴子，正想走近些听个究竟时，小伙伴詹笛就提着饭箪径直走了过来。

"俺刚跟阿妈从坛子上下来，阿妈让送饭箪过来帮忙。"詹笛对昆的阿妈说完，就把饭箪放在一旁。

阿妈和康恭阿姐正大汗淋漓地沥着米浆里的水。不一会儿，梯哈就提着椰子水过来，一边递给阿妈，一边说，"盐不加也行了，混了俺手上的泥进去，椰子水够味了。"阿妈没说什么，快速把平底样里的米糊倒进灶上一个更大的锅里。康恭阿姐给昆和阿妹们一人一把糖，昆放进嘴里"吧唧"嚼了起来，觉得比以前从吴叔店里买来的白糖要甜。

"阿姐，这是啥糖啊？"昆问。

"甘蔗糖。"

不一会儿，锅里的米浆就开始"噗噗"冒泡，康恭阿姐和阿妈一人拿着一个桨状的木条，有节奏地划着圈搅拌着。等米浆沸得更厉害

十四、换屋顶，做点心

了，阿妈就嘱咐阿姐加快搅拌速度。

"要煮很久吗？"昆咽着口水问。

"煮到黏稠就可以舀出来装箄了，趁热吃或凉了再吃都可以。"阿妈说。

"等它凉了后才好吃，翌笋，记住哟！这种糕好做着哩！"阿姐对昆的阿妹翌笋说道。阿妹没有答话，只是大口咽着口水。

不久，梯准的声音再次响了起来，他冲梯哈问道："做啥呐兄弟？咋跟个死人一样没点动静！"

"老子在炖蛤蚧汤呢！"梯哈道。昆凑了上去，只见他正在鸡舍旁剁蛤蚧，要把肉和骨剁细。

"剁得碎点儿才够吃。"他边说边提着刀"哒哒"地剁着。

太阳快要升上头顶了，昆家的屋顶也正好搭严实了。阿爸和梯准从屋顶上下来，用手抹着脸上的汗。阿爸牵着昆，朝正在往箄里装菜的阿妈走去。昆问，都弄好了吗？阿爸就说，还差一点点，还得用茅草在"握盖"①上密密的盖一层，再用篾片压牢，这样风沙来的时候，才不会被掀起来。昆又接着问，"握盖"是什么？阿爸就说，是屋脊上茅草垫向上交汇在一起的地方。昆朝他点点头。

当两个装有米粑糕和菜碟的竹匾被端过来、紧挨着放下之后，阿爸就招呼大家说，"赶紧来吃吧，也用不着洗手洗身子了，水也不好找。"庆伯和云伯首先挪了过来坐下，昆和詹笛也在阿爸身边坐了下来。

"快吃，蘸汤时轻点儿，别撒了，蛤蚧汤可难找着呢。"梯哈笑着说道。

"想喝酒的话傍晚过来。"阿爸对梯哈说。

"啊哈，俺去越人阿叔阿嫂家里喝也行。"梯哈说完，从饭箄里掏出一团饭，蘸上蛤蚧浓汤送进嘴里，"咂吧咂吧"地嚼着。阿妈先指给翌笋看哪碗蛤蚧汤不辣，然后才自己吃了起来。康恭阿姐和昆也一样专心吃了起来。凉拌腌鱼和罐头鱼汤，都没有梯哈的蛤蚧汤那么

---

① 音译，直译为"鸡胸"，解释见下文。

香辣可口，大家都只顾着埋头吃蛤蚧汤。昆边吃边抬头看向屋顶，直到阿伯们问他在看什么？昆就说，换了屋顶很开心。

吃完饭以后，大家伙就开始吃米粑糕了。阿妈对昆说，要是点心没吃饱的话，就去看看她给寺里僧人送饭用的饭盒里，还有没有剩下的。不过，昆却拿其它话题搪塞了一下。

"你不给方丈送蛤蚧汤去，小心遭报应。"梯准埋怨梯哈道。

"要是拿去了，方丈才会敲你哩！这可是造孽！亏你还出过家，白吃了寺里的饭。"梯哈回嘴道。

等饭和米糕全都吃完后，空气里就弥漫起大人们抽卷烟吐出的浓浓的烟雾来。突然，人群里爆发出一阵哄笑。只见梯准跑到梯哈身边坐下，问道：

"这次跟村长去县里，真没失身给哪个旅馆女？"

"嘿！老子发誓，说假话不得好死！"梯哈大声道。

梯准一下子把梯哈推倒在地上，低头凑上去看梯哈的鼻孔，还把食指插进去掏了掏。

"说谎了啊！恶鬼附身的家伙！"梯准边说边晃动着沾着黑灰的手指，梯哈立马白了脸，梯准接着说道：

"这是妓女床边上点的汽油灯上的烟灰，准没错！你低头的时候叫烟灰进了鼻子，错不了的吧？老子也去过的……啊哈！"

"嘿……算你厉害！"梯哈讪讪地小声说道。

十四、换屋顶，做点心

东北孩子

十五、刺文身

昆阿爸和梯准一起盖屋顶那天,阿妈一直都在笑。翌笋和福莱也开心地和红毛和灰麻耍着玩,福莱鼻尖和嘴角上还残留着米糕末子。梯哈坐在近旁吸着烟,对翌笋说:"你要跟个蛤蚧一样叫上一整晚咯?"翌笋就说:"正好哟!引其它蛤蚧也跑来,让阿爸逮住烤着吃!"

昆阿妈和康恭阿姐一起利索地洗着碗盘。洗碗的水装在两个箩子里,水发着黄而且浑浊,水箩子的底部结满了斑斑块块的水垢。阿妈说,这水是喝不得的,水垢会在肚子里结块,这样的结块就叫作结石,它会下到尿道里堵住尿路,让人尿不出来。站在昆身边的詹笛说:"俺每回到田里都喝这种水,不过从没得过结石。"康恭阿姐便道:"你啥都厉害哩!"詹笛立马笑开了花。

庆伯他们回去之前,阿爸拿出打火石给每人分了一个。梯哈高声道:"好得很,都两个月没用铁石打火了。吴叔和越人店只有那些个脆脆的石子儿,把石头打没了都擦不出火来。"阿爸说,这些石头是去珀伊姨妈的村子找竹子回来编草垫换屋顶的时候弄到的。每一块都拇指般大小,表面泛着淡红夹杂浅蓝的光泽,边缘薄薄的,形状不规则。

用铁石打火的方法,昆曾见阿爸示范过。先用左手握着石块,靠在塞有绒絮的短竹筒筒口,再拿一指长的铁片,朝石块敲打两三次,就会有火花溅出来,将竹筒里的绒絮点燃。要是想把火熄灭,就用盖子把竹筒口整个堵住。这种打得出火的铁石叫作"噗火铁",因为用铁片敲打铁石时,会发出"噗噗"的响声。用来敲打铁石的铁片,拿什么铁都能做,昆的阿爸是拿一段从废锉刀上取下的铁片做的,不过要先拿到铁匠那里打磨成薄片。阿爸说,用这种铁片打出的火要比其它铁打出的更亮。

正在那时,越人嫂和女儿挑着装货物的箩筐走了过来,梯哈问她:"咋这么快就回来了?是被哪里的汉子追来抢女儿了吧?"

"婉当长得不好看,没人喜欢她的。"越人嫂带着奇怪的口音说道,放下了扁担和箩筐。

詹笛笑着悄悄对昆说:"她撒谎,她女儿好看得很,两个奶子像咸鱼坛盖子一样大。"说完,又继续坐着听大人们说话。

"俺要是找女婿,一定得是个佬族人。"越人嫂道。

"俺可不信,俺打出生起,就从没见哪个佬族人搂个交人媳妇的。"庆伯大声说。

"你这就要看到啰,但俺女婿肯定要比吴叔的钱多得多。"越人嫂说。

"要是有了大把的钱,你们要搬回越南去不?"庆伯问。

十五、刺文身

"吴叔二儿子和婉当刚好年纪差不多哩。"云伯笑呵呵地说道。

詹笛突然跳起来,高声说道:"对啊!要是杰佬跟交人好上了,那可就好玩了!"说完之后,他就一溜烟逃走了。

梯哈对越人嫂说,要是吃饭的那会儿过来,就能一起吃上蛤蚧汤了。她女儿叫道:"咿呀,俺可没吃过那玩意。"庆伯便道:"是哟,你们就喜欢吃狗肉。"越人嫂也没生气,只是哈哈笑着,然后指着她的箩筐说:"今天有黎逸来的可口腌酸鱼、缝布用的针、染布的料、嚼槟榔的灰、廊开来的香烟,还有给坐不了月子的产妇补身子的药丸。"庆伯又道:"俺老婆每回一生完孩子,只吃米跟盐,五天就能上林子去了。"不过庆伯的老婆波喜阿婶,却买了些香烟。昆的阿妈什么也没买,说家里还有很多。

这天晚上,昆和詹笛头一回跟着和阿爸、庆伯到村长家开会。村长的家比昆和詹笛家的棚屋都大,屋里的柱子全是四角的方柱,屋顶也是像寺里的戒堂一样用木头铺盖的。两个房间中间的隔挡墙也是用木板搭成,只是表面已经有些发黑了。屋内点着三根火把,黑色的浓烟直往上窜。墙上悬挂着五六张紧挨在一起的相片,昆看见一间房的门上还挂着一把土步枪。昆和詹笛听大人们说话的时候,一股牛屎的臭味从棚屋下飘了上来。

牛屎的味道让昆非常想念自己的一头牛,他和阿爸管它叫做小疲,因为这头公牛的眼角总是挂着眼屎。每次去田里时,阿爸就在前头牵着它,昆骑在它的背上。看到母牛群时,它也不会像其他公牛那样喘着粗气或发出低吼。可是现在,昆再也不能骑在小疲背上了,因为阿爸在两年前把它交给了赶着牛群去柯叻卖的牛贩头子了。

大人们还是在聊着没有下雨和没食物吃的事。有的说,那些搬去新地方的人每顿都能吃上米饭和大鱼。长胡子村长说,是啊,说不定哪天受不了,他也会走的。接下来的两三个月,学校也说不定会休学的,因为村里的人一个个都不得不离乡背井走了。

等人们陆陆续续都到了，村长就说道："其实也没啥要紧的事，因为很久都没见到面了，就召大伙们过来聊一聊。俺们村里挂的竹梆子都用了有三个年头了，要是换作别的村，早就换了四五个了。"村长告诉大家，有三个古拉人[①]来寺里借住，想找一些刺文身的活计，和过去那些古拉族的人们一样。古拉人是从我们暹罗的北方过来的，他们的老家在缅甸北方。谁想文身的可以到寺里去文，说不准他们又要逃到别地儿去的。文了后遇到强盗抢牛，就有勇气好搏斗了。

"给贾伯文身的是同一个师傅么？"一个声音问。

"不是，给贾伯文的师傅远在琅勃拉邦呢。"村长答。

"他们要得贵么？"另一个人问。

"和以往那些古拉人要价一样，一条腿6士令[②]，两条都文就3铢。"

"是从膝盖文到大腿根没错吧？"

"没错！要是从腰文一圈再到前胸和喉头也是3铢。"村长大声说。

"要是文后背呢？"又一人问。

"也一样3铢。"

"要是在脸上文只鸟，或腿上文个'恐'[③]形纹呢？"

村长有些不耐烦地说道："好了，别问这么多了，干脆去问那些人得了。"昆见阿爸来回挪动着身子，深深地吸着气，就问他是不是要回去了？阿爸却说，人们谈文身，让他马上想到了昆的阿爷，可怜阿爷辛苦辗转到曼谷，却被那些人从寺里赶了出来，非说阿爷是恶鬼，害怕他把寺里的僧人沙弥吃光。

---

① Khon Kula，"古拉"为缅语，原义为"外地人"，后来用来指称迁徙到缅甸境内的一个傣族的分支，和泰国的主体民族泰族，我国西南的傣族，老挝的主体民族佬族，实际上是同源不同支的民族，也可统称为泰佬民族，或傣泰民族。

② Salueng，泰国货币单位，4士令=1泰铢。

③ Khong，一种传统文身图案，"khong"字含义为刀枪不入，也是此文身图案的象征功能。

那之后，人们又谈起了一对年轻男女的情事。男的名字叫坤，征兵时没被选中；女的名字叫苗，是寺旁甜角林主人信老爹的小女儿。信老爹向村长诉苦道："麻烦告诉那坤小伙，别在阿苗打水路上堵她。昨天阿苗赶牛进圈时，坤小伙又是一副要搂要抱的样子。他要是不听话，拜托村长把他抓起来。"

"坤小伙来了么？"村长问。

"没来，他阿爸来了，俺就是。"一个和昆阿爸一样年纪的男人说。

"好啦，知道阿苗不中意他了，俺会告诉坤别再骚扰她的。"那人的阿爸又说。

"坤活干得也顶好的，他哪里坏了，说来听听！"老药师开口问了一句。

然后，醉汉梯哈就大声讲了起来。昆听到的大意是，村里每个姑娘都说坤是个痞子，深夜小伙子姑娘们在屋里聊天时，他就爱把牛粪朝屋子里扔上去，然后拔腿就跑。有的夜里，他还趁姑娘们在屋上撒尿时，在屋底下拿糖棕的干枝叶，接从地板缝隙间往下洒的尿。

"没错!有天夜里他也拿糖棕叶接过阿苗的尿。"阿苗的阿爸补充道。

等坤小伙的阿爸向村长保证，不让他儿子再做上述那些事之后，村长就宣布散会了。回家路上，昆问阿爸："长大了俺也去文身好不？"阿爸就说："不拦你，文身是俺这地方老久的信仰了，能让人的心勇敢，不怕日晒雨淋，也不怕恶人。但文过身的人也一定不要去找人家的麻烦，这样才好。"阿爸还告诉昆，他以前也文过，但是是用清油文在头盖骨正中的，原本还打算去文一块黑色的，但先和昆阿妈成婚了，就一直没时间再文。

这一天，昆约上詹笛比往常早了一些去上学，因为怕那些古拉人会迁到别的村寨去。那时，老方丈和僧人们已经外出化缘去了。一进寺，他俩就立即往以前给小沙弥住的僧舍奔去。

他俩在僧舍门口探头往里望时，正巧看到村里的剃头匠梯占巴和昨晚村长家里议论的那个坤小伙，已经在里面坐着了。梯占巴问，是不是来找他剃头发的？詹笛就说，是来看古拉人的。

"上来坐近一点吧，俺们不会吃小娃的肝。"当昆和詹笛站着不知所措时，年纪最大的那个古拉人首先说。

"因为俺们一样都是佬人。"另一个古拉人说。

于是，詹笛就拉着昆的胳膊，到了梯占巴身旁安静地坐下。

这三个古拉人都一样地高高壮壮，胳膊和腿又长又粗，耳垂和鼻子也很大，穿的纱笼颜色漆黑，几乎看不出花纹。胸前长着软毛，其中一人的胳肢窝下露出两拃多长的毛。皮肤全都黑里泛红，接近深棕色，挽在头顶的发髻也是相同的形状，要是把头发都散下来，可能就要垂到肩膀以下了。有两个人的耳垂上打了足足可以穿过两只手指那么宽的耳洞，三人里最年轻的那个戴着比铜币还大的耳环。

昆正盯着墙边靠着的三把三叉戟看时，最年长的那个古拉人说：

"没见过古拉人吧？"

"嗯，你们打耳洞是用来挂什么的？"詹笛问。

"挂烟卷也行，挂五铢、十铢的钱也行，这样姑娘们才喜欢。"

詹笛赶紧接着问："你们有老婆没有？你们的老婆是不是也一样的壮？"

"嗯。不过那小子还没讨上老婆。"古拉老阿伯把手指向戴了耳环的那个人。

"你们都吃啥下饭的？长得这么高大。"

"吃猪肉、鱼肉，还吃各种补力气的药草。"

"能有多大力？"詹笛挪了挪腿，从叠腿跪坐的姿势换成了盘坐。

"把水牛扳倒。要是小偷来打劫，老子们就吊起他的腿，像摔青蛙一样地摔到地上。"于是，詹笛就不再继续说话了。

古拉老阿伯用手指向两三个装着药水的黑乎乎的瓶子，说道："这些是刺完文身后要抹的药水，这一瓶装的是蟒蛇胆，那瓶装的是蟒蛇油；这瓶里面是锅灰，那瓶是配好了的药。"梯占巴就问："也有人用杰佬的那种黑漆漆的墨汁来文的，是吧？"老阿伯就说："也一样能用，可是它不像蟒蛇油那样灵验，不易掉色。要是把死人身上刺有文身的那块皮放到火上烤，烤过之后花纹还能看见。"

说完，老阿伯就拿出一沓和软皮本一样大小的图纸，让梯占巴和坤小伙看。图纸共有十来张，每张上的图案都不同。老阿伯说，想要哪种就选哪个。昆看到有贾伯胸前那种花纹图样的，还有猴形图样、斑纹大虎图样、蛇形和夜叉形的，和以前见过的一样。

过了一会儿，梯占巴就说，只要一个猴形的——也就是哈奴曼图样，就够了。古拉老伯就让他双手合十坐到自己跟前去。接着，拿起一个金色的咒水盏，先用双手捧举过头顶，然后一边慢慢下移，一边口念咒语，当水盏下到嘴边时，再迅速地往盏里"噗噗"吹了几口气，最后掬起咒水，浇到梯占巴的头上。等头都淋湿后，就叫他面朝上躺下，双手交叉枕在头下。梯占巴躺下后说道：

"要是疼得不厉害，俺就再文个老虎的，然后搬去别的村子住。"

"还是住俺们村好，还有活计。"坤小伙说。

"给人剃头一次才一两个士丹，还不够买咸鱼、酸鱼的呢！"梯占巴说。

古拉老伯就对坤小伙说，想文哪种尽管躺下，哪一种他们都会文。可那个坤说，要先看梯占巴文好。梯占巴就讥笑道："胆小怕疼的东西，难怪村里那些姑娘家都没笑脸给你。"坤小伙就回他说："俺村的姑娘，瞅着全跟烤过的变色龙一样。"

古拉老阿伯先起身舒展了一下身子，然后取来一根用红黑相间的老木头做成的木棍，双腿盘坐在梯占巴身边，念着咒语朝木棍顶端的尖铁吹了三口气。昆估摸着，这尖铁大概有两寸多长，棍身余下的部分全都是木头做的。古拉老伯先用左手在梯占巴的胸膛中央反复擦拭了一会儿。接着，将木棍的铁尖往一个高的药瓶子里蘸了蘸，再用左手夹住铁尖，右手握住木棍的中央，对着梯巴占的胸口往下一刺，梯占巴就势打了个激灵。

"不疼的，躺直了。"古拉老伯用和之前一样带着乡音的语调，边说边哈哈笑道。

"花了6士令来买疼唷。"坤小伙说。

"不错了，文完就要拜这师傅了。"古拉小伙子说。

古拉老伯把左手悬举在离梯占巴胸口约一拃高的位置，让铁尖只在食指和拇指围成的圈内活动，右手则握着木棍一上一下、飞快地刺着。梯占巴的嘴角和脸上，不时地伴随铁尖的上下起伏而抽动着。古拉老伯和坤小伙就不停说着安慰的话。过了一会儿，老阿伯再一次将那尖铁往药瓶里蘸了一下，然后又"嗤嗤"地继续扎。坤小伙问，有的师傅不是先用铅笔画出图案，再文的吗？古拉老伯就说，他熟得已经闭着眼都能文了。

一只银黑相间、头毛卷曲、张着大口的猴头图案，赫然出现在梯占巴的胸脯上。这时，从屋下传来肯老方丈沉闷的咳嗽声，昆和詹笛立马缩起了身子。詹笛用颤抖的声音向方丈解释了一番。老方丈就说："好样的！一起来亲眼看看，才好记牢。学知识不像用肩膀扛树，要多看多学。"詹笛于是冲昆笑了笑，昆也冲他笑了。

老方丈又接着讲，文身这习惯自他出生前就有了，老人们和姑娘们向来都喜欢文过身的男人，所以就有了姑娘们口中一句流传到现在的话。坤小伙就问，是什么话？老方丈就缓缓说道：

单条腿上文头狮，太短把他踢；
文了双腿不文腰，不是美汉子。
没有小鸟停脸上，不叫好阿哥。

方丈解释道："这话的意思是，文腿就要文一只形状像人脸的狮子，这样就可以做一个刀枪不入的人，并且必须要两条腿各文一

十五、刺文身

153

只。要是只文一条腿、只有一只狮子的话，姑娘们就不会喜欢，会用脚踢他。"

"等到两只腿文上之后，要是腰周围或是腰以上不文的话，就跟腿上的不搭配了。要是腰上也文了，就必须在脸上再文只小鸟，这样才更神气。"

"也就是要文上两条腿，然后文上腰，再在脸上文只小鸟对吧？"坤小伙问。

肯老方丈回他道：

"唔，记住了！不要只想着三更半夜里扛着糖棕叶四处乱逛！"

十六、准备去打鱼

这天晚上,天气比往常都闷热,阿爸阿妈就带着昆和阿妹们到晒台上去睡了。昆浑身上下还是不停地冒着汗,阿妈就递给他一个被截成一肘长的槟榔苞片①,告诉他,拿着扇一扇,一会儿就能睡着的。昆一边扇着风,一边抬眼望着椰子树顶,想着原本在晚上和鸡打鸣时都能听到蛤蚧的叫声,不禁叹了口气。

"这下俺们再也听不到蛤蚧的叫声了,阿妈。"昆说。

"嗯……等下个两三场雨,它们又会从山林里跑出来的。"阿妈告诉昆。

昆快要睡着的时候,詹笛的阿爸庆伯来喊阿爸:"睡了吗?昆娃爸。"阿爸答了句"睡不着",然后就起身,去把门口的木梯放下,请庆伯上来。庆伯说,他也睡不着,今天晚上实在太热,就出来

---

① 包裹槟榔树干的部分,可以用来当扇子。

散散步。阿爸问,"听人说,村长要辞职搬到别的什么村去了,是真的?"庆伯就说:"自打那天晚上开完会,还没见到过村长。"

"俺家谷子只够再吃上五个多月的了。"庆伯说。

"俺家也一样。"阿妈说。

庆伯说:"下个月有好几户人家要一起出去打鱼,俺们也一道儿去吧,弄到的鱼腌着,在回来的路上还能换些谷子吃。"阿爸就说,"也好,现在也没啥可下肚的了。等找完鱼回来,要是有雨下下来了,就上林子里去找点做轭、犁的木料。"昆问,"也带上阿妈、翌笋和福莱一起吗?"阿爸就说:"全都一起去,红毛和灰麻两条狗也带上。"昆高兴地探头朝睡得正香的福莱脸颊上闻了一下。

"那得把东西准备一下了。"阿爸说。

庆伯说,他去找阿弟借一下牛车试试。阿爸就说,已经有一架了,在昆阿奶家放着。不过,套车的牛要去向昆阿妈的表妹——珀伊姨妈借借看,要是能借到的话,就好玩咯。

"邀上贾伯带路。"庆伯说,"遇着强盗来抢牛抢东西,贾伯能打前阵对付他们。"

那天以后,阿爸阿妈就忙着修理各种东西做准备了。阿爸把用布裹好、挂在梁上的渔网取下来缝补,阿妈也检查起她亲手编的捞鱼抄网,不过这只抄网并没有破损,也用不着再补了——这只抄网自从结好以后,就只捞到过一次小鳅鱼和蝌蚪。

还有一种叫做"搋"的捕鱼工具,和拖网差不多,只是网线要细一些。阿妈亲手做的这张"搋",是用细细的、非常有韧性的风筝线编成的。这天,阿妈把拖网拿下来铺开,一端系在椰子树干上,一端系在谷仓的柱子上,然后走来走去细细地检查,看哪里有破损。要是哪里破了,她就取下绑木头的风筝线,熟练地编进去补好。

一天,阿爸趁天还没亮就叫昆起床了,喊他一起去砍些白千层树①的树皮，好染渔网。阿爸前些天刚补过的渔网颜色全都掉了。昆问，为什么不像之前那样用牛血来染呢？阿爸就告诉他，牛血很难找，用白千层树皮泡水来染是一样的。白千层树皮里有黏黏的树胶，也适合来染渔网。

铁屑坵林子里就有很多的白千层树。它是一种体型不大的树，跟布伦枣树②差不多，嫩芽可以就着辣酱吃，味道涩中带酸。这种树在昆家乡一带被称作"眉树"或"眉菜"。

到坵子上时天色还早，一滴滴的露珠还挂在叶片上。阿爸告诉昆，一定要砍到树根处，然后堆在那里，阿爸会自己去捡。昆就和阿爸分开，自己认真地砍了起来。砍完了这棵，又去砍下一棵。有的树必须得钻进灌木丛里去砍，弄得木屑掉到头上和脸上直发痒，但昆毫不在意，鼻涕和汗流到嘴边，他也顺势吞了下去。那又甜又咸还带着酸的滋味，却也可口。

碰到哪棵树上有嫩芽，昆就摘下来夹在胳肢窝下。等到阿爸肩挎着一袋用格玛布包着的白千层树皮，过来告诉他差不多够了，昆就迅速地跑去把砍好的树皮剥下，在地上铺好格玛布，再把树皮放上去，把布边对叠起来，然后用藤条扎成一簇簇的，最后拉紧布边打上结固定，斜挎上右肩。左手则拿着刀，笑着看向阿爸。

"擦把脸，回去吧。"阿爸微笑道。昆就听话地抬手擦了擦汗，跟在阿爸身后往回走。

一回到家，阿爸就解开包，把白千层树皮倒到一个盛有约一

---

① 拉丁学名Melaleuca leucadendron，是桃金娘科、白千层属乔木；树皮灰白色，呈薄层状剥落。
② 拉丁学名Ziziphus oenopolia。

肘深水的坛子里。昆也照样子做了起来。阿爸说，拿水泡个七天左右，树胶就会流出来，然后把渔网放进去，再泡上七天。

过了一会儿，阿爸又拿来一长一短两把刀，一把脖子般长的，一把跟昆的手臂一般长。短的刀柄用发亮的红木做成；长的是像昆的尺子那样的紫檀木，深褐中杂带着红色，但还是偏向深褐色一些。阿爸说捕鱼时一定要一块儿带上，要是那把椰子木柄的折了，可以马上换上。说完就递给昆一些破玻璃瓶的碎片，让昆把刀磨亮。他自己则取下弩，开始磨弩弓。昆接过碎瓶片，认真地一把一把磨了起来。

紫檀木比红木或其它木头要结实耐用。那架停放在阿奶高脚屋下的牛车，就是阿爷当年用紫檀木做的。阿爸说村长家的房子几乎全都是用紫檀木做的，连国王的桌子跟床几也是用昆家乡的紫檀木做的。阿爸说到这里，就上楼去了。昆很高兴，原来他的刀和尺子也是用跟国王床几一样的紫檀木做成的！他低头磨起刀来，直到浑身都渗出汗水。

阿爸又拿来一段跟昆手臂差不多长、中间粗两头细的紫檀木，告诉他这是替换坏弓用的备用弩弓，昆"噢"地一声恍然大悟。

阿爸现在用的一把弩也是紫檀木做的，它的弦是用苎麻线做的。阿爸把苎麻丝搓成昆的小手指一样粗的细绳。要给弩上弦时，就将弩弓的一端插进土里，用左脚踩在另一端上，同时拉紧弩弓使其弯向自己一侧，再用大拇指和食指夹住麻绳，往插在土里的那端弓头处的钩子里一套，弩弦就紧绷起来，弩弓也张开了，就像做风筝架子那样。

"俺也想要一把弩。"昆趁着阿爸拿碎瓶片磨弩弓的时候说道。

"好啊，但得自己做，慢慢学着吧，先上到四年级再说。"阿爸说。

"大阿伯有吗？"昆问。

"也有，也是他自己做的。"阿爸说。

阿爸说，出发去捕鱼那天要带上阿爷做的脓①胶。昆没见过脓胶，不过阿爸曾告诉过他，脓胶有剧毒，用涂有脓胶的箭去射动物或

---

① 音译自nong，泰国东北部生长的一种有剧毒的藤蔓植物。

人，要是人被射中了，走不了七八步就会倒在地上断气死掉，因为脓胶一旦进到心脏，就会让它停止跳动。

阿妈在厨房"咚咚"捣臼的声音安静了下来，接着就传来她喊阿爸和昆吃饭的声音。昆抱着刀走在阿爸前头，一进厨房，就看见竹匾里的一碗凉拌腌鱼碎和一碗煮水茄①，碗边放着一把昆摘来的"眉菜"芽。阿妈就说："先吃吧，快要赶不上学校集合了。"昆就把手在屁股周围的裤子上揩了两三下，打开饭箪，掏出一把米饭捏了捏，蘸上腌鱼碎末送进嘴里，然后又抓起一撮"眉菜"芽，塞进嘴里，一起津津有味地嚼了起来。

---

① 拉丁学名Solanum torvum，又名万桃花水茄，为茄科茄属下的一个种。

东北孩子

十七、打铁

阿爸每次带昆上山进林都是在清晨。阿爸说，清晨空气很好，让人思路清、记性好，所以老人们总教导儿孙要"和鸟一起起床，像狗那样睡觉"。

昆就说，"和鸟一起起床"是知道的，但"像狗那样睡觉"是啥意思？阿爸就回答说，就是要练成耳疾眼快的人，要是睡觉时有什么反常的声音能立刻醒来。

这天学校停课，阿爸又是天还没亮就叫醒了昆，说要把钝了锋的镰刀和铲子拿到铁匠那里重新打磨，现在各只有一把用的了，免得万一坏了或弄丢了耽误事。昆还一次都没去过铁匠家，阿爸说他的家在过了稻田再往更北一些的一个叫做"小村"的地方，因为到那里安家落户的人家总共就八九间棚屋。铁匠吕老爹自打生下来就没种过田、种过菜，他阿爸也是一个铁匠。

"吕老爹年纪虽大，可身子还是一样硬朗。"阿爸告诉昆，

"还有两个年纪差不多的孙子给他帮忙,一个18岁,一个19岁。"

"看样子很有钱吧?"在他们抄近道穿过稻田时,昆问阿爸。

"多着呢。攒着留一些给两个孙子,一些做功德。"阿爸说。

走到吕老爹村尾的时候,太阳才刚刚发出刺眼的光来。七八头脖子上挂着木铃铛的水牛甩着头、发出"咕隆隆"的声响。牛群后面,跟着两个拿着鞭子、没穿衣服的小娃。阿爸问他们,吕老爹的家在哪边?其中一个就说,在那边正"砰砰"打铁呢。阿爸又问他们,怎么连裤子也不穿。他们就说,热都快热死了,还穿裤子作啥?然后,就吆喝着赶牛离开了。

前方一棵大芒果树下,坐落着一间屋子,跟昆家的差不多大,屋子左边是一间小谷仓,比昆家的小一点。再过去,就可以看到三个正坐在近旁的人。阿爸指着其中一个头顶光秃秃的告诉昆,那就是吕老爹,坐在火堆旁和站着鼓风的就是他的两个孙子。

阿爸走上前去。吕老爹叉腰站着,张口打了个哈欠,露出嘴里仅剩下的两三颗牙,问道:

"听说你们要去打鱼是吗?"

"嗯,把篦刀①和铲子拿过来打打,要多少都行。"阿爸边说边把刀和铲递给老爹。

"俺可不要。回头给俺带条大的酸白鲤就行了。"

吕老爹说完,就把刀和铲扔到了孙子身旁,吩咐他们给没进红红的火堆里去。只见那个正站着把风箱鼓得"呼哧"响的孙子,先用左手不急不缓、节奏均匀地拉出活塞,再用右手按下,两个肩膀也跟着有节奏地起伏。阿爸让那个小伙把活塞拉上来给昆看看。只见活塞杆的一头系着一个布团子,杆身有差不多两庹昆的手臂那么长,另一头则是滑溜溜的手柄。

"这活塞头可是用碎布做的哩。"阿爸讲给昆听。

这对鼓风的双筒直直地立着,几乎要挨在一起,两个筒身都是用

---

① 泰文Mit Tok,是当地一种长柄,刀面成叶片形的多用途小刀。

树干做的，大小约有大香蕉树的树根那么粗，高度正好到昆的头。鼓风筒的底部固定在地上，周围涂满了黏土，朝向火堆的那一面有个向外突出的圆形锌筒，几乎要伸到炭火堆里。

"叫热烘烘的太阳给全身洗个汗水澡，真叫痛快哩。"吕老爹用手指着使劲鼓风的孙子说，惹得那小伙"嘿嘿"直笑。

阿爸把几个剪刀状的铁片一一递给昆看，一边解释道："这是鹰嘴钳①，这是鸭嘴钳②，这是用来夹铁钉的钳子，这是给铁打孔时用来夹住铁楔子的钳子，至于半只手掌大小的那个薄薄的铁钉，是用来断铁的。还有这边是锤子，这是14磅的，那是2磅的。打大铁就用大锤，小铁就用小锤打。"

昆拿起5磅的铁锤来看，才知道它真的又沉又重，就问阿爸：

"一磅有多重？"

"大概有半公斤呢。"

"那又是啥？"昆指向一块横截面呈四边形、一头呈狭长龟头状的大铁块问道。

"砧，这就是人们说的'铁砧'。"阿爸说。

这块铁砧呈一个T字形，底面比上面大。昆想要过去试着抬一抬，吕老爹却叫道："别抬唷！它差不多有50公斤，全身都是软铁，这种铁砧再过40年就很难找到了，每公斤可以卖到1000铢。"昆就问，14磅重的大锤和4磅的那个，会用来打篦刀和铲子吗？老爹答他，用不着，拿个小小的锤子打就够了。

等他的孙子用钳子把铲从火堆里夹出来，放在铁砧上之后，吕老爹就拿起一把小锤头，快速地敲打起来。被火烧得通红的铁铲上不时飞溅出火星，昆不由得往后退，远远地站着。可吕老爹和他两个孙子却满不在乎地坐在跟前。昆正想问他们热不热时，吕老爹却先开口道："俺有避火咒呢！"然后哈哈大笑起来。

---

① 原文khim pak nok kaeo，直译为"鹦鹉嘴钳子"，译文按中文习惯意译为"鹰嘴钳"。

② 原文khim pak ka，直译为"鸦嘴钳"，译文按中文习惯意译为"鸭嘴钳"。

吕老爹打铁非常麻利，过了一会儿，铲子的形状就出来了。刀面打好了之后，铁铲就被放到铁砧板呈龟头的一端上，然后又"砰砰砰"地打了一阵。等他说"好了"，他的孙子就拿起铁铲看了起来，只见朝向昆的这一端是个圆筒形的。

"这里是用来装铲柄的，记好了。"吕老爹告诉昆。

昆见他又把铲子放进了火堆，就问："还要再烧很久吗？"老爹就说，等烧得通红了，就可以拿出来浸水了，再用锉子把刀面磨得锋利一些，就可以用了。

"等会儿，我来磨给你看。"他的孙子边说，边抬手抹了把头顶的汗。

接着，吕老爹的孙子又把那把篦刀用火钳夹着，放到了铁砧上。这时，阿爸忽然上前一步，从老爹手里要过铁锤，说要自己试试，然后就举起了锤头，也迅速地打了起来。他沿着刀身向刀根处一点一点地锤打着，火星子也飞溅出来。昆就问，不热吗？阿爸笑着回他道："不太热，就跟中午走在沙地上一样。"吕老爹坐着哈哈直笑，取下耳朵上夹着的烟头，放到火上点燃，送入嘴里，边抽边吐着烟雾。一会儿，阿爸把铁锤递给昆，教他用两只手抓紧锤柄，再从刀身到刀柄使劲打。昆紧紧抓着锤子，使出全力打下去。等阿爸叫他停下并取走锤子后，吕老爹就说：

"学学也好，过去你阿爸就跟我打过铁呢。"

"真的呀？"昆问。

"嗯，大小伙子那会儿来跟老爹学过打铁。"

昆的阿爸很有本事，懂的也多。昆再回头看时，阿爸正"刺啦"一声把篦刀浸到水里，然后又放进火堆里。等烤得差不多红透了，就用钳子夹出，又浸到水里。

吕老爹问阿爸定了什么时候走没有？几个人去？阿爸就说，有庆伯、贾伯、梯准和康恭阿姐。至于哪天出发，要等第二天让老方丈给定。

"夜里莫让梯准驾着牛车引路就行。"吕老爹说。

十七、打铁

东北孩子

"为啥？"阿爸皱了皱眉。

"夜里他会让牛把车给拉进树林里去的，你也晓得他才刚结婚不久嘛。"

这天晚上，昆和阿爸在阿妈和阿妹之前先吃饱了饭。昆正打算问阿爸打铁的方法时，小伙伴詹笛跑了进来，说有越人带来了留声机，正在铺子门口放呢，一首曲子一士丹，他找他阿爸要了一士丹，就过来邀昆也一起去听。

詹笛说的这个留声机，昆之前听过两回，但是是很久之前了。一回是在寺里的韦讪陀唱诵节①上，一回是在吴叔的铺子里。昆还从没近距离看过那个留声机。阿爸给了昆一士丹，嘱咐道："要有'滚滚泰族血'②这首就让他们放，至于民谣歌曲，别人会点的。"阿爸话还没说完，詹笛就高兴地拉着昆跑下了屋，冲进夜色里。

那晚，越人的店前点起了汽灯，明亮非常，与平时点火把或罐头灯时大不一样。小伙、姑娘和小娃们围得满满的，昆和詹笛没办法再挤到近前，但还是能清楚地看到黑胶唱片。越人店主的儿子坐在留声机近旁，笑呵呵招呼着。一个歌手的歌声在缓缓流淌。昆听出来，是长调的《湄公河泛舟曲》。他看着留声机盒身上一个弯弯扭扭、像颈部张开的眼镜蛇蛇头一样向外突起的东西发呆，又觉得那像是一朵曼陀罗花。

"那个像朵大花的是什么？"昆问詹笛。

---

① 韦讪陀，即汉译佛经中的须大拏（拿）太子，是南传佛教地区流传很广的一个本生经故事，被认为是释迦牟尼成道之前的最后一生的修行故事。在泰国、老挝、缅甸等国家都有此本生经的唱诵节日，是当地很重要的一个佛教节日。

② "滚滚泰族血"是歌曲《泰族血》（Lueat Thai）的第一句歌词。

"啊呀,那就是人们说的'喇叭'呀,它能让声音变得很大。"詹笛说。

那首歌结束后,新来的越人小伙就拿起一张圆圆的唱片翻了个面放到留声机上,大声说:

"谁想听男歌手或女歌手的,交上一士丹就行了!"

"我要听情歌!"詹笛一边喊着,一边把一士丹钱送给前面的人,然后就双手抱在胸前,站着等。不一会儿,一个洪亮的男歌手的声音就响了起来。

"这是曼谷邦朗普区多涅川商行①录制的兔牌唱片。现在为您演唱一首动听的情歌……噢……啊……啊心爱的姑娘啊……"

于是,每个人都安静下来,安静得就像没有人一样。曲子放完后,有小伙重新又点了一遍。只听长调、短调、合调交替回荡着,直到詹笛和昆站得腿都酸了,昆就邀詹笛回家。詹笛却想起昆的一士丹还在,就大声问道:"有那首'滚滚泰族血'吗?"

"没有!只有民谣歌曲给你听!"越人小伙不满意地大声答道。

"你只有交人哭泣歌吧?"詹笛大喊了一声,拽起昆的胳膊撒腿就跑。回到家时,昆的心还在"扑扑"直跳。

等上了昆家的棚屋,詹笛就先向昆的阿爸说,昆的一士丹还在,因为没有"滚滚泰族血"那首歌。阿爸就说,没关系,以后老师会教的。这晚的天气还是和前几天一样闷热,阿爸兴致很好,就唱了一首长调的小曲,詹笛"啪啪"地拍着手说:

"你要是当歌手肯定厉害得很。"

"你小子休想怂恿我再唱,我当不了歌手,当个老师帮赛先生、通先生教书还可以。"阿爸道。

詹笛笑着说,饭都没得吃,哪来的力气去教书,昆阿爸自己都没有知识。阿爸就说,他的知识打从进寺里出了一年家后,就装在肚里

---

① T. Ngekchuan 商行,1922年由华裔老板Ngekchuan 在曼谷著名的娱乐文化大街苏弥街(Phra Sumen Road)上建立的老牌商行,位于邦朗普电影院门口。

了。"帕丹和娘蔼"的故事、"库鲁和娘莴"的故事①，万象城什么时候建、什么时候毁的，他全都记得，等驾牛车去抓鱼的时候再慢慢讲来听。詹笛还是不相信，就接着问阿爸：

"俺们村是在交人的国家还是吴叔的国家？"

阿爸反问他："你阿爸告诉你是在哪一国？"

"在暹罗国，俺们的村子属于乌汶府呀。"

"没错！我也和昆讲过。"阿爸说。

阿爸讲道，我们的乌汶府在暹罗所有的府里是最大的，以前叫做"东漠丹"（红蚁高地），第一个在这里建城的人来自万象，叫做帕沃，是帕达的弟弟。帕沃被敌人杀死后，城主的位置就不断传到其他人手里，直到今天。等昆跟詹笛长大了，就带你们去府城玩一次。

阿爸讲完后又唱了一首歌，"滚滚泰国血，染红的大地，名字在世界传扬……"还没唱完，阿妈就咯咯地笑了起来。阿爸停下来问詹笛：

"怎样，能当老师不？"

"绝对能，可歌唱得不好。"

"怎不好了？"

"歌声像瓮里的蛤蟆在叫。"

他一说完就飞快地起身，一溜烟逃下了屋。

---

① "帕丹和娘蔼"（Pha Daeng Nang Ai）和"库鲁和娘莴"（Khulu Nangua）都是泰国东北部广为流传的民间故事，前者讲述高棉公主娘蔼和王子帕丹、龙国王子庞齐的前世今生的三角爱情故事；后者讲述迦式国王子库鲁和盖那空国公主娘莴联姻的故事。

十八、出发打鱼去

一天早晨，昆激动得眼泪都流了出来，因为他终于可以和阿爸一起出发去打鱼了，而这一天仿佛再也不会回来了。

深红的太阳刚刚洒下淡淡的晨光，落在套了绳站在车边的黄牛身上。那对被阿爸用铁锉子磨得滑溜溜的牛角，在阳光下格外的熠熠生辉。昆家的这一对牛，比其他人家里的都好看，因为阿爸用锉子磨过牛角之后，还用碎玻璃块又刮了一遍。贾伯的两头牛牛脖子上挂着的铃铛，也闪闪发光，一只牛甩甩头，另一只也跟着甩，弄得那铃铛不住地发出"叮叮当当"的脆响。

至于阿爸、庆伯和梯准家的牛，脖子上挂的统统都是树干做的木铃，它们甩动脖子时发出悦耳的声响，又别有一番味道。

停在昆家门口的一排牛车队伍里，打头的是贾伯家的，车顶棚上插了一面小红旗，威风极了。第二架是庆伯家的，詹笛已经爬了上去，站在车上向他同级的小伙伴招手。当看到交人的姑娘婉当挑着竹箩走过来，他就大喊道："俺先走啦！婉当阿姐，回来给你带大大的红线鳢①，你还没有见过红线鳢吧？"第三辆是梯准的车，康恭阿姐已经坐在车上抓起牛绳了。车篷子边上有一把用来打鸟的竹烟枪。酒鬼梯哈走过来见，就对梯准说，要是打到很多鸟，就用火烤了带些回来下酒吃。梯准说："唔，给你拿两只回来，老子可怜你只有蛤蚧吃。"

最后一辆是昆阿爸的牛车，这对套车的黄牛是从珀伊姨妈那里借来的，驯服得就像两头老牛一样，但是比老牛强壮，背颈上有一块大大的隆肉，两头都是浑身淡棕色的。拴在左边轭上的那头叫做阿黑，因为鼻子和两个眼眶周围都有黑点；右轭上拴的那头叫做阿斑，因为尾巴从中间到末端上有些杂杂的斑点。

当长胡子村长和通老师走过来时，人群里过来问候消息的喧哗声就安静了下来。村长问贾伯，"肯老方丈定的上路日子确定是今天吗？"贾伯说，"没有错，因为今天是好日子。"通老师跟昆阿爸说，再过个两三天，学校就要停课了，这一阵上课的学生都不到一半，就是因为都得跟着阿爸阿妈出去露宿找吃的了，有的人自打开学就去上过一回课，因为俺们这村里闹旱，没吃的。

"要用的东西都装上牛车了没有？"村长问贾伯。

贾伯洪亮的声音答道："嗯！锄头，铲子，刀，弩，辣椒，盐巴，米糠，锅，缸，每人都带上的，报也报不完。"

"听说你还带了土步枪？"通老师问。

"在牛车里。就凭这把刀，叫他来一打子土匪，俺这身从琅勃拉邦师父那学来的身手，都能打得他们脑袋开花。"贾伯说完，就把挎着的刀从刀鞘里拔了出来，举起来晃了晃，露出闪闪的刀光。

贾伯的打扮比谁都威风，身上穿的长裤和长袖衫都是马屎那样的深绿色，腰间扎着一条约一拃宽的牛皮腰带。他从牛车里拿出一顶大宽边帽戴上，显得更加威风了。通老师说，要是贾伯穿了木屐，就去问吴叔儿子借来相机，好好拍几张相片。贾伯听完哈哈直笑。

---

① 泰语叫Pla Chada，学名Channa micropeltes，又称鱼虎、小盾鳢、金笔。

"大家伙儿准备上车了,一会儿我要开一枪,跟老祖宗们的鬼道个别。"贾伯大声说道。

"先等等,先报一下总共去了几个人。"村长抬手说道。

"总共去十三个,俺家的牛车里三个,俺,俺婆娘还有俺的娃子阿嘎。庆伯家也是三个,詹笛娃子和他阿妈。另一架牛车里俩人,梯准和康恭。昆娃阿爸一家子全去,不然没人看家。"

贾伯说完,昆阿爸就让大家先等下,说有东西忘在梁上了。然后,就顺着屋外的柱子爬上了屋,不一会儿便抱着一个一庹来长的黑布袋子下来了。阿爸把东西从袋子里拿出来,大家一看就认出来是肯笙①。

昆差点都忘记阿爸的肯笙吹得很好了,阿爸之所以这么久不拿下来吹,或许是因为生气天不下雨。于是,一曲《林中行》的小调就从阿爸的肯笙中悠悠响起。梯哈和詹笛用手"啪啪"打起了拍子,阿爸听了也会心地和着节奏,舒缓地左右摇摆。阿爸双手的指尖熟练地在肯笙孔上交替落下,昆看得出了神,不禁和詹笛一起打起拍子来,直到阿爸吹完。

贾伯的枪"砰"地一声响起,惹得正抓着牛绳的庆伯和梯准大声埋怨贾伯,说把牛都惊得要拉着车跑了。

"牛车出发了,沿栖河漂上个二十来天就回来了。"

贾伯说完,向村长和通老师挥了挥帽子。

牛车朝着村北缓缓前进,不过贾伯和阿爸还是一直步行跟在后面,昆和梯准也跟在后面走着,灰麻和红毛两条狗子在牛车车肚子下小步跟着跑,而梯准从云伯那里拿来的一条狗子,也跟着康恭阿姐驾的牛车跑着。昆心想,要是在逮獴的时候云伯没把它的伙伴打死,它可能也像灰麻跟红毛一样开心了。翌笋贴着阿妈站在牛车上,抱着猫朝昆笑。阿妈正在驾牛车,也转过头朝昆笑着。

---

① 泰语是Khaen,肯笙是起源于老挝的一种东南亚民间乐器,声管通常由竹子制成,与吹入空气的小型空心硬木储罐相连。

东北孩子

走出了村子,就是一片田野了。太阳的光热慢慢强烈起来,一只缝叶莺立在鹊肾树的寄生藤上,欢快地叫着,当看到昆用手指着它时,就"叽叽"地叫着轻快地飞走了。田野右侧的小道上,两三个小娃赶着水牛在走,浮土飞扬在他们周围。昆很想朝他们大喊一声:"昆要去很远的城里了,要去看广阔的栖河!"但也只是在心里想想罢了,因为他已经激动得什么话都说不出来了。

快要到前头林子的边缘时,庆伯和詹笛才从牛车上下来。贾伯狠狠地说道:"要是还有力气就下来走,也好减轻点车上的分量,就算牛是借的人家的,也一样会累的。"庆伯听了,只好呵呵一笑。

前头这片林子,昆还从没来过。高耸的树木挂着稀稀拉拉的叶子,直插入前方的天空,让昆心头一颤。打头的牛车进到林子后,贾伯的儿子阿嘎大声问道:"走左边还是右边?"贾伯就回他道:"走右边。"牛车走过的路上,沙土比田里的要细碎,有几处土地很硬,车也比之前走得更快,不过草和树木却都一动也不动。詹笛问梯准道:

"还要几天才到栖河?"

"不清楚,说不定得走到大地尽头哩。"梯准说。

"大地的尽头远吗?"詹笛问。

"远,要走上千万年的时间。"

詹笛又问:"千万比十万多是吗?"梯准就说:"是的,千万比所有数都大。"但是,贾伯却和梯准争了起来。

"别误导小学生了,还有比千万更大的阿僧祇①哩。"贾伯说。

"不对,千万能数出来,阿僧祇数不出来。"梯准说。

"阿僧祇也能数,数得出雨滴的大仙人就能数出来。"贾伯说。

二人争不出结果,贾伯就让昆阿爸来裁决,阿爸就挨个数道:

---

① 泰语里的Asongkhai,源自梵语asaṃkhyeya,对应汉语里的阿僧祇。阿僧祇在佛教中既是一个数字词,用来指10^{140}这个数字,也常用来表示"无数""无可计算"的意思。

"个，十，百，千，万，十万，百万，千万，阿僧祇。"

"俺就知道这么多。"阿爸说。

可是贾伯和梯准还在小声地争论着，詹笛就问昆，到底该信哪个的？昆回答他："俺信俺阿爸！"

贾伯说："这一带的林子都叫做'大丛林'，广得很，等穿过这片大丛林时就到了傍晚放牛吃草的时辰①了。太阳到头顶的时候，先停车吃午饭。"说完，他就跑了几步、跳上了他儿子驾的牛车。阿爸也带着昆上了牛车，换阿爸驾车，阿妈就移进车里去坐了。翌笋和福莱正开心地逗着猫，翌笋问昆，在车下走路时看到大花老虎了没有？昆说，没看到，只看到了啄木鸟在树上"咚咚"地啄洞。

阿妈把挂在阿爸弓弩旁边的饭箪取了下来，打开盖子，取了糯米，搅上了些蔗糖水给昆，让他先吃了解解饿，等到中午牛车停下来，再和大伙儿一起吃饭。昆边吃边和翌笋说话。经过树荫底下时，空气一阵清凉，翌笋和福莱也安静下来。一只知了叫得正欢，使得周围的凉意更浓了。没过一会儿，福莱就睡着了。阿妈拿了格马布叠成方形，轻轻抬起福莱的脑袋，把布枕在下面。

昆见牛车后头堆着的坛子和竹匾都快顶到车盖篷了，左手边也堆着一堆刀具和渔网，地方狭促得很，就问阿妈该怎么睡觉。阿妈就说，车里只能睡下她和昆兄妹仨，阿爸和灰麻、红毛一起得到牛车下面去睡，防着强盗。过了一会儿，阿爸大声问梯准饿没饿？梯准就大声答道："没饿！就算是停车吃饭，也只有腌鱼可吃呀！"

走过了一片高大的树林之后，就到了一片稀疏的林地。贾伯高声喊道："就停在这，让牛儿们歇会儿吃些草吃些叶子吧，大伙儿们也好吃饭了。"等牛车停稳，阿爸就跳下车，拿木棍撑在牛轭中间，麻利地把黄牛从牛轭里放出来，牵到一棵大树底下拴好，又走回来，从车尾后头解下一捆干稻草，抱了过去给牛吃。

所有人围成一圈坐好后，贾伯就问大家伙都有些什么吃的。康恭

---

① Yam Bai Khwai，"放牛回家的时辰"，接近傍晚。

十八、出发打鱼去

阿姐说从越人店里买了五条酸腌鱼，詹笛的阿妈波喜姗说有四个煮鸡蛋和六个还没煮的生鸡蛋，贾伯老婆说有五六块烤食鼠蛇肉，再去找些守宫木①叶子来做辣汤就行了。贾伯就说生火太费时，蘸腌鱼辣酱吃就行，吃完好早些分头去找水来喂牛。昆的阿妈说，她还带来了一大包拌腌鱼，等叫昆阿爸再去找些野菜来吃，美味得很。阿爸点点头，起身去牛车里抽出来一把铲刀，然后说道："大伙儿先坐着歇会儿，等会儿再一起吃饭。"于是就快步走了出去。

"你阿爸要去挖食鸟蛛②的洞啰。"庆伯说。

昆和詹笛好奇地跟着跑到阿爸身边，就见他正蹲在地上，盯着一个白千层树根旁的小洞，若有所思。

"洞口像这样光溜溜的，就没有食鸟蛛啰。"阿爸说完，就站起身继续往前走。

"啥样的洞里才有食鸟蛛呢？"昆问阿爸。

"不光溜的，就是有蛛丝封着洞口的。"阿爸说。

过了一会儿，阿爸就慢慢蹲下来，指着一个有像蛛丝一样的、灰灰的网封着的洞口，说道：

"这里就有，这丝就是食鸟蛛用来阻挡其他虫子进去捣乱做的。"

阿爸说完迅速地往洞里挖了下去，挖到差不多一肘来深时，就掏出来一只火柴盒大小的食鸟蛛。"哇啊！好大一只蜘蛛。"詹笛叫了起来，昆也在心里暗叹道："好大一只蜘蛛啊！"食鸟蛛和蜘蛛样子很像，从头到脚都是黑乎乎的。

阿爸说，要是有十只脚的食鸟蛛，就叫作"疯食鸟蛛"，谁吃了就会变成疯子，治都治不好。"熬糊吃，生拌吃，或是埋在土里烤了拌上香蕉花芯吃也行。"阿爸边说，边往回走。一回到休息地，就看到梯准也拿着一只食鸟蛛哈哈笑着。见到阿爸也抓来一只，梯准就说，正好放一块儿生拌了吃。

---

① 泰文phak wan，拉丁文学名为Sauropus albicans。
② 东北泰语称为Bueng，学名是Theraphosidae，也称捕鸟蛛。

"太好了！俺都两年没吃过生拌食鸟蛛咯。"贾伯吸着烟，边吐着烟雾边说。

康恭阿姐拿来了捣臼和捣杵，梯准把两只还在挣扎的食鸟蛛扔进石臼里，拿起杵头捣了起来，发出"噗噗"的闷响。不一会儿，臼底就渗出了一些清亮的液体，声音也夹带起了些"簌簌"的水声。

"蛛屁股里出来的这水啊，好喝得很！"梯准一边说一边捣。等捣得细碎了之后，就倒进一些像做生拌牛肉那样的配料，再从一个盛腌鱼的小罐子里舀出一些汁水，浇了上去，然后继续捣。一股炒米面①一样的香味飘了出来，惹得昆直吞口水。

"这就是生拌食鸟蛛喽，你俩可要记着啊。"梯准对昆和詹笛说。

"不用放一点竹筒里的水进去拌一拌吗？"詹笛边问，边用手指着靠在树底下的竹筒。

"这样就够了，这样才够味。不过，可别蘸得太猛，好吃的东西难找，得一点一点地蘸着吃。"梯准说完，就抓起石臼，连料带汁全部倒进一个缸盖状的浅碗里。等到阿爸和庆伯一起抱着野菜尖过来撒下，大伙儿就都围了过来。贾伯把手在屁股上揩了两三下，说道："有啥吃的统统都拿来放一块儿，吃饱了好去给牛找水喝。"

昆见庆伯、梯准、阿嘎，还有自己的阿爸，也都和贾伯一样拿手在屁股上揩，就也照着做了，然后便坐到阿妈身边。阿爸阿妈打开饭箪盖子，昆掏出饭，捏成一团，轻轻地往生拌碗里蘸了一蘸。

---

① Khao khua，一种将糯米和各种调味料混在一起在锅里炒得焦黄，然后磨成粉末的当地食物。

"好吃不,小鬼?"贾伯问昆。

"好吃。"

"怎个好吃法?"贾伯又问。

"又肥又香,和知了糊糊一样好吃哩。"昆说。

"梯准和康恭别吃多了。"贾伯看着康恭阿姐说。

"为啥?"阿姐奇怪地问。

贾伯就道:

"唔,新婚男女不能吃食鸟蛛,这物力气大得很,好比黎逸府的十万只火箭炮[1]那么厉害哩。"

一群人立刻哄然大笑。笑声漫延到林子边缘就断了,随后被一阵"嘎吧嘎吧"的声响取而代之。这让昆好像回到了上个月阿爸换屋顶那天,人们坐在屋下一起吃饭的那一刻时光。

---

[1] Bong Fai,或称Bun Bang Fai,Bang Fai Phaya Nak,即"那伽火箭祈雨仪式",是泰国东北部民间的一项重要节日,目的是用装饰成那伽龙头形状的火炮向天空发射,以向"阗神"(Phaya Thaen)祷告求雨。黎逸府是东北部举办盛大火箭祈雨仪式的几个府之一。

十九、雨天捉姬蛙[①]

  一天夜里,牛车队正在田野边的林子旁歇息,阿妈大声冲正在牛肚下睡觉的阿爸喊道:"昆娃阿爸!"昆也被惊醒了,只听从远方传来"轰轰"的奇怪声响,昆下意识地往阿妈身边移过去。听到阿妈对阿爸说"打雷了",昆立马兴奋地坐了起来。

  昆实在太想看闪电,太想听打雷了,但是他却从来没和阿爸阿妈抱怨过,因为老方丈的鞭子,让他再也不愿开口提下雨的事了。隆隆的响声渐渐靠近,周围也响起嘈杂的声音。昆安静地一个人笑着,在心里说道:"错不了,肯定是打雷的声音了!"梯准用格外响亮的声音说道:"醒了也好,正好可以一起看着车和牛群了。"

  围着火堆睡觉的牛群也齐齐地站起身,把脖子上的铃铛甩得

[①] 文中简称ueng,全称应该是Ueng Pak Khuat,根据泰文直译是"瓶口蛙",拉丁文学名是Glyphoglossus molossus,属于东方姬蛙的一类。在东南亚经常被作为食物捕杀。

"叮叮当当"直响。梯准又说,"肯定要下雨了,把牛群拴到哪里好?"贾伯就说:"那边那片芒果树下吧。"

"星星也没见几颗,雨肯定要下了。"昆阿妈说完,就叫醒了翌笋。

又一阵隆隆的响雷从天上打了下来,接着又是几道闪电划过。昆看见灰麻和红毛围着火堆跑来跑去。贾伯再次大喊道:"快点了火把,去把牛群拴到芒果树那里。"话音刚落,三四个火把便亮了起来,升起了几道浓烟。

"啊呀呀,要下雨啰!"詹笛大声喊了起来,不停欢呼着。

阿妈又点了一根火把,昆从阿妈手里拿过火把,然后下车去找正在帮贾伯推牛车的阿爸。等到贾伯的牛车在前头让出了道,一头头黄牛就迅速被牵往了芒果树的方向。阿爸就回来,放下撑牛车的木头,双手把牛车头托了起来,让阿妈去搬牛车尾。昆把火把搁到地上,忙跑去帮阿妈。等到阿爸喊"一——二——三!"三人就一起发力,把牛车往牛群的方向抬过去。当四架牛车再次把牛群围好后,头顶上又响起了一阵剧烈的轰鸣,闪电不停地划破天空。没多久,雨滴就洒落下来。阿爸叫阿妈赶快上牛车去看着翌笋和福莱,然后就带昆坐到了牛车肚子下,屏住呼吸,听着风声和雨声。一阵大风刮了过来,闪电划过的瞬间,可以清晰地看到银色中夹杂着黄色的尘土。阿爸摸着灰麻和红毛的头,轻声和它们说:"灰麻哟,终于见到下雨喽。"昆也开心地来回抚摸着红毛的头。

阿爸问昆冷不冷,昆说一点也不冷,希望雨能像这样下上十个晚上,阿爸就呵呵地笑了,然后取下夹在耳根后的烟头,点火吸了起来,只见红色的光点一闪一闪。昆又问阿爸,天要亮了吗?阿爸说,要是在白天,正好是下午一点。

风雨比之前更大了,梯准悠悠地哼起了湄公河小调,詹笛坐在阿爸旁边跟着用手打着拍子,贾伯大声喝止道:"一群疯鬼!安静歇着别动,把火灭了"。昆的阿爸迅速起身取了弩和箭矢,拿在手里,昆也跟着紧张起来。接下来就只剩下哗啦啦的雨声，和偶尔几声黄牛抖动身子混合着牛铃的响声。昆伸手去摸狗子的头时，发现它们的耳朵也都竖得老高。阿爸悄悄说："别抓着狗子。"昆就问：

"强盗来抢牛了吗？"

"不一定，但要听贾伯的话。"阿爸答。

也不知过了多久，贾伯轻声地说道：

"没事了，准备去抓姬蛙吧。"之后，就听庆伯和波喜婶大笑了起来。"可把俺吓坏了！"贾伯老婆说。

"试探一下你们罢了。"贾伯说完也爽朗地笑了，然后接着说，"大伙儿都仔细听听看有没有姬蛙叫。"不久，从右边田野的中央真的传来了姬蛙的叫声。梯准喊道："错不了，抓姬蛙去吧。"然后人们就都说，好久没抓姬蛙了，都想一起去抓，即便有青蛙也不要抓来压篓子。不过，贾伯说得有个男人留下，就让梯准留在这里。梯准马上便不说话了。

"拿着我的土步枪。"贾伯说。

"留下就留下，可别去太久了。"梯准说。

好多火把点了起来，昆却一点也不关心哪些人可以一起去，因为阿爸叫他跟着去，已经让他高兴坏了。阿妈说，"昆连顶斗笠也没有，怕是会感冒的。"阿爸却说，"只是一点感冒，也没关系。"说完就给了昆一个鱼篓和一根火把，教昆把鱼篓牢牢地系在腰上，别在腰侧。昆就认认真真地照阿爸说的做了，再往詹笛家的牛车看去时，已经连一个人影都看不到了。阿爸说："他们都过去了，我们也快走吧。"说完就领着昆迎风冲了出去。雨虽然变小了，但还是把火把淋得一闪一闪的。阿爸说，把火把头朝下拿低一点，就不会被雨浇灭了，昆就照着做了。

这片田野是昆在傍晚牛车停下的时候见过的，一眼望过去，也不知尽头在哪里。阿爸说田野那头有一个村子，昆点头应了应。前方出现了五六根火把的光,阿爸说是贾伯和庆伯他们,然后就带着昆蹚水进了田野。有的地方水深到膝盖头,水底又黏又滑,水彻骨地凉,凉得简直无法形容,可昆没向阿爸抱怨过半句。当右方传来"呱呱"的青蛙叫声,昆就对阿爸说:"去抓青蛙吧。"可是阿爸却说:"不去,只抓姬蛙。"然后就快步朝姬蛙"咕昂——咕昂"的叫声方向走去,只见好几只姬蛙正叠着背漂浮在水面上。昆问阿爸为啥不过去抓?阿爸就告诉他:"不用追着抓,到水边的田埂上坐着,一会儿它自己就过来了。"说完,阿爸就拿火把往田边的一棵鹊肾树下照了照,等走近一看,果然有一只正在"咕昂——咕昂"叫着的姬蛙。阿爸一个箭步过去敏捷地用手捂住,放进昆的鱼篓里,说道:

"这是只公的,叫声好听着呢。"

昆在心里也觉得:这叫声真是好听!那只姬蛙在鱼篓里一直叫个不停,昆正疑惑接下来阿爸要带他去做什么时,阿爸就叫他在原地待着。阿爸往刚才那一群姬蛙走去,昆则坐在田埂上。

"安静坐着,把火灭了。"阿爸说。

阿爸解释道,等昆坐一会儿之后,会有母姬蛙朝他游过来,昆就可以迅速地把它们抓了放到鱼篓里。因为母姬蛙一听到公姬蛙的叫声,就会马上找过去。昆听着鱼篓里的姬蛙叫,静静等候着,阿爸早就不见了身影。接着,就从远处传来了闷闷的姬蛙叫声,鱼篓里的公姬蛙却叫得更响了。

没过多久,两三只姬蛙就浮在水面上漂了过来,昆高兴极了,立即用颤抖着的双手抓住它们,放进鱼篓。接着,第三、第四、第五只又漂了过来,昆又抓住了,放进鱼篓。有几只在田埂上一蹦一蹦的,昆便伸手一把扑住,放进鱼篓。天空不断划过闪电,可以看到姬蛙一闪一闪的身影,好看得很。昆聚精会神地抓着,也不知过了多久,直到阿爸清嗓子的声音在面前响起，惊得昆猛地站起身。阿爸拿过昆的鱼篓摇了摇，呵呵地笑了。

"抓了半篓子了，回去吧。"阿爸说。

昆抓起鱼篓摇了摇，才发觉真的很沉，就对阿爸说，"抓得入神了，都忘了拿起来瞅一眼。"阿爸就说：

"这就是不用追着抓的办法。"

"母姬蛙不叫的吗，阿爸？"昆问。

"不叫，她们不会叫，哪只公蛙叫声好，它们就会跑过去。"

昆开心极了，阿爸真厉害！阿爸什么都知道，甚至连不用追着就能捉鹌鹑和姬蛙的办法都知道，和贾伯他们一样。贾伯和庆伯走了过来，詹笛抓起昆的鱼篓探头往里看。

"哟，你比俺抓得多。"詹笛大声说。

"不过俺抓的都是母的。"昆告诉他。

"那可比不过俺，俺虽抓得少，可都是公的。"詹笛得意地笑了。

贾伯和庆伯说他们都没抓到半篓子，阿嘎说："昆娃可比俺们都厉害。"昆赶紧说："是俺阿爸教的。"可是詹笛却说道："造的孽多，抓的姬蛙才能这么多嘞。"昆就不再说什么了。

回到营地后，篝火已经点起来了。阿妈、贾伯老婆和詹笛阿妈正一起"噗噗"地扇着火苗。贾伯问，"梯准和康恭去哪里了？"梯准就跑了过来，说：

"俺在这儿，去找柴火了。"

"俺也去找柴火了。"康恭阿姐边说边把一堆柴火"啪啦啦"地扔在地上。

"去哪里随你们的便。不过今晚要把这些蛙全都烤了，俺们得睡觉了。"贾伯说。

"烤得熟熟的，早上就能分着吃了。"庆伯说。

然后，人们就分头去睡觉了。阿爸要带昆上牛车上和阿妹们一起睡，但昆一点也不困，就跟着阿妈，好一起帮梯准烤姬蛙。但是没

过一会儿，阿妈就说困了，告诉昆，留在这里帮梯准也行，不过别呆太久，知道了怎么烤姬蛙后，就去牛肚子底下和她一起睡觉。说完，就起身走开了。

梯准抱着一个大坛子过来，放到火堆边上。然后打开六只鱼篓，把姬蛙"噗噜噗噜"全倒进了坛子里。康恭阿姐从一个坛盖形的浅碗里抓了两把盐，撒进坛子里，接着迅速盖上坛盖。梯准则在一旁削木棍。过了一会儿，阿姐打开坛盖。

"都死了。"阿姐边说边把姬蛙一只只抓出来，串在木棍上，梯准也来帮着一起串。当木棍穿到底了，就把两头系上藤条固定。阿姐和梯准非常麻利地做着，看见昆坐在一边打哈欠，阿姐就让昆也一起帮忙。昆抓起姬蛙串木棍时，发现姬蛙全身黏黏的液体都没了，就问康恭阿姐。阿姐说：

"盐把蛙身上的粘液都吸干了，姬蛙一碰到盐就死。"

"它们在坛子里时就快要死了。"梯准接着说道。

所有姬蛙都用木棍串好了，昆数了数，差不多有二十多串。

不一会儿，所有的蛙串就全被靠到梯准事先支好的小木架边上，烤起来。有几只姬蛙在被木棍串上时还一动一动的，但是被火一烘，两条腿就耷拉下来，一动也不动了。蛙香飘出来时，昆狠狠地吞了一下口水。梯准抓起一串木棍，从上面扯下了两只姬蛙。

"把屎挤掉再吃。"梯准说。

昆迅速用指甲在两只姬蛙肚子上掐了掐，然后从蛙头开始啃，一直啃完了两条大腿为止。吃完了一只，又开始啃另一只。等快要吃完的时候，梯准说：

"很晚了，再过会儿天都亮了。快去睡会儿，俺和康恭一起看着就行。"

昆站起来又磨蹭了一会儿，直到康恭阿姐又递了一只姬蛙给他，昆这才转过身去，走到阿妈身边躺下。阿妈翻过身问：

"吃到姬蛙了吗？孩子。"

"嗯，太好吃了。"昆说完，就把脸转向另一侧，睡去了。

十九、雨天捉姬蛙

东北孩子

二十、到栖河了

这天早上是在路上的第四天,牛车"咯吱咯吱"的声音比之前更响了,一直响个不停的牛铃铛声反倒渐渐安静了,或许黄牛们都累得懒得甩头了,铃铛也就响不起来了。阿黑和阿斑这两头拉着昆家车子的黄牛,脖子也都比前几天垂得更低,碰到车辙附近的沙子多时,它们会抬起尾巴,身子使劲往前躬,原本会重重打在身体两侧的尾巴,现在也只是微微翘起,以至于阿爸不时地得拿鞭子轻抽它们前进。

这时,牛车队正经过另一片田野。这一片田野和之前经过的几片都不一样,田野上全覆盖着草尖上开出白色野花的野草,当红艳艳的太阳将光芒洒在田野上时,那颜色就像阿妈做粑糕①时刚加入水时的米浆。一群织雀②"喳喳"地叫着飞过,昆也不知道它们飞往哪个方

---

① 粑糕,音译,即上文中的米粑糕。
② 一种织布鸟属的小型鸟类,泰语是nok krachap,拉丁文学名Ploceus。

向,因为从牛车里往外望时,只能看到天和大地相接。昨天从左手方向升起的太阳,今天却从右方升了上来。翌笋正向阿妈抱怨道:"像这样呆在牛车上,还不如回家的好。"可是马上就和那天在大丛林里一样安静了下来,因为梯准站在牛车上朝阿爸喊道:

"昆娃爸,这附近亮堂的很呢,云都没了。"

"唔,这天底下就是变幻无穷的咯。"阿爸答。

"不过这一带可比俺们村那里荫凉多了。"庆伯说。

"就是呀!管雨的七头那迦龙今年可一点也不体恤俺们村呢。"昆的阿妈接着大声说道。

"别听那些人瞎说,没有什么那迦龙王!雨可是从那大雪山林里来的。"庆伯大声说。然后,庆伯和梯准就嚷嚷着争吵起来。梯准告诉庆伯:"雨从大雪山林阿耨达池来的说法也不是真的。应该是咸水海里的那迦龙王戏水,海里的水才落了下来。"庆伯继续争辩道:"不对!要是雨是从海里来的,该有咸味才是,因为海水是咸的。"梯准接着答道:"雨水没咸味,是因为七头龙王先把水吃进肚里后,再把肚里的淡水喷出来,变成了可以喝的雨水。"

"两个都瞎说!是阗神在给俺们施雨才对。"贾伯也大声插了一句。

"你也在瞎说哩!要是有阗神,为啥不给俺们村下雨呀?"梯准说完后,就哈哈大笑起来。

"还不是因为俺们村没给阗神送祈雨火炮上去!"贾伯说。

昆问阿爸,是不是真的有阗神和那迦龙王?阿爸就对他说:"这些都是人们自古以来信了很久的东西,至于雪山林里的阿耨达池,也是书里有讲到过的。等昆长大后,肯定会在书里读到这些事的。昆一定要把书念得棒棒的,要比詹笛念得更棒。"阿妈听到后,"咯咯"笑着说道:"让他怎么好好念书?接下来十二个月的买米钱,还不知到哪里去弄呢。"阿爸就说:"做人可别失了心里的气骨,办法总能想到的,俺们这个大儿子,一定要让他念书有出息!"昆笑着,默默在心里说:一定要像阿爸说的那样念书有出

二十、到栖河了

息！即便阿爸以后不让继续念到底，他也要偷偷跑到老远的地方去，就像阿爷当年一样。

牛车队伍走到前方树林的边缘时，贾伯就大声喊道："先停下来吃午饭吧。"于是，每一架牛车就都停了下来。阿爸从车板上跳下，把插在两个牛轭中间的横木取下，支在车脖子处，然后把阿黑和阿斑从车轭下解了出来。昆跳下车，从阿爸手里接过绳子，牵着牛走到一片绿油油的草地上拴好，在那里看了一会儿它们啃嫩草，就回到了牛车旁。翌笋的脸上比刚才有光彩多了，正抱着猫站着和康恭阿姐嘻嘻哈哈说话。灰麻和红毛也开心地在那附近的林子里"吭哧吭哧"追着玩，不一会儿，就又闪着明亮亮的眸子跑过来找昆了。阿妈牵着蹒跚学步的福莱，走过来问昆，想不想老师和肯老方丈？昆说，更想念班上一起上学的小伙伴们。阿妈就说，这会儿课已经停了，昆的小伙伴们恐怕也是像这样在林子里头呢。

等所有人都在一棵大树下坐好后，贾伯就开口道：

"分给大伙儿的烤姬蛙都没了吧？"

"嗯，都没了。俺一路吃个不停，又香又肥。"梯准答道。

"今天只得吃白饭和坛底发着臭的腌鱼咯。"庆伯说。

"再过几天就能吃上大鱼了！"贾伯说完，吸了一口烟，吐着烟雾。

贾伯吩咐梯准带上狗子和小伙们去林子里看看，兴许能找到些菌菇或红蚁卵来做菜吃；要是找不到的话，那就吃臭腌鱼。昆的阿妈说，姬蛙还剩下三四只，可以磨细了做糊吃，或者找些野菜来做成辣浓汤。贾伯就说："好好留着给翌笋和福莱吃吧，大人们吃啥都行。"

梯准和昆的狗子抢先跑进林子里去了。梯准正跟阿嘎说让他带着詹笛分头去找红蚁窝，前头就传来了"汪汪"的狗吠声。梯准立马带头跑了出去，昆和詹笛也紧跟着跑上前去。突然梯准一个跟头摔到地上，腰上系的格马布掉了下来，浑身赤条。原来是他手里拿着射鸟的

东北孩子

吹箭管被藤蔓给缠住了。梯准站起来重新系好裹腰，抄起吹箭管快步向前跑去。赶上三只狗后，就见它们正围着一只巨蝎①，这种巨蝎通体深蓝，体型和一般的蝎子差不多。

"象蝎！"贾伯的儿子阿嘎喊道。

"俺们那里管它叫巨蝎。"梯准说。

昆从没见过这种雨林蝎。只见它正冲狗晃动着大钳子想要夹上去。就在那时，梯准抄起一根木头朝它身上打去，它就一动不动了。梯准抓起大蝎子的尾巴，递给詹笛拿着。

"拿回去咋弄着吃？"詹笛问应该怎么做来吃。

"酸拌也行，凉拌也行，做辣糊汤也好吃。"梯准说。

又走了没多远，梯准再次大喊："那边又撞上好东西喽！"说完就蹑着脚，边走边"呕咿——呕咿"吹着口哨。一只大个头的蜥蜴正趴在一棵大腿粗的多花紫薇②树上休息，脑袋也随着梯准的口哨声一动一动的。只见它全身蓝中带灰，只有脑袋几乎全蓝，在强烈的阳光下扭动时，泛着闪闪的银光。

梯准让所有人蹲下不要出声，然后把吹箭管靠在前面的树枝上。过了一会儿，只见他把嘴对着吹箭管的管口猛地一吹，一支飞箭就径直射进了蜥蜴的身子里，把它"啪嗒"一声打落到地上。詹笛跑了上去，昆也跟在后面。詹笛拿着箭举起来看，箭上的那只蜥蜴还在一颤一颤地挣扎着，红里带白的鲜血从箭孔旁流了下来，没多久，它就闭上眼睛一动不动了。

"把箭拔出来。"梯准对詹笛说。詹笛就抽出箭，递给了

---

① 泰语是Maengngao，学名Heterometrus laoticus，中文也称雨林蝎。
② 泰语名是Tabaek，学名Lagerstroemia floribunda，英文名Thai Crape Myrtle, Kedah Bungor，一种原产于中南半岛的千屈菜科（Lythraceae）紫薇属植物。

阿嘎。

"再多找几只,一起酸拌了吃。"詹笛一边说,一边用芭蕉叶把蜥蜴和雨林蝎裹在了一起。

这种蜥蜴在昆的村子那边被人们叫作"契甲蹦"①,要是个头比较大就叫作"契甲荡"②或"甲荡",但是这年头已经不常见到了。昆曾到铁屑坵和鹞子坵的林子里找过好几回,也没碰到过一只。

大大小小的蜥蜴捉了十二只后,阿嘎便说够了,太阳都偏下很多了③,肚子也饿了。梯准说:"那就回去吧。"然后就带头一边往回走,一边说道:"要是在这附近再多呆上一会儿,就能再多抓些腌上一竹匾晒干,可以拿去换不少的稻谷呢,因为蜥蜴不好找。"詹笛却说不要再呆了,赶紧到大河边去吧,再这样叫他坐在牛车上,就要成哑巴了。

"那你就唱歌,哼些歌谣。"梯准说。

"唱给哪个听哟!哪有梯准唱得好哩。"詹笛回他。

"咋就没俺唱的好了?"梯准问。

"你可以对着康恭阿姐你哝我语地唱呀!"

梯准拿吹箭管在詹笛脑袋上敲了一下,他就灰溜溜地埋头走路,不再说话了。

一回到营地,贾伯就问:"抓到啥了?赶紧拿出来,一大把火都已经生好了。"阿嘎就解开包把蜥蜴扔进火里,贾伯和庆伯看到后,直拍手叫好

"酸拌了吃,快一起帮忙,老子都饿坏了。"庆伯说。

这些蜥蜴一开始还在火堆里挣扎,不一会儿就都四脚朝天了。阿嘎和梯准麻利地用木棍把它们一个个全挑出了火堆。然后,梯准就用手把它们身上的小鳞片和皮剥了下来,直到从头到尾都只剩白花花的肉。

---

① 音译,泰文是khikapom。
② 音译,泰文是khikatang。
③ 指太阳已经从正午的最高点,向西偏下去了。

"快一起帮忙把屎挤出来。"梯准吩咐道。

昆和詹笛就遵照着做了。不一会儿,那些蜥蜴就排成一排躺在一片大芭蕉叶子上了。康恭阿姐拿来一小块砧板放好,梯准把蜥蜴一只只拿过来放在上面,然后就"咚咚咚"地剁了起来。有肉块溅到地上的,他就捡起来再放进去。

"把装好料的碟子拿来。"梯准一边在砧板上剁着,一边说道。

"没烤熟的,俺可不想吃。"詹笛的阿妈波喜婶说。

酸拌蜥蜴的拌料和昆以前吃过的生拌牛肉是一样的,只不过今天没有酸料可以加,因为贾伯说大伙已经饿得厉害了,要是还去找红蚁卵增加酸味,恐怕就得到傍晚了。当酸拌肉做好后,梯准就马上喊大伙儿过去一起尝。

"真是好吃!"贾伯说。

"俺也觉着好吃。要是再加些水进去和一和,还能比这更多点。"庆伯说。

"不用加水,就是这样浓浓的,一点点地蘸着吃。"贾伯说。

等所有人坐下以后,昆和詹笛就立即动手蘸着酸拌蜥蜴肉吃了起来。酸拌蜥蜴的味道简直就和酸拌鸡肉或凉拌鸡肉一样美味,他们真想多蘸一点,但又不敢。当听到庆伯教训詹笛:"别蘸太狠,把小瓷碗都要捅破了!"昆就更加一小口一小口地蘸了。

"下回再做得多多的给你吃"。梯准对詹笛说。

"做成啥样?"詹笛问。

"多着哩,有'鹞子穿云',有'天打干雷'。"

昆就问阿爸,梯准说的都是怎么个做法?阿爸解释道:鹞子就是天上飞来飞去的老鹰,鹞子或者老鹰在云里穿过,意思就是加水进去,做成汁水多的酸拌菜。"天打干雷"就是不加水,做成刚才吃的那种干干稠稠的。

"还有一种叫'跳湄孔河'的。"贾伯接着说,"'跳湄孔河'就是加很多水做成辣酱糊汤。"

二十、到栖河了

昆于是默默记着这些做拌菜的方法:"鹞子穿云""天打干雷""跳湄孔河"。湄孔河就是湄公河。

吃了一会儿过后,詹笛对翌笋说:"你不像俺这样吃酸拌蜥蜴,念书就没有俺厉害了。"阿妈就说:"让她先吃烤姬蛙吧,要是让翌笋和福莱先吃,你们可就吃不饱了。"说完,所有人都哈哈大笑起来。

等到每个人都吃饱后,梯准就把狗子全喊了过来,打开芭蕉叶包,把蜥蜴头用火烤了,给每条狗扔过去一只。灰麻、红毛和梯准的狗叼起蜥蜴头就往林子里跑去,不见了身影。

今天是行路的第五天了。昆之所以知道,是因为阿妈每天都掰着指头告诉昆,他们都走过了一些什么地方。不过,昆还是记不得那些是什么地方。这会儿,牛车正"吱呀——吱呀"缓缓地响着,颜色像熟槟榔一样的太阳也缓缓地划落天际。当听到阿妈说再过不久就能到栖河边上了,昆就雀跃不已地对翌笋和福莱说:"这下我们总算可以看到宽宽的大河喽!"

昆挪到阿爸边上,阿爸也冲他笑了笑。但是阿爸的脸色比阿妈要疲惫得多,因为阿爸睡得比阿妈少。有时,昆在深夜里醒来时,还看到阿爸坐着"吁吁"地赶着黄牛。可阿爸一次也没有喊过累。

"孩子听听这是什么声音?"阿爸指着前方微笑道。

昆侧着耳朵,只听从远处传来"哗哗"的声响。阿爸告诉他,这就是河水往低处奔流的声音。昆扶着阿爸的肩膀站起来,大声喊道:"欸——詹笛!俺们要到大河了!"詹笛应声答道:"没错!俺听到河流的声音了欸!昆——"

凉风习习地吹来,前方灌木丛尽头的天空逐渐变成了浅红色,两三只鹭鸟结伴从头顶上轻快地飞过。当贾伯大声喊道:"再过一线里路就到大河啰!"梯准也跟着呼喊道:"嘿咻咻,俺可累坏了,今晚可以躺下听一整晚的栖河水流声咯!"昆的阿爸呵呵笑了起来,对阿妈说:"今晚无论如何都要拉着梯准去打探捕鱼的地方。"阿妈则说："这梯准也怪可怜的，比谁都辛苦，就让他睡个觉养养精神吧。"

当穿过前方的灌木林后，贾伯的牛车就停了下来，只听他的声音大喊道："到咯！今晚就先在这儿歇息，改天再去找打鱼的地方。"庆伯、梯准和昆家的牛车也跟着停了下来。阿爸刚一把黄牛从轭里放出来，昆就立马跳下车去找詹笛了。庆伯牵起昆的手快步往前走了二十多步后，昆和詹笛就站定不动了，连呼吸都几乎停了下来。

因为，这眼前的景象，就好像是几年前昆的家乡河水充沛时的溪谷，只不过要蜿蜒得更长，长得看不到尽头。朝右方看去，也不知它流自哪里；朝左方看去，也不知它要流往何方。橙红色的阳光照射在"哗哗"奔流的河水上，水面闪烁着无数黄白相间的光点。一个和阿嘎差不多年龄的小伙，从前方的河岸一边摇着船桨出发，一边大声唱着优美而激昂的歌谣。眼前的景象让昆激动得说不出话来。又一阵凉风吹来，贾伯的声音再次响起："赶紧回来！帮忙把牛车推成一个圈停好，还要拿木柴生火！"于是，庆伯便牵着昆和詹笛的手往回走去，詹笛说：

"哇啊，打出生以来俺还是头一次见到这么大的河呢！"

"等长大后，俺一定要去看看大海！"昆长叹一口气说道。

二十、到栖河了

二十一、激动人心的夜晚

这天夜里，天气要比牛车队赶路途中的夜晚凉爽。从栖河上过来的阵阵凉风轻轻吹拂着，不时有人们的放歌声混合着潺潺的水声从远处传来。三条狗子疯狂地来回追逐着，一会儿跑到河边伸着脖子长啸，一会儿又跑回来。它们恐怕也是第一次见到这么长、这么宽的大河，所以都激动坏了，也跟昆和詹笛一样兴奋。

当一群人把所有的牛车推成一圈围住牛群之后，贾伯就吩咐梯准和阿嘎去找些水来喂黄牛，又叫女人们赶紧去找木柴来给牛群生上火，谁要是饿了，就先就着腌鱼吃点凉的剩饭。至于他和昆的阿爸，则要去拜访这里的村长，然后去找几只鸡买来炖着吃。贾伯说完就走到水筤边站着，一边躬起身子舀水"哗哗"地往背上和脖子上浇，一边说道："真爽快啊！今晚去勾搭个小寡妇一块儿睡觉啰！"他老婆呵斥道："随你的便！就是洗上五天四夜的澡，除了梯准和昆家的狗，也不会有哪个女人想跟你睡觉！"

昆的阿妈和波喜阿婶扛来了一段大腿粗的木头，扔下后又转身走了。昆说想去帮阿妈一起找木柴，阿爸却喊他一起去村长家，叫他先去洗把脸、冲下身子。昆高兴地跑到水筧边，学着贾伯的样子舀水往脖子上浇，然后就去帮正准备生篝火的康恭阿姐一起掰碎木条。等到阿爸过来叫昆和詹笛跟上他们一起走了，昆和詹笛就一起跟着阿爸出发了。

　　领头走在前面的贾伯拿着火把一闪一闪地照着路。他说，再过一会儿月亮就会升起来了，因为今晚是黑月①的第三天。詹笛问贾伯，为什么夜里不带上枪和弩防身。贾伯回他，是为了让村长觉得我们都是没坏心眼的老实人。詹笛又问：

　　"这里是哪个国家，贾伯？"

　　"是黎逸府呀，小糊涂鬼。"贾伯说。

　　"栖河是从哪里来的，要流到哪里去？"詹笛又问。

　　"从大山里来，流到远方的蒙河去。"贾伯回。

　　贾伯说，这片村子叫"清水村"。他们沿水田右侧的路走，等火把烧掉一拃来长的时候，就进到村子里了。听到村头第一间棚屋里有人大声问他们："到哪里去？"贾伯就答："去村长家。"那个人便告诉他们："沿左边一直往前走，到了寺庙，再问一下住那附近的人。"贾伯于是加快了步伐。路旁的棚屋里点着明亮的火把，有的屋子里传出捣臼和剁砧板的"砰砰"声。闻到飘来的炒米香，昆就对詹笛说道："这一家像是在做凉拌鲶鱼呐。"贾伯听到后就说："这一带的人从不缺鱼吃，明个我们就能吃到撑破肚皮了。"

　　村长家的房子和昆村子里村长家的房子一样大，只不过屋底下的圈里好像有好几头黄牛和水牛，只听竹梆和牛铃铛不时发出"哐哐"的声响。走上高脚棚屋之后，就看到下身穿着格玛布的村长正坐着"噗噜噗噜"吸着烟。这位村长的身型和贾伯一样精瘦，很风趣，

---

① 黑月、白月是古印度历法中的概念。白月指从新月到满月的十五天，黑月是指自满月之翌日至新月前日的十五天。

每说完一句话都会呵呵一笑。贾伯和阿爸跟村长聊天时,昆和詹笛就盯着厨房炊烟的方向,闻着从那里飘来的烤鲶鱼香。不一会儿,村长老婆和女儿进来坐下。詹笛盯着那姑娘眼睛都不眨一下。那姑娘的个头和交人的女儿婉当差不多高,不过要白得多,胸前裹着丝绸做的缠布,脖子上挂的项链亮闪闪的,和一对耳环搭配起来,好看极了。

村长告诉他们,牛车歇息的河岸周围都是荒林,河水流得也急,没有适合抓鱼的地方,得沿河再走差不多两个小时才能找到。村长还说,要是缺啥东西就告诉他。至于强盗坏人,也不用担心。贾伯道:"早听说这一带全是心地善良的好心人。"村长又哈哈地笑了。

"想吃饭了不,小伙?"村长女儿带着甜甜的微笑问詹笛。

"不想哩。"詹笛响亮地说,"俺饱着。"

村长老婆用手指着詹笛道:"这娃长大后肯定是个风流小伙,看眼神大胆得很,当拳手或是警察肯定厉害。"村长就道:"长成小伙后,就来这里讨老婆噢。"詹笛就说:"好呀!这里的姑娘都跟这位阿姐一样漂亮极了呢。"惹得村长又是一阵开怀大笑。

快要离开时,村长女儿提来一包东西给贾伯。村长老婆说,里面是烤鲶鱼和蒸姜黄花①。贾伯把它递给詹笛拿着,然后就一起告辞离开了。

姜黄花,昆好久以前吃过,那还是前些年有雨水时,在雨后湿润的丘地里冒出来的。阿妈采来的花朵有白色和红色的两种,茎约一拃高,根部小,越到顶部茎叶越大,和山半夏差不多。不过,姜黄花的味道又苦又涩,昆不怎么爱吃。

从村长家出来后,贾伯说要去讨些蒸熟的米来吃,让詹笛跟他一起,昆和阿爸一起。昆从没像贾伯说的这样讨过饭吃,觉得很难为情。在昆的村子也有过来讨饭的人们,他们的牛车队伍过来停在村子边上,拖着各种食物来卖,天黑时就会分头进村子来讨米饭,阿妈

---

① 泰语是Dok Krachiao,是一种姜黄属植物的花朵,这种植物的学名是Curcuma sessilis,当地人把它的花朵和苗用来做菜。

曾给过外村来的人好几次米了。昆问阿爸,向人家讨米,不难为情吗?阿爸就说,用不着难为情,这是我们乡间的风俗。要是早上一起到寺里去,寺庙的主人和村民们还会找来各种好吃的请客人们吃,直到所有人都吃得饱饱的。

当走到一户棚屋的梯子旁边时,阿爸站着喊道:"乡亲父老欸,分一些晚粮来吃吃吧?"晚粮就是晚上吃饭的意思。不一会儿,一位妇人就拿着两个拳头大的一碗蒸饭出来,坐在梯子口递给阿爸,一边问道:"打哪里来的,卖些啥?"阿爸就说:"过来抓些鱼吃,家那边很久不下雨了。"妇人就说:"多打些鱼换米吃也好。"然后,阿爸又挨家挨家地继续讨着,他把讨来的饭全合在一起,包进用格马布围成的袋子里,系好结挂在腰间。

等讨到了十几份饭后,阿爸就带着昆去找贾伯一起返回了。詹笛说:"这村子的女人也有几个丑的,弯下腰给饭时,看她们脸都是歪着的,奶子松垮垮地晃来晃去。"贾伯喝道:"混小子!女人的胸垂着是有娃了呀!"说完便拿着火把,带头出了村。

回来后,只见大篝火已经"噗噗"地烧起来了。梯准正坐着吹阿爸的笙,清脆的声音悦耳动听。贾伯问:"吩咐的活儿都干完了?"梯准快速地答道:"每样都妥当了,牛喝的水也备好了,只不过下饭菜还是原先那碗剩下的腌鱼。"贾伯就说:"带了蒸姜黄花和烤鲶鱼回来,先搭伙吃了,睡一觉养足精神,准备到新地方抓鱼。"

大家都围成圈坐下后,阿妈才对贾伯说道:"翌笋身子发烫,怕是发烧了。"贾伯立马拿着火把走到牛车边,把正在睡觉的翌笋喊醒。

"孩子不舒服也不告诉我!"阿爸责备阿妈道。

"她吃完饭就说头有点疼，我就让她去睡觉了。"阿妈边说边举起了火把。

贾伯抱着翌笋坐在自己的膝盖上，问她头疼得厉害吗？翌笋摇摇头，小声说："不怎么疼。"贾伯就没再问，然后嘴里喃喃念着咒语，朝翌笋头上"呼呼"直吹气，吹了好几次以后，又问翌笋感觉怎么样？

"舒服了，不疼了。"

贾伯让翌笋继续睡，然后就走回来坐下，和大家一起津津有味地吃起饭来。贾伯说夜里会再去给翌笋吹气，等到早上就又能跑能跳的了。詹笛就问："要是没好起来该咋办？"贾伯回他道："要是没好，老子就挨三下踢！"因为他可是有从琅勃拉邦那里来的厉害咒语呢！

那天夜里，昆求阿妈让他也在牛车上睡，他心里很担心翌笋会烧得更高，但却没跟阿妈讲。半夜里，昆听到车外有大声说话的声音，就坐了起来。月亮已经升到天上挂着了，河面吹来的风徐徐轻拂着。昆从牛车上下来，听大人们说话。贾伯说找到了一处从河道里分出来的不太宽的水湾，里面有鱼"噗通噗通"玩水的声音，不过水湾里杂草和木桩也多，要是用抄网捞的话，估计可以抓些小鱼来酸腌了。

等商定好用抄网去捞鱼后，阿爸就上牛车取来了抄网，一并提过来一个竹篓子。康恭阿姐也想要跟着下去捞鱼，可是庆伯说："还是别去的好，还不知水湾里有没有蚂蟥，蚂蟥咬了女人费事得很，耽误抓鱼的时间。"阿姐听了就不再说什么。

"詹笛阿爸跟阿嘎留下守着，我、昆娃爸跟梯准三个去就行。"

贾伯说完就拿起火把、打头走了，昆和詹笛也跟了过去。走了差不多百把米，就到了贾伯说的水湾。月光照在水面上，能看到鱼游动时泛起的微波。贾伯让梯准灭掉火把，然后说道：

"我先下去。"说着就解开裹住下身的格马布，堆到地上，拿起竹笼和抄网，蹚着水慢慢走了下去。

"哦哟，贾伯脱了衣服，当心鱼咬呀。"

詹笛说完后咯咯直笑，但贾伯没顾上说话，只见他在水里走了一会儿后，就大声喊道：

"快下来，鱼和虾多得很！"

"有蚂蟥吗？"梯准问。

"没有，快点脱衣服下来！"

梯准向右边挪了几步后停了下来，利索地解了裹腰布，就蹚着水下去找贾伯了。但昆的阿爸却并不着急，先放下抄网和竹笼，再把身上的裹腰布扎紧，然后才跟着走下水去。阿爸转头叮嘱昆和詹笛坐在岸上等着，要是牛车那边有动静，就赶紧喊他们。

昆望着阿爸弯腰捞鱼时若隐若现的身影，只听梯准大喊道："小鳅鱼和虾贼多贼多！"又听到贾伯的声音对他说道："抓上半箩子就够了，早点回去睡觉养足精神。"

月亮渐渐升上天顶，现在能清楚地看到阿爸和梯准了。阿爸弯着腰走向哪里，竹箩子就跟着漂到那里，因为阿爸用藤条把竹箩系在了腰前，阿爸走，竹箩子也跟着一起走。

直到贾伯大喊道："够了，真是冷得够呛欸！"所有人就都蹚着水上岸来了。梯准点亮火把往竹箩里照过去，只见里面满满半桶全是小鳅鱼和虾，昆看到阿爸的竹箩里也差不多。詹笛抓起一撮虾塞进嘴里，"咂吧"嚼了起来，边嚼边说道："真肥啊，太好吃啦！梯准！"

"别吃太多，要得寄生虫病的。"梯准提醒道。

"那你还吃大块大块的凉拌生牛肉呢。"詹笛说完，又往嘴里塞了一把。昆也学着詹笛的样吃了好几只虾，他都有好久好久没吃到过虾了。当跟在阿爸身后走时，昆还时不时地从竹箩里掏出虾来吃，直到阿爸嘱咐他别吃太多，昆才停了下来。

回到营地后，波喜婶和贾伯老婆就高声欢呼起来。康恭阿姐和昆阿妈拿了大竹匾来，把虾和鱼一齐倒了进去。贾伯嘱咐道："先把脏东西拣出来，然后再酸腌了装进坛子里。"说完就坐到牛车下面去抽烟了，过了一会儿，他又说道：

"做成小酸鱼后，分装在四个一样大的坛子里。"

"嗯！每人都分的一样多。"波喜阿婶说。

昆还没见过阿妈做小酸鱼，就拉着詹笛一起来帮忙拣脏东西，还问阿妈怎么做的？阿妈就说，小酸鱼就是把鱼做成酸的，柯叻那边把这样的小酸鱼叫做"泡鱼"①。

去完脏污后，康恭阿姐往里倒了半椰壳的盐，阿妈、波喜阿婶和贾伯老婆一起快速地翻搅着鱼虾。不一会儿，活蹦乱跳的鱼和虾就都不动了。阿姐又"啪啪"地捣了一会儿干蒜头，然后放下捣杵，舀出蒜倒到鱼身上。詹笛坐着挑火把芯的灰，聚精会神地边看边问道："从哪里弄来的蒜头？"阿姐告诉他，是从家里带来的。

波喜阿婶抓了捣臼里的蒜洒进去，然后又倒了把炒米进去。

"快把饭箪拿来。"贾伯老婆对阿姐说道。

阿姐取来饭箪，贾伯老婆掏出一团熟米饭，掰碎了扔进去，然后两人又一起继续翻搅。蒜香、炒米香和香茅尖的香味一起飘出来，惹得昆不禁吞了好几口口水。等到差不多了，贾伯老婆就叫康恭阿姐用手掬起来装进坛子里，直到四个坛子都装得满满的。

"把盖子盖紧些。"贾伯老婆说。

"是这个吗，叫做'小酸鱼'？"詹笛问。

"是了。要好好记住，就是这么做的。"

昆在心里想："小酸鱼"或"泡鱼"的做法一点也不难，要加进去拌在一起的东西就只有蒸米饭，蒜，盐和炒米这四样。不过，他不明白为什么要加蒸米饭，就问阿妈。阿妈告诉他，就是米饭才能让它出现酸味的。

"再过三天，俺就能吃上小酸鱼喽！"詹笛说。

之后，昆就坐在那里听人们聊天。看到这么多的鱼和虾，让他激动兴奋不已。昆在心里想：要是明天还要下水捞鱼，他就求

---

① 泰文pla chom。chom在东北话里有沉、浸、泡的意思。

阿爸让他也一起下水玩一玩。不知不觉间已经很晚了，直到贾伯不耐烦地大喊道："吵死了！这帮没见过鱼的家伙们！该睡觉了！"每个人才抱起坛子，往各自家的牛车扛了回去。昆也试着抱起了坛子，快步走上了牛车。

二十一、激动人心的夜晚

东北孩子

二十二、抓鲶鱼

牛车队又来到了一个新地方。这里的河岸不像之前的那么高、那么陡,有一簇一簇低矮的小树,到处是可以喂牛的绿油油的嫩草,红嘴翠鸟来回飞掠而过。往右边再过去,是一片带着些许灰色的白色沙滩,一直延伸到缓缓流淌着的小河边。拂晓时刻,柔和的阳光照到这一片地方,让昆心里感到尤其宁静。

翌笋和福莱正迈着小碎步绕牛车跑着玩。阿爸栓好黄牛回来后说,"翌笋长大了,可要帮贾伯打水洗澡喑!贾伯治头疼的咒语可真厉害!"贾伯扯着嗓子喊道:"等到翌笋能帮忙打洗澡水的时候,俺们恐怕都进棺材咯!还是到那边河滩下栖河里洗去吧。这穿了两年的格马布终于能下水洗洗喽。"

每个人都同意贾伯的话。这天要吃的早饭在之前的营地就蒸好了,至于下饭的菜,之后再找就行。因为照昨晚村长说的,离这里一线开外的深水里有好多鲶鱼。当贾伯吩咐梯准和康恭阿姐留下来看守牛车和牛群时，梯准抗议道："啥事都梯准！之前在林子里给牛车开路也是俺！"贾伯就说："还不是因为梯准是队里的主力，身子最壮，活儿就要干得最多。"说完，就领头往河滩方向走去。

灰麻和红毛先跑到了河边，左看看，右看看，"嗷嗷"叫了几声后，又跑了回来。翌笋在阿妈前头跑着，双手捧起沙抛到空中，玩得不亦乐乎。福莱还走不稳，被阿爸牵着。昆看到阿爸露出了格外幸福的笑容，也感到非常开心。

等到了目的地才发现，河水很浑浊，从北边流过来的水并不很急。阿爸说，要是五月初来，河水要比这清亮许多。恐怕是河流北边下了雨，水才变得这么浑。

贾伯一个人远远地走在前面，他像昨晚捞鱼时一样脱掉了身上的布，先跳下水。庆伯朝他喊道："谁说要洗格马布的哟？"贾伯就指着头上缠着的一块布说："这布薄得很，都快破了，不用洗喽。"

昆慢慢地下了水，等水没过膝盖时，就缓缓地坐了下来，掏出一把水底的泥，是和河滩上一样白中带灰的粗沙子。他又尝了尝河水，也没有什么味道。阿爸带着翌笋在附近玩水，叮嘱昆别喝河水，要闹肚子的，要是水清澈的话，倒是可以喝的。

昆就说只是尝了一点点。

人们玩水正在兴头上时，一群鸟从对岸飞了起来，飞进了右边河滩旁的林子里。

"哦哟！看那群野鸭！"庆伯从水里探出脖子，用手指着大喊道。

"是了！野鸭来这里觅食呢！詹笛和昆娃快去把枪拿来。"贾伯大喊。

"野鸭在哪儿呢？俺没看到它们游水呀！"詹笛奇怪地问。

贾伯呵道："别问这么多，浑小子，大人说什么照着做就是。"詹笛就叫昆一起上岸，昆跟着他跑了上去，连裤衩都没来得及穿。一上岸，詹笛就摁住昆的脑袋让他轻轻踮着脚走。"为啥？"昆不解地问。詹笛悄悄地说："俺想看梯准有没有抱康恭阿姐。"昆蹲下来刚想喊出来，詹笛又拽起了他的胳膊。昆一把甩开，摇着头说："贾伯叫来拿枪的，为啥要来看他们亲热。"詹笛又说："俺想看看阿姐的胸跟交人女儿婉当的一样好看不。"见昆扭扭捏捏不大情愿，詹笛就一个人过去了。

但是，昆还是在不知不觉中爬上了树顶。往下望去，就看到詹笛正猫着腰往前爬；再往牛群那边望去，就看到阿黑和阿斑正在低头吃草。当看到一对男女横躺在树下的画面时，昆差一点从树上掉下来。那正是梯准和康恭阿姐二个人。康恭阿姐还穿着旧筒裙，胸上裹着布。梯准朝阿姐翻过身去，一只手钩住她的腰，阿姐背过身去，梯准又抬起右腿压住她的大腿根，搂住脖子迅速一拽，就把阿姐转了过来，接着就把他的脸朝阿姐的脸贴了过去。

正当昆缩着身子坐在树上时，詹笛的喊声就传了过来，康恭阿姐赶紧站起身。昆也赶紧下了树，脚一着地，就飞快地跑到了正铁着脸的梯准跟前。

"拿枪去作啥？"梯准没好气地问詹笛。

"贾伯要拿去打野鸭。"

梯准刚想转身去取枪，就听到贾伯他们的声音越来越近。昆因为不能再继续玩水，心情沮丧极了。加上梯准又追问他，真是贾伯让来拿枪的吗？昆的脸色便越发惨白。

"是叫小娃们回来拿枪的吗？"梯准朝正咯咯说笑着的贾伯大声问道。

"嗯！小鬼们做啥去了，慢成这样，野鸭都飞走了。"贾伯说。

詹笛大声说："俺带着昆去捉鹌鹑了哟。"

昆害怕贾伯问，就有意朝阿爸那边走去。看到阿爸对他笑，昆也故意扭头避开。"阿爸肯定知道俺和詹笛是去偷看梯准和康恭阿姐亲热的了，"昆在心里想，"以后阿爸肯定要问起这件事的。"

上午快过去一半时，去河湾里抓鲶鱼的时刻就到来了。这一片水湾里布满了树根和断木。庆伯喃喃抱怨道："这么多杂树，这能抓到几条鲶鱼。"贾伯说："保准抓到不少，鲶鱼就喜欢死水，喜欢躲在树洞里吃树根。再说，村长也下来看过，说有好多大鲶鱼。俺们大老远的过来，村长肯定不会骗俺们。"

阿爸先蹚着水下了河湾，贾伯他们也每人拿着一张大渔网跟着下了水。水深约摸到贾伯的胸口，到其他人胸以下一点，因为贾伯个头要矮一些。翌笋看到阿爸站在水里撒网的模样，"啪啪"直拍手。

那四张渔网每人出发前就已经准备好了，一到了水里就迅速被人们绕着水湾中夹的灌木张了起来，接着，每人便帮着把网底下的树枝清理出来，扔到网外。贾伯喃喃地说道："清理到差不多能下网就行了。"然后又把头扎进水里，拔起树枝往外扔去。

过了好一阵子，庆伯喊道："水下的树杈太多了，树洞跟大木头也多，没法下网呀！"梯准也跟着说道："是啊，把树杈清干净都要到天黑了。"贾伯却不肯罢休，继续在水里绕着圈子走来走去，然后说道：

"好了，直接用手抓吧，这树丛下肯定有好多大鲶鱼！"

于是，阿爸就把刀插到一个树桩上，然后一头潜到水里，复又钻出水面说了同样的话。

"别清理树杈了，直接钻进水里用手抓。"贾伯说完，顺手就抓住一条鲶鱼朝岸上扔去。昆跑过去一看，这河湾里的鲶鱼个头真大，比昆在自己村里见过的可大多了。

"这种鲶鱼叫做大头鲶。"阿妈边说，边利索地把鲶鱼头摁在地上，用拇指和食指掐进翅刺附近的鱼鳃里，提了起来说道："鲶鱼得这么抓。"昆点点头，开心得笑个不停。

接着，庆伯也赶忙钻进了水里，阿爸也再次钻了进去。不一会儿，阿爸就把一条活蹦乱跳的大鲶鱼扔上了岸，庆伯也扔上来一条，贾伯也紧随其后又扔了一条上岸。

"这就是大头鲶哦，昆娃。"梯准说完也钻进了水里。

"俺家那边的鲶鱼叫作啥呢？"昆问阿妈。

"叫'睇眼鱼'①,也有人叫'睇荡鱼'②。"阿妈说。

被扔上来的鲶鱼有十多条了时,梯准突然大叫了一声"啊",把岸上的人全惊得愣了神。贾伯问过之后才知道,是鲶鱼扎到了他的手。贾伯就叫他把血吸出来。梯准照着话做了,但没过一会儿又呻吟起来。

"罢了罢了,够回去炖着吃的了。"贾伯说。

在那之后,就响起了相互询问谁抓了几条的热闹声。昆听说阿爸抓了五条,庆伯抓了四条,贾伯抓了三条,梯准只抓到两条,抓第三条的时候就被鱼咬了。

梯准先蹚着水上了岸,坐在岸边吸手上的伤口,贾伯就问他:

"准是你小子早上做了啥缺德事,才会被鱼咬。"

梯准不好意思地笑着说:

"啥也没做,就是跟康恭睡了个觉。"

等所有网都收上来之后,每个人都雀跃不已,因为每口网上都粘着手掌般大的单吻鱼③和弓背鱼④,差不多有五十条。

"老子午饭要吃生拌弓背鱼咯。"庆伯边说边收起渔网,放到波喜阿婶身边。

"老子要烤肥肥的鲶鱼蘸辣酱。"贾伯说完,用手捋了捋头发,走到梯准身边坐下,然后抓起梯准的手,边念咒边轻轻吹着气。吹了有七八次后,就对他说:"不久就好了,不过得让康恭把鲶鱼烤熟,用鲶鱼脑子抹抹伤口。"

等到三种鱼都被装进鱼篓后,贾伯洪亮的命令声再次响起:

"小娃们提东西扛刀,女人们背渔网。"说完就带头往回走

---

① 音译,泰语是pla duk en。
② 音译,泰语是pla duk dang,和pla duk en都是胡鲶属(Clarias batrachus)。
③ 全名暹罗单吻鱼,学名Henicorhynchus siamensis,泰语是pla khao soi,为淡水鲤科鱼类。
④ 学名Chitala,泰语是pla tong。

去。昆提着了鱼篓和一把长刀，走在阿爸身后。他问阿爸："是不是要分鱼？"阿爸答他，"不分，中午做一顿吃了将将好。要是还有剩余，就烤了或酸腌了存起来，下回就不会一道抓鱼了。"昆很高兴可以各家分开去抓上一回鱼，他想抓好多的鱼，然后帮阿妈做成鱼干和咸鱼拿去卖了换钱，好去买跟吴叔儿子一样的鞋和腰带。

到了营地，昆没有吃到拌鲶鱼和拌弓背鱼，因为贾伯说用火烤了吃就行了，免得浪费继续抓鱼的时间。那天晚些时候，阿妈对昆说，没吃到拌鲶鱼、拌弓背鱼不要难过，以后一定做一次，让他美美地吃个够。昆开心地笑了，因为阿妈从不骗他。

午饭过后，人们就分头去歇息了。昆帮阿爸把牛牵到河滩边喝水，然后牵到其它地方拴好。正要返回牛车时，突然听到詹笛在木夹豆树底下小声地唤他：

"昆，来这里。"

昆跑了过去，只见梯准正躺在那里高声唱着歌。昆就问他，鲶鱼咬的伤还疼吗？他说不疼了，因为吃了蘸辣酱的烤鲶鱼。

昆躺着跟他们聊了一会儿天，就听到河滩那边传来动听的女人的歌声。梯准立马起身说："去追姑娘吗？"詹笛说："去！"然后，梯准就带头往河滩跑去。昆跟在后头，边跑边问梯准："不怕康恭阿姐知道了吗？"他答道："怕呀。可别叫人知道了！"

三个上午过来沐浴完的姑娘正坐在滩边的树荫下，身旁放着三套扁担和竹篼。梯准带着昆和詹笛，在隔着约五庹的近处坐了下来，然后就跟她们说起话来。昆一句也没听懂，他见这三个姑娘看起来跟康恭阿姐差不多年纪，下身穿着花式一样的五成新筒裙，只是裹在胸前的格纹布颜色不一样。一个姑娘脸圆圆的，一个比较瘦长，两侧挂着耳坠，还有一个大脸盘、宽额头，眉毛又浓又黑。三个姑娘说她们要到河对岸，去看着那边插好的稻秧。

过了一会儿，梯准就说道："阿妹们这片地方都是美人哩。"

接着，那宽额头的姑娘就吟了一句藏头诗：

"姑娘初长成，无藤可依靠；大树已繁茂，无藤来缠绕。"意思是，长成大姑娘以后，还没有哪个小伙来追求过她。

"那这位小阿妹呢，有人中意了没？"梯准指着戴耳坠的姑娘，那姑娘就道：

"柔依依，甘蔗簇中生；嫩尖尖，苞衣无层层。无郎无夫伴俺眠。"

意思是说，还像刚从甘蔗簇里抽出的嫩芽尖一样，没有长出层层苞片把它包裹，没有人追求，也没有丈夫伴着一起睡觉。

梯准又说："阿哥真是苦哟！小阿妹。想来这里找片田种地，奈何银两也没几个。"

一说完，三个姑娘都咯咯地笑了。昆没有笑，只是在心里默默地念着她们说的诗句。詹笛盘腿坐着，当他正要请宽额头的姑娘再吟一次诗时，康恭阿姐突然从灌木丛后面跳了出来，拉起梯准的胳膊就生拉硬拽地快步往回走，昆也站起了身，跟着他们跑了回去。

二十三、撒网，醢鱼子

这天下午可热闹了，昆笑得眼泪直流。康恭阿姐拽着梯准的胳膊拖回营地后，就把他打翻在地上，打得裤子都掉了。阿姐一骨碌坐到梯准的胸口上，拿手去掐他的脖子，她自己身上也只剩下一条筒裙。要不是贾伯过来把阿姐的手从梯准脖子上掰开，他恐怕就死定了。

康恭阿姐拿格马布裹住胸口，抽抽嗒嗒地哭了起来。边哭边冲着梯准说道，要是觉得她这个婆娘不好看，今天就此分开过也好。梯准却坐在地上咧嘴乐呵呵笑着，说只不过是带昆和詹笛去逗几个姑娘玩玩，说什么也不会跟她分开的，要和康恭阿姐在一起直到地老天荒。詹笛笑得累了，就拉着昆的胳膊站到了他家牛车的前头，说："康恭阿姐的胸不像交人女儿那样好看，不过要大上好几倍。"他刚要说到梯准掉裤子的事，昆立马转身跑开了。贾伯和庆伯教育了一番梯准和康恭阿姐后，就告诉众人："从今天下午开始，每人就分头去抓鱼了。"之后，每家就各自去准备了。

阿爸就对阿妈说，用不着把牛牵去很远的地方，他去找些树叶来给牛吃，让阿妈就在此地看着牛群，他带着昆去撒渔网。然后阿爸就从一架牛车里取来渔网和两个竹篮，递给了昆一个，就朝右边的田间走去。这会儿的太阳依旧散发着炽热，不过田里的地却不太热，因为牛车队伍到的十天前下过了两场雨。田埂上有一棵厚叶紫檀，阿爸指给昆看，告诉他树上有很多嫩叶，够给牛吃到傍晚了，然后就利索地爬上了树。

阿爸爬上了主干的分叉处后，就开始慢慢向外爬去，可以够到一段胳膊般粗的树杈后，就拿锋利的长刀"嚓嚓"地砍了下去。树枝掉到地上后，昆就过去挑上面的嫩叶、掐了装进篮里。阿爸砍了好些紫檀树枝后，就下来帮昆一起摘嫩叶装进篮里，还不时用脚把篮里的树叶踩实。

等到紫檀树叶足足装满了两个篮子，阿爸就砍了一根木头当扁担，把刀递给昆拿着，然后扛起扁担带昆往回走。阿爸告诉昆，要是累了热了，可以跟阿妈一起去看牛，阿爸一个人就行。昆说不累，阿爸就呵呵笑了。走到牛车边上后，阿爸就把扁担放在一旁，吩咐阿妈把紫檀叶子一点一点地拿给牛吃，他要带昆去撒渔网，回来得傍晚以后了。说完，就从牛车上拿了一张渔网展开来。昆就问："为啥不拿早上抓鱼时用的那张？"阿爸说："那张是密网，这张是疏网，两张都要拿上，要是去抓大鱼就要用疏网，抓小鱼就用密网。"

昆见贾伯和庆伯的渔网比阿爸的大得多，就问阿爸渔网为啥不一样。阿爸就解释道，渔网的尺寸有很多种，有一指的，两指的，四指的，拇指的等等。昆又问为啥要用"指"来称呼？阿爸就说："用食指正好能插进网眼里的，就叫一指。要是网眼大一点，能插两根手指或者三根手指的，就叫两指网或三指网。"

"拇指网呢，阿爸？"昆不懂什么叫拇指网。

"就是网眼正好能插进一根大拇指，就叫拇指网。"阿爸说。

翌笋跑过来抱住阿爸的腿，想跟着一道去。阿爸轻轻揉了揉翌笋的头，弯下腰亲了亲她的两个脸蛋，说："别跟去了，太阳烈着哩，等到半夜月明的时候，阿爸带每个人一道去。"阿爸把两张渔网收起挂在肩上，拿来两个鱼篓叫昆挎着，就急忙出发了。灰麻和红毛"哼哼"叫着跑在前头。阿爸说，它们大概在为捕不了獴而闹脾气，要是去捕獴也能抓到不少，因为村长说过这一带很多，不过我们得先抓够了鱼，再去抓别的。

贾伯和他儿子阿嘎已经分别在下网了，阿爸沿着河岸继续走，不一会儿，又看到梯准正一个人站着解渔网。昆问他："康恭阿姐去哪了？"他只答："俺一人来就行！"又叫昆要是抓够了鱼，就过去帮他。阿爸没说话，只是顺着河岸径直往前继续走。等到了一处水流缓慢的岸边，阿爸就把肩上的渔网放下，撑开那张密网，放到右手手肘上，再用左手一把抓住渔网的下角，两手一起往右一抛，渔网就散开着落到了水里。昆见阿爸抓着网口的绳子不停往下放，就问阿爸不下水去摸吗？阿爸就告诉他，这里的水深，只能撒网来抓鱼。

阿爸把线放下去约有八庹昆手臂的长度后，就扯了两三下绳子。

"大鱼全出了。"阿爸轻声说。

昆问是什么鱼，阿爸说："不清楚，得把网拉起来才知道。"等到渔网被拉了上来堆到地上后，昆兴奋地叫了起来，一条大鳡鱼就在网里。只见鱼肚子呈淡黄色，两只红红的鱼眼闪闪发光。还有一条是单吻鱼，个头不大。阿爸轻声说："这下可看到大鱼喽！"一边把鳡鱼和单吻鱼抓出来放到鱼篓里，然后麻利地把另一张渔网拉上。

这次昆的欢呼声更大了，因为阿爸把渔网打开时，有五六条单吻鱼和鳡鱼在网里，肚子鼓鼓的。阿爸说，这些鱼里有好几条肚里都有籽，晚上能炖上一大锅美味的酸汤解解馋了。昆把单吻鱼从渔网里取出来。阿爸一边取出鳡鱼，一边告诉昆取鳡鱼的方法得这么这么抓。等到把鳡鱼都放到篓里了，阿爸就再一次把渔网撒了下去。

昆全然忘记了炎热和疲惫，阿爸每次把渔网捞上来，都能抓到大头的单吻鱼和鳡鱼。要是见没有鱼了，阿爸就沿着岸再走到别处去。昆朝着梯准的方向高呼着，只听有声音回应道："全是大个儿的鱼哟！昆娃子！"昆挎着鱼篓跟在阿爸身后，直到阿爸盘腿坐了下来，他才发觉太阳已经落下了不少。阿爸摘下头巾展平，取出烟草和打火石来轻轻敲打着，脸上满是喜悦。他笑着问昆累不累？热不热？昆却答道："就像在有月亮的夜晚一样哩。"阿爸准备回去的时候，昆还不想回，因为还有一只鱼篓里只有五六条鱼。阿爸就打开装满了鱼的鱼篓，往另一只篓子里倒，直到两只鱼篓都有半篓鱼了，就折了一根木头插到鱼篓的挂耳里挑了起来。

"挑得动吗？"阿爸问昆。

"挑得动。"

昆说着，就用自己的肩膀挑了起来，兴高采烈地走在了阿爸的前头。

阿妈和翌笋看到昆挑着鱼篓回来了，使劲地拍着手道："贾伯他们每人都抓到一篓子大鱼。"昆说："俺们也抓了满满一篓子鱼呢。"阿妈开心地笑着。

阿妈把鱼篓里的鱼倒在竹匾上，跑到牛车里拿了砧板和一把剁刀过来摆好，用刀背敲打鳡鱼的鱼头，把它们一条条敲死，一边说道："可以晒了做鱼干，肚里的鱼子醢着吃。阿妈说的"醢"①，昆以前吃过，但从没见阿妈做过。

阿爸不愿换衣服，拿来长刀和一根一肘长的木棍放到竹匾边上，麻利地帮阿妈收拾鱼。如果是有鱼子的，阿爸就从头到尾把鳞片刮干净，剖开肚子，把鱼子串掏出来，和阿妈收拾好的鱼子一起放在芭蕉叶上。过了一会儿，阿爸吩咐昆再拿一把篦刀来，帮着给单吻鱼去鳞。灰麻和红毛正趴在边上嘶啦嘶啦流着口水，阿爸冲它们说："再等会儿这鱼就能吃了，一定要吃熟透的。"它们就好像听懂了阿爸的话一样，摇着尾巴跑来跑去。贾伯的声音冲这边喊道："作啥不过来跟大伙一起聊天？"阿爸回了一句："收拾完了鱼就去。"詹笛也跑过来找昆说话，但昆却完全顾不上他。

鱼全都开完膛后，阿妈就问阿爸，剩下的是烤了还是炖着吃？

---

① 泰语是tam mam，是东北部一种把剁碎的肉或鱼子和调料搅拌在一起做成食物的方法，做好的糜可以灌进肠衣或胆衣里做成肠，也可以腌制储存起来，慢慢食用。

阿爸说，烤的、酸炖的都要，他自己来蒸米饭，阿妈好好做咸鱼和鱼子醢就行。阿妈于是开始先做咸鱼，后醢鱼子。她用半个椰壳盛满了盐巴，洒在刚才收拾好的一堆鱼上，用手搅拌了一会儿，就把鱼装到了坛子里。昆问阿妈："为啥不用树藤把鱼挂起来晒太阳风干？"阿妈答道："要用盐先腌一晚上，再拿出来晒太阳才更好吃。"

接着，阿妈就开始醢鱼子了。鱼子醢做起来一点也不难，就和阿妈之前做的小酸鱼一样。只见她把芭蕉叶里的鱼子倒进坛盖碗里，坛盖碗是用石头做的、比盛饭的碟子略深一些。阿妈把鱼子全部搓散，倒进炒米和两三勺盐后继续揉搅了一会儿，然后在捣臼里把葱头和干蒜捣碎，再倒进去继续搅拌，最后又拿来半个火柴盒大小的蒸糯米，掰碎了撒进去。

阿妈做得很快，鱼子和配料的香味让人忍不住想要吃。阿妈拿出鱼子尝了一下道："正好。"昆就问："怎么算正好？"阿妈说，就是不咸不淡。

"再过几天能吃？"昆问。

"至少七天。"阿妈说。

阿妈又说，不仅鱼子能醢着吃，鱼肉或者黄牛、水牛肉都能醢着吃，但都要先剁得碎碎的。昆只是不住地点头，因为黄牛和水牛的肉糜他虽然都吃过，但已经是很久之前的事了。

这天晚上的下饭菜，是离开家以后最丰盛的一顿，四周全飘着菜的香味，人们脸上挂着幸福的笑容。昆坐在那里心里数着：第一道是贾伯老婆做的烤单吻鱼和烤鳡鱼，每条鱼身上都渗着肥油；第

二十三、撒网，醢鱼子

二道是梯准的拌鳊鱼,第三道是阿爸亲手做的大大的酸辣鳊鱼和单吻鱼浓汤;第四道是詹笛阿妈波喜婶做的鳊鱼鱼头和鱼肠辣汤。贾伯是最后一个坐下的,只听他洪亮的嗓音说道:

"好好吃顿可口的凉拌鳊鱼,别再打架了。"

"一定不打了。"康恭阿姐说完,朝着周围笑了。

"俺想要康恭阿姐每天都打梯准。"詹笛说。但恐怕没人关心他想说些什么,就都只顾着动手津津有味地吃了起来。梯准和昆家的狗也躺在一旁,不停摇着尾巴,因为总有香喷喷的鱼头丢到近旁,叫它们的嘴停不下来。翌笋和福莱也一声不吭地埋头吃着,阿妈特意为她们做了一大包焖鱼子。昆很想抓着大团大团的米饭使劲蘸着吃个过瘾,但阿妈没告诉过他可不可以这样做。他只能暗暗在心里想:要是阿爸带他们搬来这里住,那该多好啊。

"今晚让昆娃爸吹笙给梯准康恭对歌伴奏。"贾伯说完哈哈大笑,人们也都跟着乐了。

"俺天黑就要睡了,恢复力气好去抓鱼。等到快启程回家时再找一天,好好跳一回舞高兴高兴。"阿爸说。

这一晚,尽管昆非常想听,但阿爸还是没有吹笙。不过,在睡觉之前,阿爸给昆讲了很多有趣的故事。有万象城的故事,也有乌汶城英雄的故事:

"听着,孩子,阿爸要给你讲讲乌汶城英雄的故事。帕沃和帕达是一对兄弟,他们从万象城逃了出来,一起到了我们的国家暹罗来建立城池。万象城的城主大怒,就带着军队追杀他们。但是帕沃和帕达很厉害,打败了他们。后来万象城主找来缅甸人帮忙攻打哥哥帕沃并把他杀死。帕达逃到了古拉的田野上,因为打不过敌人那么多的军队而伤心大哭。郑信王见万象的城主不把我们暹罗放在眼里,就派了一对大将军兄弟带领军队攻打万象城,并获得了胜利,还得到了一尊玉佛,运来供奉在曼谷城里,直到今天……"

"真厉害!"昆说。

"俺真想去拜一回玉佛。"阿妈的声音从牛车上传来。

阿爸呵呵笑着告诉阿妈：

"要带你去的，不过先得去拜帕侬佛塔，因为帕侬佛塔是俺们东北的镇地之宝。"

昆笑着在心里说道："等长大了，要先去拜帕侬佛塔，然后再去曼谷拜玉佛。然后一定要好好念书，变得和阿爸一样厉害，比詹笛还厉害。"这个想法，昆从来没有忘记过。

二十三、撒网，醢鱼子

二十四、做腌鱼

一天晚上，村长来问抓到了多少鱼。贾伯回答说："没太多，晒干了的有些鳡鱼和黑头鳢，还有些烤了的鲶鱼、单吻鱼跟鳡鱼。除了这些，每人还做了两坛子的小酸鱼或醋鱼子。村长要是喜欢就拿些去吃。"村长就说，"不想吃了，每天都吃得到，更想吃些蘑菇或牛肉汤。"

村长告诉贾伯，明天村民们要去一处村里自留的水塘抓鱼，他过来邀请大家一起去。贾伯就问："村民们不会有意见吗？"村长说，村民们见车队跋涉了这么远的路，都很欢迎。庆伯就说："太感激了，这里的村民心真好，俺们永远不会忘记的。"

村长回去后，大人们就开始商量，从这里到水塘那边有七八线里的距离，是让牛车队一起搬到那里去，还是让女人们留下看着车和牛。梯准就说，把牛车队都带到那里好些，要是有村民不要的小鳅鱼或虾，可以抓来做小酸鱼；要是鱼多的话，大伙们一起去也能抓得更多。但是贾伯却说不好，男人们去每人抓上两篓子就够了，俺们所有人都是抓鱼的能手，要是一起去抓得太多，会坏了名声的。庆伯和阿爸也同意贾伯说的。他们就叫梯准也带上康恭阿姐一起去，可以帮忙提鱼篓，叫昆阿妈她们看着这里的牛群就行。梯准嘿嘿笑着说，"也对哩，贾伯庆伯们有娃们帮忙提鱼篓，俺就带上老婆帮着抓鱼装进篓子里。"

这天早上，大家都在各自的牛车底下吃饭，好赶紧去找菩提树跟鹊肾树的嫩叶子来备着喂牛，这样就不用牵着牛到老远的地方了。至于早饭，昆家吃的有烤得油滋滋的晒过的鳁鱼干，还有阿妈头一天做的小酸鱼和鱼子醢。翌笋吃着鱼子醢，又掰着鱼肚塞进嘴里，嚼得"咂吧"响。昆说，"翌笋也知道拣好吃的吃呢。"翌笋就笑。阿爸说，"想吃啥就吃啥，但不要吃太多，脑子会不好使的，干活儿不利索。"不过昆还是吃了很多，因为实在难得有这么多吃的。

吃饱饭后，阿爸和昆一人提了一个篮子，走到右边田野边上的一棵鹊肾树下。树上长满了嫩叶，阿爸麻利地爬上树，用刀把树枝砍落下来，昆就迅速地摘下嫩树叶塞到篮里，不一会儿就装了满满两篮。阿爸又砍了一根木头，穿进篮子的提手里，让昆拿着刀，他则自己扛起篮子往回走。一群八哥不停地飞来飞去，还有很多珠颈鸠在紫檀树上"咕咕"地争着叫，看到昆拿刀装作要投向它们的样子。就都扑闪着翅膀飞走了。阿爸说，等鱼抓够了，就带梯准来捉上个二十来只用火烤了，也好带回去给反复嘱托过的醉鬼梯哈下酒吃。

太阳升到三庹来高的时候，贾伯就喊大家上路了。阿爸就去拿渔网，搭在右肩上，左肩上挎着一个大鱼篓，这个鱼篓是浮水篓，阿爸会拿一根绳子，把一头拴在鱼篓上，另一头系在腰上，这样在水里走的时候，鱼篓也会跟着他走。昆也挎着一个鱼篓，阿妈叮嘱他要是水边没有树荫，就要用格马布包好头。詹笛挎着鱼篓走过来，只听他说道："太阳热热的也好，就像是大白天里的月亮哩。"

二十四、做腌鱼

这片水塘看着足足得有三四线广，水的颜色有些浑，塘边到处都是黄牛水牛的脚印，沿岸长着成簇的绿油油的高草。塘的一边是低矮的灌木林，有一群村民们正坐在那里抽烟草，只听他们冲这边喊道："到这里来！"贾伯就带头走了过去。村长率先走了出来，邀他们去跟村民们一块儿坐，还说等村民到齐了，就一起开始抓鱼，抓多少就拿多少，谁要是运气不好那也帮不了。贾伯就说："能抓上个一篓两篓就感激不尽了！想唱段歌谣也没一个会唱的，不过，要是讲讲故事或是什么万象城、琅勃拉邦的往事，倒是凑合着能听。"这让好些村民更加对贾伯有好感了。

村民们陆陆续续都来了，里面也有跟昆差不多年纪的男娃女娃。昆问詹笛要不要过去说话，詹笛说："不用，要他们过来找俺们，才跟他们讲话。"

抓鱼开始了。村民们又有渔网又有捕鱼笼，可是阿爸他们每人只有一张渔网。昆暗暗在心里埋怨贾伯：为啥不把抓鱼的工具都带过来？只听村长向贾伯喊道："可以动手了，傍晚我再过来瞧瞧，一道过来吃晚饭吧。"说完，就绕着水塘的另一边离开了。

贾伯、庆伯和梯准下到膝盖深的地方就开始撒网，阿爸也在另一处撒了网。阿爸的网撒得广，把整张网都撑开成圆形。昆见阿爸弯腰往网里摸了摸就抓出一条大黑鱼①放进浮在身后的鱼篓里，便大声欢呼起来。过了一会儿，又是大大的攀鲈，然后是鲶鱼，交替着起来。阿爸每抓到一条都冲着昆笑一笑。

"要是装满了，就往这边扔过来！"昆冲阿爸喊。

"老子的阿爸一定要比你的早装满！"詹笛看到他阿爸抓出来一只大黑鱼放进浮篓，就冲昆说道。

"先满后满，反正都只能抓两篓呀。"康恭阿姐说。

水塘岸上左右两侧的村民逐渐密集起来，下笼的和撒网的声音此起彼伏，不一会儿就看不出阿爸和梯准他们的身影了，因为已经分不清谁是谁了。阿姐用布裹着头，踮着脚来回走了一阵说道："俺们

---

① 即线鳢，学名Channa striata。

的人都到塘中央去了。"说完也走到水里去抓水边的小鱼。阿嘎也跟着跑下水去摸鱼，嘴里嘟囔着："要是阿爸让一起下水抓鱼就好了。"这会儿，太阳开始变毒了。没过多久，阿姐就跑回了岸上。昆和詹笛没有下水，因为阿姐说水里有好多只大大的蚂蟥在游来游去，两人就兴冲冲地去听村民们的欢呼声了。

　　太阳几乎升到头顶上了，庆伯和阿爸一前一后地蹚水上了岸，贾伯和梯准也随后上来。到了岸上，昆和詹笛就高声欢呼起来，因为阿爸和庆伯的鱼篓里都装了满满的鱼，连盖子都合不上了。阿爸叫昆把自己挎的鱼篓盖打开，然后从装满的鱼篓里倒了一些进去。黑鱼和攀鲈一条条全是个头大大的，昆的鱼篓也变得很沉。阿爸叫大家都坐到远处的树荫下去，可康恭阿姐却不愿去，说要在这里看人们撒网才好玩。

　　"才不是呢，阿姐是想在这里好好看着梯准。"詹笛说。

　　"说啥呢？！"梯准狠狠瞪了一眼詹笛。

　　"嘿，阿姐还不是怕你跑到姑娘们跟前去显摆啰。"詹笛说完就坐到地上，专心地帮他阿爸抓跳到外面的鱼，然后装进另一个鱼篓里。

　　阿爸解开头巾，取出一卷烟草衔在嘴里，用打火石点着，抽了起来。烟草味和粘在阿爸身上的河泥味混在一起，教昆更想跟阿爸下水抓鱼了。

　　阿爸一半的烟草还没抽完，就又拿起渔网下水了，贾伯和庆伯也跟着走了。

　　"再多抓一篓子就够了。"贾伯对阿爸说。

　　"要十篓子！"梯准说完，回过头冲康恭阿姐笑了笑，就踩着水下去了。

二十四、做腌鱼

东北孩子

太阳从头顶落下了两庹后,所有人都从水里上了岸,来到树荫下。贾伯挎着鱼篓最先上来说:"不用去了,一起回吧。"教昆听到后不住地叹惜,因为不能去听村民们有趣的对话了。这趟,阿爸的鱼篓里却只有半篓鱼,昆见梯准和庆伯的鱼更多,就问阿爸为啥抓得比梯准少。阿爸说,因为鲶鱼咬到了手,在渔网里抓不利索。

"要不是俺给昆娃爸吹气,抓的鱼还要少哩。"贾伯笑着说道,昆就不再说什么了。看到阿爸不自在的神情,昆越发觉得难过。阿爸被鲶鱼咬了肯定很痛,但却从来没向昆抱怨过什么。

到了营地,翌笋就手舞足蹈地看着阿妈把两只鱼篓里的鱼倒出来,装满了整整两竹篱。

"哎哟,鲶鱼,黑鱼,都跟胳膊一样大哩。"阿妈说着。

阿爸不愿休息,拿了刀和两面砧板过来放下,然后把竹篱里的攀鲈一条条抓出来,用刀背砸鱼头,等鱼死了就快速地把鳞片刮下来,再剖开肚子掏出鱼屎放在芭蕉叶上,然后用刀刃把鱼横向切开,完了就扔进放在一边的竹扁里。

阿妈则收拾黑鱼和鲶鱼,要是哪一条大一些,阿妈就切成两英寸长的条,和阿爸一样地利索。

昆见阿爸和阿妈都汗流浃背,就要求帮忙。阿妈说:"好呀,孩子,来帮忙敲黑鱼鲈鱼的头,敲死后把鳞片刮下来,让阿妈来剖肚子。"昆就按阿妈说的开始动手了。

"吃腌鱼的时候怎不见清过屎?"昆问。

阿妈就告诉他,没错,个头小的鱼做腌鱼时,大多都不用取出鱼屎,只有像这样的大鱼才用把屎和肠子取出来。

等到鲶鱼、黑鱼和鲈鱼块都堆在大竹扁里了,阿爸就起身往水边走去,说要去洗洗身子,叫阿妈一个人做腌鱼,然后"唑唑"地唤了狗子一起过去。

阿妈提来用竹篾和芭蕉叶编的盐袋,放到地上,抓起一个椰壳碗,舀了五碗盐巴撒到竹扁里的鱼块上,然

后用手搅拌，让盐巴均匀地沾到鱼身上。接着，阿妈又放了一椰壳碗的盐巴进去，再继续用双手搅拌。昆问为什么要放这么多的盐？阿妈就说这一点也不算多。昆又问要再放些什么才能做成腌鱼？阿妈就告诉他说："记住了，孩子，做腌鱼的方法，要按鱼跟盐二比一的比例来放盐，等搅拌均匀后，再按鱼和糠五比一的比例放入软糠，或者像这样一椰壳碗的量，糠是防馊的哦。"

阿妈继续搅拌着鱼，然后让昆去取来捣酱用的臼和杵，并告诉昆还要把这些鱼肉捣捣软，说着就用两只手从竹匾里掬起鱼，装进捣臼里。阿妈还说，要是在家里，放到舂米的大臼里舂上一次就完事，可以装坛子里了。等鱼都捣好了，阿妈就把它们全部装进了一个坛子里。竹匾里的鱼得用两个坛子才能装下。好在这个坛子偏大一点，阿妈用手摁着使劲往里塞，直到填得实实的，然后用椰壳碗扣住坛口。阿妈又解释道，要是鱼肉没沾到盐，就会变成臭腌鱼。要是想吃得久一些，吃上一年半载的，就要按一比一的比例加很多盐进去。有的人会加爆开的谷子进去，就是把谷子炒到裂开；还有人提前一晚先把盐和鱼肉搅拌好，第二天再加软糠进去搅拌，然后再舂了放进坛子里。

"那样做是为了让鱼肉更紧实好吃。"阿妈说。

"俺们之前吃过的小鱼要在臼里捣不？"昆问。

"不用，放了盐和软糠在一起和和，就能装进坛子了。"

"得多久才能腌成可以吃的啊？"昆又问。

"至少一个月。"

于是，昆默默背着阿妈教的做腌鱼的方法：

"一份盐配两份鱼，再加软糠，一份软糠配五份鱼，放到捣臼里把鱼肉捣软，也为了让鱼肉和盐巴、软糠均匀地混合到一起。加糠是为了防馊防烂，要是想放得久点，能吃上一年，就要加很多很多盐，一份盐配一份鱼。要是小鱼，就不用捣，也不用清鱼屎，和上盐跟软糠搅拌好装进坛子里，一个月就变成可以吃的腌鱼了。"

二十四、做腌鱼

东北孩子

二十五、放鱼饵，看拳赛

一天下午，昆正想着可以一直休息到傍晚，天空突然响起了巨大的雷声，大片的乌云飘了过来。他站着看天时，贾伯大喊道："真想来场大雨啊！可又会延长打鱼时间，耽搁了工夫回家。中午才从水塘抓来正晒着太阳的咸鱼，又得费时间再用火烤干，还是求天上地下的神仙先不要下雨吧。"庆伯说："人都是被天地管着的，可管不了天地。"贾伯不再说什么，只是默默抽着烟。

过了一会儿，贾伯又说道："今晚下鱼钩更好，谁要用钓绳或钓竿都随便，因为栖河里的水落了不少，明天要去找别的地方撒网了。"人们都很赞同贾伯的话。

阿妈正和康恭阿姐在牛车肚下聊做腌鱼的事，阿爸告诉她要带昆去挖蚯蚓，让她好好照顾着牛和小娃们，因为可能得很晚回来。阿妈高兴地笑着说："去吧。"阿爸就从牛肚子下拿起铲子，取下挂在牛车尾部的竹筒让昆拿着，快步往村子里走去。昆手里拿着的这个竹筒,阿爸在到栖河之前就准备了四个。阿爸边走边问昆累不累?想没想家乡的谁?昆回答说不累,想阿奶和同级小伙伴阿葵。因为小男娃阿葵比其他人学得慢,哪天要是写不对数字求昆帮忙,都会被詹笛抢去写,阿葵却什么都不说,尽管比起詹笛,他跟昆更合得来。

走到村边的一户棚屋时,知道他们来意的主人就拿出一个锄头递给阿爸。阿爸谢过主人后,就带昆走到棚屋边上的一棵香蕉树下,使劲挥动了三四下锄头,每一下都把锄刃深深扎进土里。不一会儿,就看到一条铅笔长的黑蚯蚓在土里蠕动。阿爸迅速用手抓起蚯蚓,放进昆拿着的竹筒里,然后继续往下挖。每当有蚯蚓露出头往外钻时,昆就使劲捏住它的头,使得蚯蚓的红浑浊粘液都渗了出来,它的头就会往回缩。阿爸说,一条蚯蚓可以同时是公的和母的,把蚯蚓从中间切断,它还是能继续繁殖。昆就开心地在心里说:阿爸知道的可真多啊!

阿爸周身还没流多少汗就挖了满满一竹筒的蚯蚓。他叫昆用泥土把筒口封紧,把锄头还给了主人后,便告辞离开了。往回走的路上阿爸说,以前曾和庆伯一起到一个水塘里放过鱼钩,在路上露宿两晚才能走到。到了那里才刚放下两三个鱼钩,庆伯就脱了衣服匆匆往岸上跑,因为那水里全是蚂蟥在钻来钻去。那晚庆伯只能在田里的小茅屋躺一宿,第二天阿爸就带他回去了,把抓到的鱼分了一半给他,一人五条。阿爸也怕蚂蟥,但是忍得住,蚂蟥爬到阿爸腿上时,他就用小铲刀把它们挖出来。

回到营地后,听阿妈说贾伯他们到林子里去挖了,还没回来。翌笋和福莱跑来找昆看蚯蚓。昆一拿出来,她们就害怕得尖叫着逃走了,因为很久没见到过这么大的蚯蚓了。阿爸拿来一些薄竹片和小木棍，让昆一条条把蚯蚓抓出来给他，然后就用竹片锋利的一面把蚯蚓切成了一小段一小段的，每段一厘米左右。阿爸说，鱼最喜欢吃蚯蚓头了。等切完了半竹筒的，阿爸就说："够了，切太多放久了就干瘪了，鱼不喜欢吃，先切上正好够穿鱼钩的量。"说完，就一把把蚯蚓段放进另一个竹筒里。

翌笋提了饭箪来放下，阿妈跟着端来了装着菜碟的竹匾，从水筘里打了水给阿爸和昆洗手，问阿爸，"不用先等着庆伯他们吗？"阿爸就说，"不等了。一起上村子里头挖蚯蚓很容易找，非得跑到林子那头去挖，等到可以放鱼竿进水了，太阳都下山了。"

虽然这顿饭阿妈做了蒸鲶鱼包，昆却没吃多少，因为午饭刚吃过。阿妈做的这种蒸鲶鱼包，先用香茅和干葱头加了盐在捣臼里捣碎，然后放入鲶鱼一起用杵捣，再全部倒到两片叠在一起的龙脑香叶①上，撒上干罗勒花，包起来用木签扎好固定，再像蒸米饭一样放到蒸屉里蒸。

阿爸仔仔细细地把旧裤子扎紧，把包着烟管和打火石的格马布缠在头上，拿起腰刀别在身后，然后取了一张渔网和吊着鱼钩的鱼线，搭在肩上，让昆挎上两个鱼篓和四根火把棒，对灰麻说："你不用跟来了，要是强盗来打劫，就把他的腿咬断。"翌笋说："要是强盗真来了，叫阿妈用弩把他们全射死！"

这时，太阳开始变成熟槟榔色，河流的水比前几天低了许多。到了之前洗澡的河岸边，阿爸没有停下来，继续往前走去，说要把这片地方留给后面要来的庆伯他们。等到了一处有大树的地方，阿爸就放下了渔网和鱼线，朝林子里走去。只听一阵"啪啦"的声响过后，就见阿爸扛着三根木杆出来，把它们插到离岸边一线远的地方，然后利落地把鱼线拴在木杆上。接着，阿爸又拿出来鱼钩，系在鱼线上，让鱼钩垂到地上。昆估计鱼钩之间的间隔差不多一庹左右，阿爸把它们

---

① 学名是：Dipterocarpus obtusifolius。泰国东北方言里把这种树的叶子叫做Baitong chat，这种树木在泰国不同地区有不同的名称，中部把它叫作Yang Hiang。

系成了活结。阿爸告诉昆,打成活结是为了防止鱼把鱼钩吞得太深时难拔出来,需要把结打开,才能再挂新鱼钩。

"这一根鱼杆有多长?"昆问阿爸。

"差不多两线长。"阿爸说。

阿爸一边快速地把蚯蚓穿上鱼钩,一边给昆解释道:"鱼钩不要从蚯蚓身子里露出来,不然有的鱼吃鱼饵时要是碰到了钩子,马上就会吐出来。要是想帮阿爸穿鱼饵,就分一半蚯蚓给你,从鱼线另一头帮忙穿。"昆很快地分好蚯蚓,然后跑到鱼线的另一端开始穿起来。

鱼饵都穿好后,阿爸就扛起绑了鱼线的木杆,拖着拴了钩的鱼线,蹚着水下河了。走到水深及腰的位置后,阿爸就把木杆插在水里,又双手握住木杆往下深深扎了两三下,然后跑上岸拿第二根和第三根木杆到水里插好,直到鱼线全都看不见了,只有三根木杆露出水面以上约一庹的高度。昆就问阿爸:"鱼线都落到水底了吗?"阿爸答道:"落到了,因为鱼大多都喜欢贴着水底的泥沙找吃的。"阿爸回到岸上坐下,抽起了烟。不一会儿,传来梯准的喊声问道:"放好没?"阿爸回他:"刚放好。"昆就问阿爸要不要去他们那边看看?阿爸则说:"不用去了,这会儿每人时间都紧得很。这边已有几处在冒泡了,准是上了饵的鱼吐的泡。"于是,昆便坐着,透过薄薄的暮色,紧张地看向水底。

黑暗从左右两边渐渐围了过来,只有水面上仍有点点光影浮动,从河水上游方向不时传来潺潺的水流声。阿爸刚让昆点起一根火把,一阵大雨就落了下来,好似天破了一个口子,点燃的火把瞬间熄灭。梯准的喊叫声也传了过来:"真痛快啊,昆娃!"阿爸问昆冷不冷?昆说不冷,还说想让雨下上一整晚。阿爸没再说话,蹚水下到了河里,不一会儿就大喊起来:"孩子!有好多鱼在吃饵了!"昆高兴地站了起来,不停地往左右两边看。

阿爸蹚水上了岸,从昆那里拿了一个浮篓,用绳子把它拴在腰上，又拿了装蚯蚓的竹筒挂在脖子上。之后，浮篓就漂在了水面上，随着阿爸移动着。大雨像断了线的珠子不停地落下来。雨幕中，间或可以闪现出阿爸抓了大鱼放进鱼篓的身影。不知过了多久，只听阿爸的声音穿透了雨声传过来："全是鲶鱼和鳡鱼哎孩子！"

"大单吻鱼有不？"昆问。

"有四五条。"阿爸说。

阿爸一个一个地查看鱼钩，昆就随着他的身影沿着河岸走。等走到鱼线尾端后，阿爸就抬着鱼篓上岸来，重重地往地上一放。昆打开没有浮脚的另一只鱼篓，阿爸一股脑地把鱼往里面倒了进去。听着鲶鱼和鳡鱼在鱼篓里翻动的声音，昆高兴极了，真想马上向詹笛大喊，告诉他这里的鱼多极了。阿爸又一次往水里走去，"这次准能满上一篓子了。"阿爸的意思大概是，现在昆正看着的这个鱼篓里已经满了大半了，等到第二回上来再把鱼倒进去，肯定就能装得满满的了。

阿爸再上岸时，昆却气恼极了，因为阿爸说，鱼不怎么吃饵了。尽管这样，阿爸还是抓到了将近半篓子。昆正准备打开鱼篓盖时，阿爸说："不用倒了，去找根木棍直接挑回去就行。"昆就不再说话，等到阿爸找来木棍，挑起两个鱼篓的挂耳扛在肩上，他便拿起火把和装蚯蚓的竹筒，满心遗憾地跟着阿爸回去了。

到了梯准那里，只见大人们已经围坐成一圈了，贾伯用颤抖的声音说道："冷得要死人了，回去吧。"

"鱼抓得多吗？昆娃！"庆伯问。

"两个鱼篓各抓了半篓，大个头的只有鳡鱼。"

"俺们每人就只抓了半篓。"贾伯说。

"可俺阿爸抓到的全是大鱼哩。"詹笛说。

"还是回吧，半夜再来看看。"庆伯说完站起了身。

回到营地后，雨还在淅沥沥地下着。一头头黄牛站在玉蕊树[①]下抽鼻子喘着气，灰麻和红毛兴奋地跑上前来，"猡猡"讨好地叫

---

① 学名Barringtonia acutangula，泰文是ton chik。

着。不一会儿，一辆辆牛车上便"噗"地亮起了火把。阿妈告诉阿爸，翌笋和福莱在牛车上睡熟了，然后接过阿爸肩上的鱼篓，放到牛车底下。昆换好衣服后，问阿妈这些鱼要怎么做？阿爸却说道：

"上去跟阿妹们睡觉吧，孩子。"

昆遵照阿爸的话，不久就睡了过去。等他再次睁开眼睛时，一阵激昂的肯笙声便传了进来。他一骨碌起身，看见阿爸和梯准他们在牛群旁正围着火堆坐着，便跳下牛车，走上前去看。只见阿爸正盘腿坐着，一边吹着肯笙，一边来回舞动着身子，梯准和庆伯也跟着有节奏地打着拍子。贾伯坐在他们边上，弹了弹烟屁股，大声道：

"好嘞！听俺来一曲《湄公泛舟》。"

击掌声应和着阿爸的肯笙声再次响起，贾伯的《湄公泛舟》歌声也随之响起。"哦呦，真好听呀！就像攻破琅勃拉邦的战锣一样哩。"贾伯老婆道。转眼间，詹笛也钻了过来坐到贾伯边上，大声地拍着手，昆也情不自禁地跟着拍起手助兴。阿爸此时此刻的笙声，叫人的内心格外平静。笙声停了下来，随之响起的是爱偷食物的乌鸦"嘎嘎"的叫声。

"够了，停下吧，天都要亮了。"波喜婶嚷道。

"为啥要停？"梯准问。

"吵死老娘了。"

就在那时，阿爸的笙声又再次响起。这一次，阿爸吹了《林中行》的曲子。每个人都侧耳坐着，久久地沉浸在笙声中，直到天边露出薄薄的晨曦。

早上的空气清新极了，因为头天晚上刚下过大雨，一群一群的鸟儿清脆地叫着从头顶掠过。站在树荫下的黄牛们再次甩动起脖子上的牛铃，发出"叮叮当当"的声响。一只珠颈鸠飞过来停在一旁的木杆上，"啾——咕噜——咕噜"地叫着。梯准拿着吹箭筒蹑脚走了过去，它便"扑棱"一声，张开翅膀飞走了。

人们正坐着高兴地聊天时，村长带着两个男人走了过来，用略带失望的口气说道:"好不容易邀大伙们一起去水塘抓鱼,结果却只去了半天。"贾伯就说,"实在是太打扰各位乡亲了。"村长又说:"用不着客气,现在村里人都不去抓了,大大小小的鱼还剩了不少,大伙们这会儿就可以过去抓,等抓完了再沿着栖河去找新地方。"这样说了好一阵后,庆伯就说:"去吧,难得村长亲自找到这里来,不能辜负了这一片心意。"

"那就这么定了!去就去,全抓回来,连条小鳅鱼都不留下。"贾伯大声说。

村长在回去之前又说,明天在他家有给亡父骨灰做功德的法会,也请大伙们一起去做功德,要是不去又会扫了兴致的。

"准去,白吃白喝的事,俺们最喜欢了。"梯准呵呵笑着说道。

这一次,留下来看守的只有贾伯的儿子阿嘎、詹笛和昆三个人。领头的是阿嘎。翌笋、福莱则跟着阿妈一起去。阿妈说这一次要带捞网去捞小鱼来做一两坛小腌鱼,还叫昆好好看着牛群,昆只得不情愿地点点头。

"去哪都别忘带枪就行。"贾伯吩咐儿子阿嘎。

"唔,昆阿爸也把弩的弦上紧吧。"阿嘎对阿爸说。

"你们要打谁去?村长说了这一带没强盗。"庆伯说。

"老话说得没错,做人不要大意了。"贾伯插了一句道。

那之后,就只剩下昆和阿嘎他们三人了。昆照阿爸的吩咐,把阿黑和阿斑牵去拴好,然后走回来坐在牛车子下。阿嘎和詹笛也牵了黄牛拴在附近。三人坐着聊了有两个多小时,便传来一群小娃对唱歌谣的喧闹声,然后就见十几头黄牛成群结队地走了过来。阿嘎便站起来,叫赶牛的人把牛群赶得远一点,不要和拴着的牛群撞起来。

"不行！俺们就要把牛往这里赶。"一个和阿嘎年纪相仿的大娃说道。

话音刚落，那群牛就径直朝阿嘎拴着的黄牛冲去，阿嘎的一头黄牛已经迎面撞上了那群牛。詹笛兴奋地拍手喊道："撞死它们，俺们的黄牛才是最厉害的！"阿嘎愣在一旁差点连呼吸都停止了。昆记起了阿爸吩咐过的话："要是有村民的黄牛来撞咱们的牛，就马上去通知大人。要是黄牛受了伤，就不能拉牛车回家了。"于是立即用尽全身的力气朝水塘跑去。也不知道跑了多久，就连田里有村民问他话也没顾上回答。等他跑到时，阿爸正在水里撒渔网，便立马收了网跑回了岸上。正在岸边弯着腰用捞网捞鱼的阿妈，也立马跑了过来。紧接着，贾伯、庆伯也跑上了岸。听昆讲了原委后，贾伯和梯准立刻丢下渔网，赶忙跑了回去。其他人则收拾渔具，也跟着跑在后面。阿妈左手抱着福莱，右手提着鱼篓和捞网飞快地走着。昆边走边问阿妈抓到了多少鱼？阿妈说还没抓到多少。康恭阿姐和波喜婵也说没抓多少。贾伯的老婆狠狠骂道："干脆让阿嘎拿枪把村民的牛给打死！"昆却不知道该说些什么。

回到营地时，村民的牛群已经不见了踪影。被撞的贾伯家的黄牛，正绕着蒲桃树来回踱着步子，贾伯站在那里正恶狠狠地咒骂着。昆凑近了些去看，只见那头黄牛身上的伤口正往外流着血。昆问梯准，"牛伤得重吗？"梯准说："重，要是不好好擦药，伤口被苍蝇叮了，化了脓，贾伯的牛恐怕就不能拉车回家了。"

昆见贾伯上了自家的牛车，拿了一个椰壳碗下来，走到黄牛边上，轻轻拍了拍黄牛的头，然后顺着牛背摸到牛尾。摸到受伤的地方时，他就用手把一种靛蓝色的液体抹在上面。昆就问阿妈那是什么。阿妈说："就是给我们身上的衣服染色用的木蓝，擦了木蓝，苍蝇就不敢叮牛的伤口了。不过，最好还是用焦油，实在没焦油的话，也没办法了。"

正当人们都心情沮丧地站着时，两个男人径直走了过来，开口说道："这些小娃为啥把牛放出来撞人家的牛？"阿嘎立即争辩起来。昆只听出个大概：那个阿伯的牛身上也受了伤，就不该放出来撞人家的牛。

"老子的牛好好拴在那里，你们的牛却冲过来撞它。"贾伯咬牙切齿地怒吼道。

双方争吵了半晌，庆伯就叫贾伯先别吵了，也劝那两位阿伯歇歇火，毕竟每人的牛都受伤了。然后，那两个阿伯就回去了。

"等要回家时，老子们一枪砰了他们去！"两个男人走远后，贾伯的怨恨还是没平息。

"打死了他们，你又得逃到老挝去啰。"梯准说。

结果，这天早上没有人再去抓鱼。昆问阿爸还会再到那个水塘里去抓鱼吗？阿爸说不去了，贾伯还在怄气，等他心里好过一些了再去。昆看到梯准一个人快步往村里走去，就问阿爸他要去哪里？阿爸说，去找焦油来抹贾伯黄牛的伤口，焦油能防苍蝇叮，比木蓝的效果更好。那之后，人们就各自躺到牛车下或树下休息去了。梯准回来后说，没有焦油了，只拿了一件给牛挂在脖子上的护身符回来。贾伯大声问他是什么东西？他便拿出一根拇指粗细、一拃来长的树根，说道：

"村长让拿来挂在牛脖子上的，伤口好得快。"

"他打哪弄来的？"贾伯问。

"老祖宗传下来的。"梯准边说边把小树根递给贾伯。

庆伯给贾伯拿来了一根绳子。没一会儿，这根神奇的树根就被挂在了牛脖子上，和牛铃铛挨在一起。

快到中午时，贾伯的心情好了一些，就邀男人们一起去村长家里做功德，昆、詹笛和阿嘎也可以一起去。

"这回你们要是再让牛群撞起来，就开枪打死你们。"贾伯说完，就领着我们出发了。不过，等到了村长家，僧人们已用完布施的菜饭回去了，只剩下村民们密密麻麻地聚集在院子里。昆走近一看，发现他们正在赛拳。贾伯带着大人们上屋子里去找村长了，昆和詹笛没有跟上去，因为看到一对对拳手打得正酣，里面有几对的年纪就跟昆和詹笛差不多，也有跟阿嘎差不多大的。

拳赛裁判的胸口上全是文身，只穿着一条小裤衩，当他把背转过来时，只见上面也爬满了文身。阿嘎挤了进来，悄悄问昆："你害怕那个裁判不？要是他死了，把皮扒下来晒干后挂在屋子里，琵琶鬼肯定不敢靠近。"詹笛小声回了句："要是这样，还是等以后扒贾伯的皮吧。"惹得阿嘎狠狠敲了一下他的脑门。

等到一对娃娃拳手比完后，阿爸他们正好从村长屋里下来。这时已经没拳手要比赛了，只听裁判大喊一声道："有谁还想再比试一场，好给村长的宴席助助兴的，就上来吧！"话音刚落，撞了贾伯牛的牛主人就拉起他儿子的胳膊举了起来，说道："谁要来跟俺这儿子比试比试的，尽管出来吧！"昆清楚地记得，这个男娃就是牛群冲撞之前，和阿嘎吵架的那个。

叫人意想不到的是，贾伯拽起阿嘎的胳膊走出了人群，说道："俺儿子就跟他一般大，比不？"

"比！"那男娃大喊一声，摇晃着胳膊和脖子，发出"咯咯"的声响，叫昆心里直哆嗦。

昆挤进人群里去找阿爸，看到他正站着和庆伯讲话，昆依稀听到他们说："随贾伯去吧，既然劝也劝不住，倒不如分出个胜负见分晓呢。"

"别拦他，他还记恨着那人呢，那人也记恨着贾伯。"梯准眼盯着拳场中心小声说道。

贾伯迅速从衣兜里掏出一包药草，脱去阿嘎的衣服，把他的胳肢窝夹紧，然后把药包系在了右胳膊根的地方。

"这是啥药？"有村民问贾伯。

"黄药子，从琅勃拉邦弄来的。"贾伯大声答道。

阿嘎的对手也有好东西系在两个胳膊上，也教昆的心里砰砰直跳。不过，当看到阿嘎转过头来，高举着拳头冲他们笑时，昆和詹笛也使劲地鼓起掌来。等周围的声音都安静下来后，裁判就让贾伯和那位阿伯坐得远一些，然后抓起两个拳手的手，轻击了一下。昆只记得裁判说："不准咬耳朵，对手倒地时不准继续攻击……"之后的话昆就听不清了，因为他已经紧张得连呼吸都快要停止了。

"注意了！我数到三就开始。"

满身文身的裁判话一说完，阿嘎就把左拳向前伸出瞄准，右拳则握得紧紧的挡在胸前。"三"字话音刚落，阿嘎就以迅雷不及掩耳的速度一阵左右拳交替出击，逼得对手连连后退。只听对手的阿爸喊道："别后退，用老子教的招式回击！"他便马上挥舞着拳头朝阿嘎迎了上去。

几个回合下来，两人的胸前都吃了对手好几下拳头。昆看到阿嘎的眉毛上方已经肿了起来，但他还是继续朝前猛扑着，就像灰麻扑过去咬食鼠蛇尾巴时一样。两人扭打在一起，"噔"地一下摔在地上。阿嘎动作敏捷，迅速地翻过身来坐到对手的胸口上，右拳高高举过头顶。

"停！"裁判跑上前抓住阿嘎的手，把他拉了起来。

"这是绊人了！"对手的阿爸大声道。

贾伯立刻一个跃身跳了过去，嘴里嚷嚷地说着什么，但听不清。就在那时，村长穿过人群走了过去，庆伯和阿爸跟在他身后。只见他们说了好一阵之后，村长就大声宣布道：

"好了，平手！十分感谢远道而来的乡亲父老带着拳艺来助兴！"

一阵热烈的掌声随之响起，过了很久才停下。村长让两个拳手握手拥抱，又让贾伯和那位阿伯握手。贾伯举起手朝四个方向拜过之后，就拉着阿嘎的胳膊走出人群，迅速地穿过稻田离开了。贾伯说，要不是村长先来阻止，阿嘎的对手肯定就倒在地上抽搐了。昆的阿爸问为什么？贾伯就说，他正在念咒把水牛皮放进阿嘎对手的肚子里，村长就先出来叫停了。"真是可惜！"贾伯狠狠地说道。

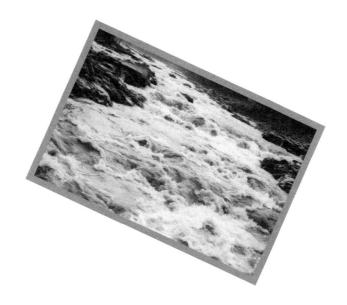

二十六、对抗大河

晚上,贾伯的心情好了一些,因为他的黄牛身上被撞的伤口没有被苍蝇叮,那只牛也像往常一样吃草了。贾伯盘腿坐在火堆边上,叫昆的阿妈和波喜婶她们过去聊天。一听说每个人都弄到了三四坛的鱼干、腌鱼和酸鱼,他便哈哈笑开了怀。

这天夜晚,大人们商议决定:再抓个两三天鱼就打道回家,毕竟在这里也待了快十天了。这段时间看来每天都得下雨,要是家里下了些雨,也能准备起牛犁牛轭和其它工具,可以插秧种地了。阿嘎说,回去之前,能不能请那个撞了牛的家伙来田里比试比试,之前比试还没使尽绝招呢。昆阿爸就说,拿这时间去追姑娘讨老婆,也好过打来打去的。俺们村子也肯定有泰拳比赛,"林衣节"①上没有,"火箭祈雨节"上准有。说着,阿嘎就跳着碎步,对着空气比划起

---

① 即迦绨那衣节。

来。他阿妈在一旁说，先别着急练拳了，赶紧睡一觉养养力气，明天还得下一趟栖河呢。阿嘎就拉着昆和詹笛跑到远处耍拳玩了。

第二天早上，就和所有人预测的一样，天阴沉沉的，厚厚的云在天空里来回翻滚，但却没有人想要退缩。庆伯让女人们就在营地看守，等到快中午了，就可以轮换着帮忙抓抓鱼。说完，每个人就各自拿上工具，朝河边走去。

阿爸的"搶"网有两种，网眼密的和网眼疏的，和手撒的罩网一样。密网有些摩痕，因为拿去溪里用的次数比疏网多，这两张网都是阿爸阿妈亲手编的。大人们决定到水深及胸口的河里，把"搶"网围成四边形，然后用树枝拍打水面吓鱼，让它们冲到网眼上被钩住。阿爸还另外带了一张手撒网，说要是鱼不往"搶"网上冲，就得到处撒渔网抓鱼了。阿爸的裹腰布上系着一个新烟罐，是阿妈从之前的越人那里讨来装染料用的。阿妈说，用这个小罐子装烟草，是怕万一下雨了，烟草和打火石就不会像之前那样被淋湿了。

等到了河边的一处地方后，梯准就蹚水下到接近河中央的位置，大喊道，"就在这里张网吧，这里水流不急，其他几个地方水都淹到胸口以上了。"大家听到后就放下东西，提着砍刀迅速进了树林，不一会儿，就响起了砍树的声音。昆和詹笛也跟了过去，每当有胳膊般粗的木头被扔出来，昆和詹笛就帮忙扛出来堆到岸边，每根木头都差不多有五庹长。贾伯先提着刀从树林里下来了，说要把木头的末端削得尖尖的，说完就用砍刀沿着木头根部削了起来。詹笛说，贾伯没准是怕被红蚁咬了肚子呢。贾伯狠瞪了他一眼，他便一溜烟逃进林子里了。

不一会儿工夫，大人们就扛着木桩下水了。天还是阴沉沉的，黯淡无光。每个人正隔着一定的距离插木桩子时，梯准大声说道："要是下大雨就别围网了。"贾伯骂道："别还没发烧就吃药，就算浪大得跟山一样高也不放弃。"詹笛说想跟昆一起下水帮忙插木头，贾伯又厉声道："别来添乱，要被水淹死的！"他只得长叹着

东北孩子

气,呆呆地站着望向河里。

当所有的"搣"网都被撑开、合在一起围成四边形,只有一个个桩子头露出水面之后,梯准就上岸拿了些小木棍,下到水里分给大家一人一根。然后,击打水面的声音就响了起来。不到二十分钟之后,人们便纷纷上岸,抽起了草烟暖和身子。可是阿爸的烟抽了还不到半卷,大雨就下了下来。虽然雨不是很大,风却刮得呼呼作响。贾伯命令大家赶紧下水检查围网,大人们就纷纷跳下水,游了过去,每人身后都跟着一个浮篓,远远望去就像是一只只的鸭子。昆最爱看阿爸的鱼篓,阿爸往左或往右转动身体,或是用脚踢水时,浮篓也跟着向左转、向右转,有趣极了。昆知道,其实水并没有深到需要游泳,阿爸是想表演给他看:阿爸比谁都强壮。事实可能也确实如此。阿爸从没抱怨过累,脸上也从不露出难过的表情给昆看到。昆站在那里,内心充满骄傲地看着自己的阿爸。

雨还在不停地打下来,风也依旧刮个不停,每个人都在水中弯着腰不停地摸索着网眼上的鱼。一道闪电劈下来,亮光正好照在阿爸手里举起的鱼身上,看得昆高兴地欢呼起来。

"全是大个头的单吻鱼和弓背鱼哩,昆娃!"梯准大喊。

"太好了,今天中午能吃凉拌弓背鱼啰!"詹笛的欢呼穿透了雨声,激荡在空中。

"俺这只勾到了单吻鱼哦,詹笛!"阿嘎用颤抖的声音大喊道。

天色比之前更阴沉了,倾盆的大雨下了很久,很久。昆只见贾伯先上了岸,一路小跑到他藏烟管的树下,然后就大喊起来,因为他的烟管被淋得湿透了。昆赶忙跑去打开鱼篓,看见里面的单吻鱼和弓背鱼装了将近半篓子,每一条都又肥又大。詹笛跑过去问冷不冷,贾伯咬着牙没好气地说:"不冷!就是太凉!"过了不久,昆的阿爸也提着鱼篓,和梯准一前一后地上来了。昆——打开鱼篓瞧,只见每个里面都有将近半篓子的鱼,让他完全忘记了寒冷。大伙们正说话时,梯准突然用手指着河的方向大喊起来。昆透过雨幕望过去,只见成排的原木和树枝正往这边漂过来,还有一大片新的树枝不断顺着水流漂过来。

贾伯弓着身站起来,用手挡在眉上放眼望过去,大声道:"大水过来了,还是下去收了网吧,不然水流会把网全卷走的。或者就干脆全部不要了。"阿爸立马说:"哪能不要网和鱼的!"然后就小跑过去,"扑通"一声跳下了水。梯准也紧跟着,第二个下了水。随后,庆伯和阿嘎也跟了过去。贾伯来回踱了一阵步子,最后走到了水边上,抬起手往水里看去。水面上只有"哗哗"的水流声。

"贾伯别下来了,原木跟树枝都一起漂过来了,水急得很!"梯准大喊道。

贾伯便只是站在那里,抬起手张望着。

昆清清楚楚地看到,阿爸抓住网的一角后,便朝岸上游了过来,可是没游多远,就被一股水流往下游冲了去。昆沿着河岸疯狂地追了过去,嘴里大喊着"阿爸"。不一会儿,庆伯和梯准也被水流冲了下来,最后一个被冲下来的是阿嘎。昆和詹笛吓得浑身发抖,直到看见阿爸最先上了岸,其他人也紧跟着上来了。昆估摸着,这里离围网的地方能有将近一线远的距离。大人们在雨中惊魂未定地相互问着平安时,只听阿嘎说道,"要是下水拿回哪怕一张网也好。"可是每个人都态度一致地回应他道:"冒险下水拿网,不如拿着命重要。"于是,人们便一同走回了树下,抱着膝盖一动不动地坐着看向雨中,好像连呼吸都停止了一般。

一直坐到河里的水慢慢升高,贾伯大喊了一个字:"回!"然后就带着所有人,穿过雨帘往回走去。

走到营地后,人们把鱼篓放到一起,就各自坐到自家的牛车下去了。阿爸对阿妈说:"东西虽丢了,心里也甘愿,风土水火是挡不住的。"阿妈便笑了起来。昆告诉翌笋,阿爸比谁都厉害,被水流和木头冲走了还有力气游上岸。翌笋便高兴得"啪啪"直拍手。阿爸伸过手来摸了摸翌笋和福莱的头,说道:"孩子们别怕,阿爸不会那么容易就离开你们的。"昆侧过脸去,一个人偷偷地笑了。

大雨停了，天空泛出银灰色，太阳已经从天顶往西偏了过去。午饭很快做好了，梯准"噗噗"地吹着火，待火苗窜起来之后就快步走到贾伯家的牛车下。贾伯正在车肚子下坐着抽烟，庆伯哈哈笑着说道："好好做上至少五坛盖碗的凉拌弓背鱼，吃了好弥补一下被水冲走围网的损失。"

昆的阿妈和康恭阿姐用刀沿着鱼脖子周围划上一圈，然后"咯吱"一下把鱼皮从头到尾整个剥下。梯准再逐一把鱼头砍下来，放到砧板上"咚咚咚"地剁着，又把鱼刺和鱼屎清理掉。过了一会儿，阿爸走过来，给他递了一把刀说："用两把刀一起剁吧，就像吴叔做凉拌猪肉那样，快不少哩。"梯准就依着做了。贾伯老婆端着陶锅从火堆那边走了过来，拿起梯准切下来的鱼头和鱼皮扔进锅里。昆就问她要拿去做什么？她说要拿去炖配着凉拌弓背鱼喝的汤，便回到了火堆边。昆和詹笛高兴极了，因为今天就能吃上凉拌弓背鱼了。

梯准把弓背鱼全部切完后，就用刀刮着盛起来，放进一个绿色的大锅里。

不一会儿，贾伯老婆就端着炖鱼头的汤锅过来放下，波喜婶就开始做凉拌弓背鱼了。只见她往绿锅里倒了一瓷碟的温水，然后拿搅棒来回翻搅。昆问她，不先把鱼肉烫熟吗？波喜婶就告诉昆说，不用，这才是做凉拌弓背鱼的正宗方法，用来调汁的腌鱼汤糊也得用温水，和鱼肉一起搅拌的时间越长，鱼肉会发得越多。波喜婶一边说，一边举起烧得温热的煮水锅，倒入和第一次一样多的温水，继续用搅棒来回翻搅。昆看见绿锅里的鱼肉慢慢变得像橡胶一样黏稠，真的越搅越多。波喜婶一直搅到手累了才停下来。昆又问她，要搅上半天，鱼肉能胀满整个绿锅子吗？她就回答道，就算搅得再久，鱼肉顶多只能增加三分之一。

波喜婶又翻搅了一会儿就举起搅棒，看到粘在上面的鱼肉黏稠到不会往下滴了，就擦了擦搅棒和锅口，抓起盛有炒米和磨碎的辣椒酱的小蝶，全部倒了进去。昆的阿妈也捧了一把砧板上切碎的干葱头，撒了进去。波喜婶就继续用搅棒搅。

波喜婶放下搅棒时，贾伯和庆伯就走了过来，一人拿食指沾了一点放进嘴里尝，"淡了一点。"贾伯说。波喜婶就转身拿贝壳勺子舀了两勺腌鱼汤，倒进去搅了搅。庆伯也学贾伯的样子尝了尝，然后说道："又够味又稠，刚刚好。"

于是，做凉拌弓背鱼的步骤就这么结束了，昆牢牢地记了下来，搅拌得越久，鱼肉就会越多，等搅拌到鱼肉像橡胶一样黏稠时就可以停了，然后倒入烧得温热的腌鱼汤，用搅拌棒或勺子继续翻搅。如果尝着觉得淡，就再加一些腌鱼汤。

二十七、捉蛙

这天下午，天空中依旧阴云密布，灰蒙蒙的，每个人都忙碌得连休息的时间都没有。没有人抱怨和惋惜被大水冲走的围网，也没有人喊累。因为大家已经决定后天就同栖河告别了，万一家里下了雨，回去就能犁地插秧了。

吃过饭后，大家就分头去找糖棕叶柄，用来盖在烤鱼的火堆上挡雨，昆也可以跟阿爸一道去。走在田边的时候，几个男人正在紧张地堵着田埂中一个往外冒水的豁口。其中一个大阿伯对阿爸说，他们村子今年下了些雨，可是一点水都没蓄起来，这之后还会有雨水降下来，准能种上地了。雨虽来晚了些，但也好过一点没有。阿爸说，俺们也要马上回家了，不过要是没下雨，就还得去蒙河一趟，去抓些鱼好换米换盐吃。那大阿伯又问阿爸："为啥不搬到其他村子去？"阿爸就答："先不搬，尽量先试着扛上两三年。"说完就离开了。那大阿伯又在身后大喊道："前头那三四棵糖棕树都是自个的，想拿几根叶柄都随意。"阿爸就呵呵笑着快速往前走去。

这些糖棕树都不太高,阿爸抬头看了看其中一棵,就把刀别在了腰后,轻快地爬了上去。不一会儿,就砍了叶柄扔下来,告诉昆先挑不太大的拖回去,因为看这天快要下雨了,拿回去叫阿妈先用来遮盖烤好的鱼。昆于是抓了两根不太大的叶柄先拖了回去,快到营地时,阿妈跑过来接了过去。然后,昆就回头跑去找阿爸了。跑到时,只见阿爸正拖着五六根叶柄,先把它们叠放在一起,然后用藤条牢牢地扎紧。阿爸告诉昆,树根旁还有两根捆好的叶柄,昆就跑了过去,抓住留出来两庹长的藤条头,跟在阿爸后面,"飒飒"响地往回拖。

阿爸带着昆又跑了三趟才全部拖完,最后回到营地时,阿妈已经遮好火堆的一边了,阿爸指着别在阿妈腰上的一把细竹篾道:"看哟,阿妈自己削竹篾哩。"昆直夸阿妈真厉害,阿妈转过来,笑着对昆说:"阿妈也跟阿爸一样会好多事呢,结渔网、编手网、编饭箩,阿妈全会。"昆高兴地冲着阿妈笑,阿妈说的这些事,昆全都见她做过。

阿妈和阿爸一起搭好了遮雨棚,阿爸就带着昆进树林子去找柴火,好拿来生火烤鱼,还有半夜里给牛取暖。阿爸可怜这些黄牛们,因为黄牛不喜欢下雨和天凉的日子,阿爸说要是后天不回家,就给黄牛也搭个遮雨的盖棚。当走到一棵倒在地上的枯树跟前时,阿爸就用斧头砍了一下,见已经枯了很久了,就从上面砍下了一段胳膊长的树枝。阿爸的这把斧头就跟没带过来的那把一样锋利,只不过没带过来的那把是另一种样式,叫做"冠斧",斧柄足有一庹昆的两只手臂那么长,但斧头上部还延伸出一肘多长的斧冠。阿爸用这种斧头来削木头或劈柴都可以。阿爸砍树枝时,昆就去给阿爸找藤条。找来的藤条里有"雅娘藤"或"束藤子"的,比其他差不多大小的藤类都有韧性和耐用,阿爸扎篱笆、做鸡圈和结茅草捆子的时候,都会用这两种藤条。砍到一大堆柴后,阿爸就拿藤条绕到柴堆上,首尾一系打好结,再和下一捆连起来系好,方便用木头挑回去。哪一捆是要让昆挑的，阿爸就扎得小一点。接着，阿爸就砍了两根长木条，一根给了昆，告诉他解下裹腰布，多叠几层垫在肩膀上，肩膀就不会疼了。然后，阿爸就拿木条像扁担一样挑起了木柴，昆也照着做了，跟在阿爸身后往回走。

　　回到营地时，长长的浓烟已经从遮雨棚下直升到空中了。贾伯坐在他的棚子下朝阿妈喊道："把之前烤的鱼全都拿来再烤烤，天气凉，鱼容易臭。"正在帮阿妈烤鱼的詹笛说："腐了的鱼扔掉就好了，反正每人都烤了足足两大箩筐的鱼，回家路上黄牛们肯定拉得背都弓起来了。"贾伯就说："得了这么多烤鱼还不满意？咋不想想在林子里捕知了逮蜥蜴的日子？总有一天又得回到顿顿吃腌鱼的时候！"詹笛就不说话了。

　　梯准从河岸边走回来说，水一直在涨，水流很急，也不知今晚该去哪里撒网好。庆伯说，去水塘边找找就好，不久又得下大雨了，要是抓不到鱼，就去抓些青蛙蛤蟆回来烤，也不白走一趟。庆伯刚一说完，大风就"呼呼"刮了起来，紧接着雨点便打了下来。只听贾伯的声音大喊道："所有人先把饭菜做好，万一傍晚前天黑下来就能吃了。全部一起过去找鱼抓蛙。"然后便响起了阵阵雷声，夹杂着道道闪电。

　　不一会儿，牛车上就传来阿爸吹笙的声音。昆看过去，只见翌笋和福莱在一旁拍着手。阿妈说，阿爸从没怨过累，等昆长大了，要干很多很多的活儿，也要像阿爸一样能忍。昆一边不住地点头，一边高兴地帮阿妈把竹匾上的烤鱼翻面。哪边的火小了，阿妈就拿竹筒"噗噗"地吹；哪边的火太旺，阿妈就用木条把柴火拨开。"再过两天就能回家了，孩子，想阿奶不？"阿妈问，昆回答说想。"醅鱼子阿奶可想吃呢，等回家了，你就拿去给阿奶。"阿妈笑着说。

　　这天晚上，雨虽然停了，但天气还是很凉，往哪个方向望过去，都是一片黑暗。贾伯说，谁想去塘里抓鱼抓蛙的就去吧，他要先休息一个晚上，有阿嘎和他老婆去就够了。梯准反问道："别人就

二十七、捉蛙

不冷吗?"他便回说:"只是太累了,上了年纪的人力气可比不过年轻人。话说回来,梯准跟康恭可别故意迷路跑上塘边的林子里去啰。"梯准就说,要真那样做了,准叫雷给劈死,还说叫贾伯好好看着牛和东西。然后,每个人就点起了火把,一簇簇浓烟也随着冒了起来。

  昆这次又能跟着阿爸去抓蛙了,詹笛也是。阿妈拿了一个鱼篓紧紧地系在昆的腰上,给了他一个火把,又拿了格马布缠在他头上。阿爸也在腰上系了一个鱼篓,又拿了两根一庹长的拂尘别在腰后。昆问要拿去做什么,阿爸就告诉他,如果火把烧短了,把它绑到火把上,火就不会烧到手了。

  "可千万当心啊,抓青蛙蛤蟆时,附近兴许会有蛇。"阿妈担心地对昆说。昆回答道:"没事的,阿爸已经教过了,抓青蛙蛤蟆前一定要到处都看仔细了。"只听梯准的喊声传了过来:"大部队可以出发啰!"阿爸就带头走了出去。贾伯的声音又追了过来:"要是没鱼可抓,就多抓些青蛙蛤蟆子,装满鱼篓再回来!"

  "好!别让强盗抢了黄牛唷!"庆伯举着火把走在昆和阿爸后面,朝身后喊去。阿爸说道:"先直接去塘那边吧,要是鱼从塘底上来了,还可以捞上两三篓子的。"说着就往田的另一头走去。

  塘边已经有好几束火把的光正在忽闪着,阿爸又加快了步伐。等到了塘边却发现,河水浑浊得很,阿爸问庆伯:"都照不见鱼的影子该咋办?"庆伯就说去抓蛙吧,然后就各自分头去找了。

  阿爸静静站着,侧着耳朵仔细听了一会儿蛙叫后,说道:"林子边上有姬蛙在叫,先去抓姬蛙,再去抓青蛙吧。"于是,快步朝那边走去。等到了姬蛙叫的地方,阿爸就叫昆绕到另一边去。只见一对红色的姬蛙正在水边的一棵树下"哒——嘚嘚,哒——嘚嘚"地叫唤着,昆从没见过这种蛙,于是蹲在近旁拿火把照着看。那对蛙依旧那样叫着,一点也不理会昆。阿爸走过来问怎么了,昆就说从没见过这种姬蛙。阿爸说:"这就是红姬蛙。我们村子那附近不常见,和斑姬蛙、乌姬蛙一样都能吃。"昆抓起来看,只见它大腿根上有三四条花纹,个头比昆之前抓的姬蛙小一些,但是体型跟其他姬蛙都差不多。

花姬蛙比乌姬蛙个头小,从头到尾都有黄白相间的花纹,乌姬蛙则浑身都黑漆漆的,不过叫声也是一样的。昆抓住两只红姬蛙放进鱼篓,然后继续往前走。

等到红姬蛙和花姬蛙每种都抓到了七八只后,阿爸就带昆往水田的方向走下去,说要去抓青蛙了。阿爸循着青蛙叫的方向径直走过去,没多久,昆就捂住了一只大青蛙,举起来给阿爸看。阿爸就叫他先把蛙腿折断,再装进鱼篓。昆问为什么,阿爸就告诉他,这样倒进竹篾里时,它就跳不出来了,又教昆把蛙从大腿根连着屁股的地方折断。昆于是把火把夹在大腿中间,按着阿爸教的把一条蛙腿"咔"地一下折断,再折断另一条,然后装进鱼篓里。正当昆打算再去抓其他的青蛙时,那只蛙又"呱呱"叫了起来。昆听得心里难受,就问阿爸,为啥折了它的腿还叫?阿爸回答他,就算折了腿它也不疼,要是再放个六七天,折断的腿就会长好,又能像原来那样活蹦乱跳了。

昆还没捉到多少青蛙,火把就只剩一拃来长了。阿爸就说,先回去吧,庆伯他们也已经回去了,等晚一点再出来抓。因为天黑时,青蛙会从水里游上岸,比傍晚时的反应钝,更好抓。天亮前,大多数青蛙会跳进林子里,挖洞钻进去,或者藏到厚厚的树叶堆下,到那个时候再去林子里抓,能比在田里追着抓的多得多。

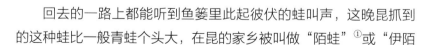

回去的一路上都能听到鱼篓里此起彼伏的蛙叫声,这晚昆抓到的这种蛙比一般青蛙个头大,在昆的家乡被叫做"陌蛙"①或"伊陌

---

① 学名Fejervarya limnocharis,中文一般译作"泽蛙"。"陌""伊陌"是分别音译自泰语的Khiat mo,Khiat Imo。

蛙"，体型跟刚刚成熟的青蛙一般大，有的从头一直到屁股尖处有一条棕色的斑纹，叫声和青蛙或姬蛙都不一样，是"喔喔"的声音，可是一样好听。

阿妈一个人坐在遮雨棚下烤火。贾伯看到灰麻和红毛叫着跑了回来，就问："这么快就抓到满渔篓的鱼回来了？"梯准的声音抢先答道："等夜深一些了再过去一趟。"贾伯就不再说什么。

昆睡着后，醒来时大失所望，因为天都已经快亮了。他下了牛车，去遮棚下面找阿妈，只见阿妈正把大鱼篓里大大小小的蛙一股脑往坛子里倒，各种蛙的叫声混和在一起。阿妈说，她跟阿爸两个人去抓蛙了，每人抓了将近一篓子，不把昆叫起来，是想让他好好休息，就同阿爸趁着夜深悄悄地去了。说完，阿妈端起蒸饭用的陶水罐往坛子里倒了约莫四五大盏的热水，就再也听不到青蛙、泽蛙和姬蛙的叫声了。接着阿爸便抬起那个坛子，连水带蛙一股脑往竹匾上倒下去，每只蛙就都纹丝不动地躺在上面了。

阿妈说，用热水把它们烫死后，身上的黏液就冲干净了，再拿竹条串起来，十几只串成一串，就能拿到火上烤了。等到回家的路上，要是有人要买或是用稻谷来换，就好估算几串烤蛙换多少稻谷。阿爸拿了一根竹子过来，劈成了三四把竹条，再把一端削尖，阿妈便一根一根地拿过来，熟练地穿进蛙身子里。昆也想帮忙，阿妈就让他一起串。阿妈告诉他，每根竹条别串混了，姬蛙就跟姬蛙串成一串，青蛙就和青蛙一起串。阿爸过来把青蛙全拣出来，单独堆在一边，然后用刀子剖开肚子，把肚子里的东西掏出来，有籽的话就留在肚子里。昆问，不把内脏掏出来，整只烤不行吗？阿爸告诉他，也行，但放久了会有臭味，就没人愿意买了。

太阳放出光来了，每个人都兴高采烈地聊起了天。梯准对昆说，要是没有带籽的蛙，就去找他要。詹笛赶紧说，他得的比谁都多，找他讨个两三只也行。但昆都不要，因为阿妈拣出来的带籽蛙，也有十多只呢。

"烤好了给你蘸辣椒酱吃。"阿妈说话的时候，阿爸正扛着串肉的竹条走过来，放到之前烤鱼的架子上。

阿妈把竹条劈成四五根，麻利地取了一只大个头的泽蛙穿上竹棍，固定好之后，又把两只蛙腿紧贴蛙身交叉叠好。泽蛙都串好后，也照这样的方法开始串姬蛙和青蛙。等到阿妈把蛙串插在红红的炭火边时，香味没过多久就四溢开来。

这天的早饭，阿爸特意做了一道干拌蛙。阿爸拿了一串烤熟的蛙串，在砧板上剁碎，然后放进捣碗里捣细，撒入辣椒面和炒米，又倒入一些煮开的腌鱼汁，再加入切碎的干葱头，拿捣棒搅拌均匀。接着，阿妈拿来了一个红蚁窝掰开，从里面捏起两三只红蚁，扔进捣碗里。阿爸继续拿捣棒翻动了一会儿，便端起捣碗，倒进一个大的坛盖碗里。

"这就是美味的干拌蛙啰。"阿爸笑着对昆说。昆连连地直咽口水，因为很久很久没有吃过干拌蛙了。阿爸说要去找些红芽尖、卡里椰叶和玉蕊来下酒吃，然后便钻进林子不见了。

阿妈把蒸屉里的米饭翻了个面，就动手做起了配烤蛙串吃的辣椒酱。

阿妈取出村长给的五六颗鲜辣椒，扔进火堆，又拿了两根干葱头一并扔进去。过了一会儿，就把沾着灰的辣椒和葱头一个个拿出来，把灰吹干净，放到捣碗里，用捣杵"咚咚咚"地捣着。捣碎之后，倒入腌鱼的原汁，再用捣杵搅拌了一会儿，然后便盛出来，装进盘里。蛙串被烤得滋滋响时，阿妈就叫昆去给烤蛙串翻面。昆守在火旁看了一会儿，阿爸就挟着一把野菜走过来，放到了竹匾里，然后去牛车里叫翌笋和福莱起床。阿爸把福莱抱下牛车，捧了竹筼里的水让她洗脸。翌笋跑了过来，靠着昆的肩膀站着，一个劲儿的咽口水。阿妈告诉她，每人都要先洗脸刷牙洗手才能吃饭。翌笋就跑回去找阿爸了。在那之后，各种各样的菜肴就被端到了牛车下面，大家围坐好后，就动手吃了起来。

东北孩子

二十八、打鱼的最后一天

今天是打鱼的最后一天,也是每个人干活最累的一天。即使梯准从水塘回来告诉大家,水塘里的水又升了约莫半腿高,也没人愿意停下手里的活。因为,贾伯说后天是良辰吉日,决定就在后天启程回家。至于明天,则要用来休息和做准备。

大人们已经决定:为了能在半夜里抓鱼,要把牛车队转移到水塘边上。这会儿,每个人都在忙着把东西迅速地装进牛车。黄牛们被牵到车前套上牛轭时,兴奋得摇头晃脑,牛铃铛被甩得"叮当"作响,仿佛在说:"终于可以回家,和村里田头的伙伴们重聚啰!"昆的两条狗子和梯准的狗也转着圈奔跑,"狺狺"叫着,估计也在为可以回到家附近的林子里逮獾而高兴不已。牛车队出发的时候,太阳正好在头顶上,不过,厚厚的乌云依旧来回飘荡着布满整个天空。稻田里到处都泥泞不堪,牛车队只能绕道,沿着林子的边缘走。

车队沿着林子前进时,打头贾伯的牛车突然停了下来,因为前方出现了一簇灌木丛,挡住了牛车的去路。人们便齐心协力地忙着拔灌木、清道路,碰上大棵的树,阿爸和梯准就冲在前头砍倒,小棵的则由女人们帮着砍。昆也大汗淋漓地帮阿妈把树枝抱到旁边扔掉。清理了差不多十几庹时,贾伯的刀把子断了,他奋力把刀往林子里扔去,冲阿嘎埋怨道:"砍的什么破烂树回来做刀把子。"昆阿爸拿了把新刀给他,他却摇头说,"拿人家的刀用要坏了自己名声的。"就去拿来一把斧子继续砍。没多久,庆伯的刀把子也断了,但他也不愿用阿爸的刀砍树。阿爸就说,等到了晚上谁想换刀把子都行,因为他带了两把备用的砍刀把,斧头把子也备了。庆伯就说:"昆娃爸真是想得周到。"詹笛也跟着说:"昆阿爸厉害的事可多哩,等到了家,可以去当老师教学生了。"阿爸听了便哈哈笑了。

牛车队停在一个水塘边上后,黄牛们就都被牵到附近的草地去了,人们也纷纷拿着渔网和鱼笼下了水塘。阿妈吩咐昆好好看着黄牛和阿妹们之后,就拿着抄网和鱼篓跟着阿爸走了。不一会儿,詹笛走过来说,那一头的树林子边有放牛的女娃唱歌谣的声音,要不要去和她认识一下。昆就说等她们走近一些再说,并且要詹笛一个人同她们说话。詹笛便说:"嗯,俺来说话,看俺嬲上一两个女娃子。"翌笋说:"不许走远,阿爸阿妈回来要骂的。"詹笛就说:"不去哪里,就带昆去找个老婆,翌笋不喜欢吗?"翌笋就说:"谁都不行,她会来把饭全抢吃光的。"

过了好一会儿,牛铃铛的声音越来越近,只见四五头水牛边吃着草儿,边慢悠悠地走了过来。之后,便出现了跟在后头的三个唱着歌谣的女娃。詹笛早已从牛车上下来,微笑地站着了。昆扭了扭头,只见那些女娃正站在树荫下面朝他们招手,心里顿时怦怦直跳。还没等他反应过来,詹笛就拉着他的胳膊去找那些女娃了。有两个女娃跟

东北孩子

昆一样年纪，另有一个年龄最大的，差不多十岁，脸蛋宽宽的，很白皙。三人都穿着旧的筒裙和上衣，肩上挎着小鱼篓。詹笛凑过去夸道："歌唱得真好，声音也真好听。"说完便把胳膊交叉抱在胸前。最大的那女娃就说："等长大了想练习当唱师。"詹笛又呵呵笑着说："先坐下聊聊天吧。"女娃就说："怎么坐？地上全是湿的，屁股全得坐湿了不可。"詹笛便说："对哟，这都忘了，站着说也行啊。"

　　詹笛问她们鱼篓里有些啥？她们就说："有蟋蟀、泽蛙，腰上缠着的格马布里还裹着烤泽蛙和腌鱼辣酱做的饭包，可以一起吃。"詹笛就说："俺们吃饱啰，黎逸府全是好心肠的人。"说得三个女娃笑脸绽放，露出了鲜红的牙龈。

　　"你们上学没有？"詹笛问。

　　"俺上三年级，这俩在一年级。"

　　"俺和昆也上学了，在学前级。"詹笛的话说得三个女娃子咯咯直笑。

　　"昆的阿爸是老师，俺阿爸是村长哩。"詹笛又说道，说完转过头冲昆一笑，昆只能避过脸去，长叹了一口气。

　　"你们好像挺厉害的唷。"另一个女娃说，这个女娃的眼睛比另外的两个黑，目光就像翌笋的猫一样炯炯有神。

　　"厉害着哩！俺们刚去完琅勃拉邦回来。"詹笛故意把脸绷紧。

　　"琅勃拉邦在哪个方向？"年纪最大的女娃问，问得詹笛一时语塞，只得转向昆求援，最后竟然答道：

　　"忘了，只记得要跨过那湄公河。"

　　年纪最大的女娃又嘻嘻笑着问："主要的方位有哪几个？"詹笛说："俺家那边出家①的人有好多，有阇梨、有上师、也有沙弥。"三年级的女娃便教他道："不懂，还装懂，问的是太阳升起或落下的那个'方向'，村长家儿子连方向有几个都不知道。最主要的方向有四

---

① 泰语里"方位"（thit）和"出家男子"（thit）两个词同音。

个：北，东，西，南，记住咯！"詹笛又说："哦，没错！见到美丽善良的女娃子，就把老师教的全忘喽。"他说完又回过头看昆，三个女娃的笑声又再次响了起来。

"你会唱歌谣不？"黑眼睛的女娃问昆。昆一时不知所措，吞吞吐吐地说：

"不——不会。"说完便对女娃笑了笑。这时昆的胆子大了一点，因为詹笛捏了捏他的手腕示意着。

"你叫啥名字？"昆问。

"叫秋儿。"她说完，目光直直地盯着昆的眼睛。昆马上扭头避开。

昆正难为情的时候，詹笛又开口说道："黎逸的女娃声音都好听着哩，再过一天俺们就走了，要是能唱首歌谣来听听，一定会记到长大的，没准以后还会过来。"三年级的女娃就说："好呀，这里不愁吃，鱼蛙只只都个头大。"然后又对昆说："记住啦！昆，长大了一定要来哦。"

"嗯，一定来。"昆说完这一句后，感觉整个人都飘了起来。

这时，翌笋的声音突然大喊道："贾伯要上来了！"詹笛赶紧抓起昆的手、飞快地逃走了。只听女娃在身后传来："别摔咯，阿昆，俺很中意你哟！"詹笛停下来，朝她们喊道："那俺呢，你们不中意吗，俺比昆可厉害多了哟！"贾伯的声音便传了过来："哎呀呀，还没长大就要有老婆啰？"詹笛呵呵笑着上前说道："先去嬲着玩玩，等俺跟昆长大了，就到这个村子来讨老婆。"

"长得好看不？"贾伯笑着问道。

"三个都好看着哩，可胸还小得很。"詹笛说。

"有多小？"贾伯又问。

"跟苍蝇脑袋一样小，跟越人姑娘的不能比。"

"你都看过姑娘家的胸了？"贾伯惊讶地问道。

"嗯，昆也看到了，婉当的胸可真是好看。"

贾伯哈哈大笑，然后坐下来抽烟。贾伯说："每人都抓到了半篓子鱼，鲈鱼跟黑鱼混在一起，女人们也抓到不少小虾跟小鳅鱼，今晚要是不下雨，还能再抓上一整晚。"说完就站起身，又拿了一张渔网搭在肩上，一边咳嗽一边下了水。昆望向水塘的方向，看到阿爸正在撒渔网，阿妈没用抄网捞，而是在用鱼笼来回笼着，原来阿爸把鱼笼也带上了。昆就这样站着看了阿爸阿妈很久很久，早就忘记了黑眸子的秋儿，因为他实在太心疼阿爸和阿妈了。

福莱正在牛车上酣睡着，睡醒了便爬到车沿子边上问昆："阿妈呢？"昆凑近了告诉她，阿妈上那边塘里去抓鱼了。福莱就瘪着嘴望向水塘的方向。当昆跳上牛车要带她去吃饭，她才又绽开了笑脸。昆刚一拿出饭箪、腌鱼辣酱碟和装烤蛙的小碗，翌笋也坐了上来。詹笛也拿着饭箪和一大条烤鲶鱼过来，坐到了牛车沿子上，说："俺们到了有好多大鱼大蛙的地方，就要使劲地吃，等回了家，又不知要吃啥了。要是不下雨，又得天天吃咸鱼啰。"昆掰了鲶鱼肉和烤蛙的大腿子，放在饭箪盖上，递给福莱，福莱抓起来就塞进嘴里，"咂吧咂吧"嚼了起来，碰上有骨头或鱼刺的，就扔给举着前爪、狺狺直叫的三条狗。"好好吃，别让米饭从嘴里手里掉下来。"翌笋轻声对福莱说。昆知道翌笋记住了阿妈教的话，感动极了。他很心疼两个正在大口吃饭的小阿妹，她们一点也不知道现在身在何处，也不知道要去往哪里。

阳光减弱了很多，抓鱼大部队也陆续从水塘里上岸了。阿妈快步走在阿爸前头，先冲过来亲了亲福莱的脸蛋，放下手里的鱼篓和抄网。阿爸先亲了翌笋的脸蛋，又亲了一下福莱的脸蛋说："饭吃了没？累不累？阿爸的孩子们真棒！"阿爸取了空竹匾搁在牛车边上，抓起鱼篓把鱼一溜儿全倒了出来，阿妈也端起自己的鱼篓倒了出来，但只有小鳅鱼、小米虾和田螺。昆就问，鱼笼子笼不到鱼吗？阿妈笑着告诉他，笼到了，都装在阿爸那个鱼篓里了。说完，也顾不上休息，就直接去生火煮饭了。阿爸则忙着"邦邦"地砸起了鲶鱼、鲈鱼和黑鱼脑袋。昆走过去坐下，也拿出竹匾里的鱼来帮着砸。阿爸说，抓的这半篓子鱼全给阿妈做腌鱼，至于小鳅鱼和小虾米，就做成酸拌的留在路上吃，前些日子做的已经吃光了。

这时梯准的声音传了过来："今晚还要再下去一趟，一直抓到天亮。叫昆娃也一道儿去学学笼鱼，要是笼得好，长大后来这里讨老婆才不会被嫌弃。"詹笛抢着说道："现在啥本事也没有，都有漂亮妹子来追俺跟昆哩，用不着再学啥子啰。"

贾伯老婆插嘴道："浑蛋小子，字母都还写不全，就学着追妹子！"詹笛就什么也不说了。

时光过得真快。昆帮阿爸剖完鱼肚子，取完鱼肠子，天也正好擦黑了。阿妈告诉阿爸，吃的已经准备好了，叫他先带孩子们去吃饭，她做完腌鱼就去吃。说完就拿来盐碟和一口大坛子坐下来。昆问，"阿妈不累吗？"阿妈只说："一点都不累，做完腌鱼，吃完饭，还要下塘去抓鱼哩。"然后就麻利地开始做腌鱼了。有时阿妈会歇歇手，和也在做腌鱼的康恭阿姐和波喜婶说说话，并一起开怀大笑。

夜幕笼罩了整片田野，只有水塘那边还能望见点点的波光。微风轻轻拂过，让人心旷神怡。几只夜鸟叽叽喳喳地从头顶掠过，一只帝烈鸟①落到近旁，"宗宗"地叫着，让人心里空悠悠的。不过，当贾伯高声喊道："谁要先下塘的就去吧，俺要看着牛群，等半夜再来换俺。"人们就又开始忙着准备渔网和鱼篓了。阿爸叫昆跟着一起去学笼鱼，阿妈就先和阿妹们睡觉，等夜深了再去。昆拿了火把点着，笼口朝后地抓着鱼笼子，兴高采烈地走在了阿爸前头。到了水塘

---

① 此处为音译，泰语是nok ti lek，意译为"打铁鸟"，拉丁文学名和中文名称均不详。根据其名称推测，大概这种鸟类的叫声类似打铁的声音，因而得名。

边上，便看到有村民举着两根火把慢慢走到跟前，是三个男人来找贾伯的，说村长喊他去捉琵琶鬼，琵琶鬼上了村里一个男人的身，从傍晚开始就不肯离开了，村里两个驱鬼的巫师都束手无策。没过多久，贾伯就背着枪快步跑了过来，弄清了来由后便说："好嘞！看俺把那琵琶鬼抓到罐子里，今晚唱歌谣给抓鱼的大伙儿们听。"

贾伯走向牛车，没多久又走了回来，问谁要跟他一块儿去。阿爸就问昆想不想去看贾伯捉琵琶鬼，昆说想去，阿爸就让他去了，詹笛也得了允许一起去。能看到捉琵琶鬼，昆兴奋极了，因为他还从来没看过。贾伯叮嘱大家要努力抓鱼，好好看着牛群，然后便快步跟着村民走了。一路上，詹笛都缠着贾伯问这问那。贾伯说，一个人变成琵琶鬼，是因为学了很多巫术咒语但不遵守老师的教导，那些咒语就漂来漂去找人肝人肾吃，吃饱了、人死了，咒语就又回到主人的身上；也有人变成琵琶鬼，是因为种了太多药草，那些药草不采摘治病，就会变成琵琶鬼附在种药的人身上。詹笛问贾伯都是从哪里学到的，他便响亮地说道："你都知道了，俺可是琅勃拉邦城里大师的弟子。"詹笛便不再做声。

这户人家的屋子里已经坐满了人。他们刚到梯子口，就听到村长举着火把对贾伯喊道："大师快来，这琵琶鬼性子忒拧了，两个师父都甘拜下风回家了。"贾伯不说什么，站在梯子口"唵密般呗"地念了一会儿咒，又用脚重重地往地上踏了几踏，昆的心也跟着提到了嗓子眼。接着，就见贾伯把裤衩卷起来，在腰间扎紧。詹笛举着火把凑进一看，只见清晰的花纹布满了他的大腿根和整个身子。贾伯从梯子迅速上了晒台，然后快步走到一个躺着的男人边上坐下来，伸手抓住那男人的两个手腕。那男人便突然"嗷嗷"地大叫起来，并来回扭动着身躯，好像痛苦万分。贾伯开口问道："你姓甚名谁？从哪里来？"生病的那人便颤抖着答道："名字叫亩，家住水亭村。"贾伯抬起手奋力朝他的胸口拍了三下，又问：

"怕不怕我？认得我否？"

"认得了，怕了，俺要逃命了。"

病人说完，又嗷嗷地叫了一下，然后便躺着一动不动了。屋里所有人正鸦雀无声的时候，贾伯弯下腰轻轻地朝病人头上吹了口气，大声说道："真可惜！还没来得及问是跟谁一道来，哪个指使的，就逃走了。"接着，便响起了村民们交头接耳的声音。

病人神情恍惚地坐起身来，左看看，右瞧瞧，吓得昆和詹笛再次抱成一团。不过，当听到他口齿清晰地开始说话，二人便都松了一口气。昆依稀听到人们说，这个病人已经发热三天了，下午托他老婆去庙里求了一个椰子回来吃，结果到了傍晚就打起了冷颤，琵琶鬼就上身了。贾伯同村民们聊了好一阵子后，说道：

"好了，俺要回去抓鱼了，今天先告辞了。"

"真厉害呀！不愧是琅勃拉邦大师的弟子。"村长呵呵笑着说道。

"您先回去歇息吧，明天俺给您送一坛子腌鱼过来。"被琵琶鬼上身那人的老婆大声地说道。贾伯站起身，放下裤腿，就带着昆和詹笛下了屋，往回走去。詹笛对贾伯说，要是她真拿了腌鱼过来，一定要分给他和昆。贾伯说：

"一言为定！给你俩一人一碟。"

二十九、准备回家

贾伯去村里捉琵琶鬼回来的晚上，天上一颗星星也望不到。他们走到水塘边时，庆伯一群人正在撒网，大家就问怎么这么快就回了？抓到琵琶鬼来给俺们唱歌听了没？贾伯说没抓到，琵琶鬼刚报上姓名就逃走了。梯准又问，带酒回来给大伙儿们喝了吗？贾伯就回他说不是喝酒的时候，等明天他亲自去买酒来喝，然后就叫大家先抓鱼直到天亮，毕竟是最后一天了，他自己要先去睡一觉，恢复一下体力。

阿爸叫昆也上牛车去和阿妹们一起睡觉，要是阿妈想来抓鱼就让她来，这会儿鱼正往岸边来找吃的，每回撒网都能抓到五六条鲶鱼或黑鱼。昆于是拿着火把快步走回牛车，阿妈正坐在牛车沿子上，就对昆说："翌笋和福莱已经睡了，要是福莱醒了哭着要妈，就好好哄哄她，阿妈要去抓鱼了。"说完就下了牛车，穿上筒裙，把裙摆卷到膝盖以上，拿起鱼篓紧紧系在腰上，然后提起鱼笼，就消失在了夜色里。过了一会儿，贾伯催阿嘎快去撒网的说话声便响了起来，只听他说他自己来看着牛群和牛车,阿嘎他妈还在捞鱼,要是累了就叫她回来睡觉,他过去换她。之后,周围便不再有说话声了。贾伯给牛群边上的火堆添了柴火,然后坐到牛车上,一边吸着烟,一边望向闪闪的火光。

昆也想下水抓鱼,但是阿爸让他回来陪阿妹们睡觉,他只能坐着叹气。昆十分心疼阿爸和阿妈,他们连片刻也不愿休息。阿爸曾说,要是哪天没有干活出汗,那天准得发烧。昆的阿爷也和阿爸一样,不管热天还是冷天,阿爷也一天都没休息过,直到老一辈一个接一个地去世。阿爷每天五点之前就起床,挎上篓子出门,回来时,篓子里有泽蛙,有青蛙。阿奶便会收拾了做成菜肴给阿爷吃,吃完后,阿爷又继续干活……从阿爸能记事起一直是这样,直到阿爷生了重病,一走就再也没有回来。

昆醒来时天已经快亮了,抓鱼的大部队也刚好回来,每人都抓了一篓半的鱼。阿爸和阿妈一起把头探进牛车,见翌笋和福莱正睡得香,就走开来,去把篓子里的鱼倒进竹匾里,开始动手做鱼。昆问阿爸:"不先睡觉吗?"阿爸说:"先不睡了,得先把鱼撒上盐再睡,看这天上没乌云,估计是个大晴天,能让这些鱼和之前做的烤鱼好好晒晒,再装到篮子和箩筐里。"昆往外望去,只见詹笛正在帮他阿爸"邦邦"地敲鱼头,于是也坐了下来,帮阿爸和阿妈敲鱼头。那之后就听到贾伯和梯准喋喋不休的争吵声,吵的是琵琶鬼的事。梯准说不信真有琵琶鬼,每回一有人发热,总说是琵琶鬼上身。贾伯就说:"要是不信,敢不敢教琵琶鬼上你的身来试试?俺家里养着好几只。要不就往你肚里放张牛皮?"康恭阿姐插嘴道:"要对梯准念咒的话,还是先叫他种地收上一百牛车的大米吧。"说完,人群里便响起一阵欢乐的笑声。

这天真的像阿爸说的那样,天上没有厚厚的积雨云,太阳格外的好。快到中午时,大家各自把咸鱼搭在架子上翻晒,烤鱼的架子上又冒起了烟,因为前些日子烤好的鱼得拿出来再烤一次。昆帮阿妈翻完咸鱼，又一刻不愿停地跑去翻烤鱼。阿爸正在削木头，好接在牛车后面，再延长一段。阿爸说，叠着的那些箩筐都要用来装咸鱼和烤鱼，然后拴在牛车后面，还有各式各样的工具也要拿来系在这里，因为在回去的路上，车上要腾出地方，放村民拿来换鱼的稻米。昆就问阿爸不要谷子吗？阿爸说不要，没地方装了。要是能卖到钱更好，然后用钱在县城里买些稻谷。

阿妈把两张已经晒干的渔网放在牛车上，盘成了一个球形，又从牛车里拿出两块黑布摊平，把渔网一张一张放进去后，牢牢地扎紧。阿妈解释说，这样包起来是为了防止在林子里过夜时，各种小虫把渔网咬破。之后，她又抱着一大包衣服下了牛车，走到水塘边上，不久后又回来，把衣服展开来，放在草地上摊平。这些衣服都是阿爸和孩子们的旧上衣裤子和筒裙。昆问阿妈，是不是去洗衣服了？阿妈说是，然后拿出来两个小枕头和两条被子，在牛车棚顶上摊开来。两个小枕头是翌笋和福莱的，昆则是像阿爸阿妈一样，枕在拳头上代替枕头，睡得也很舒服。

太阳从头顶偏下了三度，所有东西都收拾齐整放到了牛车上。贾伯问阿爸拿藤条把腌鱼和酸鱼坛子绑紧了没？阿爸就说都绑紧了，装咸鱼、烤鱼的箩筐跟篮子也都绑好了。阿爸又问贾伯，黄牛撞伤的事忘了没？贾伯就回说忘了，不生气了，他的黄牛头头都比之前更壮实了，还说明天凌晨牛车队就出发，要是谁的黄牛不够壮，准跟不上他了。

"这会儿是去村子里耍，还是去栖河里玩水好？"庆伯问贾伯。

"去栖河玩水吧。"贾伯说。

昆和詹笛高兴得手舞足蹈，今天可是最后一次在栖河水里洗澡了。昆心想，要是阿爸能带他们在河里划船，肯定有趣极了，因为昆打出生以来还没划过几次船呢。正说着话时，五个村民沿着水塘走了过来。贾伯指着他们喊道："那里那里！昨晚琵琶鬼上身的家伙扛着腌鱼坛来给俺啰！"

"你分给俺和昆的可要一样多哟。"詹笛说。

"你可没像俺这样赶跑琵琶鬼，你还要拿吗？"贾伯说完，呵呵笑起来。

带头快步走来的是村长，另外的三人昆不认识，只认得扛着坛子的那人，就是昨晚被琵琶鬼上身的。走近之后，扛坛子的人就哈哈笑着对贾伯说，"没啥好东西孝敬大师，只有这小坛子里的腌鱼。"

"这腌鱼对佬族人来说可是最高级的食物，俺们万分感谢。"贾伯说。

不一会儿，阿嘎就把坛子扛到了牛车上。昆见詹笛哭丧着脸站在那里，就悄悄问他："失望了吗？贾伯不分腌鱼给你。"他便摇摇头说：

"俺跟贾伯说笑的，不过要是真的给，俺也真的拿。"

贾伯用洪亮的声音对村长说，每人都至少弄到了四大坛子的腌鱼，烤鱼和咸鱼干每人也有三大箩筐，酸腌小鱼和醢鱼子弄到不多，另外，每人还有一箩筐的烤蛙，回到家应该可以换米盐吃上好久的了。

"那就好！要是家乡不下雨，就再一道过来。"村长说完，朝大家来回地笑着。

"嗯，下一趟多带些人过来。"庆伯说。

村长又问贾伯，还生不生那个撞了他黄牛的牛主人的气？还要让自己儿子去和人家比试不？贾伯哈哈笑着说："气都消了，黄牛身上的伤也都好了，也告诉他把之前的事都忘了吧。"村长便说："那就好，东北人互敬互爱就对了！今晚要是不嫌弃就一起吃饭，沙陀酒也有，白酒也有。"梯准大声回了句"那就太好了！"贾伯狠狠瞪了他一眼，便对村长说道："要是不太累就带两三人过去吃饭，晚上大伙儿要一起先去栖河里洗澡。"村长又叮嘱了一次："一定要去吃饭呀，要是没去成，以后也一定要再回来啊！"然后就带一行人回去了。

二十九、准备回家

这时已经是傍晚了,昆和翌笋又站到了栖河的水边上。栖河里浑浊的水"哗哗"地奔流着,听了直叫昆内心里失落不已。他多想和刚来的那天一样,看到有小娃划着小舟过河,却没能看到。一群白鹭从右方的河对岸飞来,又迅速消失不见了,眼前只剩下蜿蜒的栖河水。天空已由橙红变为黄色,小簇的云朵来回飘荡着,把天空点缀得更加美丽。柔和的太阳正缓缓往水际滑落下去,一只红嘴翠鸟"啾啾"叫着划过天空,又突然消失不见了。很快,逐渐变重的凉意便在空气中蔓延开来,天空美丽的色彩也一点一点被昏沉的暮色吞噬。

梯准大声朝站在远处的贾伯问道:"不一起下河洗澡吗?"贾伯回他:"这么急的水,怎么下水洗?"梯准就不再说什么。昆的狗子来回跑了一阵,然后就坐下来,朝下面望去。它们恐怕不知

道,这是主人最后一次来看栖河了,也不知道哪一天可以再次看到它。庆伯和詹笛带头往回走去,昆的阿爸牵着翌笋的胳膊,跟在后头。四周都静静的,只有翌笋一个人的声音在说:"水深不?阿爸。阿爸不再来放鱼钩了吗?水流把阿爸的围网冲到哪里去了呀?"阿爸轻柔的声音说道:"嗯,明天就要回家了,可以回去犁地插秧咯。"詹笛大喊道:"栖河欸,俺要走了,等长大了,俺再和昆来你水里洗澡。"昆说:"俺不一定会和你来哩。"詹笛便问:"你要去哪里?"昆就对他说:"俺要去曼谷。"他又说道:"去打工都不可能,你要想去,就得念书和俺一样厉害。"昆便不再和他说什么。

到了歇息的地方,波喜婶和几个人已经在地上铺好了树叶,围坐在一起了,中间放着一大堆烤鱼和各种野菜,旁边放着两三碟腌鱼辣酱和酸拌小鱼。贾伯盘腿坐在波喜婶边上,伸出两只手来回摸了摸头,大声说道:"大伙儿们过来吃得饱一点,天一黑就睡,明

天一大早就出发。"之后，人们便纷纷围坐过来，津津有味地吃起来。吃饱饭后，就见村长的儿子抱着一只鸡走了过来，递给贾伯并说道："阿爸让拿来给大伙儿们在路上吃的。"贾伯说道："太好了，多谢小侄！俺们正好闻腻了鱼腥味，这回去的路上还得找些别的吃去哩。"村长儿子回去后，贾伯就叫梯准把鸡宰了挂到牛车上，回去路上好做菜吃。刚一说完，梯准就一手抱住鸡，提着两只脚，把鸡头"啪"地一下往牛车轮子上砸去，只听一声惨叫过后，它便一阵阵地抽搐着了。梯准又砸了一下，然后提着鸡脚走到灌木丛边，坐下来利索地拔鸡毛。贾伯又吩咐他道，先剖开鸡肚，把小肠掏出来缠到鸡小腿上，全部抹上胆汁，然后用木棍串起来，烤熟后拿过去给他吃。至于外面的肉就先挂着风干，等到在林子里过夜时再做了吃。梯准嘿嘿笑着问："要是香猫半夜来偷吃咋办？"贾伯就说，直接拿去挂在他的牛车上，别浪费工夫哄他今晚烤了吃。

旅途中的黑暗又再次降临，林子里渐渐响起"喔喔"的泽蛙叫，阵阵清风从田间徐徐吹来。阿爸走到黄牛旁的火堆取了火，回来坐到牛车沿子上抽着烟草。不一会儿，阿爸的肯笙声便响了起来。这一回，詹笛和梯准没有跑过来拍手，也许是阿爸的笙声令人惆怅、伤感。阿爸吹完一曲《林中行》，又吹了一首长调的《湄公河泛舟曲》，直教一袭凉意萦绕在人的心头。阿妈把火把伸进牛车去看福莱的时候，昆便聚精会神地看着阿爸的手指在笙孔间来回跳跃，还有或鼓或缩，随着旋律不停起伏着的腮帮子和小腹。昆紧挨阿爸坐着，感到心潮澎湃不已。这时，梯准也跑了过来，站在旁边用右手托起下巴，悠悠唱了起来。虽然梯准的歌声算不上好听，却依然叫昆陶醉不已，因为那歌里唱的都是悲伤的故事，讲诉着旱季挨饿时扛着斧头上山入林，长途跋涉到异乡打工赚钱回来买米粮，然后遇到了几个模样俊俏、身姿绰约的女人，但梯准不敢和他们说话，因为梯准是个潦倒的穷汉子。

梯准唱完了一首长调，又唱起了《林中行》。当歌声和笙声都停

东北孩子

下来时,庆伯的声音突然响起:

"哎,真不想这么快变老呀!"

"为啥?"贾伯问。

"想再讨一个小老婆啊!"

庆伯的声音在夜幕中回响着。

三十、启程回家

今天是让昆非常伤心的一天,因为就要同曾经玩耍过的栖河告别了,要同它"哗哗"的水声告别了。昆正万分不舍地望着水塘时,一声枪声突然响起,随即传来贾伯的高喊声:"老祖宗的魂灵在上,水神在上,俺们告辞了,等到来年,儿子孙子辈们再来求鱼了!"紧接着,牛车队伍便启程了。

这时,太阳已经升起,一只长颈鹭鸟在清澈的天空中盘旋了一阵,忽然"吖吖"地叫着,向栖河对岸飞去。灰色的云朵在头顶一望无际的浅蓝天空中飘荡着。林边灌木丛里,一群小鸟热闹地唱着歌,好像在问正看着它们若有所思的小男孩道:"昆哟,现在就要回家了吗?"贾伯、庆伯、梯准和昆的阿爸跟在牛车队伍后面,一言不发地徒步走着,每个人肯定都跟昆一样地心情低落。打头走在前面的贾伯朝田野那头的村庄望了一眼,又转回头来继续埋头往前走,他大概是想到了善良的村长,还有那个被琵琶鬼附身、昨晚扛了腌鱼来送他的男人。

只听詹笛那清澈的声音问道："梯准啊，俺们在这里呆了多少天？"梯准答道："哎哟，俺记不得了，差不多有个十四五天吧？"庆伯就说："梯准哪里会记得唷，他就只记得女人。"人们顿时哈哈大笑起来。当牛车队路过第一晚露宿的地方时，一阵潺潺的水流声再次传来，玉蕊树下的牛粪味混合着一股鱼腥味扑鼻而来，令得昆激动不已。红毛、灰麻和梯准的狗全都跑了过去，抽着鼻子嗅鱼骨头的味道，然后打着圈来回跑着。它们大概还不知道，以后再也啃不到大块大块的烤鱼头了。

当广阔的田野和清水村高高的椰子树顶从眼前的画面中消失不见时，晨间的清凉也渐渐褪散，一轮大大的太阳已缓缓升了起来，只有各种各样的鸟叫声还在时不时地传来。阿爸对梯准说，接下来可以好好打鸟了，梯准有吹箭筒，阿爸有弩，贾伯还有枪，一路回去肯定能烤上好几箩筐的鸟了。梯准就说："没错！吃了半个月的鱼，瞅哪个的脸都像是鱼了，尤其是贾伯的，跟鲶鱼真是一模一样。要是能吃上贾伯牛车上挂着的那只鸡炖成的汤就好啰！"贾伯狠狠瞪了他一眼，大声道："哼！你这混小子！别再动嘴皮子了，等哪天找不到吃的了，再拿它炖汤。"

当车队进入一片大树林，阿爸就叫昆到牛车上和阿妈一起坐。阿妈把缰绳轻轻往后一扯，黄牛就"呼呼"喘着粗气停了下来，大概也在开心能再歇息一会了，毕竟今天拉的车比以前的可沉多了。等到昆在车上坐好后，阿妈就"嗬嗬"地赶着它继续前进了，只听牛鼻子发出的"呼哧"喘气声，和着甩脖子时"丁当"的牛铃又再一次响起。

这天早上，昆的阿妈格外好看，虽然身上穿的筒裙和上衣还是旧的那套，但已被阿妈洗得光亮，可以看出上面若隐若现的花纹。别在两只耳朵后面的两三朵洁白的鲜花，散发着淡淡清香。阿妈满脸幸福地冲昆笑着，抬手指给昆看翌笋和福莱发梢上别着的红色和粉色花朵。昆转过身去，贴近福莱的一侧脸蛋香了一口，阿妈问："鲜花和福莱的脸蛋,哪个更香?"昆就说,"福莱的脸蛋更香。""就是,阿妹别的花叫做'林针花'①,有红色和粉色的,虽不香,可颜色很好看呢。"翌笋问昆:"今天阿妈比波喜阿婶还要美,对不?"昆就说:"波喜婶和贾伯老婆哪有俺们阿妈好看呀?看她们坐在那里驾牛车,连衣服都不穿。要是黄蜂飞过来,看到那么黑的奶头,准得上去蛰它们。"阿妈咯咯笑道:"莫在背后说人坏话,这可不好。"昆便不作声了。阿妈又说,回到家后大概会下雨,就好种田了。接着,又说到田里水满时成片成片闹哄哄的蛙叫,说到香喷喷的、看着就好吃的焖小蝌蚪,还说到收割时节的凉风吹拂金色稻穗时发出的"沙沙"声响。

一切都被寂静笼罩下来,只是偶尔从牛车队伍后面传来贾伯和梯准的争吵声。一簇一簇的阳光穿过枝叶洒在地上,一只噪鹃在前方"嘚喂——嘚喂"地叫着,听得昆心头凉飕飕的。阿妈告诉他,这种鸟在他们家乡一带叫"嘚喂鸟",不过,曼谷那边叫作"噪鹃"。翌笋问阿妈,"那'啾——咕噜'叫的斑鸠,他们把它叫做啥?"阿妈就说,都叫斑鸠。翌笋又问:"阿爸唱过、还吹笙给俺们听的那首斑鸠歌,阿妈会唱不?"阿妈没回答,直接唱道:"我们从前那只斑鸠鸟儿,已从柱头上飞走……展翅翱翔,忘记了旧巢……"昆边听边"啪啪"地直鼓掌,翌笋和福莱也拍起了小手。

"噢,声音真好听啊,就像鱼篓里泽蛙的叫声呢。"坐在前面一驾牛车上的詹笛大声说。

牛车队穿过林子后,便沿一片不太广阔的稻田边缘继续前进。突然,一阵声

---

① 根据此植物的泰语俗名意译,泰语为Dok khem pa,学名为Ixora cibdela Craib,属于茜草科中的一种,中文名称不详。

音传了过来，昆转身看过去，只见田边坐落着一个村庄，便立刻想起，这是在来的路上曾经路过的一个村子，只不过田里不像之前蓄有那么多的水了。"那里有群放牛的娃！"翌笋用手指着说道。突然，她又缩回了手、迅速坐了下来，只见两个和阿爸差不多年纪的男人，扛着两口大坛子径直走了过来，后面还跟着三个穿着一模一样的卡其色衣服裤子的人，三人帽子上的徽章被阳光照得闪闪发光。牛车停下来后，两个男人便放下坛子。贾伯快步走上前去，大声问道："坛里装的什么？"三人当中的一个挎着长枪的男人答道："沙陀酒呀！"阿爸和庆伯也走了过去，昆于是也下了牛车。

那三个穿着同样衣服的男人是警察。昆之前从没见过警察。他们之所以停下，是因为扛着坛子的男人想讨口水喝。梯准和阿爸给他们每人舀了一竹筒的水，两人就举起竹筒"咕咚咕咚"地喝了起来。喝饱后，便把竹筒还给了阿爸和梯准，"愿您多福！"其中一个男人一边说，一边用手揩了揩满脸的汗。

"他们收了你们的沙陀酒吗？"贾伯问。

"嗯，警察今早就把俺们抓起来了。"年纪大点的那个男人说。

"可以给我喝一点吗？"贾伯问站在旁边、紧绷着脸的一个警察。

"不行，这是公家的酒。"

那个警察说完，便催那两个男人赶紧扛起担子赶路。贾伯问，要带他们去哪里？警察们不说话，扛着坛子的一个男人扭过头来大声说："去县里呢。"然后就快步走远了。贾伯低声嘟囔道："看那三个臭脸警察，要是在俺们村的火箭节上遇到，一定把他们嘴打歪。足足大半坛子的沙陀酒，也不可怜可怜被抓的人，扛得背都要断了。"詹笛问贾伯，那个在衣服袖子的上臂位置别了片薄薄的东西、看着像套在水牛脖子上的牛轭形状的人，也一样是警察吗？贾伯就告诉他说，是的，但是是下士，一般叫做警士，那两个没别牛轭的就是普通的警察，叫做警员。昆还从没见过打扮成这样的警察，只有一次在吴叔店里见过没穿警服的——他们每个人腰上都缠着格马布，腰间插着一把短枪。看到他们这样全副武装的样子，昆也想当警察了。上了牛车，昆问阿妈："为什么穿成这样的警察从没到过俺们村？"阿妈就说："他们不去是因为俺们村里没有私酒和沙陀酒让他们逮。俺们村里全都是好人，没有犯法的，即使要去，也只是到吴叔店里吃炖鸡汤。"

穿过稻田后，就到了另一片稀疏的树林。太阳刚好升上头顶时，贾伯对驾着领头牛车的儿子阿嘎喊道："停！先停下吃饭。"于是，四架牛车便相继停了下来。昆帮着阿爸给牛解开轭时，梯准抱怨道："也不能在溪谷边上休息一下，还得把牛牵到三四线开外的地方去喝水；想拿个竹筻打水来喂牛，却又全部用来装干鱼和咸鱼了，一个空的都没有。"贾伯就说："要是懒得牵牛去喝水，就把竹筻里的鱼腾出来，再去挑水给牛喝。今天午饭就各吃各的，或者有人想去捅红蚁窝、挖竹笋来炖汤也行！"梯准就不再说什么了。

阿爸先带着昆把牛牵到溪水边，梯准和庆伯一队人也牵着牛跟在后面。走了两三线路，就到了一处小溪边，溪水缓缓流动，水底的沙清晰可见，清澈得教人直想拿来解渴解乏。昆先问了问阿爸，水能不能喝？阿爸说能后，他就立刻弯下腰，捧起来尽情地喝了个痛快。溪水味道淡淡的、有些冰凉，和挂在牛车上的竹筒里的水不一样。黄牛喝饱水后，阿爸就用手捧起干净的溪水往牛身上浇去，昆也照着样做了起来。水一碰到牛身上，它就使劲一甩，把水全部抖掉。直到阿爸说："够了，这牛不像水牛那样喜欢水，但比水牛抗晒。"昆就牵着它往岸上走去，阿爸跟在后面。昆看到树上有好几处大红蚁窝，就指给阿爸看。阿爸点了点头，就叫梯准和庆伯过来问他们，拿红蚁卵做汤吃怎么样？但发愁的是没有竹筻可以装了。庆伯就说："非得搞到不可，都好久没吃红蚁卵了。"说完又叫阿爸和梯准拿腰上插着的砍刀赶紧去刨坑，阿爸和梯准就按着他吩咐的去做了。昆问："为啥要刨坑？"庆伯就说："刨了后往坑里抹上一层黏土，然后灌满水。

三十、启程回家

当其他人上树去砍红蚁窝、扔下来时,下面站着的人就把红蚁窝掰开,倒进坑里,红蚁卵就会全沉到坑底了。"

当一拃来深、一肘长的坑挖成后,庆伯就带着昆和詹笛走到溪边,一人挖了一大块黏土,阿爸和梯准快速地把黏土抹在坑壁周围。等到差不多该注水进去时,庆伯就叫每个人拿格马布到溪水里浸湿,然后上来把水拧到坑里,把坑注满水。昆和詹笛说,他们都没有格马布,只穿了裤子。庆伯就叫他们把裤子脱了、拿去浸水,昆和詹笛便照做了。庆伯、梯准、阿嘎和阿爸也解了格马布下到溪里。不一会儿,坑里就被注满水了。

接着,每个人就分头爬上树,去找有红蚁窝的树枝砍下来。阿爸用嘴巴衔着刀,和梯准一起爬上一棵树,阿嘎也爬到另一棵上。阿爸砍得非常快,嘴里一边发出"咀咀"的声响,一边忙乱地用手把爬到身上的红蚁揩掉。看到有红蚁窝落下来,庆伯就捡了往坑边跑,嘴里喊着:"昆娃,詹笛,动作快点!没穿裤子红蚁不会咬的。"昆和詹笛就照着庆伯的话做了。接到一个红蚁窝后,昆立马跑到坑边,把它掰开并轻轻地抖,红蚁卵和长着翅膀的蚁后就纷纷落到坑里,在水上漂来漂去。詹笛欢呼道:"哇,全是大大的卵,还有蚁后。"然后就抓起长着翅膀的红蚁后放进嘴里,嚼得"嘎巴嘎巴"直响。庆伯狠狠瞪了他一眼,他才又跑去捡红蚁窝了。

阿爸和梯准把刀扔到地上,敏捷地下了树。两人一起手忙脚乱地把身上的红蚁抹了个干净,就走过来朝坑里看去,立马都笑开了花。

"这回能吃上一顿美味的红蚁卵炖汤喽!"庆伯边说边把格马布铺在坑口边缘,双手伸进坑里掏出红蚁卵,放在布上。掏完后,又把红蚁拣出来扔掉,红蚁后就挑出来和红蚁卵放在一起。等蚁卵和蚁后都拣完后,庆伯就提起布边站了起来,大声说道:"赶紧牵着牛回去吧,红蚁卵俺来拿。"詹笛舔了下嘴,便走去抱起裤子,解开绳套,牵起牛往回走去。昆的裤子已被阿爸拧干了水,他就拿来穿上,牵上阿斑,走在了阿爸的身后。

贾伯听说弄到了很多红蚁卵，便大声道："哎呀呀，太好了！阿嘎他妈，昆娃妈，赶紧拿去炖汤。"不一会儿，一堆篝火就蹿了起来。昆的阿妈摘了一大抱龙脑香叶过来放下，康恭阿姐和波喜婶就熟练地用这些叶子扎成小锅，一人做一个。贾伯又对她们说道："多用些叶子叠得厚实些，汤水才能熟透，要是叶子先被火烧焦了，汤水没熟透，一路上都得下车拉肚子。"贾伯老婆便冲他说道："别顾着说教了，昆娃妈和康恭样样都能干着呢！"贾伯就低着头"啪啪啪"地敲铁石打火了。

两个龙脑香叶锅子里都装了大半锅的红蚁卵和蚁后，阿妈撮了把盐巴撒进去，康恭阿姐把竹筒里的水小心地倒进去，倒到离锅口三四指宽的位置时，阿妈便把锅子放到燃烧的炭火上面。不久，锅里的水就发出"呲呲"的声响，红蚁后漂在水上奋力地扑腾着翅膀，不一会儿就一动不动了，锅里的水越来越烫。阿妈用贝壳勺子舀了一点腌鱼，然后分成两等份、分别倒进两个锅里，就喊贾伯来尝尝看。贾伯大声说："不用尝，闻着香味口水就下来喽！"昆站在一旁边看边吞口水，也和贾伯想得一样。这香味中还混着丝丝的酸味，催促着昆迫不及待地到牛车上去找翌笋。当"快过来吧，熟啦"的喊声一响起，昆就立马取下饭箪跑过去。

围成圈坐好后，庆伯问："不拿些烤鱼烤蛙来吃吗？"贾伯就叫庆伯自己拿过来吃，他只吃红蚁卵汤就够了。

詹笛看到红蚁卵全沉在汤底了，就问："勺子太短了，舀不到红蚁卵咋办？"

"先喝汤呗，快点喝。"贾伯说。

之后，每个人就用贝壳勺子舀着汤"嚯嚯"啜起来。昆用糯米蘸了腌鱼辣酱，心里想：要是有在越人铺子里见过的长勺子，一定就可以边吃红蚁卵边喝汤了。不过，没过多久，汤水就没有了。昆舀了一大勺红蚁卵，津津有味地吃起来。又甜又肥的蚁卵和蚁后，让昆一时忘乎所以，以至于当阿妈说"别吃得太猛，好好吃别漏饭"时，他已经吃饱了。

东北孩子

三十一、牛车断了

　　一天傍晚，牛车队伍正穿过一片大草地时，一场大雨突然落下。负责驾牛车的阿爸全身都湿透了，大风夹着雨水打在他身上，他只能低下头继续赶牛前进。翌笋挤坐在昆身边，大声对阿爸说："小心雷劈到头哎！阿爸。"阿爸转过头笑着说："雷不会劈阿爸的头的，因为阿爸没说过谎，也没和别人发过假誓。"

　　快走到前面树林的边缘时，领头的贾伯的牛车就向右转去，同时传来贾伯的喊声："前头的老路淹水了，怕牛车陷进泥里，还是走右边的路好些。"昆问阿爸："这条路没走过，不会很难走吗？"阿爸说："就算难走，也有贾伯带着，贾伯有本事着呢。"这一带林子的地面起伏不平，有些地方土地很硬，还埋着不少小碎石，黄牛踩上去时会发出有节奏的声响，和着牛铃的声音，尤其动听。

　　此时已经见不到太阳了，雨还在不停地下着。翌笋问阿妈是不是天黑了？什么时候能吃饭？阿妈轻轻摸着她的头说："是的，太阳刚下山了。饭准有得吃,不过,饿的时候要忍着点,这样从小学着做一个能忍耐的人,长成大姑娘后才不会过苦日子。"翌笋就说,每次一到了晚上,阿妈就喊她去吃饭呢。说完就挨着在一旁眨巴着眼睛的福莱躺下了。不一会儿,从牛车肚子下突然传来"啪"的一声响,顷刻间,牛车便向右倾斜下去。阿爸赶紧拉紧缰绳,递给阿妈,便迅速跳下了牛车,同时大喊道:"牛车断了,俺的牛车断了。"

福莱害怕得"哇啊"的一声哭起来,翌笋也紧紧抱住阿妈的脖子。紧接着,庆伯他们便冒着雨、气喘吁吁地跑了过来。正当昆紧张得心砰砰直跳时,牛车陷下去的右边被抬了起来。"先拿两三根枕木过来支着,再把车轮卸下来。"贾伯洪亮的声音说道。昆问阿妈:"俺们的牛车哪里断了?"阿妈轻声说:"车轴断了,俺们家牛车老早就旧了,所以断了。"听到庆伯说:"先把黄牛从牛轭里放出来拴到树上。"昆就下了车帮阿妈一起解牛轭。

阿妈把黄牛系在树上,然后回去抱起福莱,跑到梯准的牛车上。康恭阿姐也跑了过来帮忙抱翌笋。昆就淋着雨蹲在一边看阿爸、庆伯和贾伯解开绑车轴的藤条。阿爸看到后,就叫昆坐到梯准的牛车下面去,因为还没到昆能帮忙的时候。昆只好走过去坐下,一边叹气一边伤心地看向牛车的方向。

牛车的轮子终于被卸了下来,靠在树边。整条车轴也被卸了下来,贾伯用脚踩了踩车轴断开的地方,说道:"这破轴子,就不能到家了再断!"然后就吩咐梯准和阿嘎拿斧头和砍刀进林子里找木头做车轴。

梯准和阿嘎出发前,贾伯又嘱咐道:"用铿木①或酸枝②就行,

---

① 学名Dialium cochinchinense,此树木在泰国各个地区名称不同,东北叫做mai kheng,南部叫mai yi, ka yi, khaleng等。中文名称不详,文中此树的中文名为音译。
② 学名Dalbergia cochinchinensis,泰语是mai phayung。

东北孩子

挑大棵的树,快去快回。"

阿爸抹了一把脸上的雨水,钻进牛车来对阿妈说:"天黑了,点上火把带孩子们去吃饭吧。"说完就拿起斧头和刀,跟着梯准他们走了。庆伯和贾伯走过来,阿妈就问:"去砍树的火把也不带,怎么砍啊?"贾伯说,就算现在雨小了,火把还是会被浇灭,要拿来做车轴的那种树,趁着闪电时就能看清。再说昆娃爸和梯准以前也在晚上砍过好多次树了。昆看见贾伯在牛车上用铁石打火,就跑了过去,坐上车问他:"可以拿来做车轴的树只有铿木一种吗?"

"紫檀也行,玉蕊,娑罗双树,都行。"贾伯说。

贾伯告诉昆说,铿木又坚硬又有韧性,要是用铁钉或凿子打眼儿,光是一个眼就得花上好多时间。昆又问:"铿树结的果子能吃不?叫铿果是不?"贾伯就说:

"没错,我们这里叫铿果,曼谷那边叫'宜豆'①。"

昆接着问:"牛车轴是啥?"贾伯就告诉他:是一根圆圆的木头,插在牛车两边的轮毂里,毂就是轮子中心那个被削得圆圆的木头。"那一头插在毂里、另一头接在轮子内圈上的那些木条呢?"昆又问,贾伯答道:"那些叫做'车辐'。"

"等你长大了去学造牛车当个工匠也行哦,能赚好多钱哩。"贾伯说。

昆不记得这天晚饭是什么时候吃的了,因为心里一直惦记着阿爸有没有回来。"要是阿爸进了林子后再也不回来了,昆该怎么办?"这样的话,昆是不会和阿妈还有阿妹们说的。雨终于停了,一阵沉重的脚步声传来之后,昆立刻跳下牛车,跑了上去。只见阿爸和梯准扛着一根木头,快步走了过来,问他:"吃饭了吗孩子?"昆说吃过了。

这根木头有成人的大腿一般粗,长有三四庹,扔在地上时发出一声闷响。接着,四五根火把便亮了起来。贾伯和庆伯一阵手忙脚乱地

---

① 音译,泰语是 luk yi。

做着插火把用的木架,一边低声嘟囔道:"出发前都开枪告别过栖河女神了,咋还可能出事呢?"康恭阿姐就调侃道:"还不是贾伯脱了衣服下栖河里洗澡,才会出事的哩!"

"别多话了,赶紧拿刀斧过来帮忙削木头。"贾伯说。

贾伯问拿来的是什么树。阿爸说是酸枝木,是有人砍下来扔了不要的,说完就拿起斧头开始砍木头。梯准也加入进来,在另一头砍。贾伯和庆伯只是静静地蹲着看,一动也不动。康恭阿姐问:"不去吃饭吗?"梯准说:"要是昆娃爸跟俺两个都不吃饭,谁更厉害?"昆瞪着眼睛大声答道:"俺阿爸肯定样样都比梯准厉害!"可是当听到阿妈的声音说:"这是大人的事情哩。"昆就不再说什么了。

一大堆篝火在牛群旁生了起来。除此之外,只剩下湿冷和砍木头的声音。一只帝烈鸟"啾啾"叫着飞过,梯准放下斧头说:"要是能打鸟来炖锅辣汤喝就好了。"阿爸笑着说:"要是想吃饭就去吧。"康恭阿姐便拍手说道:"昆阿爸厉害,昆阿爸厉害,昆阿爸赢过梯准啰!"梯准问:"赢什么了?"康恭阿姐就说:"可是你比昆阿爸先想要吃饭的哩。"

这时,贾伯正好走过来,捡起斧头来开始替梯准削木头,一并说道:"要想吃饭就快去吧。"梯准就说:"吃鱼都吃腻了,能把挂牛车上的鸡分一块来炖汤吃吗?"贾伯说:

"行,那样的话就去找些甜菜来放进去炖。"

梯准便从康恭阿姐手里拿过一根火把,走进林子不见了。过了不久,就见他拿着一把甜菜回来,扔给阿姐,让她摘好叶子后放到陶锅里和鸡一起炖。可当梯准刚要去拿挂在贾伯牛车上的鸡时,贾伯立刻大喊道:"慢着,你来替俺削木头,俺自己去拿鸡来剁。"梯准便接过贾伯手里的斧头。贾伯上了牛车后,就坐下来抽起了烟。直到康恭阿姐大声说,甜菜汤已经开了,让贾伯把鸡拿过来剁了放进去,梯准也大喊:"是啊,俺都饿坏了。"贾伯才呵呵笑着,提起鸡径直走到炖甜菜的锅边上,问康恭阿姐腌鱼酱和炖料是不是都放了。康恭阿姐说都放进去了,他便不再说什么,提起整只鸡全部浸进锅里,然后又提了出来,走回了牛车。

"嘿!干什么!"梯准把斧头"砰"的一下扔到地上。

"吃点味道就够了,车轴做好后再把整只鸡给炖了。"贾伯说。

梯准说:"村长给的这鸡,能好吃到啥份上?还不知哪天能真有这个口福呢。"然后便跟康恭阿姐走回了牛车。没多久,就听到他叫昆的阿爸一起过去吃饭:"昆阿爸快过来,俺这里有的是烤蛙,比炖鸡汤可好吃不知多少倍!"贾伯又回了一句道:"那炖甜菜的汤试着喝喝看,准能见到帕侬佛塔尖了!"阿爸便呵呵地笑着,快步走过去找梯准。坐在一旁看着他们的庆伯,走过去捡起斧头,替阿爸削起了木头。

阿爸和梯准吃饱了饭,大雨又下了下来,不久又"呼呼"刮起了大风,把篝火"噗"的一下吹灭了。闪电从空中劈下时,昆看见一头头黄牛们慌张地绕着树转圈,木桩边插着的火把也很快就被浇灭了。庆伯大喊了一声:"先把斧头扔这里了,阿嘎他爸,闪电要劈着脑袋了!"说完就迅速跑回了自己的牛车。之后,便只剩下呼呼作响的风雨声。詹笛的声音问道:"你冷不?昆!这下俺们可不是那么容易回到家上学啰。"说得昆更加害怕起来。

雨停了,但风还在继续刮着。贾伯大声招呼大家继续帮忙削木头,每个人就径直过去了。四根火把再次插在之前的木桩上点了起来,但是没过一会儿就又熄灭了,因为风实在是太大了。"有打火石的,全都拿过来。"贾伯说。随后便纷纷响起了打火石"啪啪"的敲击声。昆凑过去看,只见每个人都对着竹筒口,把里面的木棉絮子吹出红色的火星,一闪一闪。"狗娘养的,絮子全都吹没了。"梯准生气地说。"有火柴的,也都赶紧拿过来!"贾伯说。不一会儿,昆的阿妈就拿着四盒火柴过来递给了阿爸,告诉他两盒是阿妈自己的,两盒是波喜婶的,还说要是点不着火把,就只能等到第二天早上了。接着,四盒火柴便迅速地被点着了,但是只要火把一蹿出火苗,就马上又被大风扑灭了。贾伯气愤地把四盒火柴拢到一起放到地上,然后弓着腰站起来,用脚狠狠地踩了几下,大声道:"别点了,别干了,明早再做,回去睡吧。"说着,便转身离开了。

"这下牛也没火了,今晚准得全冻死。"梯准小声抱怨着向牛车走去。

"死光了就生拌着吃了。"贾伯说完,便再次一言不发了。阿爸也不愿再说话,径直往牛车走去。昆真想大哭出来,却只能默默吞下苦水。阿爸坐上牛车不多久,梯准就过来说:"想抽烟又点不着火。黄牛要是冻发烧了,还能拉车回去吗?"阿爸清了清喉咙,咳了一会儿后,就拿下竹筒把水全倒了出来。"一起来摩擦取火吧,给牛把火生起来。"阿爸说完便把竹筒沿着横截面中间对半劈开,然后带着梯准去了他的牛车。昆问为啥要在梯准车里头钻。阿爸回他说,翌笋和福莱正睡得香呢。昆就点点头,跟了上去。

阿爸让梯准用剁刀刮竹筒的表面,而他则在另外半边竹筒上"咯吱咯吱"地钻着。虽然是深更半夜,阿爸和梯准的动作却一样地娴熟敏捷。昆还从没见过这样摩擦取火。阿爸边钻边告诉他,阿爸的曾祖父母就曾经是这样摩擦木头取火的。有了打火石和火柴,用刀尖把半边竹筒的表面上钻一个小孔,然后把刮出来的竹皮末子塞到小孔里。再拿另外半边在边缘部分已经削锋利了的竹筒,去反复摩擦塞有竹屑的半边竹筒。阿爸说完后,在一片寂静中便只剩下一声声"咯吱"的声响。贾伯的声音问:"在做什么呢?"梯准大喊道:"擦竹子生火呢。"贾伯就又安静下来。

阿爸用竹子擦出声音的节奏越来越快了。不久,昆就看见竹屑上冒出了火星子,梯准连着吹了三口气后,火便一下子蹿了上来。阿爸将火把的头贴了上去,火把噌的一下就亮了起来。"啊呀,火把点着了,太厉害了!"詹笛大喊起来。

"去给牛群生火吧,风已经停了。"庆伯也大喊了一声。

梯准拿着火把到了之前的火堆。昆问阿爸今晚能不能教他擦竹子取火。阿爸说以后教，今晚要赶在天亮前把车轴做好，好继续赶路。

"去跟阿妹们一块儿睡吧，都半夜了。"阿爸说。

昆就爬上牛车，挨着翌笋，蜷着身子躺下来。阿妈拿被子给昆盖上，便躺着不动了。不一会儿，牛群边上的火堆就响起了"噼里啪啦"声，紧接着又响起了削木头的声音。昆依稀还听到了庆伯、阿爸、梯准和阿嘎断断续续的说话声。

三十二、打鸟换汤罐

这天，天还没亮昆就醒了，因为听到靠近营地的林子那边响起了枪声。他问正坐在车沿子上的阿妈，是不是有枪声？阿妈就告诉他是的，附近有野鸡在叫，贾伯刚扛着枪去打了，刚想叫昆起来听鸡叫，枪声就先响了。梯准的声音大喊道："抓到刚才那只'嗳咿嗳'叫唤的野鸡啰！"昆便立马跳下车去看。

阿爸和庆伯抱着膝盖坐在火堆旁，梯准走了过去，把鸡扔到他们边上，然后就往自己的牛车走去。贾伯扛着枪从林子里钻出来，大声说道："想怎么做了吃就赶紧的，好趁着大清早赶快上路。天都亮堂堂的了还想着去捏康恭的腿？"梯准就回道："不是去捏人家腿的，去拿个烟卷。"庆伯插话说，要跟甜菜一起炖汤，又命站在一旁直打哈欠的阿嘎和詹笛一块儿去找甜菜。阿嘎便拉着詹笛的手进林子去了。

这是昆第一次见到野鸡。阿爸给它拔毛时，昆就坐在边上看。这只鸡比之前见过的家鸡个头矮小,红色的鸡毛里掺了黑色,脖子周围的绒毛油亮油亮的,两个鸡距①的尖端向上翘起,好看极了。阿爸告诉他,这种野鸡的耳朵和鼻子灵得很,打老远就能闻到人的气味、听到人走路的声音,就跑到干树叶底下藏起来一声不响。但要是有獴子或老虎走近时,它就会马上飞到树上去。昆便问:"那怎么还被贾伯打到了呢?"贾伯就说,因为他悄悄走到了上风口,而这只鸡正顾着追母鸡呢,所以很容易就打到了。梯准说道:"这鸡被打到,怕是因为被贾伯念的咒挡住了眼吧。"贾伯恼怒道:"别胡说八道了!嘴这么臭,没洗过的吧!"梯准回嘴道:"贾伯还不一样,只见在栖河里洗过一回澡。"说完就朝拴着他的黄牛的地方走去。

阿爸还没把鸡毛全拔干净,就抓着它的头和脚在火上来回烤了起来,被火烤烫的地方渗出油脂和浓浓的香味。贾伯老婆和波喜婶正聚精会神地用蕉叶做着炖锅。昆的阿妈则取了干香茅叶剁了两三下,然后撒进捣碗里,已经在一旁拿捣杵等着的康恭阿姐,就开始"笃笃笃"地捣起来。詹笛跟阿嘎一起抱着甜菜快步走来,说道:"哎呀,野鸡真香啊,今天终于能吃上美味的鸡汤了。挂在贾伯牛车上的鸡要不也剁碎了一起放进去?"

贾伯接话道:

"也行,但你只能吃家鸡,不准吃野鸡。"詹笛便不再说什么。

阿爸把整只鸡剁成一小块一小块的,然后双手捧起鸡块,放进两个蕉叶锅里,一边说道:"明天要路过一个村子,那里有罐子卖,拿咸鱼去换个罐子回来炖汤用吧。"阿妈就说:"就用树叶扎的锅炖也行,比用陶罐子香。"阿爸不说什么,站起身用树叶擦了擦手,然后往牛车的方向走去。昆跟了上去问道:"车轴做好了吗?"阿爸答道:"一起做到凌晨三点多,装上去都差不多四点多了。"阿爸一边拿芭蕉叶卷着烟草,一边又说道:"这下走到柯叻去都断不了了。"昆又说,昨晚阿爸钻竹子取火时没看清楚,想让阿爸再做一次

---

① 鸡脚上方向外突出的尖角。

来看。阿爸就说，等到家后再学，钻木头取火很容易，只要找两个半圆面的干竹筒，把其中一个的边缘削锋利。再把另一个竹筒上面钻一个长约两指宽的小洞，不要全钻透，从竹筒表面磨一些细碎的竹皮下来，塞到孔里，再拿一小片木片或竹片紧紧压在竹皮上。然后拿着这个竹筒，在边缘削锋利的另一个竹筒上面反复摩擦。等摩擦久了，就会发热冒烟，再加速摩擦，直到树皮上冒出火星，吹旺后再加上一些碎竹末助燃。阿爸还说，要是想快点把火生起来，就得两个人面对面坐，手拿竹片一起摩擦，看到有烟冒上来后，要更快、更用力。

  鸡汤炖熟后，每个人便提着饭箪围到一起。贾伯见阿妈牵着福莱走过来，就对她说："地上湿，得蹲着吃，带翠笋和福莱坐到牛车上去吃吧。"阿妈便拿了一串烤好的鸡肝和鸡肾，带着翠笋和福莱回去了。昆就问贾伯，"这回不吃鸡肝了吗？"他便说："拿去喂枪了。拿烤好的鸡肝鸡肾抹过的枪管油光闪闪的。"梯准说："当心今晚蚂蚁爬上去咬染了鸡味的枪管。"贾伯回了句："梯准才得当心被蚂蚁爬上身来咬呢。康恭的纱笼和筒裙可是没沾过水的。"然后就拿起一块鸡肉放进嘴里大口嚼了起来。昆和詹笛早就捏好糯米团候着了，见贾伯往嘴里塞了块鸡肉，昆也立马蘸了下汤，用大拇指和食指夹起一块鸡肉，塞进了嘴里。吃完饭后，五个男人扛着斧头和砍刀径直走了过来，说要去林子里给县长砍树。进林子前，他们拿出三四块打火石送给了贾伯，贾伯谢道："愿各位长寿安康，个个都能当上县长。"其中一个高高的秃顶男人就说，他们这辈子怕是没希望当上县长了，即使这位县长死了，他的儿子、女婿都等着接任呢。说完，他们就都一起离开了。

  牛车队又重新上路了。这一次领头的牛车又换成贾伯来驾，跟在后面的三辆车还是和之前一样，由波喜婶、康恭阿姐和昆阿妈驾着。昆想下牛车和阿爸一起走路，阿妈却叫他先坐在牛车上，好时不时的跟阿妹们讲讲话。牛车周围的一切依旧在空旷与寂静之中。两三

三十二、打鸟换汤罐

东北孩子

只鸭鸟"咕啰咕啰"叫着飞过,之前在远处叫着的鸦鹃突然安静了下来。翌笋侧耳听了一会儿,问昆:"鸦鹃为什么不叫了?"昆回她道:"它唱了好久的歌,也要停下来休息一下呀。"阿妈转过来说:"鸟儿们也要去找吃的,要是都只顾着唱歌就得饿死了。"翌笋便重复道:"哦,小鸦鹃早上唱完了歌,就去找吃的了。""没错,它也得像俺们一样去找吃的。"阿妈说完,又继续"嗬——嗬"喊着,驱赶阿斑往前走了。阿斑躬着背,低头向前迈着步子。一只大虻虫飞过来,停在了它的耳朵上,它狠狠甩了甩头,脖子上的牛铃铛"咕隆咕隆"响了几声后,又消失在一片静谧中。

牛车队又一次停在了一个田边的林子旁。这时,太阳刚偏过头顶一点。这一带的土地还是和之前那些地方一样湿润。微风吹来,右边的村庄传来一阵狗吠声,使得灰麻"汪汪"叫着回应起来,红毛和梯准的狗也跟着叫起来。灰麻像是害怕被比下去似的,跑上一个蚁垤小土丘,拉长脖子又是吠又是长啸。林子左边隐约可见一个泛着光的水塘,贾伯一边指给大家看,一边吩咐众人牵牛过去喝水,回来后各自吃饭。"有要去打鸟的也随便,这一带林子里的鸟比别的林子多,特别是梯准,手比谁都准。"梯准正去牵牛,转过身来大声道:"对喽!梯哈那家伙还让带鸟回去给他下酒呢。"贾伯又说:"去就去吧,但一个小时就得回来。"昆问阿爸去不去打鸟?阿爸说去吧,弓弩都准备好了,一定要打个尽兴。昆就跑去抓起牛绳,兴高采烈地和阿爸一起跟着梯准往水塘走。詹笛说他阿爸没有打鸟的工具,问想和昆的阿爸一起去行不行?阿爸就对他说:"想去就去吧,但是可不要连唱带跳的。"詹笛听了便冲昆一笑,然后小声哼起了歌谣。

回来拴好牛后,打鸟的"猎人们"便开始做准备了。阿爸把弩拿出来擦得亮闪闪的,上好弦,再将箭筒斜挎在背后,显得威风极了。梯准挎着吹箭筒笑盈盈地走过来说:"今天要打它个过瘾。"昆问梯准的吹箭有多长。他说大概有八庹昆的手臂长,数字正好吉利,要是林子里鸟多,昆和詹笛帮着挑回去,能把背都压弯了。詹笛问贾伯不去打鸟吗,贾伯就说,让用吹箭和弓弩的人先去吧,他去开个两三枪，就得挑回一大串鸟来。

"走吧，詹笛跟俺走。"梯准说完，就带着詹笛出发了。等他们走进林子后，阿爸也带着昆，从左边朝林子里走去。这一片林子树木茂密，好几只飞蜥在树枝间飞过。一只大斑鸠在前方玉蕊树的枝头"咕噜"叫着。阿爸探着头，小心翼翼地快速上前，昆也学着阿爸的样子，走到玉蕊树下。阿爸给弩上好弦，把箭放在箭槽上。灰麻和红毛也狂吠着跑过来，那只斑鸠马上扑棱着翅膀逃走了。阿爸默默地把弦从扳机上松下来，叹了一口气。昆说，"这样准打不到鸟了，把灰麻和红毛先拴起来吧。"阿爸却说："由着它们吧，它们很久没跟着进林子了。"说完就继续往前走。

一对大八哥在一棵高耸的橡胶树上叫着。阿爸抬起头看了一会儿，便熟练地给弩上了弦。昆问："鸟那么高，不会白白浪费一根箭吗？"阿爸说先试着射两三箭看看，然后就取出箭放在槽上，右腿向前一跨，慢慢抬起弩瞄准。只听弓弦上"嘣"的一响，一只八哥就"扑通"一声掉到了地上。昆跑过去，看见箭正好穿过它的肚子。它"啾啾"叫了几下，便脖子一软、眼睛一闭，一动也不动了。阿爸叫昆把箭拔出来，抓着脚倒提起来。昆就照做了，不料很久都拔不出箭来。阿爸走上前，从昆手里接过八哥并告诉他，八哥被箭的倒钩钩住了，得很用力地拔才能拔出来。阿爸边说边用左手抓住八哥，右手猛地把弓箭拔了出来。

"抓住它两只脚倒提起来，别让血沾到身上。"阿爸说着就把八哥递给昆，捋了把叶子，将箭上的血擦干净，然后继续往前走。一只鹳鸟"吖吖"叫着飞掠过来，接着又没了声响。阿爸悄声道："一定要打下这只鹳鸟来炖汤喝。"说着便抬头看向天空。昆也抬起头，但什么也没看到。过了一会儿，阿爸说只能看到一点它的尾巴，就停在昆手里那只八哥之前差不多高的地方。昆就说，"阿爸射得这么准，就对准它尾巴附近射吧。"阿爸点点头，开始熟练地给弩上弦。这一次，阿爸瞄准的时间比刚才久，昆仰头站着看得脖子都酸

三十二、打鸟换汤罐

了。突然，只听弓弦"嘣"的一响，随后就听到"吓吓"的几声鹳叫。昆看见它在树上扑腾了一会儿，不久便没了声响。

"它不会掉下来了，挂在枝桠上了。"阿爸说道。

昆再次往上望去，便见那只鹳鸟真的卡在了树杈上。阿爸又给弓弩上了弦，在箭槽里放上一支箭，然后抬起来谨慎地瞄准。"嘣"的一声响后，昆就看见那只鹳鸟颤抖了一下。阿爸长叹了口气说，"第二箭也射到鸟身上了，但它掉不下来了。"昆就问阿爸要不要上去拿。阿爸说爬得上去，但是太浪费时间了，去打别的鸟吧。正说着，就见贾伯扛着枪突然出现在了前面，梯准和詹笛也迎面走了过来。

"瞧瞧这里，昆！鸭，八哥，黄鹂，还有鹭。"詹笛举起一串鸟炫耀道。

贾伯抬头看了看那只鹳鸟，说要用枪射射看，兴许它能掉下来。"射下来就能炖成辣汤美美吃上一顿了。"趁着贾伯举枪瞄准时，梯准说道。一声枪响后，鹳鸟就"啪嗒"一声落到了地上。阿爸走过去拎起来，快速把两支箭拔了出来，说道："胸口上全是窟窿眼了。"梯准也走上前去，拿着边看边说道："哎呀呀，真是又肥又大呀！"贾伯说，想怎么做着吃都随便，但他从不吃鹳，因为师父不准吃。然后就叫一伙人都回去。詹笛就问，怎么这么快就回去，才逮了这么一点鸟。贾伯说："这已经超过一小时了，得赶紧回去继续赶路了。谁要想住在这林子里就随他。"说完就头也不回地走了。

回到牛车那里时，阿妈正"笃笃"地在捣碗里捣着什么，康恭阿姐一边用手掰着煮过的菠萝蜜肉往捣碗里放，一边说要做美味的菠萝蜜羹给大伙们吃。梯准便大声道："太好了，俺好久没吃菠萝蜜羹了。"阿姐说，到村里去讨来了两个大菠萝蜜，于是就用水煮了,加上腌鱼。贾伯说:"康恭想吃奇怪东西,准是有娃了。"阿姐便只是呵呵地笑。梯准问她们是和谁进村子的。阿妈说是跟阿嘎去的。梯准就坐下来,带着詹笛一起急匆匆地剥起了菠萝蜜。

　　昆吃过这种菠萝蜜羹。阿妈每回做之前,要先把腌鱼或是加了腌鱼的蛙煮熟,再和烤过的辣椒一起放在捣碗里捣碎,然后加入煮熟了的菠萝蜜肉,一起捣。最后再倒入开水和炒米,搅拌均匀后就能吃了。但这一次蕉叶锅里没有放鱼或蛙肉,昆问阿妈这样也好吃吗。阿妈就说,"只加腌鱼汤就很好吃了,因为俺们村里已经好久都没有菠萝蜜用来做羹吃了。"说完就把蕉叶锅里的汤水倒进捣碗里,又加入炒米,拿捣杵来回搅拌着。搅拌好了之后,又把捣碗里的羹倒回蕉叶锅里,然后就朝正在拾掇鸟的梯准他们喊道:

　　"羹好了,都来吃吧!"

　　梯准说先不吃,要等炖上鸟汤吃个过瘾。贾伯便说:"要吃就现在吃,好早点上路。把鸟上火烘烘,开肚后先挂上牛车。"梯准冲贾伯撇了撇嘴,就提起大鹭鸟,带着詹笛和阿嘎一起走过来了。梯准把鸟放到芭蕉叶上,蹲下来,把手在裤子大腿根上揩了揩,从饭箪里掏出糯米,蘸上菠萝蜜羹,"咂吧"吃了起来。昆见状,也学着他吃了起来。詹笛瞟了一眼鹭鸟,好像有什么话要说,当看到贾伯提着饭箪走过来,就没有说出来。

　　"快点吃好早上路。"贾伯一边蹲下一边说。

　　"哪天才能吃上炖鸟啊?"詹笛挤出笑脸问道。

　　"说不准,得看情形。"贾伯说完,面无表情地扒了菠萝蜜羹送进嘴里。

　　吃完饭散开伙后,有三个扛着陶罐的姑娘走了过来,三人都穿着筒裙和黑色长袖上衣,梯准冲她们喊道:"哟,阿妹们挑着陶罐要到

三十二、打鸟换汤罐

哪里去？"

一个姑娘放下陶罐，笑着说："去村子里，拿陶罐去换盐吃。"说完就用手指向了村庄的方向。

"要是来得及，就来一起吃口菠萝蜜羹吧！"梯准的话惹得三个姑娘直笑，露出皓白发亮的牙齿。

康恭阿姐清了清嗓子、咳嗽了一声，梯准就赶紧走开了。贾伯和三个姑娘说话时，詹笛走过来悄悄问昆，"这三个里面谁最好看？"昆见其中一个比另外两个脖子长、脸蛋白，就说："那个人最好看。"詹笛说他也和昆想得一样，特别是她的屁股比另外两个的都大。"到林子里采蘑菇时，要是能让她背着，肯定舒服极了。"詹笛说完，就拉着昆的手站到了远处。过了好一阵之后，他们两人简直连呼吸都停止了，因为只见一个姑娘拿了两个和昆阿妈的炖锅一般大小的陶罐递给贾伯，而贾伯则把整串的鸟全部都给了她！那姑娘把整串鸟挂上她的扁担，然后用肩膀挑起来、摆动着胳膊快步离开了。另外两个姑娘也挑起了扁担，甩着胳膊跟了上去，留下一串银铃般的笑声。

"喂！怎么把鸟全给她们了呀！贾伯！"詹笛大声质问，贾伯也大声答道：

"换炖锅呀，以后炖汤就用不着再拿蕉叶来扎了。现在所有人准备出发！"

之后，便只剩下田间的风把林子边上的树叶吹得"沙沙"作响的声音。

三十三、拿鱼换稻米

  一天下午,牛车队伍停在了一个村子边上。昆同詹笛和阿嘎一起进村,招呼村民们拿各种东西出来换鱼。这个村子里的人不多,和昆的村子里一样,正值干旱、闹着饥荒。一只刚下过崽的瘦叽叽的母狗,正躺在屋下让小狗崽们吸着奶,见有人过来,便站起来"汪汪"叫了两声,然后又躺了下去。恐怕是饿坏了,就跟昆家的狗在村里时一样,没什么东西吃。

  走过有母狗和狗崽的这户人家后,阿嘎便叫昆跟詹笛和他分头走,好尽快通知到整个村子,说完就独自往另一边走去了。昆很难为情,想让詹笛一个人负责吆喝。但詹笛却说"没关系",然后便大声吆喝了起来:"父老乡亲们欸——,这会儿有装着腌鱼酸鱼的牛车正停在村子边上欸——,有谁想吃就拿钱拿米去换唷——!"一位坐在屋子下面磨竹篾的阿伯问他们道:"你们两个小鬼头是跟谁一起来的?"詹笛答道:"就俺们俩。"那位阿伯又说:"有些啥吃的?再说一遍看看。"詹笛又说道:"好多种哩,有小酸鱼,烤田蛙,烤泽蛙、烤姬蛙、烤鱼,还有咸鱼。阿伯想吃的话就不要干坐着磨竹子了,赶快喊儿孙们挑上米来换。来晚了可就没了,就吃不到好东西啰。"说完便领着昆,继续去吆喝了。

詹笛累了,就叫昆也帮着喊喊。昆就学着他的样子喊起来,但声音不够响。詹笛呵道:"你害什么臊呢!大声喊呀!交人挑着东西来俺们村里卖时,还不是扯着嗓子满村子的喊!"昆便照他说的大声喊起来。走到一棵罗望子树下时,看到一群小娃正在树下玩,詹笛就双手往腰间一插,说道:"你们想吃酸鱼不?那个小鬼欸,为啥不把鼻涕擦擦?"其中最大的一个小娃说:"你们打哪儿来的?"他的年纪看起来和昆差不多。詹笛就说:"从乌汶来的。"另一个小娃说:"乌汶府来的跟黎逸的干一架怎样?"詹笛立刻拉着昆的手逃开了,他边走边说道:"两条狗可打不过那么多条狗,要是二对二,准输不了!"

那之后昆的胆子便大了起来,不停地和詹笛一起大声吆喝着。走到一座寺庙边上时,便看见阿嘎正和一个僧人说着话。这位老僧人和昆村里的肯老方丈年纪差不多,但看他里面穿的僧衣和肩上斜披的僧袍比肯方丈穿的要新。他冲昆和詹笛笑着说道:"真有本事哩!长大后准不会饿肚子了。"詹笛嘿嘿笑着,问老僧人:"这村子又是干旱又是饥荒,师父为啥不去其他村子的庙里住?"老僧人便问他:"那你呢,为啥不叫阿爸带到别的村子去?"詹笛就不再说话了。

回到牛车停靠的地方后,就见三四个女人正和贾伯老婆说着话。另外还有一个人正站着跟詹笛的阿妈波喜婶讲话,只见他手里拿着一个装满稻米的黄铜碗和一个装着岩盐的碟子。还有一个老阿婶正在和昆的阿妈说话,只是没见她手里有东西。昆于是走到跟前去看，只见她搭在肩上的格马布里有一包鼓鼓的东西，便知道里面装的准是稻米。贾伯大喊道："有人来了怎么就只顾着聊天，把腌鱼、酸鱼坛子搬下来让他们尝尝。"昆的阿妈就从牛车上把坛子搬下来，昆也过去帮忙。

昆的阿妈问那个阿婶，"烤田蛙、泽蛙和姬蛙也有，要吗？"阿婶答："不要了，只想要腌鱼，比其他东西吃得久。"她一边说着，一边伸手到坛子里抄起一条单吻鱼来闻了闻。阿妈告诉她还没腌好，得在火上烤了后再吃。那阿婶也不听，扯了一节鱼尾巴就放进嘴里嚼，还舔了舔食指跟大拇指，说道："没腌成的也好吃。"昆的阿妈问她，"拿了多少稻米来？"阿婶就取下格马布，打开包裹，把稻米倒在一个小簸箩里。阿妈从牛车上取下一个椰壳碗，一共能盛满四椰壳碗的稻米，就问阿婶，"换四条腌鱼够不够？"那阿婶却说要再加两条，共六条，因为这腌鱼里没有汁水，要是混着些汁水就不会多要了。昆的阿妈便笑着掏出六条腌鱼，拿芭蕉叶包好，递给了她。那阿婶便揣着之前尝过的那条鱼快步回了村子。

那时，村里的男女老少们都陆陆续续过来了，里面有好几个跟昆差不多年纪的小娃。昆的阿爸背来了青草和嫩叶，放到牛车边上，吩咐昆给阿妈帮忙卖东西，要是包东西的叶子快没了，就去林子里再找一些来。阿爸自己则要进林子去找些木柴，好在半夜给牛生火。他说完，又站着看了一会儿，便走开了。一个比阿妈年纪稍大一些的女人，拿着一包用蕉叶裹着的东西来问，"用咸肉换酸鱼行吗？"阿妈接过蕉叶包打开，闻了闻里面的咸肉。这种咸肉，昆不太常吃，用黄牛肉或水牛肉都能做，但大多是用牛头或牛脖子上的肉做的，切成小块后浸在盐里腌制，什么时候想拿出来做菜吃都行，因为咸肉是不会坏的。

阿妈问咸肉主人："换三大条大个头的酸鲮鱼，要不要？"她说行。阿妈就麻利地掏出酸鱼，包在芭蕉叶里，又让昆把咸肉拿去放在牛车沿子上，还叮嘱道："小心点放，当心被灰麻和红毛偷偷吃光了。"其实昆家的两条狗从来没偷吃过东西，倒是翌笋的猫老是偷吃

三十三、拿鱼换稻米

烤鱼和烤田蛙,可即便如此,翌笋也从不让别人打她的猫。要是看到有人打猫,她就会一整天都板着脸,饭都不愿吃一口。

在那之后,又有四五个女人拿着稻米过来和阿妈换鱼,昆也欣喜地帮着阿妈一会儿包酸鱼,一会儿包腌鱼。一位和昆阿奶差不多年纪的老阿婆拎着一把菜叶,颤巍巍地走了过来。其中有一种菜是昆认识的,叫红瓜尖,去年阿爸去林子里时经常采回家,让阿妈烫了蘸鱼酱吃。有时候,阿妈还会加上鸡蛋炖成汤吃,也很美味。只听那位阿婆说道:"家里的稻米不多了,谷仓里的稻谷也没多少,想吃几条酸鱼,就四处寻了些菜叶子来换。"阿妈问她:"儿孙们都去哪里了?"阿婆就说,家里只有孙女一个人在照顾她,还有一个孙子逃去曼谷好些天了。阿妈又说:"怎这么狠心,扔下阿婆您一个人?"阿婆便告诉她,孙子问村长借了五丹令去买小猪仔,打算将来好卖钱,结果买了四五头刚赶回家里就全死光了,孙子怕被村长责骂,就逃走了。阿妈从阿婆手里接过菜叶递给昆,然后掏了足足四条酸腌鲮鱼出来,包起来递给阿婆。阿婆嘴里喃喃说道:"愿你跟孩子们平安幸福。"阿妈便说:"嗯,但愿承阿婆的吉言哟。"詹笛钻过来站到阿婆的身后问:"不给俺祝愿吗?"阿婆看了看他,说道:"这小鬼看上去皮得很,不过长大后能发大财。"他便得意得手舞足蹈。

三十四、到家了

这一天,天还没亮昆就醒了,因为阿妈喊他起来并告诉他:马上就要到家了。等抵达村子时,估计太阳正好升起来。昆高兴极了,伸手探了探睡在身边的翌笋和福莱。福莱正仰面躺着,轻声打着呼噜。翌笋侧着身子,把右腿架在福莱身上,右手则搭在她胸口上。昆问正在驾牛车的阿妈:"翌笋这样睡,福莱还能喘气吗?"阿妈说:"没事的,翌笋睡得正香呢,翌笋就像喜欢她的猫一样喜欢阿妹哩。"说完就继续"嗬——嗬"的喊着,赶牛前进。

牛车队伍快要走出林子边缘、进入前方的田野时,突然传来几声"嘎嘎"的乌鸦叫,这群爱偷东西的鸟在树上停了一会儿,便飞走了。阿妈说,这群乌鸦大概是从别的地方飞来的,在出去抓鱼之前,没怎么听过乌鸦叫。昆爬到牛车沿子上紧挨着阿妈,揉了揉眼睛,透过一片昏暗往前方望去。他认出了前方的田野就是村子附近那片田,便立刻大声呼唤起詹笛。阿妈告诉他,詹笛老早就下了牛车,在地上走着了。昆让阿妈停下牛车,便跳了下去。贾伯跨着枪打头走在前面,阿爸和庆伯的声音说道:"等牛车队进了村子,贾伯就开一枪,然后大家伙就各回各家。"詹笛就问:"不是说要先停在寺庙边上,到肯老方丈那里去淋法水的吗?"贾伯说:"等到斋饭时间再去,做些好吃的带过去孝敬老方丈。"

每一辆在路上都嘎吱作响的牛车,自从昨天下午起便都没了声响,只因一场倾盆大雨从天而降,润湿了车毂和车轭。昆说:"都快到俺们村了,为啥打头的牛车还走得这么慢,贾伯的老婆怎么不快点赶牛走?"贾伯呵斥道:"还不是因为路滑!村子附近都下了好几场大雨了,叫牛怎么迈开步子快走啊?混娃子!"昆只能一个劲的叹气。詹笛问:"这样的话,俺们村子的人就能犁地插秧喽?"贾伯便道:"没错!就算已经九月了也能种地,但愿田里能多积些雨水。话说回来,詹笛娃子是要帮阿爸种田,还是要念书啊?"詹笛说要继续念书。贾伯又问昆,等到家了要先去哪里?昆回答说,要先去看在屋下谷仓里孵蛋的母鸡,然后去看阿奶。詹笛又接着说道:"俺要先去找越人家的姑娘,看她的胸长大了多少。"庆伯狠狠骂道:"不知好歹的小混球!"詹笛便快步往前走去,看到昆的两条狗和梯准的狗一边吠着,一边抢先跑进田里,也马上跟了过去。贾伯嘴里咕哝道:"还想着等进村了要开一枪吓吓乡亲们,詹笛那小鬼就抢先跑去报信了,还是甭开了。"梯准说:"一定得开的呀,开给祖宗们的鬼报声平安。"贾伯放下肩上的长枪,把枪口对着天空"砰"地开了一枪,把黄牛们吓得牛铃铛声也比之前响了。贾伯的老婆说:"掉下牛车摔断了腰才叫好!"贾伯便呵呵笑起来。

走在潮湿的田野里,昆开心极了。深红色的太阳已经从远方的地平线升了起来,前方的田野沐浴在一片阳光之中。田埂上,只见一丛丛绿油油的青草上,偶尔挂着几滴晶莹的水珠。田埂下一处角落里,积了一小洼水,两三只小泽蛙跳了进去,不一会儿便从水里钻出头来,"喳喳"地叫着,像是玩得不亦乐乎。这种泽蛙在昆的家乡被叫做"喳田蛙",和姬蛙身形差不多,但皮肤上有像蛤蟆一样凹凸不平的疙瘩。这种"喳田蛙"昆也吃过，去年阿妈曾把它跟笋包在一起焖着吃，也和竹笋一起做过汤，好吃极了。

打头的牛车刚走到村口，便看见詹笛已经站在那里朝他们挥手了。他的身边站着两个正在抽烟的老人，走近一看，才认出是康恭阿姐的阿爸大阿伯跟云伯。阿爸吩咐昆快去拜见大阿伯，昆就跑了过去，向大阿伯和云伯合掌作礼。云伯说："哦哟，昆娃长大一些了呢，到栖河里洗过澡回来就知道给长辈行礼了，真厉害唷！"昆问大阿伯："阿奶身体还好不？"大阿伯就说："好着呢，也硬朗着呢。"昆又问："俺家的母鸡孵出崽子了没？"大阿伯就说："孵出了，四个蛋都孵出崽了，不过都被老鹰叼走了。"昆再次叹了一口气。

贾伯洪亮的声音高声说道："先把牛车停下，听俺说。"牛车便都停了下来。贾伯接着说："现在每个人各回各家，斋饭时带上好吃的一起去寺里。"说完，他又冲着天开了一枪。于是，昆的阿妈就赶着黄牛，驾车朝自己家的方向去了。老阿爷老阿奶们站在各自家的晒台上，你一句我一句地朝他们问着话，阿爸、阿妈和昆满脸喜悦地一一作答。四五个小娃背着鱼篓、拿着挖铲，站在一旁问昆带了些什么东西回来。昆就告诉他们，有酸鱼，有腌鱼，谁想要吃就让阿妈拿谷子或稻米来换。一个小女娃说："拿米换鱼作啥？挖些粪金龟放盐炒着吃，也一样好吃哩！"听得昆十分生气，不过当听到另一个小男娃说"再过四五天就开学了"，他的怒气便立刻消失了。

牛车终于到家了。阿爸阿妈把牛轭从牛脖子上拿下来后，昆就把阿斑牵到屋柱子上拴好，然后又把阿黑牵过来拴在旁边。阿爸爬上晒台，放下梯子、在晒台边缘搭好，翌笋和福莱便立刻冲上了晒台，在上面又蹦又跳起来。住在对面的康帕婶走过来说，昆家的屋子里看样子是进过了雨水。昆不禁再次叹气。

"为啥俺家屋子里头会进雨呢？"昆问康帕婶。

"你们家屋顶是用芭蕉叶子隔着的，叶子干了裂了，雨就进去喽！"康帕婶说。

"不打紧，被雨淋了又不是着火了。改天跟昆娃去找些芭蕉叶来，重新编一层遮盖就行了。"阿爸说完，转过去看昆，昆便开心地笑了。康帕婶又对阿爸说，昆的鸡孵出崽后，她每天都防着老鹰，没想到有一天她进林子回来，就发现鸡崽不见了，要怪她没看好鸡崽她也都认了。阿爸说："由它去吧，老鹰也和人一样要找吃的，康帕婶就帮个忙把东西从牛车上搬一下吧。"她便去卖力地帮阿妈从牛车上搬东西下来。昆想帮着搬，但阿爸叫他先把黄牛拴到有青草的地方，再来帮忙。昆便解了牛绳，一头一头地把牛牵走了。

再等昆回来时，就看到两三个阿婶正坐在屋子下面的竹床上，和阿妈讲着话。其中一位叫凯婶，另外两位住在村子北落。三个人的皮肤都很苍白，松松垮垮的，牙也是黑漆漆的。村子北落的阿婶头发稀疏，额头很窄，每人的一个手腕上都系着纱线。詹笛一边咬着糯米团和烤姬蛙，一边走了过来，问三个阿婶是不是都刚成过亲，手腕上都绑着线。额头很窄的阿婶就说："哎哟，庆家娃子，这么老了上哪里去找夫家，俺是身子不舒服，吃不下饭，腰酸背痛好几天了。"詹笛就说："那就别老吃米饭和腌鱼了，拿些钱去买鱼吃就能长胖了。"昆阿爸对他说："别来掺和大人的事。"他便走到昆旁边坐下，小声对昆说："这三个瘦巴巴的阿婶准是得疳积病了。"昆就问他疳积病是啥病。他说："就是吃生的腌鱼配饭，肚子里长满了绦虫哩。"

又有三四个村民走了过来，每人都斜挎着饭箪，对阿妈说："刚给僧人们施完了斋饭就过来打听了。"阿妈就告诉他们："各种各样的鱼各带了两三坛回来吃，回来的路上也换了些米，谁想要吃什么就尽管拿米来换，用钱买也行。"说完便打开腌鱼和酸鱼坛子，掏了两三条小酸鱼出来，一边递给他们一边说："撕开来分着尝尝看。"又拿出来腌的单吻鱼和黑鱼给另外两个阿伯。每个人尝完后还"咂咂"地吮着手指。一个阿伯说，等到家后要拿钱过来买回去吃。

通老师和唱师也笑着走了过来,又看到唱师嘴里那闪闪发亮的大金牙了。詹笛抓着昆的胳膊让他起身站好,昆就照做了。通老师不像唱师笑得那样灿烂,脸上有些暗沉枯槁。走近后,通老师便开口说道:"怎么样,昆同学,詹笛同学,抓鱼有趣吗?"詹笛抢着说:"有趣极了,还泡在又大又宽的栖河里洗了回澡。"昆问通老师什么时候开学。他答道:"再过四五天就开了。开学前要是有时间,就一起来帮忙打扫寺里的空地和学堂。"昆和詹笛便异口同声地答道:"好!"唱师正上四年级的儿子也跟了过来。昆羡慕地看着他,只见他穿着一条黑得发亮的布裤子,趿拉着木屐,发出"哒哒"的声响。走近后,他便把手插进裤兜里,站在唱师身旁。詹笛在昆耳边悄声说:"这种木鞋子阿爸也做给俺穿过,啥时候叫阿爸做都可以。"昆问他:"那种油亮油亮的黑裤子俺们也穿得起吗?"詹笛就说,等他阿爸把腌鱼和酸鱼都卖了,就能让阿爸给他买了。昆也像詹笛那样想。当阿妈吩咐昆,赶紧去摘新鲜叶子来包酸鱼送给通老师和唱师时,昆就和詹笛一起跑去扯了一把香蕉叶,拿回来交给了阿妈。阿妈给通老师和唱师每人各包了三条酸鱼和三条腌鱼。通老师说了一声:"太感谢了!昆娃妈,还有小昆同学。"就离开了。至于唱师,则把纱笼裤腿卷到大腿根上,从里面掏了三张绿色的一铢纸币,递给阿妈。阿妈接过后,唱师也离开了。詹笛问昆的阿妈,"为啥不问唱师多拿一些?"阿妈就呵呵笑起来。那个瘦瘦的、额头很窄的阿婶说:"问他要两丹令都不会心疼的。唱师家可有的是钱,还有好几个老婆。"昆的阿妈只是一边笑,一边掏出一条腌鱼包好,递给另一位大伯。

酒鬼梯哈提着两只烤鸟走来,狠狠说道:"好不容易进林子那么多天,梯准那浑小子就只带了两只鸟回来!昆娃爸给俺带了些啥?"阿爸笑着说:"没有鸟给俺们打,拿些烤田蛙、烤姬蛙去吃吧。"说完就起身上了屋里,拿出两串姬蛙和两串烤田蛙下来,递给梯哈。梯哈嘿嘿笑着,坐下说道:"多谢啰!"说完就大口啃起了姬蛙。阿爸问他:"去插过秧了没?"他回了句:"插了一小畦,但看样子雨不会再下了,估计要全死光。"阿爸又问秧插在哪里了。他说:"插在铁屑坨那头的地里了,今早刚要去看一眼,就听到贾伯的枪声了。"说完"呸"地一声朝地上吐了口痰,把纱笼裤边卷起来扎在右腰上,然后就拿着烤鸟和姬蛙朝詹笛家的方向走去。阿妈冲他喊道:"要是梯哈能马上讨个老婆,就把一整个簸箩的烤青蛙、烤姬蛙全送你!"他转过身说:"俺可不要!俺们村的婆娘全瘦了吧唧,跟晒干的蜥蜴一样。还是去詹笛阿爸和贾伯那里去打听打听吧!"说完就头也不回地走了。

连续睡牛车和车子低下的酸累劲儿,让昆睡了个长长的午觉。醒来时,中午已经过去好久了。习习凉风轻轻穿过芭蕉叶铺成的屋顶吹下来,更加让人昏昏欲睡,翌笋和福莱还在呼呼大睡。突然,只听詹笛了跑上来,叫醒他道:"赶快下去!看吴叔老婆跟越人老婆打架了!"昆迅速跑到屋下,便看到吴叔老婆站在那里,一手叉着腰,一手指着越人老婆,说着快得听不清的话。庆伯走过来说:"都在一个村子里头住,不要吵了,要打架也等做鬼了到林子里打去。"吴叔老婆说:"老子生在这、死在这,但这交人婆娘要回那交国死去!"越人阿婶就说:"交人和'阶佬'都是人,一样都要死,凭什么来骂俺?"说完咧嘴笑着,露出黑色的牙齿和沾了槟榔汁的红色牙肉。

"老娘先过来问昆娃妈有没有醢鱼子,你又跑来问!"吴叔老婆提高了声音。

"俺就只是问问,有啥关系?"越人阿婶细声细气地说道,然后又笑了起来,惹得吴叔老婆脸都绿了。詹笛跳起来拍着手大喊道:"动手吧!打起来哎!'阶佬'越佬哪个更厉害?"庆伯冲他狠狠把嘴一抿,他便一溜烟跑到昆家谷仓前面去站着了。

在那之后,她们还是不停地吵着。等昆的阿爸移完牛桩回来,看到两人正咬牙切齿的,又听阿妈说,是吴叔老婆先来买了五士丹的酸鱼跟三士丹的姬蛙,正好越人老婆过来说想吃醢鱼子,知道这里还剩些就想过来买。吴叔老婆就说越人老婆来抢她的话不说,还要跟他们抢财抢生意。阿爸就大笑着说道:"俺就实话实说吧,醢鱼子就剩一丁点儿,已经拿去给昆阿奶和肯方丈了,都回去吧。"阿爸说完,吴叔老婆和越人阿婶就回去了。詹笛便跑了回来,说道:"真可惜!要是昆的阿爸不过来,准能看到女人打拳了!"昆就抓着他的手跑开了,想带他去找阿奶,然后一起在村子里逛逛,顺便打听一下同年级小伙伴们的消息,最后再照阿爸的吩咐去拜见肯老方丈。詹笛说:"去就去,不过得先去一趟越人铺子哟,昆。"

"去作啥?"昆问正拽着他的胳膊站住不动的詹笛。

"去看婉当的胸有没有变得更好看。"

直到昆点头,詹笛才又心满意足地迈开了步子。昆在心里想道:"那好吧,现在交人女儿婉当肯定比之前更好看了。不过,她那两个胸脯怕是不会再有机会看到喽。"

三十五、逛庙会

这天晚上，昆跟着阿爸一起到村长家开会了。昆又激动又开心，因为大人们决定要办一场盛会来庆祝肯老方丈新铸的钟。昆对阿爸说："俺们村好久没举办大会了，是吧？阿爸。"阿爸说："就是，因为村里一直闹旱荒，大家伙都忍饥挨饿好久了。

村长接着说："从今个起，就要开始办庙会了。每家每户都做些甜点，把有的和能找到的吃的都拿过来。不一定非得拿猪呀、鸡呀，或是去县里买鱼，就找些田蛙、泽蛙做成吃的供养僧人就行了。"有一个人就说："也该有些好东西吧，因为其他村子的僧人也会过来，有些人家里有住的远的亲戚兴许也会来，要是吃的东西不好，会坏了俺们村名声的。"村长就说："俺们的名声不在于有好吃的东西，而是在于有善心。"

阿爸也教导过昆什么是"善心"：善良的人懂得同情他人，帮助困难的人，没有钱物，就用气力和身体去帮助，无论那人来自哪个地方。

村里的老药师开口说道:"赞成不用找特别好的食物招待客人,挖些田蛙、泽蛙炖成汤,搭配米线就好吃得不得了了。从其他村子过来的人也和俺们一样都是泰佬族人。倒是那天晚上要请个哪里的唱师过来唱唱歌呢?"

"得找厉害点的来唱'问答'歌,从傍晚开始一直唱到大天亮。"一个人说道。

昆问阿爸:"'问答歌'是不是就是唱师一问一答,问天底下的各种事情?"阿爸说:"是的,就像去年的唱师努和珀伊两个人唱的问答歌那样。"

"找一个男唱师跟一个女唱师更好。"贾伯大声说。

"好在哪里?"村长问。

"两人就可以跳着舞调情,对女唱师'揪'①这'揪'那的了。"贾伯话音刚落,周围便响起了笑声。"揪"就是扒的意思。唱师唱完后,两人会跟着肯笙的节拍翩翩起舞,男唱师会做出调戏的动作,装作要扯女唱师的筒裙,或是捏她的胸脯,逼得女唱师仓皇地不停躲闪。

于是,每个人便都同意照贾伯说的,雇一位年轻漂亮的女唱师,来跟住在昆村子里的名叫努的男唱师对唱。这位名叫努的唱师声音好,名声更是响当当的远近闻名,即兴对歌非常拿手,没有人能比得过他。至于女唱师,就去请黎逸府承蓬县的一个叫安芃的。昆经常听人们提起她,说她声音甜美,身姿十分的美。梯哈和梯准还曾说过,要是安芃来俺们村唱歌,就让她骑在自己背上登上台。

回到家后,阿爸就和阿妈商量起来。阿爸说,难得有一次功德庆典,一定要痛痛快快吃一回,就算阿妈要去找田蛙、泽蛙来炖煮或熬汤,还是要再去买个五六公斤的牛肉来凉拌了吃。至于点心,也要多做一点。阿妈说,这样的话,就叫住在"长垎"那边村子的珀伊姨和丹欧阿姐提前过来,帮忙把庙会那天要吃的朵麻糕和米线做好。翌

---

① 泰语原词是chok,发音和中文里的"揪"字正好近似,意思不完全对等。

笋问，"不做竹筒糯米饭吃吗？"阿爸就告诉她说："不做了，阿爸给钱，直接去庙里买。那天会有商贩卖各种各样的点心。"翌笋听了，高兴地直拍手。阿爸又告诉她，还会有漂亮的女唱师来唱歌给大家听。"等翌笋长大了，让你去做唱师，喜欢不？"翌笋说："喜欢！"阿妈就说："那得先练习跳舞。"说完就起身去拿阿爸的肯笙。接着，伴随着阿妈有节奏的击掌声，悦耳的笙声便悠扬地响起。翌笋举着手笨拙地踏起了步子，阿妈不得不抓住她的两只手，让它们和着节拍向上抬举。"这里，这里，像这样迈步子，胳膊举得好看一点，别抬太高。"阿妈一边说，一边跟着翌笋轻轻移动脚尖。福莱坐在阿爸膝盖上"啪啪"拍着小手，阿爸也边吹边摇晃着身体。昆也情不自禁地站起来，和翌笋一起跳着。笙声停下来后，阿爸笑着说："昆的舞姿还生硬得很，等努和安芄对歌跳舞的那天晚上，昆好好看看，记下来。翌笋跳得比昆好看，长大后去练习当唱师没问题了。"阿妈便说："那就试试跟着'我们从前那只斑鸠鸟儿'的歌跳跳看。来吧，昆娃爸吹首《斑鸠曲》，俺先跳给孩子们看看。"阿爸又笑着说："好了好了，今晚得早点睡，明天鸡叫时就得起来上林子里去了。"说完便拿起装笙的袋子，把肯笙装进去，起身挂在了墙上。翌笋还没有尽兴，不情愿地"噔噔噔"跑到席子上躺下，谁也不搭理了。

　　昆盼望的这一天终于来了——毫无疑问，这正是佛钟庆典的当天。一觉醒来，便看见詹笛正在厨房里和昆的阿妈说个不停。珀伊姨的女儿丹欧阿姐已经过来帮忙做点心了。她告诉昆，寺里的鼓已经响过了。鼓声是通知村民们可以拿早饭过去斋僧的信号。这天，昆换上了一身新衣服。不过詹笛说他暂时先不换，因为要先到寺里玩一会儿。他听他阿爸说，学堂里到处都插满了国旗。说完，就拉着昆急急忙忙冲下了屋子。刚一进寺庙，他们就径直走上了学堂。只见通老师正和小娃们一道拉起张满小旗的挂绳。上面既有红白色的三角旗，也穿插有鸟尾形旗。学堂后面的墙上挂着一口大大的钟，闪闪发光。昆走到跟前，坐着看了一会儿，就听到通老师喊他们去帮忙挂彩旗和打扫学堂了。他和詹笛便站起身，遵照老师的吩咐认真做了起来。三年级和四年级的学生则帮忙搬长凳和椅子，堆到学堂的一个角落里。每个人脸上都喜气洋洋。一直到学堂里到处都飘满彩旗后，通老师便说道："好了！都回去吧，打扮得漂漂亮亮的再过来玩。"昆就邀詹笛一起回去了。经过僧舍时，看到肯老方丈正跟好几位僧人坐在一起。詹笛就问一位挎着饭箪正往寺里进来的老阿婆道："从哪里来了这么多和尚跟沙弥？"老阿婆说："从其他村子来的，你们有什么吃的要拿来给他们的啊？"詹笛答道："有凉拌黄牛肉，凉拌鸡肉，还有大锅大锅的田蛙炖腌笋。"说完就拉着昆跑回了家。

这一天，昆和詹笛一起在村子里玩得连家都不想回了，因为家家户户的屋子里都坐满了没见过的小伙姑娘们。有的家里，小伙们正吹着悠扬的肯笙给姑娘们听；有的家里，成对的男女们正在嬉笑打闹。每一位姑娘都打扮得漂漂亮亮的，有的上身只穿着背心，两条窄窄的肩带下面，隐约可见娇小的胸部将衣服微微顶起，好看极了。她们的耳根后插着五颜六色的花朵，每一个看着都像是阿爸书里讲的仙女一样。回到家时，有六七个从其他村子来的小伙正围坐在丹欧阿姐身旁。今天的她也比以往都要好看，穿着绗织图样的筒裙和小碎花上衣，手支在地上坐着，正和小伙们聊着天，不时传来她清脆的说笑声。昆走进厨房，看到阿妈和珀伊姨妈正舀出鲜红的拌黄牛肉和炖内脏，忙着盛入碗碟里。阿妈说："按俺们这的规矩啊，每当有这样的功德日或节庆活动，不管谁来了家里，都要拿吃的、喝的和甜点心出来招待他们。"珀伊姨捏了把米线，舀了炖汤装进碗里，再一起盛在簸箩上，又取了差不多二十个朵麻糕团子，挨着碗边放好。昆问她："为啥丹欧阿姐不来帮忙端给他们吃。"珀伊姨就说："随她去吧，正跟伙子们聊得起劲呢。"阿妈在一旁说道："今天也是找对象的好日子哩！说不定你珀伊姨马上就要有女婿啰！"珀伊姨妈只是微笑着端起盛着米线的簸箩，走了出去。阿妈也端起盛着生拌黄牛肉和

三十五、逛庙会

东北孩子

炖内脏的簸箩跟了出去,昆和翌笋提着饭箪跟在大人后面,小伙们立马围成圈坐了下来。

"来啊,小家伙!也来一块吃吧!"一个脖子上围着块小披巾的小伙招呼昆说。昆只是回了句"你们跟丹欧阿姐吃吧",就起身走进了厨房。

深红色的太阳已从枝头落下,藏到了树枝后面。小伙们的肯笙声此起彼伏,愈发激昂起来。阿妈对昆说,想去玩就去吧,她带着阿妹们随后再去。昆拿出新买的黑裤子穿起来,又把阿爸买给他的童子军腰带拿来,从裤耳里穿过,最后穿上新上衣。翌笋直夸道:"昆哥哥真好看!"使他笑得合不拢嘴。阿爸走过来递给他两士丹的钱,一边说道:"点心钱,想买啥吃的随便你。"昆从阿爸手里接过钱,塞进裤兜里,便兴高采烈地跑去照镜子了。詹笛走上来找他,一边催道:"快点走吧,安苁都到了。"昆就问:"安苁好看不?"詹笛说:"好看得很!比越人的女儿婉当还好看好多倍。"阿爸问:"安苁住哪里?"詹笛便答道:"住村长家里,俺刚去看过,女唱师正大口嚼着干拌生牛肉下饭呢,嘴巴上沾满了红彤彤的牛血,衬得她更好看了。"

贾伯和庆伯穿着纱笼,肩上搭着格马布上来了。今晚的贾伯打扮得精神极了,光是全新的丝绸纱笼被火把光一照就亮眼极了,上身还是驾车打鱼出发那天穿过的那件大大的罩衫。昆又见他抽着一根白色的烟,闻着很香,便问他抽的是什么牌子。贾伯盘腿坐下来说道:"这可是外国牌子的香烟。"詹笛问他:"多吗?给俺抽根行不?"他便说,小孩子家不准抽烟,谁要是小时候抽烟,就会念不好书了。庆伯没有穿上衣,只穿了条旧纱笼,肩上搭着格马布。贾伯刚给他递了一根香烟,梯准和梯哈就一起出现了。

"唷喂,今晚抽起盒子烟了?"梯哈高呼道。

贾伯掏出布满花纹的烟盒,给梯准和梯哈一人一根卷烟。昆和詹笛站在一旁羡慕得直咽口水。庆伯说:"想玩就去玩吧!"昆和詹笛就下到了屋子底下。詹笛忿忿不平地小声说道:"想等着捡几个烟屁股也不让!"

这时,寺院里的空地上已经人头攒动,年轻人们热闹烘烘地聊着天。肯方丈僧舍的屋顶上点着一盏明亮的汽灯,不过僧舍里却没有人。往学堂那边看去,便见僧人都坐在里面,上方挂着两盏大汽灯,将周围照得分外明亮,只见老阿爷老阿婆们接踵摩肩地坐着。
"嚯,到处都亮堂堂的!"詹笛大呼道。
贾伯的儿子阿嘎抽着香烟走过来。詹笛问他:"这些个大汽灯是从哪里来的?"阿嘎说:"一盏是村长家的,一盏是校长的,其他的是从县城租来的。"说完就带着他们边走边四处闲逛去了。

在大菩提树的周围已经搭起了一个高过头顶的舞台,是唱师和肯笙乐手表演的地方。两盏大汽灯分别挂在舞台两个角的上方,台上还放着两张高脚凳。昆问阿嘎:"唱师要什么时候上台唱歌?"阿嘎说要等僧人诵完经后才开始,然后就带着昆和詹笛继续往前走。
在寺庙的围篱旁边,脸蛋白皙的年轻姑娘们正排成排坐着。有的戴着闪闪发光的金色耳坠,有的穿着露出颈窝和胸口的无袖小衫,昆看得都入了迷。"皮娃子詹笛快过来!来买俺的地瓜。花生也有好多哩!"一个女摊贩大喊道。另一个脖上围一块小披巾的女人冲阿嘎喊道:"来嘛阿嘎!照顾一下俺的生意嘛。"阿嘎就说:"晚点再来买上三十丹钱的。"说完就继续往前走。
往右走了几步,便看见康帕阿婶正和两三个年纪有些大的姑娘坐在席子上,也像其他摆摊的姑娘们那样,旁边柱子上插着点燃的火把。昆认出其中有一个叫阿苗的姑娘,或苗阿姐,就是之前被坤小伙戏弄过的姑娘。苗阿姐胸口裹着格马布,露出的脖颈和肩膀显得格外白皙。摆在她面前地上簸箕里的,有地瓜和切成段的甘蔗。詹笛说:"还是去有小伙和漂亮姑娘的地方吧。"阿嘎就继续往前走去。

走到康帕阿婶这排摊位的尽头，便是吴叔女儿们卖东西的地方。她身边挂着一盏大汽灯，卖的东西都摆在一个高高的桌子上，上面有好多种点心，还有好多昆没见过的东西。已经成过家的一个吴叔家女儿便招呼阿嘎过去买东西，阿嘎立刻坐到了椅子上。詹笛说："一士丹钱也别给他们！俺们赶紧逃吧。"说着就拉起昆的胳膊逃开了。

"叫阿嘎去当吴叔女婿吧，那才好玩哩！"詹笛说完后哈哈笑起来。

到了越人女儿婉当卖东西的地方。这里没有桌子用来摆放东西，所有东西都摆在了一张大席子上，旁边也点着浓烟直冒的火把。婉当阿姐看到昆和詹笛后，就喊他们过去坐下。詹笛立马抓住昆的手坐下来，然后就滔滔不绝地跟婉当讲起话来，昆只得像个哑巴一样地在旁边听着。这天晚上婉当阿姐没有刻意打扮，只是穿了条黑色大脚裤和灰色开胸上衫，即便这样，当她笑起来时，昆还是情不自禁地暗叹不已，因为她的嘴唇和牙齿实在是太好看了。詹笛说话时一个劲地盯着婉当阿姐的胸口看，当她弯腰去拿点心时，更是使劲够着脖子看。昆正唉声叹气时，村子的理发匠梯占巴走了过来。当他在昆身旁刚一坐下，昆就慌忙拉起詹笛跑开了。因为昆不知道上个月去梯占巴那里剪头的钱，阿爸有没有还清。阿爸叫昆去剪头时说，赊的账以后再付清。要是梯占巴今晚向他讨钱，昆可就没面子了，昆当然也不愿意把这件事告诉詹笛。

当人群中传来"美女唱师来了"的喧沸声后，昆马上往舞台的方向跑去。这位女唱师的个子不高不矮，晶莹的皮肤被汽灯光一照，显得愈发的白皙透亮，略圆的脸蛋被丁点儿小的朱唇点缀得教人赏心悦目。只见她刚一登上舞台，台下便爆发出热烈的掌声，一个小伙高喊道："小妹真美唷！哪天一定到俺的田边解个手去哟！"昆问詹笛，为什么要让她去田边小便？詹笛就告诉他，像这样的漂亮女人要是到田边小便了，稻子就会长得很好。女唱师的脖子上围着一块红蓝相间的小披巾，被风吹起时轻轻拂动着。头发梳成一根辫子，只在耳畔留出丝丝鬓角，看上去刚好相称。女唱师面朝舞台周围来回微笑着，台下瞬间爆发出一阵欢呼声。等她在那张高脚凳子上坐好后，乐手们就抱着肯笙，坐到了舞台上铺好的席子上。接着，男唱师努也上台了。他的下半身穿着闪闪发亮的丝绸纱笼，上半身则是丝绸的白色长袖衫，上面点缀着油棕色、泛着亮光的大圆点。男唱师站在台上不停地朝四周笑着，露出了满嘴闪着亮光的金牙。只听有声音大喊道："一定得赢过她唷！别坏了俺们村唱师的名声！"

男唱师努一面大声喊着："好！"，一面继续笑着。直到有人喊道："先请歌星安芇唱一首《林中行》吧！"安芇便站了起来，一个约莫25岁的肯笙手也抱着笙站起来。和着缓缓升起的肯笙声，女唱师那悠扬的歌声徐徐响起。

一瞬间，每个人都安静了下来。昆和詹笛忘情得几乎停止了呼吸。一曲唱完后，女唱师缓缓举起手臂，翘起手指，婀娜地摇曳起身体来。男唱师努见状，马上站起身，追着她舞动起来。听到有人喊道："揪！揪！靠过去呀！"男唱师努就作势要把手伸到女唱师的筒裙底下，女唱师弯下腰，"啪"地一声打了一下他的手，引得观众爆发出阵阵起哄声，久久不得停息。当酒鬼梯哈的声音喊道："你别对俺阿妹动手动脚的啊，努小子！"人群中又爆发出一阵哄笑。在那之后，便是你一言我一语的赞叹女唱师"声音好听""长得好看""果然名不虚传"的片片叫好声。

贾伯一个飞身跳到台上，左手从嘴里抽出香烟，右手高高举起，大声说道："大家伙们先静一静，听俺说！村长让俺上来说句话。唱师们跳舞嬉耍的当口儿，大家伙跟着唱或是怎么欢呼都行。但唱师们唱歌时，麻烦不要大声起哄，学堂那边的僧

三十五、逛庙会

人师父们都听不清人说话了！"

"唱师们会唱到天亮不？"梯哈的声音插了进来。

"要一直到天大亮呢！那边的姑娘小伙们说话也别太大声，谁要想走开去玩的俺也不说什么，但务必先问一下阿爸阿妈，不要一声招呼都不打就直接消失啰！"

贾伯话音刚落，台下立刻响起雷鸣般的掌声。

这一刻，昆已经欣喜激动得什么话都说不出来了。他和詹笛一起坐在菩提树旁，如痴如醉地听着延续到深夜的欢歌声。女唱师的歌声使昆的泪水好几次都差点夺眶而出，因为他想起了村里的干旱和饥馑，想起了跟随牛车队长途跋涉出门打鱼的时光。不过，此时此刻，昆非常幸福。家里的棚屋上已经铺了新的芭蕉叶遮顶，家乡每一个人的脸上都洋溢着欢笑。昆默默在心里想着：从此往后，家乡所有的人都会一直这样挂满笑容、无忧无虑地欢乐下去。像今夜这样热闹喜气的功德庙会，一定还会再有。

三十六、幸福的一天

在一个月圆的夜里,朦胧的月光透过云层射下来。昆正跟阿爸在屋外晒台上睡觉,梯准慌慌张张地爬上来告诉他们,康恭阿姐从天黑起就肚子疼要生了,但到这会儿还没生出来,接生婆和大阿伯的老婆白婶正在给阿姐接生。梯准话音刚落,天空中突然闪过一道巨大的火光,迅速往村北方向划落,惊得昆用手指着大喊:"呀,那是啥光?"阿爸告诉他,那就是人们说的"鬼喷焰"①。就在这时,酒鬼梯哈又"呼哧呼哧"跑了过来,喊道:"你老婆生了!小娃出来啦!梯准欤!快回家去!"

梯准就跟着梯哈跑下棚屋,不见了踪影。昆阿妈一边嘀咕着"康恭人怎么样了也不通报一声",一边把格马布搭在肩上,走下了楼梯。阿爸对着她的背影说道:"梯准当阿爸了,都激动得懵住

---

① 泰语是phi phung tai,逐字直译就是"鬼喷焰",是古代泰人对陨石等自然现象的称呼。

了。"不过阿妈已经走远了。昆问阿爸:"刚才那道长长大大的火光,听人说那是鬼从天上下来吃人的,对吗?"阿爸道:"不是。那是在天上飘着的大石头掉下来,遇到强烈的空气燃烧起火了,人们就把它叫作'鬼喷焰'。等昆长大了,就会好好学习这些知识了。"阿爸还说,古人们相信,要是一个人是在"鬼喷焰"落下时降生,就会在某一方面非常厉害,康恭阿姐的孩子肯定会在某个方面比别人都出色呢。

阿爸又补充道,虽然昆或其他人不是在"鬼喷焰"落下时降生的,但也会成为很出色的人,只要他们不懒惰,并且能够分辨是非善恶。昆微笑地躺着,听阿爸娓娓往下讲。他的心中充满了喜悦,因为康恭阿姐会有很出色的孩子了。阿姐和梯准都是跟昆一样的穷苦人家,如果阿姐的孩子长大后能有出息,阿姐就不用再过穷苦日子了。昆对阿爸说,想今晚就去看康恭阿姐的孩子。阿爸却说夜太深了,等到第二天再去看也行。昆又问:"阿姐要像阿妈当时那样在火上坐好多天月子吗①?"阿爸答道:"是要好多天。不过好在康恭是在阴历二月生产的,正是农忙时,寒风也减弱了不少。"

"康恭阿姐怀了几个月呢?"昆问。

"九个月呀。"阿爸答。

这天早上,屋顶上方的天空真是澄净清透无比。薄薄的云彩白中泛着蓝,飘荡在空中。料峭微风轻轻吹拂,成群的八哥和乌鸦在椰子树头追逐嬉戏。每家屋子旁的芭蕉树丛上,大片大片的绿叶成簇地伸展在树顶。圈里的黄牛、水牛目光炯炯,悠闲地站着倒嚼着食物。拉车的黄牛也有节奏地迈着优雅的步子,有的还沿路"扑扑"地甩着尾巴,把脖子上的牛铃摇得叮铃作响。驾着牛的车主小伙们悠闲地吸着大烟卷,有的还"咿呀"吟着赏木赏鸟的歌谣。昆往康恭阿姐家的方向一路走去,不断有询问声朝他过来,每人的脸上都是那么明媚灿烂。不论谁问了什么,昆都照实地答着。昆一个劲地微笑着,他是那

---

① 泰国古代妇女生产完后,要在生着火的屋子里坐月子,俗称"坐火"。

么的开心,那么的激动,他因为家乡人们的幸福而感到高兴。昆在心里暗想着:就让这座村庄一直都这样幸福下去吧,但愿永远不会再遇到去年那样的干旱。

康恭阿姐的屋里密密麻麻地挤满了人。贾伯、梯哈和庆伯三人的说话声把其他人的声音都盖了过去。昆一脚刚踏上梯子,就听阿奶的声音说道:"康恭生了两个娃娃",害他恨不得一步就跳到她们跟前。

"是对双胞胎哩,昆。"靠近阿奶坐下时,她对昆说道。

"是男娃还是女娃?阿奶。"昆问。

"一个男娃,一个女娃。"阿奶说。

昆开心地看向康恭阿姐,阿姐正躺在竹子搭成的地床上,头尾两端有约莫一拃高的木头支撑着。她身边的火堆烧得正旺,灶台上放着一口黑色大陶锅,直冲屋梁的水蒸气像长柱子一样往上直冒,仿佛某天早上的晨雾。康恭阿姐头边上放着一个大大的簸箕,昆看见有小婴儿正在里面不安分地动着,就问阿奶:"那就是阿姐的孩子吗?"阿奶说是的,并告诉昆可以过去看看。昆弯着腰站起来时,坐在墙边的贾伯说道:"昆娃子,你得去买两瓶酒来庆祝康恭生娃。"

"俺忘带钱来了。"昆一边借口推脱,一边转去看正坐在阿姐脚边的阿妈。

"这娃娃胸上长了颗胎记,长大了抓獴子准厉害得很。"梯哈一说完,屋里顿时爆发出一阵欢笑。

昆蹑脚走到康恭阿姐身边,轻轻摇着阿姐的手腕问道:"好些了吗?"阿姐笑着说:"嗯,阿姐很好,昆。"昆又说要是阿姐累的话就帮她按按,是要捏捏筋,还是像给阿爸按的那样用脚在身上踩?阿姐还没来得及回答,人群中就又响起了笑声。可昆已经顾不上别人说什么了,只管低头看着簸箕里一对蹬来蹬去的男娃女娃。当他瞥见阿姐腰底筒裙上有一块红红的渍迹,就问那是什么血。阿姐便告诉昆,那是她和两个小娃的血。

村里的老药师穿过人群走了进来,校长塞老师,还有通老师也跟在后面进来了。贾伯立刻说："哎哟,老师快请坐,今儿要好好喝上一顿梯准的喜酒!"老药师说道："这会儿酒还没到,先吃康恭的喜盐巴吧。"梯哈立刻探出身来说："先别吃啊,盐巴难找得很!俺昨晚上跑到县城里好不容易才买到了两块。"人群中再次响起欢笑声,久久没有停歇。

在那之后,便不断有老人过来给康恭阿姐的手腕上系吉祥绳,并且每人都说上美好的祝福送给阿姐。阿姐的阿妈白婶也不停地忙着扯好白绳,递给一个又一个的人,脸上洋溢着幸福。等到都给康恭阿姐系过吉祥绳后,人们纷纷给躺在簸箕里的两个小娃娃系绳。最后一个系绳的贾伯用洪亮的嗓音说道："长着胎记的小男娃娃哟,长大后可要比梯准还强壮有本事哟,要像俺这样厉害,像你阿爸一样找个漂亮老婆,不过……"贾伯说到这,扭头吸了口烟,吐了圈烟雾。庆伯问："不过啥,话咋不说完?"贾伯便接着道："要是这小娃娃有了老婆,至少得准备十丹令彩礼,可不能像梯准那样一只母鸡就完事啰。"于是,欢笑声再次响起。

梯哈抱着七八瓶白酒站起来说："这是吴叔和交人送来助兴的,因为俺们村从来没有过双胞胎,连他们都高兴得很呐。"大阿伯就吩咐昆到屋里去拿四个黄铜的小水盏,用来斟酒。昆拿过来递给他之后,耳边就响起了热闹烘烘的说话声,已经听不清是谁的声音了。当昆听到屋下面传来詹笛的声音后,就立刻跑下楼梯去看。只见梯准和詹笛两个人正在大汗淋漓地给鸡拔毛。昆问梯准,准备宰几只鸡?他就说,一直教大家伙吃到散场,吃到天黑为止!管他们喝光多少瓶酒都愿意。詹笛说,酒瓶空得那么快都是因为有梯哈在呢。梯准就说："俺可不怕!就算他泡在酒里也随他的便!昆娃快过来帮忙拔鸡毛。"昆便听话地照做了。

人们的欢笑和喧哗声依旧此起彼伏。后面陆续来的大人小孩们,全都挤坐在屋前的竹床上,酒和炖鸡不断地被端上来,从早上一直延续到傍晚。这时的昆已经记不清人们说了些什么了,也数不清到底来了多少人，因为不管他往哪个方向看过去，都只见到黑压压的人头。昆和詹笛一起靠近阿奶坐着，不料贾伯却过来拽起他的双手，把盛了酒的水盏推到昆的嘴边，说道："你也得喝一点，现在马上！为了小双胞胎跟康恭喝下去。"昆先推开了贾伯的手，可当听到他说："要是不喝，就马上往你肚子里放水牛皮。"昆只好两眼一闭，把酒一口吞了下去。

"好！昆娃唱首歌！"贾伯又说道。

詹笛忽的站起身来说："俺想要先唱一首，俺唱得比他好！"贾伯说："唱吧。"他便把双手插进裤兜，大声唱了起来：

"光荣伟大的六月二十四，宪法在泰国诞生……"人群中响起了掌声。詹笛唱完后，贾伯又再次把昆拉了起来。这一次，昆没有再退缩，他深深地吸了一口气，然后唱起了通老师和阿爸教过的歌：

"知识如同商品，宝贵而又遥远；"

"需要历经万险，才能载它凯旋；"

"就用你的身躯，铸成远航帆船……"

昆唱完之后，一阵热烈的掌声响了起来。

"真好听！"康恭阿姐激动地说。

"这两个小子谁厉害？"梯哈大声问。

"我判他们平手！"

贾伯提高了声音。接着，掌声再次响了起来。响了许久，许久……

昆坐在那里，不知不觉中早已热泪盈眶。他揉了揉眼，看到阿爸阿妈正紧紧依偎在一起。阿爸问他："是因为太高兴了吗？"昆朝阿爸点点头，流着眼泪微笑着。詹笛也问他："是不是成哑巴了？"可是昆却一句话也说不出来。一时间，他仿佛听到上学的钟声正"锵——锵——"地在空中回荡……又仿佛听到肯老方丈的声音在耳畔回响："老天从来不降罪给谁…从今往后，你也不要怪罪老天……"那一天的气氛，就和现在，和今天的一样……昆一定还会再碰上它们！因为，昆是东北的孩子，是双腿布满文身的阿爷的孙儿，是直到今天依旧铭记着肯老方丈和阿爸的教导、从来不会怪罪上天的东北孩子……

— 完 —

《东北孩子》研究资料选译

一、《东北孩子》里有什么?

[泰]诺彭·巴查坤①

康朋·本塔维的小说《东北孩子》首先引起人们注意的地方是：作为东盟文学奖第一部获奖作品，它没有蕴藏引人深思的哲理，没有显示让人惊艳的文字艺术，甚至都没有展现任何的社会问题以唤醒人们的思考。然而，这部作品却用直白的、看似透明的方法，讲述了简简单单的农村生活，如果按照新时期西方评论家们的说法，则完全可以说"这部作品几乎接近于文学写作的零度"。

与《东北孩子》这种看似透明的特质相伴随的，是在虚构故事（其含义为具有情节的讲故事文体）和人类学报告（作为记录地方文化诸种细节的文本）这两种体裁之间来回穿梭又兼而有之的鲜明特点。甚至可以说，相较于虚构故事，它的纪实性这一特点显得更突出，更加吸引读者的注意。从这个角度必须承认，作者丝毫没有

---

① 原文刊载于任乐苔·萨佳潘编：《东盟文学奖25年：论文辑录》，曼谷：泰国语言与书籍协会出版，2004年，第138—143页。

东北孩子

"吝惜"作为这部小说原料的自然知识与文化资料,不论是烹饪食物的方法、猎捕动物、手工艺技能、仪式习俗、地方信仰等。这些主题,包含许许多多繁复的细节,以至于可以说,与其将它们视为叙述进程中的结构要素,在很多时候更像是充当了其自身民族志证明的作用。也正是这些细节,成为读者喜爱这部小说的最主要原因,特别是它们满足了城市中产阶级读者所热衷的"读有所获"的求知欲望。尤其是当康朋用一个纯正的"东北孩子"进一步保证了(民族志)证据展现过程中的中立和准确(即西方学者所谓的"内部的人类学",endo-anthropology)时,更增加了作品的可信度和可读性,好比进一步加深了看似透明这一"假相"。

然而,上述纪实性这一面向所无法掩盖的事实是:《东北孩子》首先是一部小说,并且按照这种文学类型所应具备的要素创作而成。如果说,小说就是为了传达人生的某种意义而模拟出的一个世界。那么,《东北孩子》中的世界便是这样一个由"天"和"地"构成的、传递着"东北"意义的世界:天上是阗神的居所,地上则是植物、动物和人类的住处。雨水不常从天空中降下,地上便会干旱,人类在矛盾困苦中挣扎,并且齐心协力共度难关。不管发生什么,人们也不能怪罪上天。因为,正是上天促使人类证实自己的尊严。这一切都是小男孩昆渐渐学习并最后领悟到的。事实上,《东北孩子》正是将(在东北文化语境下)对人生和世界的领悟过程构筑起了一系列叙事。

成长小说的这些特征在构成叙事的要素上得到了体现,其中重要的一项便是(叙事)角度的使用。《东北孩子》通过主人公即小男孩昆的视线和思想来进行叙事,充满强烈求知欲的孩童视线,具有使一切放大的特点,它搜寻并抓住一个个微小的细节,并使得这些事物在孩童的思想意识里变得重要。或许可以说,孩童的视线是为大量描写当地文化的细枝末节建立起叙事合法性(narrative legitimacy)的工具——正是因为同孩童的视角联系起来,这些细枝末节才得以仍然存在于叙事的写实框架之内。

同样值得注意的是，昆的目光并不仅仅只在发现，同时也在探知。我们的小主人公是一位善于偷偷观察的小能手，在阿爷被琵琶鬼吃肝那个场面中，"昆上了阿爷的屋，远远地看着，又想看又害怕。"①等到稍微大一点了，又去偷看梯准和康恭谈情说爱（第五篇）、偷看越人的女儿（第十篇）。偷看，是孩童试图用自己的眼睛去探知大人所遮盖或隐藏的事物的行为，从叙事的角度看来，偷看行为也部分地营造了戏剧性，即为平淡无奇的日常生活片段带来了趣味性和紧张感。

如果要分析得更彻底一些，我们就必须把听觉也作为叙事角度的一部分，因为在很多场面中，以视线进行的认知是和以听觉进行的认知同时进行的。昆是一个倾听者，各种事物的讲解、民间传说的细节和价值观的教导，这些大人的话语使得儿童的目光所见的事物之间具有了联系、产生了意义和价值。即使是在偷窥的事件，例如梯准和康恭谈情说爱的场景中，偷听青年男女说话的行为也帮助昆认识到：身体上的接触还有另一层含义，那便是"爱"。

于是我们看到，主人公的经历一点点贯穿在以视线和听觉为媒介的认知行为中。而昆在日复一日的观察父亲杀鸟捕鱼和观察母亲制作食物的经历中，到底领悟到了什么重要道理？要回答这个问题，就必须转而去辨析这部小说所呈现的主题结构（thematic structure）脉络。即，在主题结构方面可以看到，人类与艰难困苦的抗争，是最为凸显的一个主题，这一主题同另一个主题密切相连，那便是：与出生土地之间的牵绊（哪怕这片土地就是艰难困苦的来源）。这些主题被联系和组织在一起，构成了这样一种结构：它具有格雷马斯（Algirdas Julien Greimas，1917—1992）求索理论的外型特征，即由求索主体（subject）、客体对象（object）、施助者（helper）和阻碍者（opponent）构成，它们在《东北孩子》中的组织结构可见以下示意图：

---

① 见本书第46页译文。

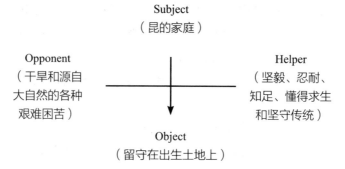

从故事一开头（第一篇的标题是"村子要荒了"）便可以看到，昆一家人已在那些忍受不住干旱而迁离的家庭的劝说下发生动摇。昆的父亲，意志坚决地主张哪里也不去（最初，昆的母亲在这件事上表现出与父亲的分歧，但是最终妥协并跟随了父亲的决定），他的理由是：祖祖辈辈们一直住在这个村庄里，就像他同昆解释过的"阿爷嘱咐过的，哪里也不要去"那句话一样。只不过，在这个阶段，昆还没有领悟到这条禁忌背后的象征意义，反而用"客观"的事实争辩道："阿爷不在了，不会怪的。"在接下来的两篇故事里，当昆被母亲用"土黑水盈"等形容其它地方的语句再次萌生搬离的念头时，父亲不得不毅然决然地坚持道："俺是坚决不走的……就算死，俺也要跟娃子们死在这里。"从那之后，在昆的家里就再也没有任何人敢僭越这条从祖辈那里延续下来的神圣禁忌了。即使是整整占据小说后半部分的前往栖河捕鱼的情节，也只是为了最终返回"我们村子"的一段异地寻访并沿途寻找口粮的短暂经历。在故事的最后，昆才终于明白了不许离乡这条禁忌背后的含义。

出生土地的价值，还不是昆要领会的最重要事情。还有比那更为重要的，因为它们属于"世界观"的层面。在《东北孩子》缓缓流动的时间线索里，我们看到的戏剧性场面寥寥无几，甚至可以说有的场面是极具喜剧性的，例如昆因为怪罪老天而被肯方丈惩罚的时候。从故事一开始，昆就经常在脑子里责怪老天，认为是上天使得他们一家人要遭受那么多艰难困苦。对昆而言，天空只是地理环境的一部分,天的价值是从客观存在的角度出发而被定义的,他并不知道:作为阗神住所的"天",具有更重要的象征意涵,它是"东北"这个身份的赋予者。因此,责怪上天的行为,如同触犯了法律一样,使昆受到肯长老(规则秩序的代言人)严厉的惩罚。昆恭顺地接受了惩罚,不过他此时并没有真正明白和理解,直到故事的结尾处,他才找到了肯长老训诫的真正含义。

康朋·本塔维用成长小说的模式使得《东北孩子》所展现的东北形象截然不同于以地方为题材的社会现实主义小说。虽然这两种小说类型都以艰难困苦作为创作原料,不过当以不同的景观展现方式和事件编排方式出现时,所传递出的内容便自然不同。在《东北孩子》中,"东北"所包含的意义在于:学会在艰难困苦中安住,以及毫不畏惧地同它斗争并以此为荣。简而言之,"东北"仅凭自身便可存在,"东北"不需要他人来同情和怜悯,因为同情和怜悯往往伴随着藏在深处的鄙薄。

二、《书文世界》评《东北孩子》

《书文世界》编委会

值得庆幸的是，在总共二十部送来参选的图书中，今年的评选委员会独具慧眼地将桂冠授予了《东北孩子》。一位热爱读书的社会学者说："像这样的书应该多出现一些。"

这当然不会只包含写作艺术这一个方面的价值。

康朋·本塔维这本书，给我们带来了一幅在当代小说中不易遇见的景观。当代小说大致可分为为数不多的几种类型，一种是"爱情"，一种被部分人努力称为"人生"，剩下的便是"冒险"和"色情"。但是我们却无法把康朋的《东北孩子》归入上述任何一类。

事实上，读泰国小说以来，如果要专门关注与农村有关的（作品），大多都是像"麦·蒙登"①笔下的那种"乡村民谣风格"

---

① "麦·蒙登"（Mai Mueangdoem）是作家甘·彭汶·纳阿瑜陀耶（Kan Phuengbun Na Ayutthaya, 1905—1943）的笔名。

（Baeb Luk Thung），使读者跟随着男女主人公的爱恨悲欢而心潮起伏；或者就是像玛纳·詹荣（Manat Chanyong）的短篇小说；又或者是那种讲述城里人到农村的故事，往往没有多少提及村民们的内容，即使有，也是从城里人的角度来讲述。很少有像康朋·本塔维的《东北孩子》这样读过之后能够体味到真实村民们的思想感情的作品。如同让读者坐进了小男孩昆的内心里，小男孩带领他们去目睹一系列事件，大多是昆村庄里的、或是像昆村庄那样的村寨里的人们的生活场景，描绘出那里的人们不得不赶着牛车队、牵着子孙，像流浪者一样长途跋涉、到外乡寻找食物的画面，那是在那些干旱的村庄中习以为常的景象。

　　康朋带领我们认识到东北人从出生开始的生活中的方方面面。作品以谋求生计为最基本的主线，展现人们常常同大自然的残酷无情所进行的斗争，特别是同干旱进行的对抗。东北孩子自小就接受了懂得从周围自然环境中寻找食物的教育，简单的例如抓蜥蜴，更能得到锻炼和学习的则有跟父母进树林捕猎，他们必须帮助父母干力所能及的活。在他们的意识里，为了维持生计而干活劳作比任何事情都要重要，这一点可以从多处人物的对话里看出来，例如小说里一位老人教导年轻姑娘的话语："机杼用不熟，布也织不平，喂桑不识卧蚕，莫要着急找人家。"又如昆的阿奶在梯准和康恭结婚时说的："梯准啊，既然是出家学习了的，相信一定能当好一家的阿爸，一直到老。就算再穷再苦，心里也要念着功德。拿不出东西来布施，拿出力气也一样。"这句话的意思是，梯准让康恭失了身，虽然没有钱财祭鬼神，但是往后要勤劳努力地安身立命。

　　可以说，在这部小说中的东北人是无法偷懒的。昆向我们所讲述的，都是父亲无时无刻地工作的画面。昆崇拜父亲，觉得父亲在任何方面都很优秀，虽然在其他知识方面可能不是那么出色，但是父亲尤其懂得各种各样的谋生方法，不论是捕蛙、打鱼、逮鹌鹑、训练狗捕猎，还是自己制作工具，甚至是打铁。昆的母亲也是一样，很多时候让昆觉得"阿妈做事和阿爸一样的能干"，不管是舂米、编遮屋顶的草垫，还是出门寻找食材。小说中完全没有像大量都市女性那样"父亲出门上班时，母亲便坐在家中梳妆打扮"的句子。

至此，我们又怎能再像过去那样，将贫穷的东北人指责为懒惰之人呢？

造成东北比其他地区发展缓慢的元凶，恰恰是这种在政府顾及不到和听之任之的管理体系下长期忍饥挨饿的状况，而曾经有植被覆盖的土地也许轻而易举地就能变成沙漠，更不用去和那些将沙漠变为家园和耕地的国家相比了。

因此，在这本书中的很多段落都流露出对天降大雨、润泽干涸土地的希望。小男孩昆仅仅只是看到天空中有闪电、听到雷鸣心情就激动不已了，希望干燥的风不要把天空中那片乌黑的云朵吹走：

"咿呀！肯定要下了！"昆和詹笛不约而同地喊起来，紧紧拉起手。

"准没错啦！下了雨好让阿爸去耕田。"另一个小娃也大声喊。

一阵轻风从高脚屋底下徐徐上升，然后就消失了踪迹。不知从哪里飘来一片黑漆漆的乌云，在他们头顶严严实实地遮住了阳光。过了片刻，竟往其它地方飘走了。紧接着，就是昆和詹笛相继发出的叹息。"

……

那天晚上，昆像往常一样独自躺在自己隔间的旧褥子上。一阵巨大的响雷把他震得兴奋地坐了起来，"噼啪"的闪电在屋外的田野上方盘旋着。

"呵哟，又划了，划了好久！"阿爸说完，"吱呀"一声打开门，就消失在了屋外。阿妈擦亮了火把，一抹黑烟顺着光亮爬升到屋梁。昆问阿爸去哪儿了，阿妈回他说，家里就剩下现在点着的这根火把了，所以阿爸出去买了，备着万一下雨了好去捉青蛙和蛤蟆。不一会儿，头顶上再次响起轰隆的雷声，昆一骨碌起

身到门口坐下,哼起了小曲:

"哟——欸——,落下灌满俺的农田,打湿俺这裤儿管……"

这句话的意思是,求雨水降下来让田里的水可以蓄得久久的,让裤子也被雨浇浇湿。昆不经意间唱出的这句词,就是巡猫祈雨歌谣里的一部分,醉汉梯哈经常挂在嘴边唱,以至于昆都记熟了。①

小男孩昆喜欢雨水,也喜欢猫,因为大人们说可以用巡猫仪式来祈雨。"打那以后,昆对阿妹们成天抱在手里的两只猫的喜爱就超过了狗。昆叮嘱阿妹翌笋:'以后一定要多给花猫喂些鱼,让它活得久一点,好拿去求雨,让雨点落到田里美美的稻子上。那样,阿爸就有钱买车买黄牛,买他上学穿的新裤子了。'"……在那之后,作者又让小男孩昆燃起了对狗的喜爱,让他看到狗作为寻获食物的捕猎工具的价值。"昆阿爸很爱这两条狗,因为它们不仅逮獴利索,还经常在月明的夜里追椰子猫,每次至少能抓回来一只。"

从书中摘录出来的上述例子中可以部分地看出《东北孩子》的风貌和氛围。不过,如果想像其他小说那样为它概括出一个故事梗概,却是比较困难的,因为种种的事件并不总是紧凑地连结在一起,而是自始至终被作者以平缓的方式展开。有时事件会突然中断,使时间序列发生大段空白,前后篇章之间也缺乏衔接,这或许是由于从一开始小说就是一篇一篇地、一边写一边连载在周刊上的,但这丝毫不影响整部作品的味道。当读者并不像阅读消遣读物那样急于知道每个事件将导致的结果或是将引发的另一出事件,而是想在娓娓道来的叙述中去发现作者想要传达的东北同胞的生存境况。这些写作方式很容易吸引读者不断阅读下去,并且想要跟随小男孩的视线——叙事的主导者,去探知和感受一切。

就内容而言,仅这一部作品,就可以比多篇泰文和外文的研究报

---

① 见本书第67—69页译文。

告更好地使读者了解东北人民的社会、经济和文化情况。那些不厌其烦地进出泰国农村的调查者们,特别是那些被美国资助或支持的研究人员简直络绎不绝。

《东北孩子》,是针对东北人行为、社会和经济等众多疑团的一次回答。乍看之下,它们或许显得有些好笑和无理取闹,例如各种各样的信仰和习俗,或是被外地人鄙夷的一些东北人性格,如愚蠢、懒惰、笨拙、肮脏、贫穷等,他们吃着让人难以置信的食物,如蜥蜴、獴等,他们又是怎么看待自己的呢?

这本书就如同一部四十年前的记录。在那时,作者还是个在村庄里生活的孩子,小学生们唱的国歌还是"暹罗大地——名字赫赫——叫'黄金王国'……"那时村民间还在流传"埋石可变黄金"的预言传说:

> "三十年前,有人看到贝叶上的经文写道:六年后会有'红土石大难'发生,石头会变成金银,南瓜会变成象、马,水牛、黄牛会变成吃人的妖怪,谁家要是有牛,就赶紧杀死;谁要还没嫁人,就在六个月内赶快嫁人。"
>
> 昆认真地听老药师讲着,只听他继续讲道:"谁要是做了坏事,妖怪就会来把他吃掉;谁要是没做过坏事,就收集好红土石,会有有德行的人来把石头变成金银。这个消息使得东北人都争相宰牛,几乎把牛都杀光了。六个月后,果真一个有德行的高人来了。但当人们看到,收集来的石头并没有变作金银,就联合起来,要杀死那有德的高人。但那高人有不少门徒,于是人们就互相厮杀起来。最后,官府的人不得不用武力镇压了他们。关于这个有德行的人的故事就一直被传了下来。"
>
> ……
>
> "这就是人们常说的'伥鬼作乱'。"①

这是用口头方式所记录下来的历史。根据历史学家们的研究,

---

① 见本书第118—119页译文。

"功德者叛乱"（kabot phu mi bun）是老挝和泰国东北的佬族人由于不满法属老挝政府和当时暹罗政府而爆发的一次运动，最终以失败告终。

除此之外，在这本书中出现的各种格言警句，也体现了东北人对生活的憧憬，反映出不愿向死亡——对他们而言即意味着忍饥挨饿和病痛——低头的品格。

对性的看法，也是值得注意的一个方面。如果和自诩为"文明"的城市社会相比，东北村民们在这件事上，要表现得比社会伦理败坏、表里不一的曼谷人更加坦率和直接。在东北社会里，人们没有被禁止或是教诫：性爱是邪恶的，而是让社会中的成员自然而然地学习和接受，康恭和梯准的故事就是一个很好的例子。

在泰国当今的长篇小说创作潮流中，康朋·本塔维最值得称颂的一点是：了解自己，懂得自己作为作家的最突出品质在哪里，并恰如其分地拿来加以创造、赋予其形貌。他不会努力去编造自己并不熟悉或不了解的东西，那只会造就虚假的作品。他笔下每个人物的性格都前后一致，不论是昆、詹笛、父亲、妹妹翌笋、醉汉梯哈、梯准还是堂姐康恭，自始至终都保持着自己的性格特征，这是很多作家做不到的。有些作家要么就是边写边把自己想象为主人公，至于其他人物的性格则随着他自己的情绪而时高时低、时好时坏，要么就是由于同时写好几个故事，以至于自己都记错或搞混了。

除了语言简单直白，和时不时插入带有幽默感的东北口语之外，《东北孩子》的魅力还体现在：人物对话和叙述旁白之间没有标点符号分割，两者融合为一体。这样的叙述方式显得更加真实，并且加上了一些不常见但听起来又不生僻的描述成份，例如"牛崽翻倒在地，四只蹄子在空中抽动""'嘶唔'地啜着汤""'哒哒'剁着""'呕咿——呕咿'吹着口哨""'噗噜噗噜'吸着烟"等。

参考文献

1. 中文文献

[英]安德鲁·本尼特、尼古拉·罗伊尔著,汪正龙、李永新译:《关键词:文学、批评与理论导论》,桂林:广西师范大学出版社,2007年。

[俄]巴赫金著,白春仁、晓河译:《小说理论》,石家庄:河北教育出版社,1998年。

[美]本尼迪克特·安德森著,吴叡人译:《想象的共同体》,上海:上海人民出版社,2005年。

[英]查尔斯·海厄姆著,云南省文物考古研究所译:《东南亚大陆早期文化——从最初的人类到吴哥王朝》,北京:文物出版社,2017年。

陈平原:《小说史:理论与实践》,北京:北京大学出版社,2005年。

[英]D.G.E.霍尔著,中山大学东南亚历史研究所译:《东南亚史》,北京:商务印书馆,1982年。

田禾,周方冶编著:《泰国》,北京:社会科学文献出版社,2009年。

何平:《傣泰民族的起源与演变新探》,北京:社会科学文献出版社,2015年。

[美]克利福德·格尔茨著,纳日碧力戈、郭于华、李彬等译:《文化的解释》,上海人民出版社,1999年。

[美]克利福德·格尔茨著,杨德睿译:《地方知识——阐释人类学论文集》,北京:商务印书馆,2019年。

[美]勒内·韦勒克、奥斯汀·沃伦著,刘象愚等译:《文学理论》,北京:文化艺术出版社,2010年。

[泰]黎道纲:《参半国不在文单西北辨》,载《东南亚研究》2008年第6期。

柳鸣九主编:《二十世纪现实主义》,北京:中国社会科学出版社,1992年。

栾文华:《泰国文学史》,北京:社会科学文献出版社,1998年。

[法]米歇尔·福柯著,谢强、马月译:《知识考古学》,北京:生活·读书·新知三联书店,2003年。

纳日碧力戈：《语言人类学》，西安：陕西师范大学出版社，2019年。

[新西兰]尼古拉斯·塔林著，王世录等译：《剑桥东南亚史》，昆明：云南大学出版社，2003年。

裴晓睿主编：《泰学研究在中国：论文辑录》，世界图书出版社，2015年。

饶芃子：《比较文学与海外华文文学》，上海：复旦大学出版社，2011年。

[德]施勒伯格著，范晶晶译：《印度诸神的世界——印度教图像手册》，上海：中西书局，2016年。

[日]藤田奉八著，何建民译：《中国南海古代交通丛考》，上海：商务印书馆，1936年。

[泰]维蒙·塞宁暖著，高树榕、房英译：《克隆人》，上海：上海译文出版社，2002年。

熊燃、裴晓睿编译：《泰国诗选》，北京：作家出版社，2019年。

[德]扬·阿斯曼著，金寿福、黄晓晨译：《文化记忆：早期高级文化中的文字、回忆和政治身份》，北京：北京大学出版社，2015年。

叶舒宪：《饮食人类学：求解人与文化之谜的新途径》，载《广西民族学院学报（哲学社会科学版）》2001年3月。

[美]约翰·F.卡迪著，姚楠等译：《战后东南亚史》，上海：上海译文出版社，1984年。

赵旭东：《文化认同的危机与身份界定的政治学》，载《社会科学》2007年第1期。

2. 泰文文献

[泰]查隆·顺塔拉瓦尼:《20世纪以前的泰—老关系史》，载《艺术与文化》1986年11月号。

（ฉลอง สุนทราวาณิชย์. "สัมพันธภาพไทย-ลาวเชิงประวัติศาสตร์ก่อนคริสต์ศตวรรษที่ 20", *ศิลปวัฒนธรรม*, พฤศจิกายน 2529. ）

[泰]巴梯·蒙宁：《泰国当代文学》，曼谷：暹罗文献出版社，1976年。

（ประทีป เหมือนนิล. *วรรณกรรมไทยปัจจุบัน*. กรุงเทพฯ : สารสยาม, 2519. ）

[泰]巴梯·蒙宁：《泰国作家百人》，曼谷：勤学出版社，2010年。

（ประทีป เหมือนนิล. *100 นักประพันธ์ไทย*. กรุงเทพฯ : สุวีริยาสาส์น, 2553. ）

[泰]炳文查亲王：《炳文查纪念文集》，曼谷：联合制作出版有限公司，1981年。

(บุรฉัตรานุสรณ์ : งานพระราชทานเพลิงศพ พระวรวงศ์เธอ พระองค์เจ้าเปรม บุรฉัตร (ป.จ.). กรุงเทพฯ : โรงพิมพ์ยูไนเต็ดโปรดักชั่น, 2524.)

[泰] 楚萨·帕特拉昆瓦尼：《读（不）解意》，曼谷：碰撞火花出版计划，2002年。

(ชูศักดิ์ ภัทรกุลวณิชย์.อ่าน (ไม่) เอาเรื่อง. กรุงเทพฯ : โครงการจัดพิมพ์คบไฟ, 2545.)

[泰] 达拉乐·梅达日迦暖：《湄公河两岸的政治》，曼谷：民意出版社，2003年。 (ดารารัตน์ เมตตาริกานนท์. การเมืองสองฝั่งโขง. กรุงเทพฯ:สำนักพิมพ์มติชน, 2546.)

[泰] 迪辛·汶卡琼：《泰国小说与社会（1932—1957）》，曼谷：朱拉隆功大学出版社，2004年。

(ตรีศิลป์ บุญขจร.นวนิยายกับสังคมไทย2475-2500.กรุงเทพฯ: จุฬาลงกรณ์มหาวิทยาลัย,2547.)

[泰] 迪辛·汶卡琼：《泰国小说十年：一些思考》，曼谷：泰国法政大学泰学研究所，1982年。

(ตรีศิลป์ บุญขจร. นวนิยายไทยในรอบทศวรรษ : ข้อสังเกตบางประการ.กรุงเทพฯ : สถาบันไทยคดีศึกษา มหาวิทยาลัยธรรมศาสตร์, 2525.)

[泰] 甘哈·桑若亚、杰萨达·通荣若编：《泰国现代文学评论》，曼谷："10·14"研究基金会，2003年。

(กัณหา แสงรายา, เจษฎา ทองรุ่งโรจน์ บรรณาธิการ. ปริทรรศน์วรรณกรรม-ไทยสมัยใหม่. กรุงเทพฯ : มูลนิธิสถาบันวิชาการ 14 ตุลา, 2546.)

[泰]古拉·玛利卡玛：《泰国现代文学》，曼谷：兰甘亨大学出版社，1975年。

(กุหลาบ มัลลิกะมาส. วรรณกรรมไทย. กรุงเทพฯ : โรงพิมพ์มหาวิทยาลัยรามคำแหง, 2518.)

[泰] 古拉·赛巴立：《向前看（童年篇）》，曼谷：朵雅出版社，1988年。

(กุหลาบ สายประดิษฐ์. แลไปข้างหน้า ภาคปฐมวัย. กรุงเทพฯ :ดอกหญ้า,2531.)

[泰] 康朋·本塔维：《东北孩子》，曼谷：博贤出版社，2007年。

(คำพูน บุญทวี.ลูกอีสาน.กรุงเทพฯ : โป๋ยเซียน, 2542.)

[泰] 康朋·本塔维：《东北地方菜谱：东北人吃的动物与昆虫》，暖武里：博贤出版社，1999年。

(คำพูน บุญทวี.อาหารพื้นบ้านอีสาน : สัตว์และแมลงที่คนอีสานกิน.นนทบุรี : โป๋ยเซียน, 2542.)

[泰] 康朋·本塔维：《关于〈东北孩子〉的一些事》，曼谷：博贤出版社，1981年。

(คำพูน บุญทวี. เล่าเรื่องวรรณกรรมรางวัลซีไรท์ ลูกอีสาน. กรุงเทพฯ : โป๋ยเซียน,2524.)

[泰] 康通·因图翁：《"东盟文学奖"：目标在于文学人的创新》，载《朱大学报》1999年。

(คำทอง อินทุวงศ์. ""รางวัลซีไรต์': ความตั้งใจอยู่ที่ 'การสร้างสรรค์' เพื่อคนวรรณกรรม" .จุลสาร, 2542.)

[泰]暖詹·拉达纳功、楚迪玛·萨佳南、曼席·悉瓦拉:《泰国的文学奖(1907—1986)》,曼谷:欧典出版社。

(นวลจันทร์ รัตนากร, ชุติมา สัจจานันท์, มารศรี ศิวรักษ์. รางวัลวรรณกรรมไทย (พ.ศ.2450-2529). กรุงเทพฯ : โอเดียนสโตร์, 2529.)

[泰]诺尼迪·谢布:《东盟文学奖十年》,曼谷:朵雅出版社,1988年。

(นรนิติ เศรษฐบุตร. 10 ปีซีไรท์. กรุงเทพฯ : ดอกหญ้า, 2531.)

[泰]冉专·因他甘函:《文学评论:第3辑》,曼谷:莲花出版社,1978年。

(รัญจวน อินทกำแหง วิจารณ์วรรณกรรม ตอนที่๓.กรุงเทพฯ:ดวงกมล, 2521.)

[泰]任乐苔·萨佳潘:《当代文学》,曼谷:兰甘亨大学出版社,1995年。

(รื่นฤทัย สัจจพันธุ์.วรรณกรรมปัจจุบัน. กรุงเทพฯ : มหาวิทยาลัยรามคำแหง, 2538.)

[泰]任乐苔·萨佳潘编:《东盟文学奖25年:论文辑录》,曼谷:泰国语言与书籍协会出版,2004年。

(รื่นฤทัย สัจจพันธุ์. บรรณาธิการ. 25 ปีซีไรต์:รวมบทความวิจารณ์คัดสรร. กรุงเทพฯ :สมาคมภาษาและหนังสือแห่งประเทศไทยในพระบรมราชูปถัมภ์. 2547.)

[泰]沙甲蓬·腊翁:《东盟文学奖25年》,曼谷:暹罗世界图书出版社,2003年。

(สัจภูมิ ละออ. 25 ปีซีไรต์. กรุงเทพฯ : สยามอินเตอร์บุ๊คส์, 2546.)

[泰]塔巴尼·纳卡拉塔:《写作》,曼谷:文兴识出版社,1976年。

(ฐะปะนีย์ นาครทรรพ. การประพันธ์. กรุงเทพฯ : อักษรเจริญทัศน์, 2519.)

[泰]坦亚·桑卡潘塔侬:《文学的事象》,曼谷:纳空出版社,1995年。

(ธัญญา สังขพันธานนท์.ปรากฏการณ์แห่งวรรณกรรม. กรุงเทพฯ : นาคร, 2538.)

[泰]梯巴功(集·普密萨):《文艺为人生,文艺为人民》,曼谷:罗望子树出版社,1978年。

(ทีปกร.ศิลปเพื่อชีวิต ศิลปเพื่อประชาชน. กรุงเทพฯ :ต้นมะขาม, 2521.)

[泰]乌东·荣仍希:《当代泰国文学现状》,清迈:清迈大学人文学院泰语系,1979年。

(อุดม รุ่งเรืองศรี. สภาพของวรรณกรรมไทยปัจจุบัน. เชียงใหม่ : ภาควิชาภาษาไทย คณะมนุษยศาสตร์ มหาวิทยาลัยเชียงใหม่, 2522.)

[泰]西萨功·瓦利颇东:《东北文明的高地:揭开古代遗址的面纱》,曼谷:民意出版社,1995年第3版。

(ศรีศักร วัลลิโภดม. แอ่งอารยธรรมอีสาน:แฉหลักฐานโบราณคดีพลิกโฉมหน้าประวัติศาสตร์ไทย, กรุงเทพฯ:มติชน, 2538, พิมพ์ครั้งที่ 3.)

[泰]泽·萨达威廷:《泰国小说史》,曼谷:版纳吉出版社,1978年。

(เจือ สตะเวทิน.*ประวัตินวนิยายไทย*.กรุงเทพฯ : บรรณกิจ, 2521.)

3. 英文文献

Anderson, Benedict, and Mendiones, Ruchira. *In the Mirror: Literature and Politics in Siam in the American Era*. Bangkok: Editions Duang Kamol, 1985.

Barang, Marcel. *The 20 Best Novels of Thailand–An Anthology*. Bangkok: Thai Modern Classics, 1994.

Bello, Walden, Cunningham, Shea and Li, Kheng Poh. *A Siamese Tragedy: Development and Disintegration in Modern Thailand*. New York: Zed Books and Oakland: Food First Books, 1999.

Boccuzzi, Elizabeth. *Becoming Urban: Thai Literature about Rural-Urban Migration and a Society in Transition*. Ph.D. Dissertation, UCLA, Berkeley, 2007.

Brown, Robert L. *The Dvāravatī Wheels of the Law and the Indianization of South East Asia*. Leiden: Brill, 1996.

Chee, Tham Seong(ed). *Essays on Literature and Society in Southeast Asia:Political and Sociological Perspectives*. Singapore: Singapore University Press,1981.

Chitakasem, Manas, and Turon, Andrew(eds). *Thai Construction of Knowledge*. London: SOAS, University of London, 1991.

Clifford, Geertz. *Negara: The Theatre State in Nineteenth-Century Bali*, Princeton: Princeton University Press,1980.

Cribb, Joe. "First Coin of Ancient Khmer Kingdom Discovered", *Numismatique Asiatique* N.6, June 2013.

Foster, Brian L."Continuity and Change in Thai Rural Family", *Journal of Anthropological Research*, Vol. 31, 1975.

Grabowsky, Volker(ed). *Regions and National Integration in Thailand:1892—1992*. Wiesbaden: Harrassowitz,1995.

Hirsch, Philip. *Development Dilemmas in Rural Thailand*. Singapore: Oxford University Press,1990.

Keyes, Charles. *Isan: Regionalism in Northeast Thailand*. Southeast Asia Program Data Paper. Ithaca, NY: Cornell University,1967.

Kriengkraipetch, Suvanna, and Smith.E, Larry(eds). *Value Conflicts in Thai Society: Agonies of Change Seen in Short Stories*. Bangkok: Social Research Institute, Chulalongkorn University, 1992.

Mojdara Rutnin, Mattani. *Modern Thai Literature: The Process of Modernization and the Transformation of Values*. Bangkok: Thammasat University Press,1988.

Mulder, Niels. *Everyday Life in Thailand: An Interpretation*. Bangkok: Duang Kamol,1985.

Platt, Martin B. *Isan Writers, Thai literature: Writing and Regionalism in Modern Thailand*, Singapore: NIAS Press, 2013.

Reynolds, Craig J(ed). *National Identity and Its Defenders: Thailand 1939—1989*. Clayton: Monash University, 1991.

Smyth, David. *The Canon in Southeast Asian Literatures*. Richmond: Curzon Press, 2000.

Textor, Robert B. *From Peasant to Pedicab Driver*. New Haven: Yale University, 1961.

Wyatt, David K. *Thailand: A Short History*. New Haven and London: Yale University Press, 2003.

译后记

　　本书从选定文本到最终定稿，前后历时约7年。2015年，教育部批准了北京大学东方文学研究中心申报的人文社会科学重点研究基地重大项目"东南亚现当代文学翻译与研究"。该项目由吴杰伟教授主持，我有幸参加了他的项目组并负责与泰国相关的研究工作。当时距离我的博士论文完稿仅过了一年多，我对东盟文学奖的关注还在持续，感到不论是在获奖作家作品的译介方面，还是在系统性的文学研究方面，都还有不少值得开展的工作。泰国现当代文学在中国的译介始于20世纪50年代，80年代以后的译本中有大部分都是获得过文学奖的作品，而在它们当中，东盟文学奖又占据了半壁江山。《东北孩子》是第一部斩获东盟文学奖的长篇小说，在那之前，它还获过1976年的年度"优秀长篇小说奖"，在泰国读者和文艺界中广受好评。将这样一部作品译介到中国，应该是有必要的。鉴于以上原因，我向吴杰伟教授申请将《东北孩子》列入"东南亚现当代文学翻译与研究"项目的翻译书系里。在吴老师的高效组织和领导下，整个项目组历时3年，最终于2018年7月按计划完成全部工作并顺利结项。在那之后，我又对译稿进行了几轮逐字逐句的修改，几易其稿之后，最终于2021年定稿，由于种种原因推迟到今年出版。

　　选择翻译《东北孩子》的初衷，当然不只是为了弥补首部东盟文学奖获奖作品汉译本的缺失，更是希望通过它，能使汉语读者看到泰国文学在20世纪70年代中期"为人生、为人民"的文学浪潮褪去之后所呈现的新风貌。同时，由于作品内容的特殊性，它又能带领读者走入泰国文化地图里一处远离"中心"的角落和一段鲜为人知的过去。

每当看到"东北"二字,汉语读者很难不首先联想到中国的东北大地。或许正是为了避免唤起读者在自身文化中业已形成的熟悉印象,部分中文文献里采用音译词语——"伊善"或"伊桑"来翻译Isan一词,以求达到陌生化的效果。本书并没有采用这种"去义留音"的翻译策略,是由于考虑到"东北"这层含义已深深地烙在小说的精神内核之中,并且贯穿于题目、主旨、情节、人物、叙事等各个部分。不过,为了使读者更好地理解作品的精神内涵,本书在译文之前增加了导读一篇,从Isan的词源切入,对小说题目、历史文化背景、文学史地位和社会影响等方面的情况作了介绍。

傅雷先生说,翻译当像临画。此言不虚。小说的翻译不同于诗歌,由于篇幅长、耗时久,需要始终把控住作品的精神气韵,不在翻译的过程中"走神",不在处理局部字句时忘乎整体,既要做到前后统一、内外相应,又要尽可能模仿和传递出作者创作时的心境和叙述语气。《东北孩子》原著中的人物对话有很多是用东北当地方言进行的,如何在汉语环境里传达出这种方言特质,始终是困扰我的一大难题。为了寻找合适的语言风格,除了从经典译家译作中汲取灵感外,也适当参考了一些南方少数民族作家的作品,最终只能一边借助着想象、一边从有限的人生阅历中搜寻活的口语素材,试着再造了一种约略区别于普通话,但又不属于中国任何一个方言系统的日常对话语言。至于它的效果如何,也只能交由广大读者去品评检验了。如果要说翻译中最大的遗憾是什么,或许就是这些在跨语际传译的过程里无奈遗失掉的原初光彩吧。

虽然涉足译事已十载有余,但译稿即将付梓之际,即使已经历过逐字逐句反反复复的修改,心中却仍有"尚未完成"的战战兢兢之感,总觉得在某些经过反复踌躇之后选定的字句,或许还有尚未能想到的、更好的译法。每次审读译稿,也总会忍不住动手再修改几处。这样几番下来,翻译似乎变成了一件永远无法完结的事业。但无论如何,译本必然是要跨越文化、走向目的语世界中的读者的,不然翻译也就没有意义了。这本不得不就此搁笔的《东北孩子》中译本，权且当作是对过去工作的一份汇报总结，既不是终点，也远未达到至善的境界。

此书在翻译和准备出版的过程中，得到了许多师友、同事和机构的支持和帮助，在此谨向他们致以诚挚的感谢。首先要感谢"东南亚现当代文学翻译与研究"项目的负责人、北京大学吴杰伟教授。吴老师不仅为我们提供充足的资金支持，还不时给予精神上的鼓励和方法上的指导，正是在他的推动和支持下，《东北孩子》的翻译与研究工作才得以顺利进行。此外，项目组里的夏露副教授、罗杰副教授和林琼副教授都是我学生时代的师长和现在东南亚系一起共事的前辈，不论是在从事课题研究期间，还是在平时的工作或生活中都给予我很大的鼓励和帮助。在项目进行的后期，北京大学东南亚系16级硕士生鲁雨涵协助翻译了部分章节，虽然译文在我后来的反复修改下已面目全非，但正是有赖于她当时的助力，研究工作才得以在有限的三年时间内完成，在此特向她表示感谢。

在联系海外版权的过程中，泰国语言与书籍协会会长塔涅·威帕达（Thanet Wetphada）博士和法政大学特聘专家塔侬翁·朗玉玛卡朋（Thanomwong Lamyotmakphon）博士向我提供了热心帮助，使我得以顺利联系到康朋先生的家人厄卡腊·赛普（Ekalak Saephu）先生并获得翻译授权。感谢北京大学出版社的王妍老师对版权合同方面的法律细节给予专业和周到的帮助。也特别感谢我的责任编辑严悦老师，他兢兢业业地对书稿严格把关，不仅在字句规范性上认真审读，还事无巨细地为书页设计方案尽心尽力尽责。感谢泰国艺术大学研究生侯瑞珍（Pear Mattyatana）小姐和泰国博仁大学讲师吴亮亮（Penpisut Sikakaew）博士为本书插图提供她们在泰国东北部拍摄的照片。

北京大学东方文学研究中心不仅对本书的出版予以资金支持，长期以来也对我的研究工作提供了巨大的支持和帮助。研究中心的秘书张静老师总是细致认真地为我解决各种疑惑和困难。研究中心的各位师长、前辈和同仁不仅是我在治学道路上的表率，也是鼓舞我继续潜心前行的力量。

最后，感谢将我引向翻译与治学道路的恩师裴晓睿教授，不论在学业、工作还是生活上，她总是无微不至地教导和关怀着我，她是我永远的精神灯塔。感谢北京大学泰语专业各位老师对我多年的栽培和照顾。感谢我的父母和家人永远默默在我身后支持和陪伴着，让我可以有足够的时间和精力投入工作。

谨将我的无尽谢意寄托于此书，献于你们！

2023年9月10日
于北京家中